Layla Hagen
This Love is Forever

W0318196

LAYLA HAGEN

THE MAXWELLS

THIS LOVE IS FOREVER

ROMAN

Aus dem amerikanischen Englisch
von Vanessa Lamatsch

PIPER

Mehr über unsere Autorinnen, Autoren und Bücher:
www.piper.de

Wenn Ihnen dieser Roman gefallen hat, schreiben Sie uns unter Nennung des Titels »This Love is Forever« an *empfehlungen@piper.de*, und wir empfehlen Ihnen gerne vergleichbare Bücher.

Alle Titel, die von Layla Hagen im Piper Verlag vorliegen, finden Sie auf Seite 352.

Wir behalten uns eine Nutzung des Werks für Text und Data Mining im Sinne von § 44b UrhG vor.

Unser Versprechen für mehr Nachhaltigkeit
• Klimaneutrales Produkt
• FSC®-zertifiziertes Papier
• Hergestellt in Europa

FSC www.fsc.org
MIX
Papier | Fördert gute Waldnutzung
FSC® C083411

ISBN 978-3-492-06481-1
© Layla Hagen 2021
Titel der amerikanischen Originalausgabe:
»Promise Me Forever«, Independently Published 2021
© Piper Verlag GmbH, München 2023
Redaktion: Anita Hirtreiter
Satz: Uhl + Massopust, Aalen
Gesetzt aus der Palatino
Druck und Bindung: CPI Books GmbH, Leck
Printed in the EU

1 Tate

»Kann ich mein Puzzle machen gehen? Biiiiiittteee?«, fragte meine neunjährige Tochter und klimperte mit den Wimpern.

»Na klar, Paisley. Und nach dem Frühstück fahren wir mit dem Boot raus.«

»Du bist der beste Daddy auf der Welt.«

Das zauberte ein Lächeln auf mein Gesicht, obwohl ich mich heute wirklich nicht wie ein Super-Dad fühlte.

Die Hälfte meiner Familie hatte sich im Wohnzimmer meines Hauses in Chicago versammelt. Meine Grandma Beatrice hatte es sich neben mir auf der Couch bequem gemacht, während meine Brüder Declan und Tyler an der Kücheninsel saßen und zu Ende frühstückten.

Dass sie mir gleich die Hölle heißmachen würden, konnte ich ihnen an der Nasenspitze ansehen. Ich fragte mich nur, wer sich als Erstes zu Wort melden würde.

Zu meiner Überraschung war es Gran.

Sobald meine Tochter den Raum verlassen hatte, schüttelte sie seufzend den Kopf. »Ich kann nicht glauben, dass du schon wieder eine Nanny verschreckt hast.«

»Ich habe niemanden verschreckt«, antwortete ich. »Sie war einfach nicht für den Job geeignet.«

»Alles klar. Es wäre ja auch völlig abwegig, dass du zu anspruchsvoll bist, oder?«, spottete Declan. Als der Älteste von sechs Brüdern ließ er keine Gelegenheit aus, uns Vorträge zu halten – oder wie er es nannte, uns Ratschläge zu geben.

Aber ich konnte ihm keinen Vorwurf machen. Mit vierunddreißig war ich der Drittälteste und hatte als Junge auch ständig allen gesagt, was sie zu tun hätten. Mom nannte Declan und mich immer ihre Generäle. Bis heute war ich mir nicht ganz sicher, ob sie das wirklich als Kompliment gemeint hatte. Sie hatte einen schrägen Sinn für Humor.

»Nein, der Grund war, dass sie Paisley vor den Fernseher gesetzt hat, um dann durch ihre Insta-Posts zu scrollen. Was natürlich so nicht geht.«

»Ich würde gern auf Paisley aufpassen. Das habe ich dir doch gesagt, Tate«, meinte Gran.

Ich räusperte mich, bevor ich ihr in die Augen sah. Ich wusste, dass sie es gut meinte, doch Paisley war ein Energiebündel. Ich musste mich taktvoll ausdrücken. »Gran, du hast nicht mehr die Ausdauer, um tagtäglich mit einer Neunjährigen mitzuhalten.«

»Junger Mann, soll das etwa heißen, ich wäre alt?« Sie sah zu Declan. »Das will er doch damit sagen, oder?«

Declan zog eine Grimasse. »In gewisser Weise ja. Aber das hat er bestimmt nicht so gemeint.«

Ich schüttelte den Kopf. So viel zu meinem Taktgefühl. »Tut mir leid, Gran.«

Ich musste eine neue Nanny finden, und zwar schnell. Da ich geschieden war und meine Tochter allein erzog, achtete ich darauf, jeden Abend zum Abendessen nach Hause zu kommen. Ich wollte meiner Tochter Stabilität bieten, während ihre Mutter durchs Land jettete. Nora und ich hatten jung geheiratet, kurz nach meinem College-Abschluss. Vier Jahre später ließen wir uns scheiden – als Paisley drei war und Nora beschlossen hatte, dass sie nicht gleichzeitig Model und Ehefrau und Mutter sein konnte. Daraufhin hatte ich versucht, einen Kompromiss zu finden, und sogar eine Paartherapie angeregt. Ich hatte mein

Bestes gegeben – bis zu dem Moment, als sie mir mitteilte, dass sie mich mit einem Fotografen betrog.

»Ich habe mit der Agentur gesprochen. Sie suchen bereits nach einem Ersatz.« In den Sommerferien brauchte ich jemanden, der Vollzeit auf Paisley aufpasste. Während des Schuljahres sah das anders aus. Aber im Sommer war sie den ganzen Tag zu Hause, außer sie fuhr mal in ein Feriencamp oder übernachtete bei einer Freundin.

Als CEO von Maxwell Wineries, einem der größten Produzenten in der Branche, war ich sehr eingespannt. Ich brauchte jemand Vertrauenswürdiges, der in der Zwischenzeit auf Paisley aufpasste.

Egal, wie erfolgreich ich beruflich auch sein mochte, mich trieb ständig das nagende Gefühl um, dass ich kein guter Vater war. Ich konnte Paisley nicht das glückliche Familienleben bieten, das ich in meiner Kindheit gekannt hatte – oder auch nur eine Nanny für längere Zeit halten. Doch diesmal würde ich sehr genau darauf achten, wen ich einstellte.

»Wie hast du der Agentur den Job beschrieben?«, fragte Gran.

»Ich habe gesagt, es wäre wichtig, dass sie jemanden mit Erfahrung schicken, der Kinder mag und den Job nicht nur annimmt, weil sich gerade keine bessere Möglichkeit bietet. Ich brauche jemanden, der das als Beruf sieht, nicht als Übergangslösung. Paisley braucht Stabilität. Und es liegt in meiner Verantwortung, ihr diese zu geben.«

»Tate, sie hat doch uns alle. Das ist mehr als genug«, sagte Gran. »Es ist nicht deine Schuld, dass ihre Mutter abgehauen ist.«

Ich stand auf und stapfte durch mein riesiges Wohnzimmer, um aus dem Fenster zu schauen. Das Haus in Lincoln Park hatte ich direkt nach der Scheidung gekauft, weil ich Paisley so viel Platz wie möglich bieten wollte, ohne deswegen die Stadt zu verlassen und in einen Vorort zu ziehen. Aber eigentlich war es viel zu groß für uns beide.

»Darüber möchte ich jetzt nicht sprechen«, sagte ich. An mir hatte es nicht gelegen, dass wir uns scheiden lassen hatten. Damit hatte ich mich mittlerweile abgefunden, doch mich bedrückte etwas anderes. Nora hatte mir nur zu bereitwillig das alleinige Sorgerecht überlassen und kümmerte sich kaum um unsere Tochter. Alle paar Wochen rief sie mal an und kam zu Paisleys Geburtstag zu Besuch. Einmal im Jahr fuhren Mutter und Tochter eine Woche zusammen weg. Das letzte Mal hatte Nora ihre Tochter mit in ein Wellness-Hotel genommen. Was Paisley nicht groß beeindruckt hatte.

Solche Gedanken halfen mir jetzt auch nicht weiter. Ich musste mich darauf konzentrieren, ein gutes Kindermädchen für Paisley zu finden. Meine Eltern kamen Ende des Monats von ihrer Urlaubsreise zurück, doch sie konnten auch nicht ständig auf sie aufpassen.

»Nun, ich würde ja anbieten, dir bei der Auswahl zu helfen, aber bei so was kenne ich mich nicht aus«, warf Tyler mit einem trägen Lächeln ein. »Allerdings könnte ich dir ein paar Tipps geben, damit du etwas lockerer wirst. Du wirkst ziemlich angespannt. Ich glaube nicht, dass du die Bewerberinnen auf diese Weise beeindrucken wirst.«

»Hey, es ist anders herum. *Sie* müssen *mich* beeindrucken.«

Declan hob die Augenbrauen. »Da irrst du dich. In diesem Punkt bin ich voll bei Tyler. Niemand wird für dich arbeiten wollen, wenn du sie gleich verschreckst.«

Ich stöhnte, dann tigerte ich ein wenig im Wohnzimmer auf und ab. »Lasst es gut sein, ihr beide. Ich brauche eure Ratschläge nicht.«

Es war ja nicht so, als könnte ich ihnen vor Gran sagen,

dass sie sich verpissen sollten. Manchmal waren meine Brüder wirklich nervig.

»Da muss ich dir jetzt aber widersprechen. Genau das brauchst du gerade. Ich frage mich, auf wessen Seite sich wohl Luke, Sam und Travis schlagen würden. Vielleicht sollten wir sie anrufen, um es herauszufinden«, schlug Tyler vor.

Diesmal musste ich schmunzeln.

Wir taten das ständig: uns einfach so in das Leben der anderen einmischen. Wenn wir alle zusammen waren, konnte das durchaus ein bisschen außer Kontrolle geraten. So war es schon immer gewesen.

Declan und ich waren bloß deswegen Moms »Generäle«, weil Luke, der zweitälteste Bruder, beschlossen hatte, lieber Chaos zu stiften. Am witzigsten fand ich, wie stolz er noch heute darauf war, dass er uns andere fast immer davon überzeugen konnte, irgendeinen Unsinn anzustellen – bis heute rechnete er sich als eine seiner größten Leistungen an, Sam und Travis davon überzeugt zu haben, Gran eine Masernerkrankung vorzuspielen, indem sie sich rote Punkte auf die Haut gemalt hatten.

Wahrscheinlich war Declan deswegen Anwalt geworden. Er hatte so viel Zeit damit verbracht, uns aus Schwierigkeiten herauszuboxen, dass diese Berufswahl einfach logisch erschien. Sam und Travis, die beiden jüngsten, erinnerten an eine wilde Mischung aus Declan und Luke. Je nach Situation waren sie Unruhestifter oder Retter. Diese Dynamik war immer wieder faszinierend zu beobachten.

»Los, dann ruf sie doch so früh an einem Samstag an!«, sagte ich. »Du wirst schon sehen, was du davon hast.«

Gran schüttelte nur den Kopf. »Jungs, Jungs. Wenn ihr mich fragt, hat Tate jetzt bereits genug Meinungen gehört. Außerdem glaube ich nicht, dass ihr Sam oder Travis überhaupt ans Telefon kriegt.«

Das stimmte. Sam befand sich am anderen Ende der Welt, wo er für Ärzte ohne Grenzen arbeitete. Und Travis war gerade dabei, sein wahnsinnig erfolgreiches Start-up-Unternehmen zu verkaufen – und arbeitete daher rund um die Uhr.

Tyler hatte nur deswegen so viel Zeit, weil er der Goalie der Chicago Blades war – das seit dem Sieg des Stanley Cup als erfolgreichstes Eishockeyteam der USA gehandelt wurde. Im Sommer hatte er frei, aber sonst war er immer beschäftigt.

Gran seufzte. »Nun, falls du deine Meinung ändern und beschließen solltest, ich wäre der Aufgabe doch gewachsen: Ich bin zur Stelle. Ich liebe meine Urenkelin und fände es wunderbar, Zeit mit ihr zu verbringen.«

Das wusste ich. Doch Gran war zweiundachtzig. Egal, was sie auch sagte, sie konnte nicht länger als ein Wochenende mit Paisley Schritt halten.

Ich sah auf die Uhr und meinte: »Ich habe Paisley versprochen, heute mit ihr an den See zu fahren. Will uns jemand begleiten?«

»Nein, nein. Ich mag keine Boote. Da wird mir immer schlecht«, wehrte Gran ab. »Ich bin bloß hergekommen, um mit euch allen zu frühstücken.«

Samstag war der inoffizielle Familientag der Maxwells, aber ich vermutete, dass auch die Nachricht von der gekündigten Nanny etwas mit dem Besuch zu tun hatte.

Declan legte eine Hand auf meine Schulter. »So gern ich auch Zeit mit meiner Nichte verbringe, ich habe eine Verabredung zum Mittagessen und muss los. Ich will nicht zu spät kommen. Gran, soll ich dich zu Hause absetzen?«

»Das wäre wunderbar. Vielen Dank, mein Lieber.«

»Ich werde euch begleiten, Tate. Ich habe heute nichts Besseres vor«, meinte Tyler. »Vielleicht habe ich Glück und ergattere ein Date.«

Ich musterte ihn mit zusammengekniffenen Augen. »Du wirst den Ausflug mit meiner Tochter und mir nicht nutzen, um Frauen aufzureißen.«

Tyler grinste. »Ich werde dich nicht benutzen, das ist richtig. Aber Frauen stehen total auf heiße Onkel. Und auch auf heiße alleinerziehende Väter, habe ich gehört – nicht, dass dir das bisher geholfen hätte.«

»Sehr witzig. Willst du, dass ich meine Einladung zurücknehme?«, warnte ich ihn.

»Paisley hat mich vorhin schon eingeladen, und ich habe zugesagt, also lass es besser. Du willst doch deine Tochter nicht enttäuschen, oder?«

»Tyler, benimm dich«, schaltete Gran sich ein.

»Niemals«, gab er zurück, bevor er zu Gran ging, um ihr einen Kuss auf die Wange zu drücken. Der Mann hatte wirklich keinerlei Schamgefühl.

Gran schüttelte lachend den Kopf. »Ihr macht mich noch wahnsinnig. Und eure Eltern auch. Ich habe immer gehofft, ihr würdet alle genauso ungestüme Söhne kriegen, wie ihr es wart… damit ihr am eigenen Leib erfahrt, was ihr uns alles angetan habt. Aber dafür ist ja noch Zeit. Und dann werde ich mich zurücklehnen und lachen, während ihr versucht, eure Jungs zu bändigen.«

Keiner meiner Brüder war fest mit jemandem zusammen, also bezweifelte ich, dass Grans Wunsch sich allzu bald erfüllen würde.

Nachdem Gran und Declan gegangen waren, stieg ich die Wendeltreppe zum Zimmer meiner Tochter nach oben. Tyler wartete im Erdgeschoss auf uns. Paisley lag auf dem Bett und las ihre Lieblingsgeschichte, *Schneewittchen*.

»Paisley, willst du mit dem Boot rausfahren?«

Sie sprang sofort auf die Beine. »Ja, Daddy.« Sie rannte zu mir, schlang ihre Arme um meine Beine und sah zu mir auf. »Und können wir auch am Ufer entlangwandern und

Steine sammeln? Bitte?« Sie klimperte so übertrieben mit den Wimpern, dass ich lachen musste. Paisley kam ganz nach der Maxwell-Seite der Familie. Wir hatten alle dunkelbraune Haare, allerdings hatte meine Tochter nicht meine braunen Augen geerbt. Paisley hatte die grünen Augen meiner Mutter, genau wie mein jüngerer Bruder Sam. Mein Dad und die anderen Brüder hatten braune Augen.

»Na klar, Krümel. Komm, lass uns gehen.«

Nach unserer Rückkehr würde ich den Stapel Bewerbungen durchsehen müssen, um die nächsten Schritte abzuwägen. Aber heute war erst Samstag … und ich hatte bis Montag Zeit, um die Agentur wissen zu lassen, welche Kandidatinnen ich zu einem Vorstellungsgespräch einladen wollte. Den morgigen Tag würde ich damit verbringen, die Unterlagen durchzugehen und mich dann auf die kommende, recht hektische Woche vorzubereiten. Der Sommer gehörte zu den geschäftigsten Zeiten im Weingeschäft. Doch mir machte die zusätzliche Arbeit nichts aus. Maxwell Wineries war mein ganzer Stolz. Dad hatte mich mit der Begeisterung für die Winzerei angesteckt. In meiner Kindheit hatten wir beide Stunden zusammen im Weinberg meiner Familie verbracht.

Paisleys Lachen hallte durchs Haus, als sie die Wendeltreppe nach unten lief.

Es war schön, dass meine Familie vorbeischaute, auch gern ganz spontan. Meine Tür stand ihnen immer offen. Mit Gran, meinen Eltern und meinen Geschwistern waren wir nie einsam, aber trotzdem fühlte sich das Haus noch nicht richtig wie ein Zuhause an.

Vor vielen Jahren hatte ich mir eine große Familie gewünscht, doch ich hatte meinen Frieden mit der Tatsache gemacht, dass mir das wohl einfach nicht vorherbestimmt war. Jetzt hatte ich aber erst mal nur ein Ziel vor Augen: die beste Nanny für Paisley zu finden.

2 Lexi

»Lexi, du musst das nicht tun«, sagte Dad.

»Dad, wir werden dieses Gespräch nicht noch mal führen. Außerdem ist mein Vorstellungsgespräch in einer halben Stunde. Auf keinen Fall sage ich jetzt noch ab. Wie geht es Mom?«

»Sie lässt es ruhig angehen.«

»Ich werde euch nach dem Vorstellungsgespräch anrufen. Nun muss ich mich fertig machen. Wir hören uns später, okay?«

»Viel Glück, Süße. Und vielen Dank.«

»Ich hab dich lieb, Dad. Bye.«

Sobald ich aufgelegt hatte, fing ich an, mich anzuziehen. Mein Vorstellungsgespräch sollte um Punkt acht Uhr beginnen. Ich sah im Wetterbericht nach, ob es regnen würde. Ich mochte Chicago im Sommer. Die meisten Leute waren von dem warmen, schwülen Klima nicht begeistert, aber ich liebte es. Für mich fühlte es sich an wie ein langer Urlaub, was in meinem Fall sogar halbwegs stimmte. Als Grundschullehrerin hatte ich im Sommer frei und verbrachte ihn für gewöhnlich am Lake Michigan, wo ich den ganzen Tag faul in der Sonne lag. Doch dieses Jahr war die Lage etwas anders. Ich hatte beschlossen, einen Ferienjob anzunehmen.

Meine Mom hatte im letzten Jahr zwei Herzoperationen gehabt. Die Kosten für die Behandlung und die Krankenhausaufenthalte türmten sich. Meine Eltern waren beide im Ruhestand und konnten diese Schulden keinesfalls abbezahlen. Obwohl sie mich nicht darum gebeten hatten, hatte ich meine Hilfe angeboten. Ich hatte einen Lebenslauf geschrieben, um nach einem Job zu suchen, der meinen Qualifikationen entsprach.

Ehrlich gesagt, hatte ich nach einer Beschäftigung in einem Sommercamp gesucht, aber die Agentur hatte mir ein vollkommen anderes Angebot geschickt. Bei der Jobbeschreibung hatte ich lachen müssen, weil eine »Erzieherin« gesucht wurde – was nur eine andere Bezeichnung für eine Nanny war.

Ich musterte mich im Spiegel und nickte anerkennend, als ich mein gelbes Kleid betrachtete. Es hatte einen U-Boot-Ausschnitt und war mittellang. Ich sah darin stylish, aber auch professionell aus und fühlte mich auch noch wohl. Ich entwirrte meine langen dunkelbraunen Haare und flocht sie zu einem Zopf. Mein Haar war von Natur aus lockig, besonders im schwülen Klima des Sommers. Was Make-up anging, gab ich mich mit ein wenig Lidstrich zufrieden, um meine blauen Augen zu betonen. Fünf Minuten später war ich fertig.

Ich lebte in einem wirklich beengten Apartment in einem vierzigstöckigen Gebäude in der Nähe von Edgewater. Neben der relativ geringen Miete hatte ich mich für diese Gegend entschieden, weil der Strand und der See quasi direkt vor dem Gebäude lagen. Ich konnte das Wasser von meiner Wohnung aus nicht sehen, da die Apartments mit Seeblick gute dreißig Prozent teurer waren. Aber ich musste bloß zwanzig Stockwerke mit dem Lift nach unten fahren, und schon war ich am Ufer.

Ich ging gern zu Fuß, besonders im Sommer, doch heute rief ich mir ein Uber. Mein potenzieller Arbeitgeber lebte in Lincoln Park, ungefähr eine Viertelstunde Fahrt entfernt. Natürlich hätte ich auch das Fahrrad nehmen können, aber dann wäre ich verschwitzt angekommen, und ich wollte einen guten Eindruck machen. Selbst Mitte Juni war es in Chicago bereits warm und schwül.

Ich brach mit einem Zeitpuffer auf, weil ich auf keinen Fall zu spät kommen wollte. Im Auto trommelte ich mit den Fingern auf den Oberschenkel, während ich aus dem Fenster sah. Ich war schon sehr gespannt, das kleine Mädchen und seinen Vater kennenzulernen. Die Jobbeschreibung hatte mir nicht viel verraten – außer, dass der Vater alleinerziehend und das Mädchen neun war. In diesem Alter konnten Pädagogen so viel Einfluss auf diese heranwachsenden Gemüter haben; ihre Neugier auf die Welt befeuern. Ich liebte es, das Leben durch die Augen von Grundschulkindern zu betrachten.

Kinder hatten eine Unschuld, die mich begeisterte. Eigentlich hatte ich gehofft, jetzt mit einunddreißig bereits eigene Kinder zu haben, doch leider hatte das nicht geklappt. Ich hatte zwei längere Beziehungen gehabt, die beide kein gutes Ende genommen hatten. Aber das spielte keine Rolle. Ich hatte meine Freunde und meine Eltern ... die allerdings in Boston lebten. Ich mochte meine kleine Wohnung und meinen Job. Und die Kinder, die ich unterrichtete, überschütteten mich mit Zuneigung. Na ja, während des Schuljahres zumindest. Im Sommer war ich auf mich allein gestellt.

Doch dieser Sommer würde anders aussehen. Ich hoffte inständig, dass ich die Stelle kriegen würde, weil sie wirklich gut bezahlt war – viel besser, als es ein Job im Sommercamp gewesen wäre. Außerdem wäre es mal eine nette Abwechslung, sich allein auf ein Kind konzentrieren zu können. Aber falls es nicht klappen sollte, war ich entschlossen, etwas anderes zu finden.

Als der Fahrer vor dem Haus anhielt, starrte ich es mit offenem Mund an – denn es war eher eine Villa. Das Gebäude war riesig, mit zwei Stockwerken, einer Fassade aus weißem Stein und einer umlaufenden Veranda mit Säulen. Eine majestätische Treppe führte zum Eingang hinauf.

Wow. Ich kam nur selten in diesen Teil der Stadt, obwohl ich gewusst hatte, dass es hier schöne Häuser gab. Doch das hier war nicht einfach nett. Es war ein kleiner Palast.

Ich fragte mich, ob es wohl hinten einen Garten gab. Aber selbst wenn nicht, würden mir in diesem riesigen Prachtbau sicherlich nicht die Ideen ausgehen, was ich mit der kleinen Paisley anstellen konnte. Ich war eine echte Meisterin darin, Kinder beschäftigt zu halten, selbst in vollen Klassenräumen.

»Danke«, sagte ich zum Fahrer, ehe ich ausstieg. Da ich fünf Minuten zu früh angekommen war, tigerte ich vor dem Tor auf und ab, wobei ich immer wieder Blicke durch das Gitter warf. Ein mit Steinplatten gepflasterter Weg, der von wunderschönen Blumen und Pflanzen begrenzt war, führte auf beiden Seiten um das Haus zur Eingangstreppe. Das ließ mich vermuten, dass es in der Tat einen Garten gab.

Langsam wurde ich nervös. Seit gut sieben Jahren hatte ich kein Vorstellungsgespräch mehr gehabt – seitdem ich bei meiner aktuellen Schule, der Stone Academy, angefangen hatte.

Zwei Minuten später schwang die Eingangstür des Hauses auf. Ich biss die Zähne zusammen. Der attraktivste Mann, den ich je gesehen hatte, starrte in meine Richtung. Er hatte kurze dunkelbraune Haare, und seine braunen Augen waren selbst auf die Entfernung nicht zu übersehen. Er hatte wirklich Sex-Appeal.

»Sind Sie Lexi Langley?«, fragte er.

»Ja.«

»Ich bin Tate Maxwell. Kommen Sie doch rein. Sie müssen nicht draußen warten.«

»Okay.«

O Gott, ich musste mich am Riemen reißen. Einsilbige Antworten würden mir bestimmt nicht den Job sichern.

Tate stieg die Treppe nach unten und kam näher. Er sah aus wie ein Filmstar. Seine Augenfarbe lag irgendwo zwischen Bernstein und Rauchquarz. Er hatte die Ärmel seines weißen Anzughemdes aufgerollt, sodass seine sexy Unterarme zu sehen waren. Seine Oberarme waren ebenso muskulös, wie ich durch den Stoff seines Hemdes erkennen konnte.

Ob seine Bauchmuskeln wohl auch so definiert waren? Wahrscheinlich.

Ich schluckte schwer und zwang mich, meinen Blick auf sein Gesicht gerichtet zu halten.

Solche anzüglichen Gedanken waren total unpassend, schließlich könnte der Mann mein zukünftiger Arbeitgeber sein. Aber er sah echt so toll aus …

Er trug einen gepflegten Dreitagebart, und die kurzen Stoppeln betonten seine Augenfarbe. Mit meinen eins siebzig war ich wirklich nicht klein, doch er war ein gutes Stück größer, mindestens eins fünfundachtzig.

Als er das Tor öffnete, räusperte ich mich und streckte ihm dann die Hand entgegen. »Lexi Langley. Freut mich, Sie kennenzulernen.«

»Ebenso. Kommen Sie doch rein.« Er öffnete das Tor weiter, und ich betrat das Gelände. Danach stiegen wir die Stufen zur vorderen Veranda hinauf, wobei er ganz nah neben mir ging.

»Sie haben ein sehr schönes Haus«, sagte ich, weil ich ein neutrales Thema finden wollte.

»Danke.« Er öffnete die Haustür. Kaum war ich eingetreten, musste ich ein Seufzen unterdrücken. Das Innere des Hauses war genauso atemberaubend wie das Äußere. Es war mit Antiquitäten eingerichtet, und an den Decken hingen Kronleuchter.

»Lassen Sie uns ins Wohnzimmer gehen. Dort ist es gemütlicher.«

»Ja, natürlich.«

»Kann ich Ihnen etwas zu trinken anbieten?«, fragte er. »Kaffee? Wasser? Sonst irgendwas?«

»Nein, vielen Dank.«

»Okay. Bitte, setzen Sie sich doch.« Er deutete auf eine der weißen Ledercouchen.

Ich ließ mich in die Polster sinken. Er wählte einen Sessel gegenüber. Seine Gegenwart hatte schon draußen überlebensgroß und allumfassend gewirkt, doch hier, in diesem Raum, spürte ich regelrecht die Energie, die von ihm ausging, auf meiner Haut.

»Ms Langley, ich habe mir Ihren Lebenslauf angesehen, und Sie haben genau die richtigen Qualifikationen. Ich hatte gehofft, eine ausgebildete Pädagogin für meine Tochter zu finden.«

»Na ja, ich arbeite jetzt seit sieben Jahren als Grundschullehrerin.«

»Und nun möchten Sie den Beruf wechseln?«

Ich runzelte die Stirn, weil ich nicht verstand, worauf er sich bezog. »Was meinen Sie?«

»Wieso bewerben Sie sich für diesen Job?«

»Während der Sommerferien habe ich frei, und ehrlich gesagt, brauche ich das Geld. Und der Job klingt wunderbar.«

Sein Stirnrunzeln vertiefte sich, bis seine Miene finster wirkte. Er stand aus dem Sessel auf, verschränkte die Arme vor der Brust und tigerte vor mir auf und ab. »Jetzt haben wir ein Problem, denn ich möchte jemanden, der meine Tochter in den nächsten paar Jahren dauerhaft betreut.«

»Oh! Das habe ich in der Jobbeschreibung nicht gesehen.«

»Ich bin mir sicher, dass ich die Agentur angewiesen habe, es mit aufzunehmen.«

»Vielleicht habe ich diesen Punkt einfach überlesen. Aber darf ich fragen, wieso Sie Vollzeit jemanden für sie brauchen? Sie geht zur Schule, oder?«

»Ja. Paisley ist in der vierten Klasse.«

»Das dachte ich mir. Und das ist die Klassenstufe, die ich unterrichte.« Tate wirkte immer noch verwirrt, also erklärte ich, worauf ich hinauswollte. »Also brauchen Sie vermutlich jemanden, der sie von der Schule abholt, heimbringt und ein paar Stunden bei ihr bleibt, bis Sie von der Arbeit heimkommen. Ist sonst jemand nachmittags zu Hause?«

»Es gibt nur mich«, meinte er knapp.

»Okay.« Ich hätte gern mehr erfahren, wollte aber nicht nachhaken. War er geschieden? Verwitwet? Nun, es war offensichtlich, dass er alleinerziehend war – der Rest ging mich eigentlich nichts an.

Ich bemerkte einen Anflug von Verletzlichkeit in seinem Blick, der so gar nicht zu seinem selbstbewussten Auftreten passte, dass ich nicht so recht wusste, was ich damit anfangen sollte. Doch bereits nach einer Sekunde war dieser Eindruck wieder verschwunden.

»Hören Sie, ich will ehrlich sein. Ich hätte den Job gern, weil ich Kinder liebe. Gleich als ich aus dem Uber gestiegen bin und das Haus gesehen habe, hatte ich bereits jede Menge Ideen, wie ich Paisley beschäftigt halten kann. Das ist ein toller Ort, um ein Kind großzuziehen. Ganz zu schweigen davon, wie nah der See ist.« Tate wirkte angetan von dem Gedanken, dass ich schon Aktivitäten mit seiner Tochter geplant hatte – was mich freute –, also fuhr ich fort: »Ich bin mir nicht sicher, wie schnell Sie eine langfristige Nanny finden werden. Ich kann mir nicht vorstellen, dass es allzu viele ausgebildete Pädagogen gibt, die diesen Job längere Zeit als Vollzeitstelle haben wollen. Aber ich könnte ihn übernehmen, bis Sie eine Lösung gefunden haben.«

Sein Stirnrunzeln vertiefte sich noch einmal. Verdammt, dieser Mann konnte echt grimmig schauen. Und wieso war er sogar noch attraktiver, wenn er das tat?

»Ich werde darüber nachdenken. Meine Tochter bindet sich an die Leute, mit denen sie Zeit verbringt… daher habe ich so meine Zweifel, ob das wirklich eine gute Idee ist.«

Mir rutschte das Herz in die Hose. Wie hatte ich übersehen können, dass das kein Sommerjob war? Doch ich wollte ihn nicht drängen, weil das Wohlbefinden seiner Tochter im Vordergrund stehen musste. Wenn sie nicht gut mit häufig wechselnden Nannys klarkam, war es durchaus sinnvoll, von Anfang an jemanden anzustellen, der die Stelle für längere Zeit haben wollte.

»Okay. Haben Sie noch andere Fragen an mich?«, fragte ich.

»Nein, eigentlich stand alles in Ihrer Bewerbung. Hätten Sie denn Fragen an uns? Ich meine, an mich?«

Das war eine ermutigende Wendung. Vielleicht hatte er mich noch nicht ganz ausgeschlossen. »Ja. Wie viele Stunden am Tag wäre ich hier? Und was sollte ich Ihrer Ansicht nach in dieser Zeit mit Ihrer Tochter unternehmen?«

»Ich bin täglich acht oder neun Stunden in der Arbeit, also müssten Sie bereits morgens anfangen. Ich mache immer Frühstück für Paisley und mich, und wir essen zusammen. Abgesehen davon, können Sie mit ihr machen, was Sie für das Beste halten. Ich bin nicht der Meinung, dass es ständig nur ums Lernen gehen muss. Ich finde, Kinder sollten auch mal spielen dürfen.«

Ich grinste breit. »O mein Gott, Sie gehören zu einer aussterbenden Spezies! So was habe ich schon seit Ewigkeiten nicht mehr von Eltern gehört. Vielen Dank für diese Einstellung … und ich bin ganz Ihrer Meinung. Durch Spielen entdecken Kinder die Welt. Auf diese Weise lernen sie. Und auch wenn viele Leute mir das nicht glauben – alles, was sie mit Spaß lernen, bleibt manchmal besser hängen als reines Wissen aus Büchern. Sie nehmen es leichter auf. Das ist ganz natürlich.«

Zum ersten Mal hoben seine Mundwinkel sich zu einem leisen Lächeln … sofort bildeten sich zwei Grübchen auf seinen Wangen. Mein Herzschlag beschleunigte sich. Ernsthaft? Wieso war er so sexy? Ich hätte nie vermutet, dass diesem Mann Grübchen standen, aber das taten sie. Allerdings hatte ich so eine Ahnung, dass an ihm einfach alles sexy wirkte.

»Ich mag Sie, Ms Langley.«

»Nun, ich liebe es, Kinder zu unterrichten. Deswegen bin ich Grundschullehrerin geworden. Müssen Sie oft auf Geschäftsreisen gehen? Ich meine, müsste ich auch hier übernachten?«

»Manchmal muss ich die Stadt verlassen. Aber für gewöhnlich übernachten dann meine Eltern oder meine Großmutter hier und passen auf Paisley auf.«

»Dann ist Ihre Familie also in der Nähe?«, fragte ich. Ich war fast ein wenig neidisch. Meine Eltern wohnten in einem anderen Bundesstaat, und im Sommer fühlte ich mich immer ein wenig einsam. Meine besten Freundinnen, Jenny und Ella, lebten ebenfalls nicht in der Stadt. Sie arbeiteten beide in einem Sprachcamp in Louisiana. »Das ist wunderbar.«

»Ja, ist es.«

Er erläuterte das nicht weiter, also bohrte ich nach: »Wie kommt es, dass sie nicht den Sommer mit Paisley verbringen?« Ich riss die Augen auf. »Tut mir leid, ich wollte Ihnen nicht zu nahe treten.«

»Tun Sie nicht. Sie haben es angeboten, aber Paisley ist

ein echtes Energiebündel – wie alle Kinder, vermute ich – und egal, wie sehr meine Eltern und meine Großmutter sich auch einbilden, sie könnten mit ihr Schritt halten … sie können es nicht wirklich.«

»Das ergibt Sinn«, antwortete ich grinsend. Meistens wickelten Kinder Familienmitglieder ziemlich um den Finger, während sie sich bei einem Kindermädchen besser benahmen. »Könnte ich sie kennenlernen?«

Er zögerte. »Es ist besser, wenn sie die Bewerberinnen nicht trifft.« Damit hatte er natürlich recht. Ich hätte selbst daran denken können. »Und angesichts der Tatsache, dass Sie den Job nicht für längere Zeit annehmen möchten, wird es wahrscheinlich sowieso nichts werden, also wäre das nicht sinnvoll.«

»Oh. Okay.« Ich sackte ein wenig in mich zusammen, versuchte aber, mir nichts anmerken zu lassen. Ich fuhr mir mit der Hand durch die Haare und schlug die Beine übereinander. Trotz der Klimaanlage im Haus war meine Haut ein wenig feucht von der Hitze draußen. Ich schaute auf und stellte zu meiner großen Überraschung fest, dass Tates Blick auf meinen Beinen ruhte. Sofort bildete sich eine Gänsehaut auf meiner Haut … denn wenn er mich so ansah, war es vielleicht besser, wenn ich den Job nicht bekam. Wenn ich mir schon Luft zufächeln wollte, wenn er mich abcheckte, konnte ich mir kaum vorstellen, wie ich mich fühlen würde, wenn ich längere Zeit in seiner Gegenwart verbrachte. Und es wäre vielleicht besser, es nicht herauszufinden.

»Ich möchte mir trotzdem eine genauere Vorstellung von dem Job machen. Wie lange müsste ich hier sein?«

»Von neun Uhr morgens bis sechs Uhr abends. Dann komme ich nach Hause und esse mit Paisley zu Abend.«

»Möchten Sie, dass ich auch koche? Ich bin keine Meisterköchin, aber einfache Mahlzeiten bekomme ich hin.«

»Nein, das ist nicht nötig. Ich mache immer das Abendessen.«

Ich hatte keine Ahnung, wieso, doch diese Vorstellung ließ mich innerlich dahinschmelzen. Ich konnte mir diesen Mann gut mit aufgerollten Ärmeln in der Küche vorstellen.

»Okay. Das wäre dann alles, oder?«, fragte ich.

»Was würden Sie mit meiner Tochter unternehmen?«, fragte er abrupt.

»Nun, zuerst einmal würde ich sie ein wenig kennenlernen und herausfinden, was sie gern macht. Ob sie Bücher liebt oder lieber draußen in der Natur unterwegs ist oder im Haus bleibt. Jedes Kind ist anders. Bisher war mir die Chance nicht vergönnt, mich nur auf ein einzelnes Kind zu konzentrieren. Ich fände das wunderbar.« Meine Worte verklangen, als Schritte auf der Wendeltreppe zu unserer Linken erklangen. Instinktiv drehte ich den Kopf und bemerkte ein neunjähriges Mädchen, das die Stufen nach unten rannte.

»Daddy, kann ich in den Garten gehen?«, rief die Kleine. Ihre dunkelbraunen Haare wogten um ihren Kopf. Sie trug einen pinkfarbenen Baumwollpyjama und war barfuß. Als sie mich entdeckte, blieb sie stehen und sah mich mit großen Augen an. »Tut mir leid, Daddy. Ich wusste nicht, dass jemand hier ist.«

»Hey, Paisley«, sagte er.

O mein Gott. Ich konnte an seiner Stimme hören, dass er lächelte.

Als ich mich zu ihm umdrehte, begann mein Herz zu rasen. Der Mann wirkte vollkommen verändert. Er strahlte über das ganze Gesicht.

Ja, der mürrische Tate war heiß, aber ein glücklicher Tate war einfach nur zum Niederknien.

Paisley rannte zum Fernsehschrank. Ich brauchte einen

Moment, um zu verstehen, dass ihr Vater versuchte, ihr den Weg abzuschneiden.

»Was glaubst du, was du da tust?« Er schlang einen Arm um ihren Bauch und kitzelte sie.

Großer Gott, das war einfach zu viel für meinen Hormonhaushalt!

»Ich hole mir Schokolade, Daddy.« Sie spähte mit unschuldigem Blick zu ihrem Vater auf. Die ganze Szene war einfach anbetungswürdig.

Er sah über die Schulter zum TV-Schrank. »Du stiehlst jeden Morgen Schokolade?«

»Ich stehle sie nicht. Ich esse sie. Du hast mir nie gesagt, dass ich morgens, wenn du nicht hinschaust, keine Schokolade essen darf.«

»Nein, so spezifisch habe ich mich tatsächlich nicht ausgedrückt. Mein Fehler.«

Er fing an zu lachen. Ich konnte ein breites Lächeln nicht unterdrücken. Paisley konnte sich echt glücklich schätzen.

Tate sah mich an, und mein Magen machte einen Sprung. »Lexi, das ist Paisley. Paisley, das ist Lexi. Gerade führe ich ein Vorstellungsgespräch mit ihr und schaue, ob sie eine passende Nanny für dich wäre.«

Er gab seine Tochter frei. Paisley richtete sich auf und musterte mich neugierig. »Du bist hübsch.«

»Oh, danke dir«, gab ich zurück.

Ihr Blick huschte fast sehnsüchtig über meinen Zopf. »Kannst du mir beibringen, wie das geht?«

»Na klar. Ich kann dir die Haare jetzt gleich flechten, wenn du möchtest. Gibt es hier irgendwo einen Spiegel?«

»Ja.« Sie deutete auf die Wand gegenüber des Fernsehschrankes, wo in einer Ecke ein Spiegel hing, den ich bisher nicht bemerkt hatte. Ich warf Tate einen fragenden Blick zu, und er nickte.

Dann nahm ich Paisley an der Hand und führte sie vor

den bodentiefen Spiegel. »Okay. Wir stellen uns seitlich auf, dann kannst du sehen, was ich tue.« Ihr Haar war seidig und bereits ordentlich gekämmt, also fiel mir das Flechten leicht.

»Dad, kannst du uns mit dem Handy filmen? Dann weiß ich später noch, wie es geht.«

»Na klar«, sagte er und trat neben uns. Näher war er mir noch nie gewesen. Ich schnappte nach Luft. Meine Finger zitterten ein wenig, und für einen Moment konnte ich mich nicht konzentrieren. Sein Körper strahlte Hitze und Männlichkeit aus. Bereits seine reine Nähe brachte mich durcheinander.

»So, schon fertig«, sagte ich ein paar Minuten später.

Paisley musterte breit grinsend ihren Zopf im Spiegel. »Der ist toll. Daddy, wann gibt es Frühstück?«

»Sobald Ms Langley gegangen ist. Wieso gehst du nicht in dein Zimmer und ziehst dich an? Ich werde dich rufen, wenn alles fertig ist, okay?«

Paisley nickte und ging sofort Richtung Treppe.

»Sie ist sehr brav«, meinte ich, sobald Paisley uns nicht mehr hören konnte.

Wir standen immer noch vor dem Spiegel. Tate hatte sich einen kleinen Schritt zurückgezogen, aber damit war er mir für meinen Seelenfrieden immer noch zu nah. Ich verstand einfach nicht, wieso seine Gegenwart mich so durcheinanderbrachte. Doch ich vermutete, dass Tate Maxwell zu der Art von Mann gehörte, die immer einen Eindruck hinterließen, egal, wie viele Leute sich auch im Raum aufhalten mochten. Er hatte eine dominante, fesselnde Ausstrahlung.

»Sie ist ein tolles Kind«, sagte er, als er mit einem leisen Lächeln den Blick vom Handy hob.

»Okay. Nun, ich gehe dann mal. Rufen Sie mich an, wenn Sie glauben, dass ich die Richtige für den Job wäre.«

Auf dem Weg zur Tür fragte ich: »Was glauben Sie, wie lange es dauern wird, bis Sie sich entschieden haben?«

»Ich führe heute und morgen noch weitere Vorstellungsgespräche. Danach werde ich wahrscheinlich eine Entscheidung treffen. Ich brauche so schnell wie möglich jemanden. Bis dahin arbeite ich von zu Hause aus.«

»Okay. Ich werde mir ein Uber bestellen.« Ich zog mein Handy heraus und stellte fest, dass ein Wagen sich direkt in der Nähe aufhielt. »In zwei Minuten ist es da.«

Wir traten durch die Tür, und Tate bot an: »Ich werde Sie noch zum Tor bringen.«

»Danke.«

Seite an Seite stiegen wir die Stufen nach unten. Als Tate das Tor erreichte, öffnete er es mit einer Hand. Dabei berührten sich unsere Arme, und mir lief ein Schauder über den Rücken. Ich richtete mich höher auf und sah ihn an.

»Vielen Dank für das Gespräch. Ich werde auf Ihren Anruf warten.« Meine Stimme zitterte leicht, aber ich hoffte inständig, dass er nichts bemerkte. Was war hier bloß los?

»Sie hören von mir, Ms Langley.« Seine Augen verdunkelten sich.

Ich wandte den Blick ab. O wow. Spielte mir meine Fantasie einen Streich, oder checkte er mich schon wieder ab?

Seine Ausstrahlung wirkte gerade nicht einfach nur magnetisch, sondern geradezu gefährlich. Als könnte ich mich selbst verlieren, wenn ich ihm zu nahe kam. Und das durfte ich auf keinen Fall zulassen, oder?

Ich hatte eine goldene Regel: Ich ging niemals mit Eltern aus. Das erschien mir einfach unprofessionell. Und ich wollte nicht, dass meine Schüler dachten, ich hätte Lieblingskinder. Paisley ging zwar nicht auf meine Schule, aber ich wollte mich trotzdem an meine Regel halten.

Was allerdings noch lange nicht bedeutete, ich dürfte mich nicht ein paar harmlosen Tagträumereien hingeben.

Wieso musste Tate Maxwell auch so sexy sein, dass meine Fantasie sofort in verbotene Richtungen wanderte?

Doch alles Verbotene war schließlich total attraktiv.

3 Tate

Zwei Tage später kam ich mit meinen Brüdern in der Zentrale von Maxwell Wineries zusammen, die in einem der Bürogebäude in der LaSalle Street lag.

Meine Leidenschaft für Wein wurde schon sehr früh geweckt. Wir hatten unsere Kindheit auf einem Weinberg am westlichen Rand des Bundesstaates verbracht. Es war nur ein kleiner Weinberg, und mein Dad hatte bloß für den Eigenbedarf produziert, aber der Funke war bereits damals auf mich übergesprungen. Ich hatte immer gewusst, dass ich einmal Wein produzieren wollte – obwohl ich in den Maxwell Bookstores aufgewachsen war, der Buchhandelskette, die meine Großeltern gegründet hatten. Nach dem Tod meines Grandpas hatten meine Großmutter, mein Onkel und meine Eltern die Geschäfte weitergeführt. Vor zehn Jahren hatten sie alles für einen Preis, wie er in dieser Branche noch nie gezahlt worden war, verkauft. Daraufhin hatten meine Eltern Treuhandfonds für jeden von uns eingerichtet. Ich hatte das Geld nicht angerührt – sondern den Fonds sofort auf Paisleys Namen umschreiben lassen.

Maxwell Wineries war ein Erfolg. Tatsächlich hatte ich den Firmensitz bereits zwei Jahre später in dieses Gebäude verlegt.

Alles hatte damit angefangen, dass ich viel zu viel Platz für meine Angestellten anmietete. Nach und nach verlegten meine Brüder ihre Firmen ebenfalls in dieses Gebäude. Declan, Luke und Travis hatten auch Büros hier. Tyler schaute oft vorbei, besonders in den Saisonpausen. Sam schloss sich uns an, wann immer er mal im Lande weilte.

Nach Feierabend versammelten wir uns manchmal auf dem Dach, wo es eine Bar gab, die einen tollen Ausblick über die Skyline von Chicago bot. Und genau dort waren wir gerade. Das war einer der großen Vorteile davon, im selben Gebäude zu arbeiten.

»Mann, vielleicht sollten wir dir bei der Auswahl helfen«, meinte Declan. Er hatte mich gefragt, wie die Vorstellungsgespräche gelaufen waren und ob ich mich schon für eine Bewerberin entschieden hätte. Aber ich konnte nicht ehrlich sein.

Stöhnend nahm ich einen Schluck von meinem Bier. In den letzten zwei Tagen hatte ich mit vier Kandidatinnen gesprochen… und bisher wollte ich niemand anderen als Lexi Langley. Sie war diejenige, die gleich eine Verbindung zu meiner Tochter aufgebaut hatte und die Kinder tatsächlich mochte. Die anderen hatten vorher andere Jobs gemacht. Eine Bewerberin hatte gerade ihre Festanstellung in der IT-Branche verloren. Die andere hatte bis vor Kurzem als Kassiererin bei einer Bank gearbeitet, und die letzte war eine aufstrebende Modedesignerin. Lexi war vollkommen anders. Und sie war mir viel zu sympathisch, was echt ein Problem war. Denn wenn sie die Nanny meiner Tochter werden sollte – egal, ob nun vorübergehend oder nicht –, durfte ich sie nicht attraktiv finden.

Sie war einfach verdammt schön. In diesem gelben Kleid hatte sie wahnsinnig sexy ausgehen. Und das verwirrte mich total.

»Alter, er ist total in Gedanken versunken«, meinte Tyler. »Das ist total untypisch für ihn. Irgendwer muss ihn durcheinandergebracht haben.«

»Stimmt.« Luke beschloss, dass auch er seinen Senf dazugeben musste. »Sonst bist du immer superentschlossen und ganz konzentriert. Predigst du nicht ständig, dass genau das der Schlüssel zu deinem Erfolg ist? Wer also ist die Frau?«

»Wieso verbündet ihr euch gegen ihn? Es fällt ihm schwer, die nächste Nanny auszuwählen, weil er sich bewusst ist, dass er sie wahrscheinlich vor Ende des Sommers wieder feuern wird«, sagte Travis.

»Oder bereits Ende des Monats«, meinte Luke.

Unsere familiäre Unfähigkeit, unsere Meinungen für uns zu behalten, war fast schon chronisch.

»Ich feuere niemanden, weil ich ein Arsch bin. Diejenigen, die ich entlasse, haben während ihrer Arbeitszeit Dinge getan, die sie nicht hätten tun sollen. Die meisten gehen von alleine, weil sie den Job leid sind. Das trifft Paisley hart, weil sie sich an die Leute gewöhnt. Und jetzt ist die einzige Kandidatin, die mir wirklich gefallen hat, Lexi – eine Grundschullehrerin, die mir von Anfang an gesagt hat, dass sie den Job nur bis zum Ende der Sommerferien machen kann.«

»Aber sie ist die beste Kandidatin, oder?«, fragte Luke.

Ich nickte.

»Moment mal«, fügte Travis hinzu. »Er ist zu still. Ich würde darauf wetten, dass er Miss Lexi ein bisschen zu sehr mag. Stimmt's?«

Erwischt.

Tyler fing an zu lachen. »Mann, tu das nicht. Auf keinen Fall. Etwas mit der Nanny deiner Tochter anzufangen, ist keine gute Idee, glaub's mir.«

»Sie ist noch nicht die Nanny meiner Tochter, und ich habe nichts mit ihr angefangen.«

Luke tätschelte mir die Schulter. »Noch nicht, hm?«

Declan hob eine Hand in Richtung des Barkeepers. »Eine Runde Tequila-Shots, bitte. Bier wird heute Abend nicht reichen.« Er wandte sich mir zu. Dabei hatte er seine

Anwaltsmiene aufgesetzt, folglich wusste ich bereits, dass er eine Warnung aussprechen wollte. »Tate, tu das nicht. Das Letzte, was du brauchen kannst, ist eine Anzeige wegen sexueller Belästigung. Und …«

»Declan, spar dir den Vortrag und vertrau mir einfach, ja? Ich habe niemals eines der Kindermädchen meiner Tochter angeschaut und werde jetzt auch nicht damit anfangen.«

Okay, das war nicht ganz wahr. Ich hatte Lexi sehr genau angesehen … *und* hatte mich einigen Fantasien hingegeben.

»Okay. Wieso reden wir nicht über etwas anderes?«, meinte Tyler. »Hat irgendwer in letzter Zeit mit Reese gesprochen?«

Reese war unsere Cousine von Dads Seite. Sie und ihre Schwester, Kimberly, waren quasi bei uns zu Hause aufgewachsen, und wir standen uns sehr nahe. Reese machte gerade eine schwere Zeit durch – seitdem sie dahintergekommen war, dass ihr mieser Ex-Verlobter sie betrogen hatte. Und als ob das nicht schon schlimm genug wäre, hatten sie eigentlich auch geplant, sich gemeinsam selbstständig zu machen.

»Ich spreche täglich mit ihr«, sagte Declan, »aber sie erzählt nicht viel. Überwiegend macht sie sich Sorgen um Grans Gebäude.«

Als die Buchläden verkauft wurden, hatte Gran darauf bestanden, das Gebäude zu behalten, in dem sie ihr erstes Geschäft eröffnet hatten. Es war ein Symbol für sie, weil es sie an Grandpa erinnerte, und bedeutete ihr dementsprechend viel. Reese und der Mistkerl hatten in den oberen Stockwerken eine Wellness-Oase eröffnen wollen. Nun herrschte Chaos. Declan half bei den juristischen Folgen.

Ich wandte mich an Luke, weil er Reese und Kimberly

am nächsten stand. »Langsam verarbeitet sie alles. Aber es hilft nicht, dass der Mistkerl ihr die Sache so schwer macht. Er will die Wellness-Oase nach wie vor eröffnen.«

»Das wird noch Ärger geben«, meinte Declan.

Ich biss die Zähne zusammen. »Dann ist er nicht nur ein Arschloch, sondern auch noch ein Idiot. Er versteht einfach nicht, mit wem er sich da anlegt.«

Er würde noch bereuen, Reese verletzt zu haben. In Bezug auf meine Cousinen hatte ich einen starken Beschützerinstinkt – genau wie all meine Brüder. Geschäft war Geschäft, aber für uns stand die Familie immer an erster Stelle. Auf keinen Fall würde ich zulassen, dass Reese verletzt wurde.

***

Meine Brüder und ich verbrachten den Abend miteinander. Paisley war heute bei Gran. Als ich zu Hause ankam, ging ich nicht nach oben, sondern stattdessen in mein Arbeitszimmer.

Ich könnte Gran bitten, noch ein wenig länger auf Paisley aufzupassen, und mir in der Zwischenzeit weitere Bewerberinnen von der Agentur schicken lassen. Aber das wollte ich nicht. Es war der Agentur gegenüber nicht fair. Außerdem hatte ich schon oft genug nach Nannys gesucht, dass ich wusste, jemand wie Lexi Langley würde mir so schnell nicht wieder begegnen. Die Art, wie sie sofort eine Verbindung zu meiner Tochter aufgebaut hatte, hatte etwas in mir ausgelöst – etwas, was ich momentan nicht näher analysieren wollte. Sie war ehrlich gewesen; das war nicht nur ein Job für sie. Und dass sie sich auf Anhieb mit Paisley verstanden hatte, bewies, dass die Chemie zwischen ihnen stimmte.

Paisley hatte darum gebeten, auch die anderen Frauen

kennenzulernen, mit denen ich sprach, und ich hatte nachgegeben. Schließlich war sie es, die Zeit mit ihnen verbringen würde, also sollte Paisleys Meinung eine Rolle spielen. Zufälligerweise mochte sie Lexi auch am liebsten von allen.

Ich ließ mich in meinen Lederstuhl sinken und griff nach dem Telefon. Es gab keinen Grund, die Sache noch länger aufzuschieben. Ich würde Lexi Langley anstellen – und ich würde eine gesunde Distanz zu ihr wahren, um meiner Tochter nichts zu verderben.

Bevor ich meine Meinung noch mal ändern konnte, rief ich sie an.

Nach ein paarmal Klingeln hob sie ab.

»Hi. Mr Maxwell, oder?«, fragte sie laut. Trotzdem konnte ich sie über die dröhnende Musik im Hintergrund kaum verstehen.

»Ja. Haben Sie kurz Zeit?«

»Na klar. Warten Sie, ich gehe ein Stück zur Seite.«

»Wo sind Sie?«, fragte ich.

»Am See. Es gibt Livemusik, und ich bin hergekommen, um sie zu genießen.« Ein paar Sekunden später wurde die Musik leiser. »Okay. Ich höre.«

»Ich hatte ja versprochen, dass ich mich melde. Ich habe die Bewerbungsgespräche abgeschlossen und bin froh, Ihnen mitteilen zu können, dass Paisley und ich uns freuen würden, wenn Sie so bald wie möglich anfangen könnten.«

»Oh, wow. Wirklich? Das ist toll. Ich dachte, wegen der zeitlichen Beschränkung wäre ich gleich aus dem Rennen.« Sie klang ein wenig atemlos, was mich vermuten ließ, dass sie noch andere Gründe im Kopf hatte. Ein paarmal hatte sie mich dabei erwischt, wie ich sie gemustert hatte. Ich musste vorsichtiger sein.

Nein, ich musste ganz damit aufhören, sie abzuchecken!

»Sie sind sehr qualifiziert, und Sie und meine Tochter

hatten einen guten Draht zueinander. Natürlich ist es nicht ideal, dass Sie den Job nach Schulbeginn nicht mehr machen können, aber wir werden schon klarkommen.«

»Darüber habe ich auch nachgedacht«, meinte sie. »Sie können weitersuchen … und wenn Sie vor Ende der Ferien jemanden finden, werde ich mich nach einem anderen Job umsehen.«

Ich runzelte die Stirn. Fast hätte ich sie gefragt, wieso sie überhaupt einen Ferienjob annahm. Sie hatte kurz angemerkt, dass sie das zusätzliche Geld brauchte, und ich wollte wissen, warum. Sobald sie angefangen hatte, würde sich recht schnell eine Gelegenheit ergeben, das herauszufinden.

»Ich werde die Suche vorerst aussetzen und gegen Ende der Sommerferien wiederaufnehmen, also müssen Sie sich deswegen keine Sorgen machen. Ihr Job ist sicher. Ich glaube, wir werden uns wunderbar verstehen«, erklärte ich ihr. »Ich meine, Sie werden mich natürlich nicht oft sehen, aber bestimmt werden Sie und Paisley gut miteinander auskommen.«

»Okay. Dann soll ich Montagmorgen anfangen? Immer noch um neun Uhr?«

»Ja. Gutes Gedächtnis.«

»Super. Hat Paisley bereits gesagt, was sie machen will? Ich bin mir nicht sicher, was ich anziehen soll. Vielleicht Jeans und ein T-Shirt. Und ich könnte einen Satz Kleidung zum Wechseln mitnehmen.« Ich konnte hören, dass sie im Moment überwiegend mit sich selbst sprach. »Irgendetwas, was nicht zu viel preisgibt.«

»Und wieso das?«

»So ein Mist. Da habe ich wohl laut gedacht«, platzte sie heraus.

Ich musste einfach lachen. »Aber jetzt haben Sie mich neugierig gemacht. Verraten Sie es mir, Ms Langley.«

Sie räusperte sich. »Ich meinte, professionelle Kleidung, die nicht zu viel Haut zeigt.«

»Ms Langley, Ihr gelbes Kleid hat nicht allzu viel enthüllt. Und ich könnte mir vorstellen, dass Sie in allem umwerfend aussehen.«

Diesmal war sie es, die laut auflachte. Verdammt, ich mochte dieses Geräusch viel zu sehr.

»Ich möchte mich entschuldigen. Das war unpassend«, sagte ich, entschlossen, unser Verhältnis professionell zu halten.

»Ich war nicht davon ausgegangen, dass Sie meine Kleidung bemerkt haben.«

Es lag mir auf der Zunge, ihr zu sagen, dass ich die Hälfte unseres Gesprächs damit verbracht hatte, mir jeden Teil ihres atemberaubenden Körpers einzuprägen – doch ich tat es nicht.

»Und es tut mir leid, dass ich so mit meinen Gedanken herausgeplatzt bin«, flüsterte sie. »Wir … sehen uns also Montag?«

»Ja. Jetzt genießen Sie den Abend. Viel Spaß, Ms Langley!«

»Danke. Ihnen auch.«

Ich legte auf, dann ließ ich mich mit einem Kopfschütteln in meinem Stuhl zurücksinken. Ich hatte mir geschworen, dass ich sie nicht einmal ansehen durfte … aber schon ein Telefonat später malte ich mir bereits aus, wie viel Spaß wir miteinander haben könnten.

Der kommende Sommer barg offenbar viele Gefahren.

4 Lexi

Am nächsten Montag kam ich pünktlich beim Haus der Maxwells an. Ich war supernervös, zerrte immer wieder an meinem T-Shirt oder starrte auf meine Jeans. Tates Worte hallten in meinem Kopf wider. *Ich könnte mir vorstellen, dass Sie in allem umwerfend aussehen.* Ein leises Seufzen drang über meine Lippen. Hätte ich bei unserem Telefonat nicht laut gedacht, hätte er das wahrscheinlich nie gesagt. Aber er *hatte* es gesagt, und jetzt konnte ich seine Worte nicht vergessen.

Ich klingelte an der Tür. Während ich wartete, schoss ich ein Selfie von mir selbst und schickte es an meine Eltern. Ich war unglaublich froh, dass meine Jobsuche so schnell von Erfolg gekrönt worden war. Mit der Agentur hatte ich schon besprochen, dass ich mein Geld wöchentlich erhalten wollte statt einmal im Monat, damit meine Eltern so schnell wie möglich anfangen konnten, die Rechnungen abzubezahlen.

Lexi: Heute ist mein erster Tag im neuen Job.
Wünscht mir Glück!

Mom: Du wirst das wunderbar hinkriegen, Liebes!
Ich wünsche dir einen tollen Tag!

Ich biss mir auf die Unterlippe, um mich für das Erscheinen meines attraktiven Arbeitgebers zu wappnen, als die Eingangstür aufschwang. Aber es war Paisley. Mal wieder barfuß rannte sie mit dem Schlüssel zum Tor. »Hi, Lexi. Dad hat gesagt, ich darf das Tor für dich aufmachen.«

»Hey, Paisley. Danke. Ist schön, hier zu sein.«

»Ich bin so froh, dass du da bist. Dich mag ich am meisten.«

Also hatte Tate seine Tochter doch um ihre Meinung gefragt. Mit neun war man alt genug, um zu wissen, ob man jemanden instinktiv ablehnte – und ich war eine große Verfechterin von ersten Eindrücken. Nun, außer, wenn der erste Impuls war, einen wahnsinnig gut aussehenden Alleinerziehenden abzuchecken. Solche Neigungen mussten um jeden Preis ignoriert werden. In was war ich da nur hineingeraten? Es stimmte schon, ich hatte seit über einem Jahr keine Verabredung mehr gehabt, aber trotzdem. Er war der Vater eines Kindes, das meiner Fürsorge anvertraut war, und ich hatte meine goldene Regel.

Paisley ergriff meine Hand und führte mich ins Haus.

»Es ist heute so schön draußen«, meinte ich. »Was möchtest du denn heute gern unternehmen?«

»Ich will Fahrrad fahren.«

»Okay. Also hast du eines.«

»Ja. Es ist pink.«

»Ich mag Pink«, sagte ich. Unglücklicherweise war ich – anders als Paisley – zu alt, um ein pinkfarbenes Fahrrad zu besitzen. »Hast du auch ein Fahrrad für mich? Falls nicht, kann ich morgen meines mitbringen und hier unterstellen.«

Paisley runzelte die Stirn. »Ich glaube, in der Garage stehen noch andere Fahrräder. Wir können nachsehen.«

»Ja, das machen wir.« Ich wappnete mich, als sie mich durchs Haus führte. Das Wohnzimmer kannte ich bereits, aber jetzt führte sie mich in den rechten Teil des Hauses, in eine riesige Küche mit weißen Schränken im Landhausstil und einer Arbeitsplatte aus Marmor.

Vor dem Herd stand Tate und buk Waffeln. Welch ein Anblick! Wieder einmal trug er ein Anzughemd mit aufgerollten Ärmeln.

»Guten Morgen, Lexi«, sagte er.

Sofort machte mein Magen einen Sprung. Bisher hatte er mich nie mit meinem Vornamen angesprochen, doch nun, wo ich für ihn arbeitete, ergab das Sinn. Ich wusste nicht, ob ich ihn Tate oder Mr Maxwell nennen sollte, also entschied ich mich für die sicherere Variante. »Guten Morgen, Mr Maxwell.«

»Wollen wir uns nicht duzen? Sag doch Tate zu mir«, sagte er.

»Ja, gern.«

Er zog einen Stuhl in seiner Nähe unter dem Tisch heraus. Ich atmete einmal tief durch, bevor ich mich setzte.

»Ich habe eine Menge Waffeln gebacken«, meinte er. »Hast du schon gefrühstückt?«

»Ja, habe ich. Aber zu Waffeln sage ich nie Nein.«

Paisley klatschte lachend in die Hände. »Daddy macht sie zweimal in der Woche für mich.«

Tate zuckte lächelnd mit den Achseln. »Ich habe versucht, eine Regel aufzustellen, dass es Waffeln nur einmal die Woche gibt … aber irgendwie habe ich es nicht geschafft, sie durchzusetzen.«

»Absolut verständlich«, meinte ich. »Mach dir nicht allzu viele Vorwürfe. Ich arbeite täglich mit Kindern, und selbst ich bin ihrem Charme gegenüber noch nicht immun. Sie sind so niedlich und süß und wissen genau, wie sie das als Waffe einsetzen können.«

Ich goss Ahornsirup über meine Waffel und vertilgte sie schnell. Tate blieb stehen, trank Kaffee und aß nur eine halbe Waffel. Anscheinend war das Frühstück nicht seine Lieblingsmahlzeit. Ich vermutete, dass er das alles bloß tat, um Zeit mit seiner Tochter zu verbringen. Das beeindruckte mich, genauso wie die Tatsache, dass ich sein Handy nirgendwo entdecken konnte. Offensichtlich wollte er seiner Tochter seine volle Aufmerksamkeit schenken.

»Lexi und ich wollen heute Fahrradfahren gehen. Sie hat gefragt, ob wir ein Rad für sie haben.«

Tate sah auf, und mein Herzschlag setzte für einen Moment aus, als er mir tief in die Augen sah. O Gott, er war wirklich attraktiv. Ich durfte sein gutes Aussehen bewundern, oder? Solange ich nicht vergaß, dass er für mich tabu war, sprach eigentlich nichts dagegen.

»Wir haben eines, das gut für dich geeignet sein sollte. Es gibt zwei Erwachsenenfahrräder. Eines gehört mir, und das andere gehörte der vorherigen Nanny.«

»Toll. Ich bin mir sicher, eines davon kann ich benutzen.«

»Ich werde dir auch eine Kreditkarte geben. Nutz sie für alles, was du und Paisley braucht. Wenn du irgendwas aus eigener Tasche bezahlst, gib mir die Quittungen, und ich erstatte dir das Geld zurück.«

»Geht klar.«

»Okay. Wäre damit alles geklärt?«, fragte Tate, als er seine leere Tasse in die Spülmaschine stellte. »Ich fahre dann ins Büro.«

»Paisley, ich bringe deinen Dad noch zur Tür und stelle ihm ein paar Fragen, okay? Bin gleich zurück.«

Sie nickte, immer noch mit ihrem Frühstück beschäftigt.

Tate wirkte überrascht, sagte aber nichts. Als wir gemeinsam die Küche verließen, konnte ich regelrecht spüren, wie sich etwas zwischen uns veränderte. Die Luft schien plötzlich zu knistern.

»Tate, soll ich dir tagsüber Updates zukommen lassen? Ich könnte dir Bilder schicken.«

»Das wäre toll. Ich vermisse Paisley tagsüber sehr.«

Wow. Seine gedankenverlorene Miene sorgte dafür, dass mir ganz warm ums Herz wurde. Und in diesem Moment wurde mir klar, dass sein Effekt auf mich nicht nur mit seinem fantastischen Aussehen zusammenhing. Ich war auch tief gerührt von der Tatsache, was für ein engagierter Vater er war.

»Okay. Dann werde ich heute etwas mit ihr unternehmen und dich auf dem Laufenden halten«, sagte ich mehr zu mir selbst als zu ihm. »Wahrscheinlich sollte ich Wechselkleidung für Paisley mitnehmen. Ich habe auch welche dabei, und …«

Als mir unser Gespräch von gestern Abend einfiel, brach ich mitten im Satz ab. Ich hatte uns beide in Schwierigkeiten gebracht, indem ich über meine Kleidung geredet hatte, und wollte denselben Fehler nicht noch mal machen. Allerdings verriet mir das schelmische Glitzern in seinen Augen, dass Tates Gedanken eine ähnliche Richtung eingeschlagen hatten. Ich faselte schon wieder.

Er stand nur einen Schritt von mir entfernt, und ich konnte sein Aftershave riechen.

»Hast du noch Fragen an mich?«, fragte ich.

Er musterte mich ein paar Sekunden lang so intensiv, dass ich nervös wurde. Dann schüttelte er den Kopf und räusperte sich. »Nein, das wäre alles.«

Ich musste an meine goldene Regel denken. Außerdem verließen meine Eltern sich auf mich. Ich durfte diesen Job nicht in den Sand setzen. Aber ich hatte ihn gerade erst begonnen. Mit der Zeit würde ich mich schon an den Effekt gewöhnen, den er auf mich ausübte.

Ich brauchte einfach Geduld. Mehr nicht. Da war ich mir sicher.

***

Paisley und ich hatten viel Spaß. Sie war ein tolles Kind. In ziemlicher Geschwindigkeit fuhren wir den Lakefront Trail entlang. Sie war wirklich ausdauernd. Unsere erste Pause machten wir erst am Oak Street Beach. Ich hatte eine Decke mitgebracht, also hielten wir eine Art Picknick ab, mit Blick über den See. Aus dem Rucksack holte ich die Erdnussbutter-Marmeladen-Sandwiches, die ich vorbereitet hatte, und reichte Paisley eines davon.

»Wie oft fährst du Fahrrad?«, fragte ich sie.

»Oh, im Sommer oft. Manchmal fährt mein Dad mit mir, oder die Nanny.«

»Hattest du schon viele Nannys?«

Sie nickte. »Ja. Ungefähr zwei pro Jahr. Wenn ich in der Schule bin, ist nur nachmittags jemand da, aber im Sommer ist es immer anders.«

Ich fragte mich, was mit ihrer Mutter geschehen war, doch ich wollte nicht nachfragen. Sie würde es mir erzählen, wenn sie sich bereit fühlte. Oder vielleicht würde Tate mir etwas verraten. Es war wichtig, dass ich wusste, was mich erwartete, um gut mit der Situation umzugehen.

»Meine Onkel unternehmen auch etwas mit mir«, sagte sie nach ein paar Bissen von ihrem Sandwich.

»Wie viele hast du?«, fragte ich.

»Fünf«, verkündete sie stolz.

»Fünf. Wow.« Sechs Maxwell-Brüder konnte ich mir kaum verstellen. Ich war mir sicher, dass sie alle attraktiv waren … und das war eigentlich zu viel für diese Welt.

»Außerdem habe ich zwei Nenntanten. Dads Cousinen. Sie leben alle in Chicago. Manchmal holen sie mich von der Schule ab. Ich glaube, meine Lehrerinnen mögen es, wenn meine Onkel vorbeikommen.«

Ja, damit wäre meine Theorie bestätigt.

Beim Essen bekam ich eine Menge Informationen geliefert. Paisley liebte Selena Gomez, ihre Lieblingsfarbe war

Pink, sie könnte jeden Tag *Schneewittchen* schauen und las nicht allzu gern. Aber sie mochte Malbücher und Handarbeiten.

Sobald wir aufgegessen hatten, holte ich die Sonnenmilch heraus. Wir hatten uns schon im Haus eingecremt, doch es wurde Zeit für eine neue Schicht; die Sonne brannte vom Himmel, und wir schwitzten beide. Ein paar Minuten später fuhren wir weiter und machten nur Pause, um als Snack einen Hotdog von einem Foodtruck zu essen. Als wir am Nachmittag wieder zu Hause waren, nahmen wir uns gemeinsam ein Puzzle vor, das die Skyline von Chicago zeigte, und tranken dazu Zitronenlimonade. Je mehr es auf sechs Uhr zuging, desto nervöser wurde ich. Innerlich bereitete ich mich auf Tates Ankunft vor.

Punkt sechs Uhr kam er an. Sobald die Tür aufschwang, sprang Paisley in seine Arme. Er umarmte sie fest und lächelte auf sie herunter. Als er aufsah, trafen sich unsere Blicke, und ich freute mich, ihn so glücklich zu sehen. Er stellte seine Tochter ab, kam auf mich zu, und mit jedem Schritt, den er näher kam, schien meine Körpertemperatur zu steigen. Ungelogen. Das würde alles viel schwerer werden, als ich gedacht hatte.

»Wie war der Tag?«, fragte er. »Ach ja, und danke für die Bilder.«

»Gern geschehen. Es war toll. Die Bilder habe ich auf dem Lakefront Trail geschossen. Wir waren eine Weile dort, dann sind wir nach Hause gekommen und haben eine Weile an einem Puzzle geknobelt.«

»Es hat so viel Spaß gemacht, Dad«, warf Paisley ein. »Lexi kann richtig schnell fahren, nicht wie die letzte Nanny. Und sie macht richtig gute Zitronenlimonade.«

Offensichtlich freute Tate sich über diese Neuigkeiten. »Also war das Rad in Ordnung?«

Ich nickte. »Ja, es passte gut.«

»Ich muss die Limo probieren. Ist noch etwas übrig?«

»Natürlich!« Aus irgendeinem Grund klang meine Stimme quietschig. Keine Ahnung, wieso sein Interesse an meiner Limonade so einen Effekt auf mich hatte.

Er goss sich in der Küche ein Glas ein und leerte es in drei großen Schlucken.

»Schmeckt toll. Möchtest du zum Abendessen bleiben? Ich mache Hühnchen-Kebab. Limonade passt da toll dazu.« Er zwinkerte mir zu, was mich kein bisschen ruhiger werden ließ.

»Hühnchen-Kebab? Wow. Ich bin beeindruckt.«

»Bitte bleib, Lexi«, bettelte Paisley. »Dad kann echt gut kochen.«

Ich hatte Hunger, aber ich wollte nicht stören, selbst wenn Paisley darum bettelte. Außerdem war es sicher nicht besonders klug, mehr Zeit als nötig mit Tate zu verbringen. Er war mein Arbeitgeber … und ich wollte wirklich nicht in Schwierigkeiten kommen.

»Ich habe Hunger, aber ich denke, es ist besser, wenn ich gehe.« Verdammt, wieso hatte ich zugegeben, dass ich hungrig war? In der Nähe dieses Mannes funktionierte mein Hirn einfach nicht richtig.

Er hob die Augenbrauen. »Wieso bleibst du nicht, wenn du doch Hunger hast?«

Ich schluckte schwer und flüsterte dann: »Ich möchte mich nicht aufdrängen.«

»Ich werde dich noch rausbringen«, sagte er, ohne den Blick von mir abzuwenden. Vermutlich ging es mehr darum, noch ein paar Worte an mich zu richten, ohne dass Paisley uns belauschte.

»Okay.«

»Paisley, ich bin gleich zurück.« Wir traten in den Flur und gingen zur Eingangstür.

»Lexi, wenn du bleiben möchtest … du störst nicht. Bist

du dir sicher, dass das der einzige Grund ist, wieso du gehen willst?«

O Gott, mein Name klang in seinem Mund echt dekadent!

Ich sah ihm in die Augen und fragte mich, ob ich den Stier einfach bei den Hörnern packen und alles auf den Tisch legen sollte.

»Oder hat es damit zu tun, dass ich mich bei unserem Telefonat unpassend verhalten habe?«

Okay … anscheinend war dieser Mann eher direkt.

Das gefiel mir.

»Nun, in erster Linie waren es meine Worte, die unpassend waren«, murmelte ich. »Tate, hör mal, ich arbeite seit sieben Jahren als Lehrerin, und ich habe eine goldene Regel. Ich halte mich von jeder persönlichen Beziehung mit Eltern fern.«

Endlich fand ich den Mut, ihm ins Gesicht zu sehen.

Der Blick seiner Augen wirkte amüsiert. »Definiere ›persönliche Beziehung‹.«

Meine Ohren wurden heiß. »Du weißt doch genau, was ich meine.«

Er musterte mich eine Weile, und mit jeder Sekunde, die verging, schien mir heißer zu werden.

»Das kann für Kinder sehr verwirrend sein und …«

»Lexi, ich weiß. Paisley hat absolute Priorität. Ich würde niemals irgendetwas tun, was sie verwirren könnte. Sie ist mein Ein und Alles.«

Er konnte doch nicht solche Sachen sagen und erwarten, dass ich nicht dahinschmolz.

»Das ist offensichtlich.«

»Wir beide können unser Verhältnis professionell halten.«

Ich hörte ihm an, dass er selbst nicht ganz glaubte, was er da sagte.

»Aber das bedeutet nicht, dass du nicht zum Abendessen bleiben kannst.«

Hmmm… so sah es aus: Wenn ich blieb, würde ich wahrscheinlich noch mehr dahinschmelzen, was mich nur empfänglicher für seinen Charme machte. Das konnte ich natürlich nicht laut aussprechen. Das würde mich bloß in Schwierigkeiten bringen.

»Ein andermal werde ich die Einladung vielleicht annehmen, aber für heute bin ich weg. Es war ein toller Tag. Habt einen schönen Abend!«

***

Den Rest der Woche ging ich Tate aus dem Weg. Ich frühstückte jeden Morgen mit ihm, weil die Mahlzeit immer genau dann stattfand, wenn ich ankam, doch ich ging vor dem Abendessen.

Am Mittwoch machte er vormittags Homeoffice, und ich konnte ständig seine Gegenwart spüren, egal, wo im Haus ich mich auch aufhielt.

Paisley und ich wollten ins Museum, aber sie ließ sich Zeit damit, die richtige Garderobe auszuwählen. Ich wartete in der Küche auf sie, wo ich an der Kücheninsel lehnte und auf meinem iPhone auf einer Feinschmecker-Seite surfte.

»Was tust du?«, fragte Tate und erschreckte mich damit. Ich hatte nicht gehört, dass er den Raum betreten hatte.

»Ich warte auf Paisley. Währenddessen vertreibe ich mir die Zeit damit, nach einem Geschenk für meine Eltern zu suchen. Die Ärzte meiner Mom haben ihr erlaubt, ein paar Leckereien in ihren Nahrungsplan aufzunehmen.«

»War sie krank?«

»Ja, sie hatte zwei Herz-OPs. Die Rechnungen waren heftig.«

»Hast du den Job deswegen angenommen?«

Ich nickte. »Ich habe meine Hilfe angeboten, aber mit meinem Lehrergehalt komme ich gerade so über die Runden. Auf jeden Fall kann ich auch später nach einem Geschenk suchen.«

Seine Augen wurden schmal. Ich versuchte, den Blickkontakt zu halten, aber er trug ein weißes Anzughemd und der oberste Knopf stand offen. Ich verzehrte mich danach, mir das genauer anzusehen.

Blick nach oben, Lexi. Blick nach oben.

»Trinken sie Wein?«, fragte er plötzlich.

»Natürlich, sehr gern sogar.«

»Ich kann ihnen eine Geschenkbox von den Maxwell Wineries zukommen lassen.«

Mir fiel die Kinnlade nach unten. »Moment … Tate Maxwell? O mein Gott! Dir gehören die Maxwell Wineries?«

Er schmunzelte. »Mein Nachname hat mich nicht verraten?«

»Ehrlich gesagt, habe ich einfach nicht eins und eins zusammengezählt. Bis jetzt. Wow. Du bist mit *diesen* Maxwells verwandt.«

Ich hatte ihre Buchläden geliebt und als Jugendliche eine Menge Zeit dort verbracht. Die Maxwells waren in Chicago eine Art Legende. Mir wäre nie in den Sinn gekommen, dass er zu ihnen gehörte. Abgesehen von dem riesigen Haus, wirkte er sehr bodenständig … und dasselbe galt für Paisley.

»Ähm … okay«, sagte ich, als ich mich vom Schock erholt hatte. »Und ja, eine Geschenkbox Weine wäre wunderbar. Wie viel kostet sie?«

Wieder einmal wanderten seine Augenbrauen nach oben. »Nichts. Gib mir die Adresse.«

»Wow, vielen Dank. Das ist so großzügig. Sie lieben Maxwell-Weine. Genau wie ich«, rief ich. Irgendwie fühlte ich mich seltsam. Solche Großzügigkeit war ich nicht gewöhnt. Tatsächlich sorgte er schon wieder dafür, dass ich dahinschmolz. Er wollte meine Eltern verwöhnen!

Er schenkte mir ein strahlendes Lächeln. Das Glitzern in seinen Augen jagte ein Kribbeln über meine Haut, und mir stockte der Atem.

»Gut zu wissen, Lexi. Gut zu wissen.«

Fast hätte ich gefragt, warum … aber vielleicht war es ja besser, wenn ich im Unklaren war.

Ich spielte wirklich mit dem Feuer.

5 Lexi

Am Freitagnachmittag eine Woche später hatte ich es bald geschafft. Samstag und Sonntag wären absolut Tate-freie Tage. Letztes Wochenende hatte ich mich wieder etwas beruhigt, doch jeden Morgen mit Tate zu verbringen, hatte alles wieder durcheinandergebracht. Wenn seine Nähe einen solchen Effekt auf mich ausübte, würde mehr Abstand sicherlich helfen. Zumindest hoffte ich das.

Paisley und ich fuhren wieder Fahrrad, danach blieben wir noch am North Avenue Beach, um die Sonne zu genießen und im See zu schwimmen. Draußen war es viel zu heiß. Das Wasser war hingegen eisig, was uns allerdings nicht kümmerte. Wir wollten uns abkühlen, und das kalte Wasser war genau das, was wir brauchten. Ich behielt Paisley immer im Blick, obwohl sie eine gute Schwimmerin war. Sie war eine richtige Wasserratte, und ich konnte sie erst davon überzeugen, dass es mit dem Baden für heute genug war, als dunkle Wolken heranzogen. Im Radio hatten sie Gewitter angekündigt, aber ich hatte das angesichts des schönen Wetters eigentlich nicht geglaubt.

»Ich bin müde und habe solchen Hunger«, meinte Paisley, als wir wieder trockene Kleidung trugen.

»Genau wie ich. Wir können uns ein Uber nach Hause gönnen, wenn du möchtest. Ich werde einen Wagen bestellen, der auch groß genug für unsere Fahrräder ist.«

Paisley schüttelte den Kopf. »Ich schaffe das. Und Daddy hat mir vegetarisches Curry zum Abendessen versprochen. Ich kann es kaum erwarten.«

Als sie Tate erwähnte, machte mein Magen gleich einen Sprung. Der Vorteil war, dass mir noch eine halbe Stunde auf dem Fahrrad und eine Stunde im Haus blieben. Das dürfte lang genug sein, um mich unter Kontrolle zu bekommen.

»Okay.«

Den Plan mit dem Uber behielt ich dennoch im Hinterkopf, für den Fall, dass es anfing zu regnen. Die Wolken zeigten ein dunkles Grau, und die Luft war drückend, wie gewöhnlich vor Sommergewittern.

Wir hatten Glück, denn auf der Fahrt bekamen wir nur ein paar Regentropfen ab. Aber kaum hatten wir das Haus betreten, entfesselte der Himmel ein wahres Inferno.

Zu meiner Bestürzung war Tate bereits daheim, obwohl es erst fünf Uhr war. Langsam kam er auf uns zu. Er hatte ein schwarzes T-Shirt an, das an seinem Oberkörper klebte, als wäre seine Haut noch feucht. Offensichtlich hatte er gerade geduscht. Außerdem trug er Jeans. Ich hatte ihn noch nie so lässig gekleidet gesehen und konnte mich kaum davon abhalten, seine Bauchmuskeln abzuchecken.

Da ging mein Plan hin, mich zu wappnen.

»Daddy, ich habe Huuuuuuuuunger«, rief Paisley und rannte einfach an ihm vorbei in die Küche.

Statt Paisley zu folgen, kam er auf mich zu, ohne mich für einen Moment aus den Augen zu lassen. »Und du, Lexi? Willst du bleiben, bis das Gewitter vorbei ist? Es schüttet ziemlich. Selbst mit einem Regenschirm dürftest du durchnässt sein, wenn du am Auto ankommst.«

Das war eine tolle Ausrede.

Ich biss mir auf die Unterlippe, weil ich einfach nicht wusste, wie clever das war. Er musste mein Zögern bemerkt haben, weil er die Augenbrauen hochzog. »Ich lasse dich nicht in dieses Gewitter hinaus, Lexi. Das ist nicht sicher.«

»Du *lässt* mich nicht?«

Mein Gott, bei seinem herrischen Ton bekam ich ganz weiche Knie.

»Nein.«

»Na dann, okay.«

Mir fehlte einfach die Willenskraft, mich zu verweigern. Ich konnte ihm seinen Triumph förmlich ansehen.

Während des Abendessens wurde das Gewitter noch stärker. Tate hatte ein Gemüsecurry mit Basmatireis gezaubert, das einfach köstlich war.

»Du kochst wirklich herausragend«, sagte ich.

Er zwinkerte mir zu. »Ich habe eine Menge Übung.«

Paisley strahlte. »Daddy ist der beste Koch. Wir hatten mal einen Kochwettbewerb in der Schule… und er hat gewonnen. Alle anderen Moms waren ziemlich sauer.«

Ich presste die Lippen aufeinander, um nicht zu lachen.

»Man beachte die Betonung auf *Moms*«, sagte er aus dem Mundwinkel. »Das verrät eine Menge über Geschlechterrollen, nicht wahr?«

Ich nickte, bevor ich mir noch eine Gabel Reis in den Mund schob. Mir gefiel, dass er sich um so was nicht kümmerte. Ich konnte mir lebhaft vorstellen, wie er zu einem Kochwettbewerb in der Schule auftauchte. Er war ein Mann mit vielen Talenten, so viel war schon mal sicher.

Nach dem Abendessen wollte Paisley es sich auf der Couch gemütlich machen und fernsehen, aber bereits zwei Minuten später war sie eingeschlafen.

»Wir waren heute nicht nur radfahren, sondern auch schwimmen«, flüsterte ich. »Kein Wunder, dass sie müde war.«

»Ich werde sie schnell nach oben bringen«, meinte er, ehe er mich direkt ansah. »Warte hier auf mich.«

Mein Herz raste. Ich wusste, dass es keine gute Idee war, mit Tate allein zu sein, doch ich brachte es einfach nicht übers Herz, nach Hause zu gehen.

»Ich habe tollen Wein«, fuhr er fort.

Und jetzt bestach er mich mit Alkohol!

»Ich werde bleiben … aber nur unter einer Bedingung.«

»Und die lautet?«, fragte er.

»Ich will einen Wein trinken, der noch nicht auf dem Markt ist.«

»Ich bin mir sicher, dass ich etwas finden werde, was Ihrem Geschmack entspricht, Ms Langley«, sagte er und sah mich mit großen Augen an.

Er flirtete doch gerade mit mir, oder? Ja. Eindeutig. Dabei schlief seine Tochter nur ein paar Schritte entfernt von uns. Bestimmt war es keine gute Idee, wenn ich noch länger blieb. Aber wir waren beide erwachsen, und ich hatte ihm klargemacht, wie weit er gehen konnte.

»Okay. Ich werde hier warten.«

»Gut.«

Ich versuchte, nicht schon wieder dahinzuschmelzen, als er Paisley in seine Arme hob. Sofort kuschelte sie den Kopf an seine Schulter, und er legte eine Hand an ihren Hinterkopf. Er stützte sie mit solcher Selbstverständlichkeit, dass offensichtlich wurde, wie oft er das tat.

Wie konnte dieser große Mann so sanft sein?

Ich tigerte in der Küche auf und ab, weil ich einfach nicht wusste, was ich mit mir anfangen sollte. Doch auf meinem Teller wartete noch ein wenig Curry auf mich, also setzte ich mich und aß den Rest auf.

Ein paar Minuten später kam Tate zurück. Als ich seine Schritte hörte, sah ich auf und schaute ihn zum ersten Mal heute Abend wirklich an.

Der Mann war einfach wahnsinnig attraktiv. Und die lässige Kleidung trieb seine Anziehungskraft in ganz neue Höhen. Nicht, dass er das nötig gehabt hätte. Das schwarze T-Shirt betonte seine definierten Bauchmuskeln und brachte seine muskulösen Arme besser zur Geltung als die Hemden. Die Ärmel pressten sich an seinen Bizeps. Ich starrte ihn an, bis er die Augenbrauen hochzog. Ich wurde rot.

»Willst du einen Nachschlag?«, fragte er und deutete auf die Pfanne mit dem Curry.

»Nein, vielen Dank. Alles gut. Ich habe diese Portion aufgegessen. Sie war riesig, aber es ist trotzdem alles weg. War einfach so lecker, dass ich mir keinen Bissen entgehen lassen wollte.«

»Freut mich, dass es dir geschmeckt hat.« Er setzte sich neben mich, um seinen Teller ebenfalls zu leeren. Wir hatten schon vorher so gesessen, doch ohne Paisley als Puffer war die Anspannung zwischen uns sozusagen mit Händen greifbar. Seine Gegenwart war überwältigend.

»Und, wie ist das Fazit nach der zweiten Woche?«, fragte er.

»Ich habe Spaß. Es ist nicht schwer, mit Paisley Zeit zu verbringen. Sie ist so neugierig auf die Welt.«

»Was ist mit mir, Lexi? Wie einfach ist es, Zeit mit mir zu verbringen?« Er nagelte mich mit seinen braunen Augen fest, und sofort wurde ich unruhig.

»Da bin ich mir immer noch nicht sicher.« Ich benetzte die Lippen und wandte den Blick ab. »Zurück zu Paisley. Ich wollte dich fragen, ob es Themen gibt, die tabu sind. Oder ob es Dinge gibt, über die ich speziell mit ihr reden soll.«

Er runzelte die Stirn. »Wie zum Beispiel?«

Ich räusperte mich. »Jungs.«

Er riss den Kopf zurück und starrte mich entgeistert an. »Sie hat sich nach Jungs erkundigt?«

Oh, ich sah förmlich, wie da ein überbehütender Vater heranwuchs. »Nein, hat sie nicht. Aber, na ja, für den Fall, dass sie fragt, wollte ich es wissen.«

»Denken Mädchen in diesem Alter überhaupt schon an so etwas?«

»Manchmal. Du wärst überrascht, worüber Mädchen alles nachdenken. Und meistens wollen sie ihre Eltern nicht zu diesen Themen befragen, also wenden sie sich an mich.«

Seine Miene verfinsterte sich. »Nun, es ist ja nicht so, als könnte sie mit ihrer Mutter darüber sprechen.«

Mir wurde es schwer ums Herz. »Ist sie gestorben?«

Er schüttelte den Kopf. »Nein, nichts dergleichen. Wir haben uns scheiden lassen, als Paisley drei war. Sie ist nach Seattle gezogen, aber selbst dort ist sie nur selten. Sie arbeitet als Model, also reist sie viel. Das ist einer der Gründe, warum sie mir das alleinige Sorgerecht für Paisley überlassen hat.«

»Oh. Okay. Paisley hat ihre Mutter kein einziges Mal erwähnt, also habe ich mich bereits gefragt, ob das unter die Tabuthemen fällt.«

»Nein. Nora nimmt einfach keinen großen Anteil an Paisleys Leben. Hin und wieder ruft sie an und kommt einmal im Jahr zu Besuch. Außerdem fährt Paisley einmal jährlich eine Woche mit ihr in Urlaub. Aber das war's dann auch schon.«

Das tat mir so leid für Paisley. Und für Tate, weil er offensichtlich verletzt war und immer noch litt, obwohl seit der Scheidung bereits Jahre vergangen waren. »Tut mir wirklich leid.«

»Ich habe meine Familie, und wir stehen uns alle sehr nahe, aber es ist schwer für meine Tochter, keine Mutter zu haben.«

»Ist es«, stimmte ich ihm zu. »Wenn es für dich okay ist, werde ich Paisley sagen, dass sie mir alle Fragen stellen kann, die sie dir lieber nicht stellen will. Und wenn sie ein besonders delikates Thema anspricht, werde ich mit dir reden, bevor ich mich ihr gegenüber äußere.«

Er musterte mich eingehend, dann nickte er. »Das klingt

toll. Danke. Ich bin echt froh, dass du den Job angenommen hast, Lexi. Ich hatte nie … nun, Paisley und ich hatten noch nie jemanden wie dich. Du scheinst wirklich zu verstehen, was Kinder brauchen.«

»Na ja, ich liebe Kinder. Deswegen bin ich Lehrerin geworden. Ich weiß nicht, warum, aber ich verstehe einfach, was sie beschäftigt und wie sie denken. Das gilt besonders für Kinder in Paisleys Alter. Mit Kleinkindern habe ich so meine Probleme, für Grundschulkinder habe ich allerdings ein Händchen.«

Seine Miene veränderte sich. Seine Augen wurden ganz weich … und jetzt war es um mich geschehen. Es waren weder seine schwelenden Blicke noch seine intensiven Musterungen, die mich schwach machten, sondern genau diese weiche Miene. Keine Ahnung, warum. Vor allem konnte ich nicht verstehen, wieso Paisleys Mom die beiden verlassen hatte.

»War die Scheidung einvernehmlich?«, fragte ich, ohne nachzudenken. »Tut mir leid. Das geht zu weit. Du musst nicht antworten.«

Er beugte sich zu mir und sah mich direkt an. »Wir haben doch die *Das geht zu weit*-Grenze schon bei unserem ersten Telefonat hinter uns gelassen, Lexi.«

Ich lachte und fuhr mir mit einer Hand durchs Haar. Ich mochte diese lockere Seite von Tate.

Aber dann runzelte er die Stirn. »Und nein, man kann die Scheidung nicht als einvernehmlich bezeichnen. Vor Paisleys Geburt hat Nora schon als Model gearbeitet. Als Paisley zwei wurde, hat sie beschlossen, ihre Karriere wieder voranzutreiben. Ich habe sie darin unterstützt … weil ich es verstehe, wenn man für seinen Beruf brennt. Dann hat sie beschlossen, dass sie ungebunden sein und sich ganz ihrer Karriere widmen will. Ich dachte, sie würde mehr an Paisleys Leben teilhaben wollen … aber so ist es nicht. Ich glaube, Paisley lernt langsam, das zu akzeptieren.«

»Und du?«

»Ich habe akzeptiert, dass sie nicht mehr Teil unseres Lebens sein will, als ich auf eine Paartherapie bestanden habe und sie mir mitgeteilt hat, dass das kaum einen Sinn ergeben dürfte, weil sie eine Affäre mit einem Fotografen angefangen hatte.«

Ich keuchte. »Wie schrecklich.«

Tate machte eine wegwerfende Handbewegung, begleitet von einem Kopfschütteln. »Es ist, wie es ist. Nicht jeder kann eine glückliche Ehe führen wie meine Eltern. Vor der Hochzeit dachte ich, die Scheidungsraten wären übertrieben. Jetzt weiß ich, dass sie das nicht sind.«

Er sagte nichts mehr dazu, und ich hakte nicht nach, weil ich keine alten Wunden aufreißen wollte. Stattdessen wollte ich ihn ablenken. Und mir fiel ein, dass ich einen guten Grund dafür hatte.

»Du hast mir Wein versprochen, schon vergessen? Ich kann hier keine Flasche sehen.«

Er lehnte sich zurück und lächelte so selbstbewusst, dass mir die Knie weich wurden. Seine maskuline Ausstrahlung war unfassbar.

»Ich habe einen Weinkeller. Wenn du magst, zeige ich ihn dir, und dann suchst du dir aus, was immer du möchtest.«

Ich richtete mich höher auf. »O mein Gott. Du hast einen Weinkeller im Haus?«

Er lachte leise. »Ja, habe ich. Was für ein Winzer wäre ich sonst?«

»Keine Ahnung. Ich dachte, das wäre alles dort gelagert, wo der Wein produziert wird.«

»Dort gibt es natürlich auch einen Weinkeller, aber das hier ist mein persönlicher Vorrat. Komm, ich werde ihn dir zeigen.«

Als ich aufstand, glitt mein Arm über seine Brust, und ich hörte, wie er nach Luft schnappte.

O Mann. Diese harten Muskeln unter meiner Haut zu spüren, stellte etwas Seltsames mit mir an.

Was stimmte nicht mit mir? Er war Paisleys Dad. Da sie nicht auf meine Schule ging, bestand also kein Risiko, dass meine Kollegen tratschten oder die Kinder dachten, ich hätte einen Liebling, aber ich hielt das trotzdem für keine gute Idee. Besonders nach dem, was er mir gerade anvertraut hatte.

Ich musste mich darauf konzentrieren, dass er Paisleys Vater war.

Es spielte keine Rolle, dass Tate außerdem der attraktivste Mann war, der mir je begegnet war. Doch wenn ich ehrlich bin, war auch die Tatsache, dass er ein so engagierter Vater war, Teil seines unwiderstehlichen Sex-Appeals.

Als ich zu ihm aufsah, stellte ich zu meiner Überraschung fest, dass seine Pupillen größer wirkten. Ich schluckte nervös.

Offensichtlich war ich nicht die Einzige, die von der unglaublichen Anziehungskraft zwischen uns ganz verwirrt war.

6 Tate

Langsam verlor ich den Verstand. Das war die einzige Erklärung, die mir einfiel. Ich konnte die Augen nicht von Lexi abwenden und nur mit Mühe meine Finger bei mir behalten.

»Wie geht es deinen Eltern?«, fragte ich, als ich sie in den hinteren Teil des Hauses führte.

»Besser. Sie haben sich total über die Geschenkbox gefreut. Danke noch mal. Das war wahnsinnig nett von dir.«

Lexi war einfach unglaublich. Bestimmt hätten nicht viele Leute einen Job angenommen, um ihrer Familie zu helfen. Für mich war Familie das Wichtigste im Leben, also machte sie diese Tatsache nur noch anziehender für mich. Lexi berührte etwas in mir … und das war seit der Scheidung keiner Frau mehr gelungen. Es war, als hätte ich das alles einfach blockiert. Weniger aus einer bewussten Entscheidung heraus als rein instinktiv. Ich hatte einen Schutzwall zwischen mir und allen anderen errichtet. Aber von Lexi fühlte ich mich angezogen.

»Du bist ein toller Mensch.«

»Danke«, sagte sie leise. »Ich bin wirklich froh, dass ich den Job bekommen habe.«

Ich drehte mich, um sie anzusehen. »Freut mich, dass du das sagst. Du und Paisley, ihr beide passt gut zusammen. Sie mag dich.« Ich nickte ihr zu. »Ich mag dich auch, Lexi. Mehr, als ich sollte.«

Sie schob sich eine Strähne hinters Ohr, und ich konnte mich nur mit Mühe davon abhalten, es für sie zu tun.

Verdammt. Noch. Mal.

»Komm, lass uns gehen. Wir werden eine Weile im Keller verbringen müssen, um unseren Wein zu finden.«

»Wie viele Flaschen hast du?«, fragte sie.

»Ungefähr tausend.«

Sie war sichtlich erstaunt. »Kann ich hier einziehen? Ich kann im Keller leben … das wäre echt kein Problem.«

Ich lachte, laut und unkontrolliert.

Sie grinste. »Ich habe dich zum Lachen gebracht. Das tust du sonst bloß, wenn Paisley in der Nähe ist.«

»Oder du.«

Sie benetzte die Lippen, und ich konnte den Blick nicht von ihrem Mund abwenden.

»Gehen wir jetzt zum Weinkeller?«, murmelte sie und holte mich damit zurück in die Realität.

Ich richtete mich auf und bedeutete ihr, vorzugehen, als ich die Tür zum Keller öffnete. »Nach Ihnen, Ms Langley.«

Was hatte diese Frau an sich, dass ich in ihrer Umgebung öfter lachte? Ich konnte einfach nicht anders, denn ihre Aussagen waren immer so unerwartet. Sie hatte recht. Ich sollte mehr lachen. Und wenn ich mit Lexi zusammen war, war ich glücklich.

Die Beleuchtung der Treppe war nicht besonders hell, aber dann ging das Licht plötzlich ganz aus. Ich drückte noch mal auf den Schalter, doch das half auch nicht.

»Irgendwas stimmt nicht mit dem Strom hier unten.«

»Sollen wir wieder hochgehen und eine Taschenlampe holen?«, fragte Lexi.

Ich zog mein Smartphone aus der Tasche und schaltete die Taschenlampenfunktion ein. »Ist okay. Das Licht dürfte reichen.«

»Stimmt. Ich habe mein Handy oben gelassen, aber das dürfte funktionieren. Ich werde mich einfach auf die Tatsache konzentrieren, dass es hier unten Wein gibt; sonst könnte ich mich ein bisschen fühlen wie in einem Horrorfilm.«

»Hast du Angst im Dunkeln, Lexi?«

Sie zitterte. Verdammt, ich war ihr nahe genug, um die Gänsehaut auf ihren Armen zu spüren.

»Nicht heute Abend«, flüsterte sie, als wir vor den Regalen anhielten. »Wow. Das ist unglaublich. Du weißt, dass die meisten Leute sich wünschen, sie könnten dieses Bücherregal aus *Die Schöne und das Biest* in der Realität sehen?«

»Ich habe wirklich keine Ahnung, wovon du redest.«

Sie drehte den Kopf in meine Richtung. Ich senkte den Kopf, bis meine Lippen fast ihre berührten. »Du hast eine kleine Tochter.«

»Ich weiß, aber mein Hirn blendet einfach aus, was wir im Fernsehen schauen.«

»Verständlich. Nun, auf jeden Fall gibt es diese Szene in einer riesigen Bibliothek, und die Leute sagen immer: ›Oh, das würde ich gern mal im wahren Leben sehen.‹« Sie deutete auf die Weinregale vor uns. »Aber ich wollte immer mal *so was* sehen.«

Ich gluckste. »Du bist hier immer willkommen, Lexi. Sag mal, was für Wein magst du? Beschreib ihn, so gut es dir eben möglich ist.«

»Ich liebe Weißwein. Fruchtig, allerdings nicht zu süß. Leicht, aber ein wenig rauchig.«

»Ich habe genau das, was du brauchst. Komm. Lass ihn uns gemeinsam aus dem Regal holen.« Wieder übernahmen meine Instinkte die Kontrolle, und ich legte eine Hand an ihre Taille. Sie bewegte sich so abrupt, dass sie mir das Smartphone aus der Hand schlug. Die Taschenlampe erlosch, und wir standen im Dunkeln.

»So ein Mist. Tut mir leid.«

»Kein Problem. Ich such es.« Ich beugte mich vor und

tastete mit der Hand über den Boden, bis ich das Handy gefunden hatte. Auch im Dunkeln gelang es mir, die Taschenlampe wieder einzuschalten.

»Kannst du die Flasche finden?«, fragte Lexi.

Ich musste über die Anspannung in ihrer Stimme lachen. Sie machte sich ernsthaft Sorgen, dass sie keinen Wein bekommen könnte. Diese Frau wurde immer anziehender.

»Fünfte Flasche von unten.« Ich zog den Wein heraus und hielt ihn ihr entgegen. Gleichzeitig fragte ich scherzend: »Willst du ihn nehmen, zur Sicherheit, damit ich ihn nicht fallen lasse oder irgendwas?«

»O nein. Mit Wein vertraue ich dir mehr als mir selbst. Andererseits… du hast das Handy fallen lassen, also gib mir den Wein lieber. Ich werde darauf aufpassen.«

Lachend presste sie sich die Flasche an die Brust.

Ich legte eine Hand an ihren nackten Unterarm. Sofort bewegte sie sich unruhig, und ich hörte, wie sie nach Luft schnappte. Sie reagierte auf eine Weise auf mich, die mich total anmachte.

»Also magst du Wein? Erzähl mir mehr. Was magst du noch?«

»Deine köstlichen Gerichte.«

»Ich meinte generell, nicht in Bezug auf mich. Aber da wir uns ja bereits auf dieses gefährliche Terrain begeben haben… bitte sag mir, was du sonst noch an mir magst.«

Wir erreichten den Fuß der Treppe und blieben stehen.

»Tate«, flüsterte sie. Ihr Atem glitt über meinen Hals, und ich konnte mich nur mit Mühe davon abhalten, sie gegen die Wand zu pressen. Ich würde mich nicht mit Küssen zufriedengeben, das wusste ich einfach. Wenn ich meinen Mund auf ihren drückte, würde das nicht mit einem Kuss enden, sondern damit, dass ich mich in ihr versenkte und sie für mich in Besitz nahm. Und das durfte ich nicht riskieren.

»Ich bin mir nicht sicher, wieso ich mich in deiner Nähe so wenig beherrschen kann«, murmelte sie.

Ich lachte, dann ließ ich meine Hand von ihrer Hüfte an ihre Schulter und als Nächstes zu ihrem Hals gleiten, wo ich mit dem Daumen ihren Kiefer streichelte. »Ich mag dich, Lexi, viel zu sehr. Und ich weiß nicht, was ich dagegen unternehmen soll.«

Im nächsten Augenblick hörte ich, wie Paisley von oben meinen Namen rief. Der Zauber brach, ich stöhnte leise und trat einen Schritt zurück.

»Ist das Paisley?«, fragte Lexi.

»Ja.«

»Leidet sie an Albträumen?« Sie hatte wieder in den Pädagogen-Modus geschaltet. Gut, weil jemand uns vor uns selbst bewahren musste – und ich kriegte das offensichtlich nicht hin.

Als wir die Treppe nach oben gestiegen waren, stellte ich fest, dass nicht nur das Kellerlicht ausgefallen war. Anscheinend lag das ganze Haus im Dunkeln.

»Stromausfall«, sagte sie.

»Wahrscheinlich eine Folge des Gewitters. Jetzt weiß ich, wieso Paisley aufgewacht ist. Sie hat ein Nachtlicht, das wahrscheinlich ebenfalls ausgegangen ist. Ich werde hochgehen und mit ihr reden, okay?« Ich fragte mich, wieso der Notfallgenerator nicht angesprungen war.

»Na klar. Soll ich nach Hause fahren?«, flüsterte sie im Dunkeln.

»Das Gewitter tobt noch, Lexi.«

»Ich verstehe. Also lässt du mich immer noch nicht vor die Tür?«

»Genau.«

»Ich bin deine Gefangene?«, fragte sie scherzhaft.

Ich trat näher an sie heran. »Warte hier auf mich.«

»Okay. Ich habe mein Handy in der Küche gelassen. Ich

werde mich dorthin vortasten, es mir schnappen und uns Wein eingießen.«

»Danke.«

Ich ging nach oben und klopfte an Paisleys offene Tür, bevor ich eintrat.

»Daddy, bist du das?«, fragte sie. Ihre Atmung klang panisch, als ich mich auf die Bettkante setzte.

»Ja, Süße.« Ich streichelte ihre Hand, woraufhin sie sich sofort ein wenig beruhigte, jedoch näher an mich heranrutschte.

»Was ist mit dem Licht passiert?«, fragte sie.

»Der Strom ist ausgefallen. Aber ich werde das in Ordnung bringen, okay? Ich schalte den Generator an.«

»Ich kann im Dunkeln nicht schlafen.«

»Das ist in Ordnung. Wir werden das Licht an deinem Handy anmachen, und sobald der Strom wiederkommt, schaltet sich dein Nachtlicht wieder ein, okay?«

Manche Leute – Paisleys Lehrer eingeschlossen – hatten sich skeptisch geäußert, als ich ihr ein Handy gekauft hatte, als sie erst neun war. Doch ich wollte sie jederzeit kontaktieren können.

Meine Tochter nickte und kuschelte sich für einen Moment an mich. Das tat sie nicht mehr oft. Als sie klein war, hatte ich sie immer in den Schlaf gewiegt, aber jetzt war sie diesem Alter entwachsen. Ich schaltete die Taschenlampe am Handy an und legte es so auf den Nachttisch, dass das Licht von der Decke zurückgeworfen wurde. Schon zwei Minuten später war Paisley wieder eingeschlafen.

Ich drückte ihr einen Kuss auf den Scheitel, blieb allerdings noch eine Weile im Raum, um sie zu beruhigen, falls sie noch mal aufwachte. In der Zwischenzeit schrieb ich meinen Brüdern und fragte, ob einer von ihnen nach Gran sehen konnte. Tyler antwortete, dass ihr Generator automatisch angesprungen war, er aber trotzdem bereits zu ihr unterwegs war, um in ihrem Haus nach dem Rechten zu sehen.

Als ich mir sicher war, dass Paisley schlief, schlich ich auf Zehenspitzen aus dem Raum, schloss die Tür und ging wieder nach unten.

»Lexi?«

»Ich bin auf der Couch«, sagte sie. Ich konnte das Leuchten ihres Handys sehen. »Es ist nicht nur das Haus. Ein Großteil der Stadt hat keinen Strom. Sie arbeiten daran, das in Ordnung zu bringen, aber es könnte eine Weile dauern.«

»So was hatte ich mir bereits gedacht.«

»Geht es Paisley gut?«

»Ja, alles okay. Sie ist wieder eingeschlafen.«

»Du bist ein toller Vater«, flüsterte sie.

»Freut mich, dass du das denkst.«

»Hör mal, ich habe die Flasche nicht geöffnet. Wir können sie ein andermal trinken. Mit dem Gewitter und allem ist es wahrscheinlich besser, wenn ich nach Hause fahre.«

»Ist in deinem Gebäude alles in Ordnung? Habt ihr dort Strom?«, fragte ich aus dem Türrahmen.

»Nein, aber es ist schon okay. Wir haben auch Notfallgeneratoren.«

»In welchem Stockwerk ist deine Wohnung?«

»Im zwanzigsten«, stöhnte sie, als sie zu derselben Erkenntnis kam wie ich.

»Hältst du es wirklich für klug, nach Hause zu gehen? Wenn die Generatoren nicht angesprungen sind, musst du zwanzig Etagen Treppen steigen.«

»Ja, du hast recht«, meinte sie. »Ich sollte noch ein bisschen warten.«

»Ich hätte einen anderen Vorschlag.«

»Oh?«

»Übernachte heute hier. Es gibt genug Schlafzimmer. Stromausfälle können sogar mit Generatoren echt anstrengend sein.«

»Hmmm… schaltet da jemand in den Beschützermodus? Da kann ich kaum Nein sagen, hm?«

»Was?«

»Ist egal. Ich habe nur laut gedacht. Ähm…« Verdammt, sie war echt süß, wenn sie so nervös war. »Wird das morgen früh für Paisley in Ordnung sein?«

»Du wirst in einem Gästezimmer schlafen, Lexi, nicht in meinem Schlafzimmer.« Der Gedanke ließ ein halbes Knurren in meiner Kehle aufsteigen. »Morgen werde ich ihr erklären, dass du nicht nach Hause konntest, während es keinen Strom gab. Komm, lass uns noch ein Glas Wein trinken, bevor wir ins Bett gehen.«

»Zu Wein sage ich nie Nein«, verkündete sie fröhlich.

»Ich werde mal den Generator von Hand anwerfen, da er nicht automatisch angesprungen ist. Du kannst uns inzwischen Wein eingießen.«

»Okay.«

***

Zehn Minuten später lief der Generator. Ich fand Lexi an der Kücheninsel. Sie hatte zwei Gläser herausgeholt und die Flasche entkorkt.

Ich goss uns beiden ein halbes Glas ein, dann nahmen wir die Flasche mit zur Couch, wo wir uns setzten und anstießen.

»Ich möchte deine ehrliche Meinung zu dem Wein hören«, sagte ich.

»Geht klar.« Sie ließ ihn im Glas kreisen und schnüffelte, bevor sie erst einen, dann noch einen Schluck nahm. »Mmmm.«

Das Geräusch traf mich tief, und ich konnte ein leises Stöhnen nicht unterdrücken. Sie schnappte nach Luft und benetzte die Lippen. Unsere Blicke trafen sich, und irgendetwas in mir löste sich. Schon in der nächsten Sekunde lehnte ich mich zu ihr, umfasste ihr Gesicht, legte ihren Kopf schräg und ließ meine Lippen sanft über ihre gleiten. Ich hatte mich nicht geirrt, sie schmeckte köstlich, aber nicht wegen des Weins. Es war ihr ureigener Geschmack – süß, einfach unglaublich gut. Ich küsste sie hungrig, erkundete ihren Mund, liebkoste ihre Zunge, bis ich spürte, wie ein Schauder ihren Körper überlief. Ich konnte nicht aufhören, sie zu küssen, wollte ihr mehr von diesen köstlichen Geräuschen entlocken. Doch Lexi entzog sich mir mit einem Stöhnen.

»Tate …«, murmelte sie.

»Ich kann nicht klar denken«, warnte ich sie.

»Mmmm«, flüsterte sie. »Ich auch nicht. Aber ich denke, wir wissen beide, dass wir gerade einen gefährlichen Weg einschlagen. Wir sollten besser nichts mehr trinken.«

»Es ist nicht der Wein, sondern einfach du, Lexi.«

Sie seufzte. Nur mit Mühe widersetzte ich mich dem Drang, sie erneut zu küssen.

»Ich sollte nach Hause fahren.«

»Nein«, erklärte ich entschlossen. »Du wirst nicht im Dunkeln zwanzig Stockwerke per Treppe hochsteigen. Das werde ich nicht zulassen.«

»Großer Gott. Du bist ja ganz schön bestimmend.«

»Lexi, das ist nicht sicher!«

»Und Sie glauben, hier bin ich sicher, Mr Maxwell? Nach diesem Kuss?«

Statt ihr zu antworten, brummte ich hungrig. Herrgott, sie verwandelte mich in einen Neandertaler.

»Ich glaube, das dürfte mein Argument bestätigen. Lass mich bei einer Nachbarin nachfragen, ob der Strom wieder da ist.« Ein paar Sekunden später schüttelte sie den Kopf. »Ist er nicht.«

»Ich werde dir das Gästezimmer zeigen, und dann erklären wir den Abend für beendet, okay? Und morgen können wir über das hier reden.«

Sie schluckte schwer. »Okay. Ja, das wäre wohl das Beste. Lass uns das machen. Wo liegt das Gästezimmer?«

»Im zweiten Stock.«

»Und wo liegt dein Schlafzimmer?«

»Im ersten.«

»Oh, gut. Ein ganzes Stockwerk Puffer zwischen uns. Das sollte reichen.«

»Sei dir da nicht so sicher, Lexi. Komm, ich bringe dich nach oben, bevor ich noch etwas Verrücktes tue.«

Ihr stockte der Atem. »Ich wollte gerade nachfragen … aber ich denke, das sollte ich besser lassen«, flüsterte sie.

»Ja, solltest du. Vertrau mir.«

Ich scheuchte sie zur Treppe, dann folgte ich ihr mit einigem Abstand. Als wir im ersten Stock standen, sagte ich: »Warte hier.« Ich ging in mein Schlafzimmer, schnappte mir ein sauberes weißes T-Shirt, wie ich sie meistens unter meinen Hemden trug, und kehrte zu ihr zurück.

»Was hast du mitgebracht?«, fragte sie, als wir in den zweiten Stock gingen.

»Ein T-Shirt, in dem du schlafen kannst.«

»So galant«, murmelte sie. »Tate, sollten wir jetzt darüber reden?«

Ich schüttelte den Kopf. »Ich muss erst wieder einen klaren Kopf bekommen, Lexi. Momentan kann ich an nichts anderes denken als an dich.«

Sie stöhnte. »O Gott. Du weißt wirklich, was du sagen musst.«

Das Gästezimmer lag direkt gegenüber der Treppe. Sie trat ein.

»Gute Nacht, Lexi.«

Ich ging zurück ins Erdgeschoss, weil ich ein Glas Wein brauchte, um mich zu beruhigen.

Ein paar Minuten später wurde mir klar, dass ich mich nicht beruhigen würde, solange Lexi sich unter meinem Dach aufhielt.

Und sie wäre den gesamten Sommer über hier.

7 Lexi

Am nächsten Morgen richtete ich mich im Bett auf und sah mich verschlafen um. Dann machte mein Herz einen Sprung.

O mein Gott.

Erst da fiel mir ein, dass ich mich nicht in meiner Wohnung aufhielt.

Ich sah zum Nachttisch und schnappte mir mein Handy, um herauszufinden, wie viel Uhr es war. Acht Uhr. Ich sprang aus dem Bett und ging direkt ins angeschlossene Bad. Lächelnd stellte ich mich unter die Dusche und drehte das warme Wasser auf. Ich wusch mich schnell und spülte mir den Mund aus. Als ich aus der Dusche trat, stellte ich zu meiner Überraschung fest, dass im Schrank über dem Waschbecken eine verpackte Zahnbürste und Zahnpasta auf mich warteten. Ich putzte mir die Zähne, bis mein Atem nach Minze schmeckte.

Meine Gedanken rasten, als ich an unseren Kuss gestern Abend dachte. Ich war mir einfach nicht sicher, was ich tun sollte. Sollte ich vorgeben, es wäre gar nichts geschehen? Bei der Erinnerung an diesen Kuss bekam ich sogar jetzt noch weiche Knie. Aber das bedeutete noch lange nicht, dass ich kein schlechtes Gewissen hatte, weil ich gegen meine eigene goldene Regel verstoßen hatte. Ich hatte diese Regel aus gutem Grund aufgestellt. Ich war stolz auf meine Arbeit als Lehrerin, und Grenzen waren mir wichtig. Und selbst wenn Paisley nicht auf meine Schule ging, war Tate doch mein Boss. Daran musste ich immer denken.

Oh, wen wollte ich täuschen? Wir hatten uns nicht nur geküsst, sondern ich hatte auch mit ihm geflirtet. Ein Teil von mir wollte mit ihm reden und ihm erklären, dass er sich eine andere Nanny suchen musste, doch beim Gedanken, Tate und Paisley hängen zu lassen, fühlte ich mich noch schlechter. Ich konnte mir lebhaft die Enttäuschung in Paisleys Augen vorstellen. Sofort verkrampfte sich mein Magen.

Ich dachte weiter darüber nach, als ich in die Kleidung von gestern schlüpfte, kam allerdings zu keiner hilfreichen Schlussfolgerung. Dafür war ich noch zu verschlafen.

Als ich das Zimmer verließ, hörte ich bereits Tates und Paisleys Stimmen aus der Küche. Die beiden waren Frühaufsteher, selbst am Wochenende. Ich wollte sie nicht stören, aber ich konnte auch nicht einfach aufbrechen, ohne mich verabschiedet zu haben, also streckte ich den Kopf durch die Küchentür.

Umgehend wurde mir warm ums Herz. Tate kochte schon wieder, doch irgendwie wirkte er heute Morgen anders. Zum einen trug er kein Anzughemd, sondern ein T-Shirt wie das, das er mir gestern Nacht gegeben hatte – und sah darin fantastisch aus. Die Konturen seiner Muskeln zeichneten sich unter dem Stoff ab, und ich konnte einfach nicht anders, als an gestern Abend zu denken.

Hitze stieg in mir auf. Ich schüttelte den Kopf, als könnte mir das dabei helfen, die Erinnerungen zu vertreiben.

»Klopf, klopf«, sagte ich fröhlich und schlug mit den Knöcheln an den Türrahmen.

Zu meiner Überraschung hielt sich noch jemand in der Küche auf. Eine Frau. Sie hatte dunkelbraunes Haar, das in weichen Locken um ihr Gesicht fiel, und grüne Augen wie die von Paisley. Sie trug ein Strandkleid mit einem Muster aus gelben Gänseblümchen, und an ihrem Hals hing ein Unendlichkeitsanhänger an einer schwarzen Schnur. Ich fand ihren Stil wunderbar.

»Guten Morgen«, sagte sie. »Ich bin Reese, Paisleys Nenntante und Tates Lieblingscousine.«

»Hi! Es freut mich, dich kennenzulernen.«

Ich schüttelte ihr kurz die Hand, bevor ich schnell zu Tate schaute, der hinter ihr stand. Kaum trafen sich unsere Blicke, wurde mir heiß. Großer Gott, hatte ich mir wirklich eingebildet, ich könnte unseren Kuss vergessen? Nun, da hatte ich mich geirrt. Schon die Tatsache, dass wir uns in einem Raum aufhielten, jagte ein Kribbeln über meine Haut.

Das Klingeln eines Telefons durchschnitt die Luft.

Reese stöhnte. »Tut mir leid. Ich gehe kurz ins Wohnzimmer, um den Anruf anzunehmen.«

Tate sah ihr mit besorgter Miene hinterher.

»Wann seid ihr beide aufgestanden?«, fragte ich.

»Vor einer Stunde«, antwortete Paisley.

»Sie wacht immer früh auf.« Tates Ton verriet deutlich, dass er am Wochenende gern länger geschlafen hätte. Doch hier stand er und machte Frühstück für seine Tochter. Einfach bezaubernd.

»Ich backe Waffeln«, sagte er.

Ich konnte ein Lachen nicht unterdrücken.

Er zuckte mit den Achseln. »Samstag ist Waffeltag, aber manchmal überzeugt Paisley mich, sie auch unter der Woche zu machen. Am Wochenende haben wir mehr Zeit, deswegen spare ich mir die aufwendigen Frühstücke für Samstag oder Sonntag auf.«

Mir wurde klar, wieso er heute Morgen so anders wirkte. Er war entspannter, weil er nicht in die Arbeit musste.

»Hört mal, ich will euch beide nicht stören. Danke dafür, dass ich hier übernachten durfte. Ich habe meiner Nachbarin geschrieben, und der Aufzug funktioniert wieder, also ...«

»Du störst uns nicht, Lexi«, sagte Tate. »Wir freuen uns,

wenn du bleibst, aber ich verstehe natürlich, wenn du lieber aufbrechen willst.«

Er sah mich direkt an. Sein Blick war hart und intensiv, ich erkannte aber eine unterschwellige Frage darin.

Ich benetzte die Lippen, nur um nach Luft zu schnappen, als seine Augen sofort auf meinen Mund sanken. Ich wollte Waffeln. Ich wollte auch Zeit mit Tate und Paisley verbringen, obwohl ich wusste, wie unklug es war, mich außerhalb meiner Arbeitszeit hier aufzuhalten. Aber ich konnte einfach nicht anders.

»Biiiiiiiiiiiiiiiiiiiiiiiiiiiiiiiittte«, sagte Paisley.

Verdammt. Ich konnte einfach nicht Nein sagen, wenn sie mich so ansah.

»Die Waffeln tragen ein weiteres Mal den Sieg davon«, sagte ich und betrat die Küche.

Tate warf mir einen triumphierenden Blick zu.

»Yay!«, kreischte Paisley. Dieses Mädchen eroberte langsam, aber sicher mein Herz.

Es standen keine Teller auf der Kücheninsel, also ging ich direkt zu dem Schrank neben dem Herd, wo sie meines Wissens nach aufbewahrt wurden. Paisley rannte in ihr Zimmer, weil sie ihr Malbuch holen wollte.

»Wie hast du geschlafen?«, fragte Tate.

Ich zögerte, die Hand nach den Tellern ausgestreckt, und warf ihm aus dem Augenwinkel einen kurzen Blick zu. Er sah mich direkt an.

»Gut, danke.«

»Dann hat wenigstens einer von uns geschlafen.«

Als ich mich zu ihm umdrehte, stockte mir der Atem. »Du nicht?«

»Nein, verdammt. Ich konnte bloß daran denken, dass du ein Stockwerk über mir liegst, in meinem T-Shirt.«

Ich grinste und flüsterte: »Woher weißt du, dass ich nicht nackt geschlafen habe?«

O mein Gott. Meine Flirterei wurde schlimmer! Irgendetwas an Tate machte mich impulsiv. Und der Kuss hatte diese Tendenz nur verstärkt.

Ein knurrendes Geräusch stieg aus seiner Kehle auf. »Habe ich nicht. War bloß ein Witz.«

Er richtete sich auf, und ich tat dasselbe. Dann sahen wir gleichzeitig Richtung Wohnzimmer, aber Paisley war nirgendwo zu entdecken.

Ich errötete. Tates Blick huschte von einer meiner Wangen zur anderen … und er wirkte dabei sehr selbstzufrieden.

Aha. Ihm gefiel es, mich zum Erröten zu bringen, hm?

Er spielte mit dem Feuer, denn ich konnte ziemlich hinterhältig werden, wenn ich das wollte.

Und im Moment wollte ich das wirklich dringend. Doch ich zügelte mich. Ich musste es zumindest versuchen.

»Verbrenn die Waffeln nicht, Mister«, warnte ich ihn und deutete mit einem schiefen Lächeln auf den Herd.

Er konzentrierte sich wieder auf das Waffeleisen, und ich holte die Teller heraus. Als ich mich umdrehte, berührte ich ihn leicht. Es war nur ein kurzer Körperkontakt – mein Arm, der über seine Brust glitt –, aber umgehend schoss Hitze durch meinen Körper und brachte meine Nerven zum Brennen.

Ach du Scheiße. Was war hier los? So eine Anziehungskraft gab es in der realen Welt nicht. Ich hatte so etwas noch nie mit jemandem empfunden.

Paisley kehrte mit ihrem Malbuch zurück und setzte sich an die Kücheninsel. Ich deckte den Tisch, und sofort lieferte Tate die erste Fuhre Waffeln, drei für jeden Teller. Ich holte Honig, Ahornsirup, Nutella und Früchte aus dem Kühlschrank. Da ich jeden Tag für Paisley Snacks zubereitete, wusste ich schon, wo sich alles befand.

Als ich einen Apfel halbierte, um ihn in kleine Stücke zu

schneiden, fühlte ich, wie sich Tate neben mich stellte. Er stand ein gutes Stück entfernt, aber mein Körper reagierte trotzdem umgehend auf seine Nähe.

»Paisley, was möchtest du auf deine Waffeln?«, fragte ich.

»Nutella und Bananenscheiben«, erklärte sie fröhlich. Ich wollte gerade die Banane über der Waffel schneiden, als sie sagte: »Nein, nicht so. Daddy, kannst du es ihr zeigen? Er zeichnet am Wochenende immer lustige Bilder auf die Waffeln.«

»Paisley, das mache ich nur, wenn wir allein sind«, sagte er.

Paisley runzelte die Stirn. »Aber wir mögen Lexi.«

Mit einem wohligen Seufzen umarmte ich die kleine Maus. Mir ging das Herz auf, als sie die Umarmung gleich erwiderte. »Freut mich, das zu hören.«

Ich löste mich aus ihren Armen, und sofort sah sie Tate an. »Wir mögen sie doch, oder, Daddy?«

Er musterte mich mit einem schiefen Lächeln. »Ja. Wir mögen sie sogar sehr.«

Ich benetzte erneut die Lippen, dann deutete ich auf die Waffel, um ihn davon abzulenken, dass ich rot geworden war. »Okay. Zeig mir, was du draufhast.«

Seine Augen leuchteten vor Erheiterung. »Was ist dein Lieblingsort in Chicago?«, fragte er.

»Das Centennial Wheel. Und ob du es glaubst oder nicht, ich bin noch nie mit diesem Riesenrad gefahren. Das willst du malen?«

»Wohl kaum. So gut bin ich nicht.«

Er zog einen Teller vor sich, zusammen mit der Banane, der Schüssel voller Trauben, Nutella und Sahne. Ehrlich gesagt, der Mann war der Traum jeder Frau.

Nun ja … zumindest war er *mein* Traum.

Seine Hände bewegten sich schnell. Ich konnte nicht

genau erkennen, was er tat, aber als er den Teller vor Paisley hinstellte, wurde mir klar, dass er einen Smiley gezeichnet hatte. Einen ziemlich guten. Er hatte die Waffel mit Nutella beschmiert, Trauben als Augen verwendet und Bananenstücke als Mund. Die Haare bestanden aus einem Haufen Schlagsahne. Ich konnte ein Lachen nicht unterdrücken, als ich ihn ansah.

Er zeigte mit dem Finger auf mich. »Lach nicht.«

»Das war ein anerkennendes Lachen«, verkündete ich. Innerlich schmolz ich dahin, weil dieser ernste, durchsetzungsfähige Mann mit seiner Tochter total albern sein konnte.

Und er küsst ganz wunderbar, verkündete eine Stimme in meinem Kopf. Ich hatte so das Gefühl, dass ich mich nur umso intensiver daran erinnern würde, je mehr ich versuchte, diese Tatsache zu vergessen.

»Bekomme ich auch eine besondere Waffel?«, fragte ich mit einem koketten Augenaufschlag.

»Ja, Daddy. Mach eine für Lexi.« Paisley klatschte in die Hände und sah zwischen uns hin und her.

Tate wurde ernst. Meine Kehle wurde eng, weil ich mich fragte, ob ich irgendeine Grenze überschritten hatte.

Paisley erstarrte ebenfalls für einen Moment und musterte mich aus dem Augenwinkel. »Das ist Daddys ernste Miene«, flüsterte sie mir zu.

»Ich weiß«, flüsterte ich zurück.

»Aber er meint das nicht so.«

Schon in der nächsten Sekunde erschien ein breites Grinsen auf Tates Gesicht. »In Ordnung. Ich werde eine Waffel für dich gestalten. Aber du machst auch eine für mich.«

»Aber du darfst sie nicht genauso aussehen lassen wie meine«, verkündete Paisley.

Ich zog die Augenbrauen hoch. »Oh, okay. Es gibt Regeln. Gibt es noch etwas, was ich wissen sollte?«

Tate sah mich an, als amüsiere er sich insgeheim über irgendetwas, sagte jedoch nichts.

Ich senkte den Blick auf die Waffel und überlegte, was ich machen konnte. Während ich die Banane musterte, kam mir eine Idee. Ich arrangierte Trauben auf einer Seite der Waffel, ließ die Mitte frei und legte drei Bananenscheiben an den anderen Rand, bevor ich ihm mein Werk voller Stolz reichte. Er war immer noch mit meiner Waffel beschäftigt, doch er hielt inne, sah die Waffel an und runzelte die Stirn.

»Was soll das denn sein?«

»Das sind der See und der Strand. Und die Trauben sind Wolkenkratzer«, erklärte ich fröhlich.

Paisley kniete sich auf ihren Stuhl und begutachtete meine Waffel. Anschließend sah sie zu ihrem Dad auf. Ein paar Sekunden lang herrschte Schweigen, dann fingen sie beide an zu lachen. Die allgemeine Heiterkeit steckte auch mich an, obwohl ich wusste, dass sie über meine Fähigkeiten lachten. Die Ungezwungenheit und die Nähe zwischen den beiden wärmten mir das Herz.

»In Ordnung«, sagte er. »Ich nehme an, mit etwas Übung dürftest du besser werden.«

»Dann lass mal sehen, wie du dich anstellst«, meinte ich herausfordernd.

Ein paar Minuten später stellte er einen Teller vor mir ab, und ich musste zugegeben, dass er das besser konnte. Er hatte ein weiteres Smiley-Gesicht gezeichnet, eines, das ich sofort erkannte. Es war das Emoji mit flirtenden Augen. Paisley sagte das wahrscheinlich nichts, aber ich spürte, wie ich rot wurde.

»Du schummelst, Dad. Das ist einfach nur noch ein Smiley.«

»Genau. Das zählt nicht«, fügte ich hinzu.

Tate sah mich unverwandt an, und ich hielt seinem Blick stand.

»Dad, wann hört Tante Reese auf zu telefonieren?«, fragte Paisley.

»Keine Ahnung.«

»Stehen alle in dieser Familie auch am Samstag früh auf?«, fragte ich.

Tate zuckte mit den Achseln. »Eigentlich nicht, aber Reese brauchte etwas Gesellschaft.«

»Ist etwas passiert?«

»Ihr Ex-Verlobter bereitet ihr Kopfzerbrechen.«

Und für die Familie stand seine Tür anscheinend immer offen. Das war wirklich unerwartet.

»Das war's. Ich habe den Flugmodus angeschaltet«, verkündete Reese, als sie in die Küche zurückkam.

Sie setzte sich neben Paisley und gönnte sich ein Stück von der Waffel ihrer Nichte.

»Tate, du machst einfach die besten Waffeln.« Sie seufzte anerkennend. »Wann kommen die anderen?«

»Wahrscheinlich erst gegen Mittag«, meinte Tate.

Paisley sah mich direkt an, dann stellte sie sich auf ihren Stuhl und zeigte mit dem Finger auf mich.

»Lexi! Wir veranstalten ein Barbecue. Bitte bleib. Ich will, dass alle dich kennenlernen.«

Sie war einfach anbetungswürdig.

Ehe ich antworten konnte, schaltete Tate sich ein.

»Paisley, Lexi muss an den Wochenenden nicht arbeiten. Sie ist heute Morgen nur hier, weil der Strom ausgefallen ist und die Heimfahrt nicht sicher war. Und nun setz dich wieder hin, bevor du vom Stuhl fällst.«

Mein Magen verkrampfte sich. Er hatte natürlich recht. Ich war das Kindermädchen, kein Teil der Familie. Das durfte ich nie vergessen. Ich arbeitete erst seit zwei Wochen hier, und wir hatten uns geküsst. Und nun schmolz ich dahin, weil er eine Waffel für mich dekoriert hatte. Ich hatte mich echt auf gefährliches Terrain begeben.

»Aber unsere Barbecues machen Spaß«, warf Reese ein. »Hast du heute schon etwas vor?«

»Am Nachmittag treffe ich mich mit einer Freundin. Aber jetzt wollte ich eigentlich nach Hause fahren, mir ein Buch, eine Decke und vielleicht ein kleines Picknick schnappen und es mir am Strand vor meinem Gebäude gemütlich machen. Ich habe zu Mittag nichts geplant.«

»Dann bleib. Außerdem brauchst du vielleicht Infos über deinen Arbeitgeber«, meinte sie mit einem Augenzwinkern.

»Was?«, fragte ich, ehrlich neugierig.

»Er hat eine Menge Nannys vertrieben, weil er so hohe Ansprüche hat.«

Tate stöhnte. »Reese!«

»Die sollte er auch haben«, antwortete ich. »Schließlich ist ihnen das Wohlbefinden seiner Tochter anvertraut.«

»Biiiiittteee«, wiederholte Paisley, während sie sich langsam wieder auf ihren Stuhl sinken ließ.

Ich presste die Lippen zusammen, danach brach ich trotzdem in Lachen aus. Ich konnte ihr echt nichts abschlagen, hm? Nicht, wenn sie mich aus so flehenden Augen anstarrte. Ich wollte sie einfach nicht enttäuschen.

»Okay. Wenn es wirklich niemanden stört, bleibe ich.«

»Tut es nicht. Lexi, lass uns mal kurz woanders hingehen«, sagte Tate.

Mein Herz raste. Mit einem Nicken erhob ich mich aus meinem Stuhl und verließ vor ihm die Küche. Bei jedem Schritt fühlte ich seinen Blick auf mir.

Wir bogen um die Ecke ins Wohnzimmer, damit man uns aus der Küche nicht mehr sehen konnte.

»Das mit Paisley tut mir leid. Sie zieht keine allzu klaren Grenzen. Und anscheinend gilt dasselbe für Reese.«

Ich schüttelte den Kopf und rang nervös die Hände. »Soll ich gehen? Ich will mich nicht aufdrängen.«

Tate warf mir einen harten Blick zu und trat direkt vor mich. »Du drängst dich nicht auf. Aber ich habe ernst gemeint, was ich gesagt habe. Am Wochenende hast du frei. Ich erwarte nicht von dir, dass du bleibst. Doch es würde mich sehr freuen.«

»Echt? Nun, ich kann Paisley sowieso nichts abschlagen. Es ist unmöglich, ihr zu widerstehen.«

»Aber mir kannst du widerstehen?«, fragte er kokett.

»Ich glaube, in dieser Hinsicht gelingt mir das besser, ja«, antwortete ich auf dieselbe Weise.

»Ich verstehe.«

»Daaaad, verschreckst du Lexi?«, rief Paisley aus der Küche.

Ich gluckste, als Tate laut sagte: »Nein, tue ich nicht.«

»Also, bleibt sie?«

Er musterte mich erneut. Nervös trat ich von einem Fuß auf den anderen und nickte schließlich.

»Ja, tut sie«, verkündete er laut, bevor er flüsternd hinzufügte: »Und wir beide werden einen ruhigen Moment finden, um über gestern Nacht zu reden.«

***

»Also, wieso genau versammelt sich die Familie heute? Ist etwas Besonders los?«, fragte ich.

»Es ist ein Barbecue«, antwortete Paisley.

»Alle bringen irgendwas mit, und wir legen das Ganze auf den Grill«, erklärte Tate.

Das klang so normal. Die Maxwells gehörten zu den einflussreichsten Familien von Chicago, doch am Wochenende veranstalteten sie eine lockere Grillparty.

»Gran kommt auch«, sagte Reese.

»Deine Eltern auch?«, fragte ich Tate.

»Nein, sie sind auf Reisen. Aber vertrau mir, es werden

mehr als genug Leute anwesend sein, um dich zu verwirren.«

»Ich stell dich allen vor, Lexi«, bot mir Reese an. »Drei von Tates Brüdern werden kommen. Sam und Travis glänzen durch Abwesenheit. Und meine Schwester ist in Paris, also kommt sie natürlich auch nicht. Aber wie Tate schon sagte, es werden genug Leute da sein. Mit uns allen dürftest du dir ein gutes Bild von Tate machen können, sodass dich nichts mehr überraschen kann.« Sie sah Tate an und wackelte mit den Augenbrauen.

Er schüttelte nur den Kopf. »Wenn du so weitermachst, ziehe ich deine dauerhafte Frühstückseinladung zurück.«

Reese zog einen Schmollmund. »Das kannst du mir nicht antun. Mir geht es schrecklich: Mein Herz ist gebrochen, mein Ex-Verlobter ist ein Mistkerl und so. Außerdem hängst du viel zu sehr an mir.«

Reese verkündete das ganz locker, als wäre es nur ein Witz, aber die Gefühle in ihren Augen ließen sich nicht verleugnen.

Tate hob anklagend den Zeigefinger. »Hör damit auf. Von dir hat Paisley alles über emotionale Erpressung gelernt.«

»Ich bin eine tolle Lehrerin«, antwortete Reese grinsend.

Tate schüttelte den Kopf und schnaubte. »Ich verspreche, dass nicht alle sind wie Reese.«

Ich grinste. »Hey, ich mag Reese. Sie ist sehr unterhaltsam.«

Kurze Zeit später trudelte der Rest der Familie ein. Alle versammelten sich in der Küche. Als Erstes kamen Tates Brüder Declan und Tyler, gefolgt von Luke. Seine Großmutter, Beatrice, traf als Letztes ein.

Alle Männer waren so groß, dass sie mindestens einen Kopf über mir aufragten. Sie waren muskulös, aber schlank.

Tyler war der größte, und er war breiter als der Rest seiner Brüder. Er verriet mir, dass er Eishockeyspieler war, was mir sofort einleuchtete. Declan sah Tyler sehr ähnlich. Zuerst hatte ich vermutet, auch er würde irgendeine Art von Profisport ausüben, doch zu meiner Überraschung war er Anwalt. Allerdings konnte ich mir gut vorstellen, dass diese harten, braunen Augen und die beeindruckende Größe sich auch im Gerichtssaal bezahlt machten.

Außerdem wirkte er wie das absolute Gegenteil von Tyler, der echt für jeden ein Lächeln übrighatte. Declan war ein ernsterer Mensch. Luke schien ebenfalls zurückhaltender zu sein, aber ich war mir nicht sicher, ob das tatsächlich sein Charakter war oder ob das nur daran lag, dass er mich gerade erst kennengelernt hatte. Körperlich ähnelte er eher Tate.

Tate stellte mich allen vor.

Tyler grinste. »Er lässt dich jetzt schon am Wochenende arbeiten? Bitte kündige nicht, weil mein Bruder unsensibel ist.« Er wandte sich an Tate: »Tate, so sorgt man nicht dafür, dass Leute länger bleiben.«

»Das ist okay. Ich habe mich freiwillig gemeldet. Und da ich hier übernachtet habe, war es kein Problem.« Kaum hatte ich die Worte ausgesprochen, breitete sich Schweigen im Raum aus.

»Du hast hier geschlafen?«, fragte Declan, bevor ich meinen Fauxpas überspielen konnte. Allerdings sah er bei seiner Frage Tate an, nicht mich.

»Ja. Bei dem Stromausfall gestern Abend hat der Aufzug in meinem Gebäude nicht funktioniert. Und ich wohne im zwanzigsten Stock«, erklärte ich schnell. Vielleicht zu schnell. Selbst Tyler musterte mich mit einem wissenden Lächeln und misstrauischem Blick. Declan zog nur die Augenbrauen hoch.

»Was habe ich verpasst?«, fragte Luke, als er in die Küche kam. Er war zu seinem Auto gegangen, um eine Kiste mit frischem Gemüse zu holen.

»Nicht viel«, sagte Tyler. »Wir geben Tate gerade Ratschläge, wie es ihm gelingt, Lexi nicht nach wenigen Wochen zu verschrecken.«

»Oh. Wie sollen wir sie nur am besten vorbereiten?«, meinte Luke neckend. »Ich weiß. Wenn er so aussieht«, sagte er und runzelte übertrieben die Stirn, »dann ist es besser, ihm aus dem Weg zu gehen. Dann weiß man nie, auf wen er losgehen wird.«

Ha! Ich hatte Luke vollkommen falsch eingeschätzt. Er war Tyler ähnlicher als Declan. Und die ständigen Sticheleien zwischen den Brüdern waren echt witzig.

»Genau. Ich glaube, am besten ist es, ihm einfach immer aus dem Weg zu gehen«, warf Tyler ein.

Ich mochte die Familiendynamik. Und Tate steckte alles locker weg.

»Hätte irgendwer einen Ratschlag für proaktives Handeln?«, fragte ich.

»Oh, sie ist wirklich mutig«, meinte Luke. »Ich mag dich, Lexi.«

»Danke. Und ja, ich betrachte mich selbst als mutig.«

»Nun, mein Bruder mag gute Gespräche. Und natürlich Wein«, führte Tyler an.

»Ist notiert«, sagte ich mit einem Blick zu Tate, der mich amüsiert musterte. Ich suchte in seiner Miene nach Anzeichen, dass ich irgendwelche Grenzen überschritt. Aber er schien die Situation zu genießen.

»Ich glaube, ich selbst bin eine bessere Quelle«, sagte er. »Wenn du etwas wissen willst, frag einfach mich.«

Ich warf einen Blick zu Luke und setzte eine ernste Miene auf. »Glaubst du, er meint es ernst, oder wird er mir den Kopf abreißen, wenn ich tatsächlich Fragen stelle?«

Luke wandte sich an Tyler und Declan. »Was denkt ihr? Sollte sie es wagen, oder sollte sie lieber auf Nummer sicher gehen?«

Tyler verschränkte die Arme vor der Brust. »Immer auf Nummer sicher gehen.«

»Okay, Leute, lasst uns nach draußen gehen«, warf Luke ein, »bevor Gran uns die Hölle heißmacht, weil der Grill nicht angezündet ist.«

Chaos brach aus, als alle die Küche verließen. Ich blieb zurück und half Tate, alle Zutaten auf Tabletts zu laden. Es gab unzählige Dips: Ketchup, Barbecue-Sauce, Senf und alles andere, was man sich bloß vorstellen konnte.

»Ich mag deine Brüder«, meinte ich nach einer Weile.

»Ich habe es ernst gemeint, Lexi. Du kannst mich alles fragen. Aber ich warne dich: Es könnte sein, dass du nicht bereit bist für meine Antworten.«

Ich schnappte nach Luft, erfüllt von unzähligen Fragen. Doch ich bekam keine Chance, auch nur eine davon zu stellen, weil Declan laut sagte: »Beweg deinen Hintern hier raus, Tate.«

Da Grandma Beatrice quasi an Paisley klebte, hielten sich meine Pflichten als Nanny in Grenzen. Ich unterhielt mich mit Reese, die mir anvertraute, wie sehr sie sich darauf freute, ab Montag in Beatrice' Buchladen zu arbeiten.

»Ich wusste nicht, dass es noch einen Buchladen gibt!«, rief ich.

»Weil er nicht den ursprünglichen Namen hat. Dieser Laden heißt *The Happy Place*. Gran hat darauf bestanden, ihn zu behalten, weil es ihr erster Laden war und sie lange direkt darüber gelebt haben. Ihr gehört das ganze Gebäude. Natürlich führt sie den Laden nicht wirklich selbst. Dafür hat sie eine Geschäftsführerin. Auf jeden Fall helfe ich dort schon seit Highschool-Zeiten aus und habe ihn immer geliebt. Das war einer der Gründe, warum ich mit meinem schrecklichen Ex, Malcolm, die leer stehenden oberen Stockwerke in eine Wellness-Oase verwandeln wollte. Und so wird es auch bleiben … außer mein Ex bekommt seinen Willen.«

»Wieso eröffnest du deine Wellness-Oase nicht allein?«

»Vielleicht tue ich das irgendwann. Aber im Moment bin ich, ehrlich gesagt, nicht in der richtigen geistigen Verfassung, um eine Firma zu gründen. Ich brauche etwas, was mich erdet.«

Sie wirkte so niedergeschlagen, dass ich sie umarmen wollte. Ich selbst hatte auch oft unter Liebeskummer gelitten.

»Willst du mir erzählen, was passiert ist?«, fragte ich, um dann hinzuzufügen: »Manchmal hilft es, wenn man mit jemandem redet, der nicht schon alles weiß.«

Sie nickte, dann brach aus ihr heraus: »Er hat mit meiner besten Freundin geschlafen.«

Ich schlug mir keuchend eine Hand vor den Mund.

Reese seufzte. »Mann. Ich habe das schon so oft laut ausgesprochen, und trotzdem würde ich am liebsten jedes Mal einen Tequila kippen.«

»O Reese, das tut mir so leid. So ein Arsch! Falls du jemanden brauchst, der mit dir zusammen sein Auto mit Sprühfarbe verunstaltet, gib mir Bescheid. Falls das aber nicht dein Stil ist, vergiss, dass ich etwas gesagt habe.«

Reese fing an zu lachen und schob sich näher an mich heran. »Das Angebot haben mir bereits meine Schwester und mehrere meiner Cousins gemacht. Erzähl es aber nicht Declan, sonst macht er uns einen Kopf kürzer.«

»Meine Lippen sind versiegelt.«

»Du bist wirklich nett, Lexi. Ich bin froh, dass Tate dich angestellt hat. Und jetzt lass uns schauen, was es Leckeres zum Mittagessen gibt.«

***

Sobald die Brüder den Grill angezündet hatten, endete der Essensnachschub keine Sekunde. Als ich meinen Teller füllte, winkte Beatrice mir zu und tätschelte den Platz neben sich auf dem Rattansofa. Ich sah mich nach Paisley um, doch sie war bei Tate. Der Anblick stellte irgendwas mit meinem Herzen an. Ich ging direkt zu Beatrice und setzte mich.

»Brauchst du etwas?«, fragte ich. »Ein Getränk vielleicht?«

Sie hielt bereits einen Teller mit Essen.

»Nein, nein, alles gut. Tyler hat mir das hier gegeben. Das ist mehr, als ich je essen kann«, sagte sie. »Zum Glück bist du heute geblieben. Ich hatte Tate gesagt, dass ich dich kennenlernen will.«

»Ach?«

»Ja. Ich spreche jeden Abend mit Paisley, und sie redet ständig von dir. Das ist ein gutes Zeichen. Ich glaube, sie mag dich mehr als jede andere, die je auf sie aufgepasst hat.«

»Wirklich?« Ich war ganz gerührt. Mir wuchs Paisley auch schon ans Herz, und es freute mich, dass sie mich mochte.

»Eine Schande, dass du nur bis zum Ende der Ferien bleiben kannst.«

Mein Lächeln erlosch. »Ja. Tate und ich haben darüber gesprochen, aber ich werde ihm helfen, jemand anderen zu finden.«

»Ich habe ihm gesagt, dass ich auf Paisley aufpassen kann, er behauptet allerdings, ich könne nicht mehr mit der Kleinen mithalten.«

Ich warf einen kurzen Blick zu Tate, bevor ich erneut Beatrice ansah und nach den richtigen Worten suchte. Ich musste mich taktvoll ausdrücken, doch grundsätzlich stimmte ich Tate zu. »Nun, Paisley ist ein sehr aktives Kind. Wir fahren jeden Tag mehrere Kilometer Fahrrad.«

Gran schüttelte sich. »Herrgott. Was ist nur mit den Kindern heutzutage los? Sie haben mehr Energie als Kinder früher.«

Ich konnte ein Lachen nicht unterdrücken.

»Weißt du was? Ich glaube nicht, dass bloß Paisley glücklicher ist, seitdem du hier arbeitest.« Sie lehnte sich vor, um mir verschwörerisch zuzuflüstern: »Dasselbe gilt für Tate.«

»Oh?« Ich bemühte mich, unschuldig zu klingen. Hoffentlich brannten meine Wangen nicht … allerdings fühlten sie sich verdächtig warm an.

»Ja, er ist fröhlicher. Ich kann es nicht genau benennen. Vielleicht liegt es daran, dass er sich endlich entspannen kann, jetzt, wo er jemanden hat, der weiß, wie man mit Paisley umgeht. Seit der Scheidung von Nora ist er sehr verschlossen«, fügte sie hinzu.

»Eine Scheidung hinterlässt Narben«, murmelte ich. »Ich habe das bei den Kindern in meinen Klassen beobachtet.«

»Das ist es nicht. Er gibt sich selbst die Schuld dafür, dass die Ehe nicht gehalten hat.«

»O nein! Warum?« Ich schüttelte den Kopf, als mir klar wurde, was ich gerade gefragt hatte. »Tut mir leid. Das geht mich nichts an.«

»Schon gut, mein Mädchen. Die beiden haben nie zusammengepasst. Ich erinnere mich, dass ich bei unserer ersten Begegnung gedacht habe, sie wäre sicher kein schlechter Mensch, aber sie und Tate … ich konnte mir nicht vorstellen, wie das funktionieren soll. Stell dir meine Überraschung vor, als sie geheiratet haben. Ich glaube, sie hat sich vom Familiennamen verführen lassen.«

»Manche Dinge erkennt man nicht sofort.«

»Wie wahr. Aber andere Dinge weiß man einfach. Man muss sie nicht sehen. Man braucht niemanden, der einen darauf hinweist, dass da etwas ist. Man fühlt es.« Sie kniff die Augen zusammen und meinte: »Erzähl mir ein bisschen was über dich?«

»Über mich?«, fragte ich entgeistert.

»Tate hat gesagt, du hilfst deinen Eltern, Krankenhausrechnungen abzuzahlen?«

»Ja. Sie hatten eine schwere Zeit, also hoffe ich, dass das, was ich beisteuern kann, ein wenig hilft.«

»Hast du noch Geschwister?«

»Nein, leider nicht. Ich bin Einzelkind.« Als ich jünger war, hatte ich mir immer eine Schwester gewünscht. Mom und Dad hatten auch mehr Kinder haben wollen, doch das war ihnen nicht vergönnt gewesen. Und ich hatte eigentlich geplant, mindestens drei Kinder zu bekommen, aber inzwischen war ich einunddreißig und nicht sicher, ob ich dafür noch genug Zeit hatte. Aber ich wäre auch mit einem einzigen kleinen Wonneproppen glücklich.

Beatrice musterte mich genau. »Ich finde es wundervoll, dass du deinen Eltern hilfst.«

»Danke.«

»Meine Eltern waren im Alter ebenfalls kränklich, aber ich habe zwei Schwestern, also haben wir ihnen gemeinsam geholfen.«

»Hatte dein Ehemann auch Geschwister?«

»Ja, drei. Und alle haben eine Menge Kinder bekommen. Ich habe immer von mindestens vier Kindern geträumt, aber es sind nur zwei geworden. Tates Dad und sein Bruder.«

»Wo ist der Bruder?«

»Er ist nach London gezogen, nachdem wir die Buchhandelskette verkauft hatten. Aber meine zwei Jungs haben mir eine Menge Enkelkinder geschenkt. Ich habe so gern auf sie aufgepasst, als sie klein waren.«

»Sechs ist ein ziemlicher Haufen.«

»Acht, wenn du meine Enkelinnen Reese und Kimberly mitzählst. Sie waren so oft bei uns, dass sie quasi alle zusammen aufgewachsen sind. Und jetzt glaubt Tate, ich könnte mich nicht um Paisley kümmern.«

Ich presste die Lippen zusammen, weil ich das auch für besser hielt.

»Tate wollte auch eine Menge Kinder, aber dazu ist es nicht gekommen. Ich kann nicht glauben, dass er mich für unfähig hält, auf meine Urenkelin aufzupassen. Schließlich bin ich immer noch fit genug, um einen Buchladen zu führen, nicht wahr?«

»Bist du jeden Tag dort?«, fragte ich überrascht.

»Na ja, nicht so oft. Ich schaue ein paarmal die Woche vorbei. Die Dame, die ich angestellt habe, kümmert sich um das Tagesgeschäft.« Sie lächelte wehmütig, ehe sie hinzufügte: »Das war das erste Gebäude, das mein verstorbener Ehemann gekauft hat. Wir haben den Buchladen eröffnet, als meine Söhne klein waren. Wenn ich dort bin, fühle ich mich ihm näher.«

Beatrice war echt eine reizende ältere Dame, so freundlich und warmherzig!

»Meine Enkel haben dort in ihrer Kindheit und Jugend auch viel Zeit verbracht. Ich mochte es, sie im Laden zu haben. Alle wussten schon, dass Declan Anwalt werden würde, bevor er es selbst wusste. Er hat nie ein Blatt vor den Mund genommen, hat die anderen immer aus Schwierigkeiten herausgeboxt … oder es zumindest versucht. Einmal sind sie alle zusammen in der Schule beim Rauchen unter den Tribünen erwischt worden.« Sie lachte bei der Erinnerung. »Declan hat versucht, uns zu überzeugen, dass es sich um ein wissenschaftliches Experiment gehandelt hätte.«

Ich lachte laut auf. »Ernsthaft?«

»Niemand hat ihm geglaubt. Ich habe nur herausgefunden, dass es eine Mutprobe gewesen war, aber ich habe nie erfahren, wer wen herausgefordert hat. Ich tippe auf Luke. Er mochte Mutproben. Für ihn lag der Spaß darin, alle anderen mit anzustacheln. Tyler mochte Mutproben auch, bei ihm ging es allerdings eher um körperliche Herausforderungen. Nachdem er gelesen hatte, dass gewisse Übungen die Lebenszeit verlängern können, hat er sie ständig zu Workouts gedrängt. Sam hing förmlich an seinen Lippen. Und dann ist er losgezogen und Arzt geworden.«

»Und Travis?« Das war der Bruder, über den ich bisher am wenigsten wusste.

»Oh, Travis kommt in vielerlei Hinsicht nach seinem Großvater. Immer furchtlos. Ein bisschen einschüchternd. Hatte seinen eigenen Kopf. Wenn er jemanden nicht mochte, hat er ihnen die Jackentaschen mit Fröschen oder Insekten gefüllt. Hat ihnen ordentlich Angst eingejagt.«

»Sehr effizient.«

»Aber ich will dich nicht mit meinen Geschichten langweilen. Geh und füll noch mal deinen Teller.«

Lachend stand ich auf. »War schön, mit dir zu reden, Beatrice.«

Sie zwinkerte mir zu. »Du tust Paisley gut.« Und nach einem kurzen Zögern fügte sie hinzu: »Und Tate auch.«

Ich spürte, wie ich erneut rot wurde. Eilig ging ich Richtung Grill.

Diesmal war Tyler der Grillmeister. Ich streckte ihm meinen Teller entgegen und fragte: »Könnte ich bitte einen Maiskolben haben?«

»Ja, Ma'am«, sagte er und beförderte einen auf meinen Teller. Dann sah er mich mit glitzernden Augen an. »Übrigens kannst du mich jederzeit über meinen Bruder ausfragen. Ich werde auch völlig ehrlich sein.«

»Weiß er, dass du herumläufst und einfach so Hintergrundwissen über ihn anbietest?«

»Darauf würde ich wetten.« Er grinste fies. »Zu meiner Verteidigung kann ich anführen, dass ich das nicht ständig tue. Nur bei Leuten, die ich mag. Und dich mag ich, Lexi.«

Ich grinste. Mir gefiel unser ungezwungener Umgang. Ich fühlte mich nicht, als würde ich arbeiten, sondern vielmehr, als wäre ich Teil der Clique. Als würden sie mich als eine der Ihren willkommen heißen.

Ich sah mich nach Reese um, konnte sie aber nirgendwo entdecken.

»Wo ist Reese?«, fragte ich Tyler.

»Sie ist gerade gegangen.«

»Oh, okay. Dann schaue ich mal nach Paisley.«

Sie war am anderen Ende des Gartens und saß neben ihrem Vater. »Worüber unterhaltet ihr euch?«, fragte ich, als ich näher kam.

»Ich habe Daddy gesagt, dass ich heute *Das Dschungelbuch* schauen will.«

Tate warf mir einen bedeutungsschweren Blick zu.

Meine Mundwinkel zuckten. Da zog er also die Grenze.

»Nun, ich glaube, dein Dad ist ein bisschen erschöpft, nachdem er für so viele Leute gegrillt hat. Wieso schauen wir den Film nicht am Montag gemeinsam an?«

Paisley strahlte. »Okay. Ich werde Uroma davon erzählen. Vielleicht will sie mitschauen.« Sie glitt von Tates Schoß und rannte zu Beatrice.

»Danke«, sagte er mit einem tief empfundenen Seufzen. »Was hat dir verraten, dass mir keine gute Ausrede eingefallen ist?«

»Du wirktest einfach, als bräuchtest du meine Hilfe.«

»Danke, dass du zu meiner Rettung geeilt bist«, meinte er mit einem Augenzwinkern. »Ich habe *Das Dschungelbuch* so oft gesehen, dass ich am liebsten den Fernseher zerstören würde, sobald das erste Lied erklingt.«

Wir lachten.

Dann fragte er: »Amüsierst du dich?«

»Ja. Ich liebe deine Grandma.«

»Sie ist toll«, meinte er, und ich konnte die Bewunderung in seiner Stimme hören.

»Deine gesamte Familie ist super. Wenn ich euch alle so sehe, vermisse ich meine Eltern. Sie veranstalten auch oft solche Partys. Sie lieben es, am Wochenende Nachbarn und Freunde einzuladen. Nun, zumindest haben sie das früher getan, vor Moms Operationen. Aber sobald sie sich erholt hat, wird alles wieder normal.« Ich sah mich mit einem Lächeln um. Es tat mir fast leid, dass ich gehen musste. »Es war ein toller Tag. Zum Glück bin ich geblieben.«

Sein Lächeln erlosch. »Du gehst?«

»Ich treffe mich mit einer Freundin, schon vergessen?«

»Okay. Ich bringe dich noch raus.«

»Das ist nicht nötig. Ich weiß, wo's langgeht.«

»Das weiß ich. Ich möchte noch kurz allein mit dir sprechen, ohne dass meine Brüder mich beobachten.«

Mir blieb fast das Herz stehen. So diskret wie möglich sah ich mich um, und ja, aller Augen waren auf uns gerichtet, sogar die von Beatrice. »Wieso starren sie uns an?«, fragte ich.

»Meine Brüder haben … gewisse Vorstellungen.«

Das war klar wie Kloßbrühe. Und Tate bedachte mich mit einem geheimnisvollen Lächeln. Ich öffnete den Mund, nur um ihn wieder zu schließen. Ich war mir nicht sicher, ob ich wissen wollte, was er meinte.

Tate führte mich durchs Haus. Kaum hatten wir die Tür zum Garten hinter uns geschlossen, spürte ich, wie sich etwas zwischen uns verschob, als hätte sich etwas in der Luft verändert – ich spürte ein Knistern zwischen uns.

Als wir die Eingangstür erreichten, legte Tate eine Hand an meinen Arm. Meine Haut brannte. Er drehte mich um und sah mir in die Augen. »Wir haben nicht über gestern Nacht gesprochen.«

Ich biss mir auf die Unterlippe. Wenn ich ehrlich war, wollte ich nicht darüber reden. Was würde das schon helfen? Ich wusste bereits alle Gründe, warum nichts passieren durfte.

Am nächsten Montag mussten wir einen Weg finden, uns wieder wie Angestellte und Arbeitgeber zu verhalten. Doch im Moment drängte mein Verstand in eine Richtung … aber mein Herz forderte das absolute Gegenteil.

»Ich weiß nicht, was ich sagen soll«, meinte ich.

Er trat näher an mich heran, hob eine Hand und strich mir mit der Rückseite seiner Finger über die Wange. »Die ganze Nacht daran zu denken, dass du mein T-Shirt trägst, hatte einen sehr positiven Effekt auf mich.«

»Ach, wirklich?«, flüsterte ich.

»Ich konnte mich kaum davon abhalten, nach oben zu gehen und an deine Tür zu klopfen. Die ganze Nacht habe ich darüber nachgedacht.«

Ein Zittern überlief meinen Körper. »Mir ging es ähnlich.«

Er stöhnte und schob den Mund neben mein Ohr. Ich musste die Schenkel zusammenpressen, weil sich dazwischen Hitze sammelte.

Erneut stieß er ein leises Stöhnen aus, dann ließ er seine Lippen in einer federleichten Liebkosung über meinen Hals gleiten. »Was soll ich bloß mit dir anstellen, Lexi?«

»Welche Möglichkeiten gibt es denn?«, fragte ich möglichst locker.

»Dich an die Tür zu drücken und zu küssen oder dich gleich nach oben zu verschleppen.«

Ich lachte nervös. »Ich glaube, das ist beides keine gute Entscheidung. Deine Familie ist im Garten, schon vergessen?« Vor meinem inneren Auge sah ich die ganze Familie, wie sie die Nase gegen ein Fenster pressten, um herauszufinden, was wir gerade taten.

Mit einem Seufzen zog er sich zurück. »Stimmt. Wie konnte mir das entfallen? Wenn wir noch länger hier herumstehen, wird einer von ihnen ins Haus stürmen.«

»Tate«, flüsterte ich leise, »wir sollten das nicht tun.«

»Ich weiß.« Sein Blick wurde ernst. Aber er zog die Hand nicht von meiner Wange zurück. Der Körperkontakt war beinahe zu viel für mich. Stirnrunzelnd senkte er den Blick auf meine Lippen. »Du stellst eine Gefahr für mich dar, Lexi.«

Ich riss die Augen auf. »Warum?«

»Du sorgst dafür, dass ich fühle.« Er presste den Daumen auf meine Unterlippe. »Du sorgst dafür, dass ich dich begehre.«

Ich schluckte schwer.

Er gab mich frei und trat zurück. »Aber du hast recht. Wir sollten das nicht tun. Allerdings bin ich mir nicht sicher, ob ich die Kraft habe, das Richtige zu tun. Nicht, wenn es um dich geht.« Er öffnete die Eingangstür und musterte mich eingehend.

Mein Körper kribbelte vor Adrenalin, und ich verspürte den fast unwiderstehlichen Drang, den Abstand zwischen uns zu überbrücken. O Gott. In diesem Moment hätte ich beinahe auch nicht die Kraft gefunden, das Richtige zu tun. Wie sollte ich, wenn er mich mit brennenden Augen musterte?

Und sein unwiderstehliches Lächeln sorgte dafür, dass meine Unterwäsche Feuer fing.

Mein Höschen stand in Flammen.

Und mein BH hatte sich schon in Rauch aufgelöst.

Und das Gefährlichste an alledem war, dass Tate auch all meine Schutzmauern einriss. Also würde ich nicht darum herumkommen, irgendetwas dagegen zu unternehmen.

Übers Wochenende würde ich mir das reiflich überlegen, aber ich fürchtete, dass es keine gute Idee war, weiter als Paisleys Kindermädchen zu arbeiten.

8 Tate

Sobald Lexi gegangen war, gab ich mir selbst ein Versprechen: Vor Montag würde ich sie nicht kontaktieren.

Ich kehrte zur Party zurück und hielt direkt auf den Grill zu. Tyler und Declan wechselten einen vielsagenden Blick, bevor sie mich ansahen.

»Kein Wort von irgendwem«, sagte ich, als ich nach der Grillgabel griff, Maiskolben auf den Rost legte und die fünf Chickenwings drehte, die ich aufgelegt hatte, ehe ich mit Lexi ins Haus gegangen war.

Declan sah erneut Tyler an. »Er hat nicht gesagt, dass wir nicht miteinander reden dürfen.«

Tyler hob die Hände. »Ich enthalte mich dazu jeder Meinung.«

»Ich mich nicht«, sagte Luke. »Was ich bisher gesehen habe, gefällt mir.«

»Ich habe meine Meinung bereits zu Protokoll gegeben«, erklärte Declan.

Tyler verdrehte die Augen. »Kannst du mal eine Minute kein Rechtsanwalt sein?«

»Ich bin nur ein besorgter Bruder.«

»Es gibt keinerlei Grund, sich Sorgen um mich zu machen«, verkündete ich laut. »Wieso machen wir uns nicht Gedanken über die richtigen Probleme in der Familie? Wo ist Reese überhaupt? Sie wollte mir nicht verraten, was los ist, aber ich gehe einfach mal davon aus, dass es mit Malcolm nicht gut läuft.«

»Sie ist vorhin gegangen«, antwortete Declan. »Und

nein, es läuft nicht gut. Malcolm besteht darauf, mit der Wellness-Oase weiterzumachen. Für die Halsey Group hängt eine Menge daran.«

Die Halsey Group war die Firma, für die Malcolm arbeitete.

»So ein Mist!«, rief ich genervt. »Erzählt Gran nichts davon. Nicht, ehe wir uns nicht sicher sind.«

»Das hatte ich nicht vor«, sagte Declan.

Niemand würde meine Familie verletzen. Nicht meine Großmutter, nicht meine Cousine, niemanden. Dafür würde ich sorgen.

»Lasst uns das Thema wechseln. Gran kommt in unsere Richtung«, sagte Luke. »Wirkt nicht schuldbewusst, sonst merkt sie sofort, dass etwas im Busch ist.«

Wir hatten unsere Pokerfaces über die Jahre perfektioniert, aber es war nicht einfach, Gran zu täuschen. Sie nahm sich einen Chickenwing und sah sich dann in der Gruppe um.

»Was auch immer ihr eures Erachtens gerade tut, es funktioniert nicht«, sagte sie in lockerem Tonfall. »Und bevor ihr fragt, woher ich weiß, dass ihr etwas zu verbergen habt, vergesst nicht, dass ich euch sechs schon beim Pläneschmieden erwischt habe, als ihr noch kaum laufen konntet.«

»Gran, sei nicht so streng mit uns«, meinte Luke.

Sie nahm sich noch einen Chickenwing. »Okay. Diesmal drücke ich noch ein Auge zu.«

Tyler gluckste. Luke zwinkerte Gran zu. Declan schüttelte den Kopf.

Offensichtlich war unser gemeinschaftliches Pokerface nicht so gut, wie ich gedacht hatte.

Sobald Gran zu der Schaukel zurückgekehrt war, auf der Paisley saß, meinte Tyler: »Lasst uns im Büro darüber reden. Vorerst sind wir davongekommen, aber ich glaube nicht, dass sie beim nächsten Mal auch so entgegenkommend sein wird.«

»Abgemacht«, sagte ich und übernahm den Grill, weil Tyler wirklich mal eine Pause verdient hatte.

Zwanzig Minuten später fiel mir wieder ein, warum es keine gute Idee war, meinem Bruder zu viel Freizeit zu ermöglichen. Er kam auf Ideen. Mir fiel nur auf, dass er und Paisley etwas im Schilde führten, da sie beide selbstgefällig wirkten *und* die Hände hinter den Rücken verborgen hielten.

»Was ist …«, setzte ich an, doch ehe ich ausreden konnte, zündeten sie beide Knallfrösche. Ich lachte mich kaputt, und Declan ging es genauso. Luke musterte die beiden mit solchem Stolz, dass ich mich fragte, ob er sie auf diese Idee gebracht hatte.

Ein ganz normaler Tag für die Maxwells.

***

Zwei Stunden später brach meine Familie auf. Paisley und ich verbrachten den Abend am See, bevor wir ins Bett gingen.

Am nächsten Tag fuhren wir gemeinsam zu einem der Weinberge, die ich in der Umgebung von Chicago hatte. Er lag eine Stunde entfernt, nicht weit von dem Haus entfernt, in dem ich aufgewachsen war. Maxwell Wineries besaß Weinberge im gesamten Land, allerdings musste ich nicht alle davon persönlich besuchen. Ich hatte gute Winzer angestellt, die den Produktionsprozess kannten und mit denen ich dauernd in Verbindung stand.

Ich hatte die Weinberge immer geliebt. Dort konnte ich mich entspannen, und Paisley liebte diese Umgebung ebenfalls. Sie betrachtete das als Ausflug, also fuhren wir alle paar Monate hierher.

Als wir ankamen, war der Weinberg leer – schließlich war Sonntag.

»Daddy, die Trauben sehen gut aus. Aber sie sind ein bisschen klein, oder?«

»Ja, sind sie. Sie sind jung, wie du, Süße. Glücklicherweise hat das Unwetter neulich sie nicht beschädigt.« Das war ein weiterer Grund, warum ich vorgeschlagen hatte, heute herzukommen. Meine Angestellten hatten mir versichert, dass das Gewitter keinen Schaden angerichtet hatte, doch ich wollte mich selbst davon überzeugen. Bisher sah alles gut aus.

Aus irgendeinem unverständlichen Grund konnte ich den Gedanken nicht abschütteln, dass es Lexi hier wahrscheinlich auch gefallen hätte. Seit gestern dachte ich ständig an sie. Für gewöhnlich gelang es mir, im Weinberg komplett abzuschalten, aber sie wollte mir einfach nicht aus dem Kopf gehen.

Paisley wanderte langsam vor mir her und blieb alle paar Schritte stehen, damit wir gemeinsam die Trauben kontrollieren konnten. Ich stellte mir den Tag vor, an dem sie Maxwell Wineries übernehmen würde … doch das hätte ich ihr nie gesagt. Ich wollte keinen Druck auf sie ausüben oder sie mit Erwartungen belasten. Mein Dad hatte uns stets gesagt, dass wir machen konnten, was auch immer wir wollten; dass er nicht von uns erwartete, in den Maxwell Bookstores zu arbeiten. Dad hatte in die Fußstapfen seines Vaters treten müssen, ohne je die Chance zu bekommen, herauszufinden, was er wirklich tun wollte. Das hatte er uns ersparen wollen, und dafür respektierte ich ihn sehr.

»Dad, können wir zur Ernte herkommen?«, fragte Paisley, als wir uns auf einer Bank neben dem Zugang zum Weinberg niederließen. Sie holte eines der Erdnussbutter-Sandwiches heraus, die ich in ihren Rucksack gepackt hatte.

»Na klar. Wir werden ein passendes Wochenende finden.« Je nach Wetter konnte die Ernte schon Ende August beginnen. Normalerweise war die Erntezeit allerdings später und endete Mitte Oktober.

Mein Handy piepte mit einer Nachricht, während Paisley ihr Sandwich aß. Kaum dass ich den Absender gesehen hatte, verspannte ich mich.

Es war meine Ex-Frau.

Nora

Ich bin mir nicht sicher, ob ich dieses Jahr mit Paisley in Urlaub fahren kann. Ich dachte, du willst es wissen, damit du sie darauf vorbereiten kannst. Es könnte sein, dass ich es schaffe, aber eventuell muss ich es auf ein andermal verschieben.

Ich biss die Zähne zusammen und sparte mir jede Antwort. Sie verschob ihre gesamte Anteilnahme am Leben unserer Tochter auf ein andermal.

»Was ist los, Daddy?«, fragte Paisley, und eilig glättete ich meine Gesichtszüge.

»Deine Mom sagt, sie hat vielleicht zu viel Arbeit, um in Urlaub zu fahren«, sagte ich sanft, ohne jeden anklagenden Unterton.

Paisley schwieg ein paar Sekunden, dann sagte sie: »Zumindest kommt sie zu meinem Geburtstag.«

»Ja, das tut sie.«

Für Paisley war ihr Geburtstag der wichtigste Tag des Jahres. Was daran liegen könnte, dass wir ihn gebührend feierten. Aber Geburtstagspartys waren in meiner Familie immer eine große Sache gewesen, und ich setzte diese Tradition gern mit meiner Tochter fort.

Sie blieb verdächtig still, während sie weiter ihr Sandwich aß.

»Paisley, ist alles okay?«, fragte ich.

Stirnrunzelnd sah sie zu mir auf, als müsste sie genau über ihre Worte nachdenken.

»Daddy, wäre es nicht nett, wenn eine Frau mit uns hier wäre?«

Ich riss den Kopf zurück und blinzelte. Mit diesem Themenwechsel hatte ich nicht gerechnet.

»Vielleicht.«

»Ich kann eine nette Frau für dich finden. Die Blondine letztes Jahr am Strand war ja nicht allzu nett.«

Darauf hatte ich keine Antwort. Ich hatte stets sorgfältig darauf geachtet, meine Verabredungen von meiner Tochter fernzuhalten. Aber letztes Jahr hatte sie zufällig eine der Frauen kennengelernt, mit denen ich ausging. Wir waren am selben Strand gelandet, also hatte ich die beiden einander vorgestellt. Elizabeth, mein Date, hatte mit Paisley gesprochen, als wäre sie drei, und mir danach erklärt, dass Kinder wirklich nicht ihr Ding waren. Natürlich hatte ich mich nie wieder bei ihr gemeldet.

»Du musst niemanden für mich finden, Paisley.«

Meine Gedanken schossen sofort zu Lexi.

»Wir könnten alle zusammen Spaß haben.«

»Willst du damit sagen, mit mir allein könnte man keinen Spaß haben?« Ich zwinkerte ihr zu.

»Nicht immer«, meinte sie mit einem fast verlegenen Lächeln.

»Was? Ich bin immer lustig.«

»Beweis es.« Sie stand auf und sah mich herausfordernd an. Ich wusste genau, worauf sie wartete.

»Wettrennen bis oben auf den Hügel. Ich wette, ich bin immer noch schneller als du.«

»Nein. Ich bin schneller. Wart's nur ab.« Mit einem Kichern wirbelte sie herum und rannte los. Ich ließ ihr ein paar Sekunden Vorsprung, bevor ich sie verfolgte.

»Ich habe dir doch gesagt, dass ich schneller bin!«, quietschte Paisley einige Sekunden, ehe sie den Zaun erreichte.

Ich hatte sie absichtlich gewinnen lassen, weil ich es liebte, dieses Spiel mit ihr zu spielen. Es sorgte dafür, dass sie über das ganze Gesicht strahlte. Und mit diesem Grinsen hatte sie mich schon um den kleinen Finger gewickelt, als sie erst ein paar Monate alt gewesen war.

»Und wer ist jetzt nicht lustig?«, forderte ich sie heraus. Ich breitete die Arme aus und verlagerte mein Gewicht von einem Bein aufs andere.

Kichernd presste Paisley die Arme eng an den Körper. Aber als sie an mir vorbeispähte – wahrscheinlich, um ihre Fluchtroute zu planen –, entspannte sie sich ein wenig, und ich nutzte die Gelegenheit. Ich stürzte mich auf ihre Achseln und kitzelte sie. Sie kreischte vor Lachen. »Okay, okay. Du bist lustig, Dad.«

Sofort richtete ich mich auf und ließ die Hände sinken. Wenn meine Tochter mich Dad statt Daddy nannte, war das ungefähr dasselbe, wie wenn ein Elternteil sein Kind mit erstem und zweitem Vornamen ansprach. Das signalisierte, dass es Zeit war, das Spiel zu beenden.

Ich hob kapitulierend die Hände, woraufhin sie mir ein weiteres breites Grinsen schenkte.

»Was willst du tun? Nach Chicago zurückfahren? Gran meinte, sie erwartet uns zum Abendessen, aber ich glaube nicht, dass sie etwas dagegen hat, wenn wir schon früher auftauchen.«

»Wir können jetzt fahren.«

Auf der Fahrt zurück in die Stadt dachte ich über unser Gespräch nach. Seit der Scheidung hatte ich meine Zeit zwischen meiner Tochter, der Familie und Maxwell Wineries aufgeteilt. Alles andere hatte ich ausgeblendet. Das war genauso sehr Selbstverteidigung wie Überlebensinstinkt gewesen. Doch Lexi war unterhaltsam und sexy und brachte mich zum Lachen, ohne es darauf anzulegen. Und das wollte ich nicht aufgeben.

Ich wollte Lexi.

Ich brauchte sie.

Eine Stunde später kamen wir bei Grans Haus an. Nach dem Parken bemerkte ich, dass auf meinem Handy eine Nachricht auf mich wartete. Eigentlich hatte ich vor, sie zu ignorieren, weil ich fürchtete, es könnte noch mal Nora sein, aber dann fiel mir Lexis Name ins Auge.

Lexi

> Hi! Also, ich habe eine Entzündung am Ohr und fühle mich schrecklich. Ich bin mir nicht sicher, ob ich morgen kommen kann. Und außerdem … ich glaube, es wäre eine gute Idee, wenn du Kontakt zu einer der anderen Frauen aufnimmst, die du für den Job interviewt hast.

9 Lexi

Der Schmerz in meinem Ohr war unerträglich, als ich versuchte, mich im Bett auf die andere Seite zu drehen.

O nein, warum hatte ich das überhaupt versucht?

Stimmt, weil mein Telefon klingelte.

Blind tastete ich nach dem Gerät und hielt es an mein gesundes Ohr.

»Wie fühlst du dich?« Das war Tates Stimme.

»Als wäre ich von einem Lastwagen überfahren worden.«

»Was ist passiert?«

»Anscheinend habe ich Wasser ins Ohr bekommen, als ich mit Paisley schwimmen war. Ich habe sie ermahnt, sich die Ohren auszuwischen, es selbst aber vergessen. Und nun habe ich eine Infektion. Zumindest hat der Arzt es so erklärt.«

»Hast du alles, was du brauchst?«, fragte er besorgt.

Ich schmolz bereits dahin. »Ja, ich habe meine Medikamente.«

»Essen?«

»Seit gestern habe ich nichts gegessen. Wenn ich schlucken muss, tut es im Ohr weh. Ich bin schon superstolz auf mich, dass ich die Energie aufgebracht habe, ans Telefon zu gehen.«

»Okay. Ich bin in einer halben Stunde bei dir.«

Ich riss die Augen auf. »Was? Nein. Du musst nicht nach mir schauen.«

»Doch, muss ich. Du bist krank. Ich habe Paisley bei Gran abgesetzt und komme jetzt bei dir vorbei.«

»Tate.«

»Lexi«, hielt er dagegen.

»Das ist echt nicht nötig.«

»Ich komme vorbei.«

Nun, ich konnte kaum mit ihm diskutieren, wenn er gerade so herrisch war. Das hätte ich nicht mal getan, wäre ich gesund gewesen. Aber im Moment hatte ich ihm wirklich nichts entgegenzusetzen.

»Okay. Danke«, flüsterte ich.

Nach dem Auflegen wälzte ich mich aus dem Bett und ging unter die Dusche. Gestern hatte ich nur Katzenwäsche gemacht, weil mir zu schwindelig gewesen war. Ich bewegte mich langsamer als sonst, aber immerhin war mir nicht mehr schlecht, auch wenn der Schwindel blieb.

Mir blieb kaum genug Zeit, mich anzuziehen, bevor es an der Tür klingelte. Ich beeilte mich, sie zu öffnen.

Tate stand im Türrahmen. Er hielt eine Papiertüte und eine kleinere Plastiktüte in der Hand und musterte mich von oben bis unten. »Du siehst nicht allzu gut aus.«

»Danke. Jetzt fühle ich mich doch gleich viel besser«, meinte ich lachend. »Aber ich muss mich hinsetzen. Meine Energie hat gerade noch fürs Türöffnen gereicht.«

Da mir wieder schwindelig war, ging ich eilig zur Couch, setzte mich und zog eine Decke über mich. Ich liebte es, es mir mit einer Decke auf dem Sofa gemütlich zu machen, sogar im Sommer. Die Arbeitsplatte der Küche lag gegenüber meinem Platz. Fasziniert beobachtete ich, wie Tate Essensbehälter aus der Papiertüte zog.

Er hatte mir etwas zu essen gebracht? Wow, ich konnte nicht glauben, wie aufmerksam er war. Dass ich ihm so wichtig war.

»Ich habe ein paar Sachen besorgt, okay? Sachen, die du leicht essen kannst, wie Suppe. So bekommst du auch genug Flüssigkeit.«

»Danke. Das ist wirklich nett von dir. Wann hast du das gemacht?«

»Ich habe auf dem Weg an einem Laden angehalten.«

Er bewegte sich geschickt durch meine Küche und räumte alles in den Kühlschrank. Hin und wieder sah er zu mir. Jedes Mal, wenn unsere Blicke sich trafen, kribbelte meine Haut.

Sobald Tate die Tüte geleert hatte, setzte er sich neben mich. Die Sofakissen gaben unter seinem Gewicht nach. Obwohl ich mich schrecklich fühlte, konnte ich nicht anders, als seinen Bartschatten und seinen Duft zu bemerken. Und das war nicht einfach sein Aftershave; er roch nach Natur.

»Warst du beim Arzt?«

»Ja. Ich habe Tropfen und Antibiotika bekommen. Niemand kann mir sicher sagen, wann die Schmerzen verschwinden. Könnte in zwei Tagen sein, vielleicht dauert es auch länger. Anscheinend entscheidet das mein Körper. Ich hasse es, wenn die Ärzte so was sagen.«

Er schmunzelte, doch sein Blick blieb hart. »Wieso willst du kündigen, Lexi?«

Ich seufzte, weil ich beim besten Willen nicht wusste, wo ich anfangen sollte. Im Moment war mir das einfach zu viel. Ich fühlte mich, als könne er in mein Innerstes blicken.

»Nun, offensichtlich kann ich mich nicht davon abhalten, mit dir zu flirten. Du willst Paisley beschützen, und das verstehe ich absolut. Und ich bin ein bisschen sauer auf mich, weil ich gegen meine eigene goldene Regel verstoßen habe – was nur erneut beweist, wie unwiderstehlich du bist. Und jetzt fasle ich ganz schrecklich. Und dann bist du mit etwas zu essen aufgetaucht und… träume ich?«

Ich sah zu Tate auf, weil er verdächtig still blieb. Zu meiner Überraschung wirkte er amüsiert.

»Du bist einfach süß«, sagte er.

»Weil ich fasle?«

»Du bist es einfach.« Er schob die Decke unter mein Kinn, dann legte er die Hand auf meine Schulter. Ich mochte das Gefühl seiner Wärme auf meiner Haut.

»Was hast du mit Paisley heute gemacht?«

»Wir sind zu einem der Weinberge gefahren, sind dort herumgewandert und haben die Trauben kontrolliert. Übrigens hat Nora mir geschrieben, dass sie es vielleicht nicht schaffen wird, diesen Herbst wie versprochen mit Paisley in Urlaub zu fahren.«

»O nein. Wie hat Paisley das aufgenommen?«

»Ganz gut.«

Ich spürte regelrecht, wie Tate seine Schutzmauern hochzog. Ich konnte das nicht erklären, aber ich fühlte es einfach.

Doch dann erschien ein Lächeln auf seinem Gesicht, als dachte er gerade an was Witziges. »Paisley und ich haben heute tatsächlich darüber gesprochen, dass mir Damengesellschaft guttun würde. Sie meinte, *sie* könne eine nette *Frau* für mich finden.«

»Das klingt ganz nach ihr.« Ich runzelte die Stirn, weil ich nicht verstand, worauf er hinauswollte. Mein Herzschlag beschleunigte sich. »Was meinst du damit?«, flüsterte ich.

Tate räusperte sich, dann sah er mich direkt an und legte einen Finger unter mein Kinn. »Ich will nicht, dass du dir irgendwelche Sorgen machst. Nimm dir ein paar Tage frei, um dich wirklich zu erholen. Morgen ist sowieso der 4. Juli, also bleib zu Hause und entspann dich. Ich kümmere mich um dich, und dann schauen wir weiter.«

»Tate …«

»Lexi …«

»Du musst dich nicht um mich kümmern.«

»Aber ich will es tun. Und das werde ich auch. Ende der Diskussion.«

Ich verdrehte die Augen. »Also gut, Herr General.«

***

Am nächsten Morgen fragte ich mich, ob ich bloß geträumt hatte, dass Tate mich auf diese wunderbare Art besucht hatte, um meinen Kühlschrank aufzufüllen. Ich fühlte mich bereits besser. Zwar hatten die Schmerzen ein wenig nachgelassen, aber zu schnelle Kopfbewegungen trieben mir immer noch Tränen in die Augen. Der Arzt hatte erklärt, Ohrinfektionen könnten auch Auswirkungen auf Nase und Augen haben … und das konnte ich nur bestätigen.

Ich ging in die Küche und öffnete den Kühlschrank, um zu schauen, ob ich Joghurt hatte, doch ich staunte nicht schlecht, als ich das ganze Essen entdeckte.

O wow. Ich hatte mir nichts eingebildet! Tate war tatsächlich hier gewesen.

Lächelnd presste ich eine Hand an die Brust. Der Mann war echt der Hammer.

Ich zog mein Handy heraus und schrieb ihm eine Nachricht.

Lexi | Danke noch mal für das Essen. Ich dachte wirklich, ich hätte mir deinen Besuch gestern eingebildet.

Fühlst du dich besser? | Tate

Lexi | Ein bisschen schon. Ich denke darüber nach, einen Smoothie zu trinken … aber er ist grün.

????? | Tate

Lexi | Grüne Getränke sind mir suspekt.

Nach ein paar Sekunden antwortete er.

So was habe ich bisher nur von Paisley gehört. | Tate

Lexi | Wahrscheinlich ist das der Grund, warum ich Kinder so mag. Wie geht es ihr?

Sie ist bei Gran. | Tate

Das hätte ich mir denken können. Er hatte mich schon früh gefragt, ob ich am 4. Juli arbeiten konnte, weil er einen Termin hatte.

Lexi | Ist sie aufgebracht?

Nein. Mach dir keine Sorgen. Konzentrier dich einfach darauf, wieder gesund zu werden, okay? | Tate

Ich machte mir trotzdem Sorgen, wie sehr es Paisley enttäuschen würde, wenn ich nicht zurückkehrte. Nach dem, was Tate mir über seine Dating-Diskussion mit Paisley erzählt hatte, war ich noch verwirrter als zuvor. Was bedeutete das?

Allein beim Gedanken an ihn begann mein Herz zu rasen.

Ich wappnete mich, bevor ich einen Schluck von dem grünen Smoothie nahm, doch zu meiner Überraschung schmeckte er gar nicht schlecht. Angenehm weich glitt er durch meine Kehle, und das Schlucken tat nicht so weh wie bisher.

Ich fühlte mich viel besser als gestern, aber nicht gut

genug, um meine Wohnung zu verlassen, also machte ich es mir mit Netflix auf dem Sofa bequem.

Jenny und Ella schickten mir Bilder von sich im Park und wünschten mir einen schönen Feiertag.

Ich schickte ein Foto von meinem schmollenden Gesicht zurück. Eigentlich wollte ich dann weiter *Reign* schauen, doch ich stellte schon in der ersten Folge fest, dass ich gar nicht wirklich auf den Fernseher achtete. In Gedanken war ich erneut bei Tates Gespräch mit Paisley.

Ich schnappte mir mein Handy und hätte ihm fast geschrieben, um noch mal genauer nachzufragen, aber letztendlich löschte ich die Nachricht wieder. Ich fühlte mich einfach noch nicht bereit für diese Unterhaltung. Wahrscheinlich würde ich wieder anfangen zu faseln. Was, wenn er wieder etwas sagte, was mich dahinschmelzen ließ? Dann war das Faseln garantiert.

Ich wusste einfach nicht, was ich tun sollte, und brauchte Rat. Also rief ich meine Mom an. Ich hatte ihr gestern kurz geschrieben, dass ich krank war und mich bald melden würde.

»Hey, Süße. Wie fühlst du dich?«, fragte sie.

»Viel besser als gestern.«

»Hast du genug zu essen?«, fragte sie scharf. Das zauberte ein Lächeln auf mein Gesicht, weil es mich an die alte Version von Mom erinnerte, als sie noch jünger und stärker war … bevor ihre Herzprobleme sich bemerkbar gemacht hatten. Es freute mich einfach, dass sie wieder mehr klang wie ihr altes Selbst.

»Ja, tatsächlich habe ich das. Tate hat mir gestern etwas vorbeigebracht.«

»Tate, dein Arbeitgeber?«

»Ja.« Ich zögerte einen Moment. »Mom, da gibt es etwas, was ich dir erzählen will.«

Eilig berichtete ich ihr von meinem Interesse an Tate,

dass es auf Gegenseitigkeit beruhte und ich mir einfach nicht sicher war, was ich tun sollte.

»Und ich weiß nicht mal, ob es die ganze Grübelei überhaupt wert ist. Es fühlt sich ein wenig falsch an, mit einem Single-Dad auszugehen.« Ganz zu schweigen von der Tatsache, dass er mein Arbeitgeber war – aber da der Job schließlich nach dem Sommer enden würde, spielte das in meinen Überlegungen keine so große Rolle.

»Süße, ich war auch Lehrerin, also verstehe ich, was du meinst. Aber Paisley geht nicht auf deine Schule. Ich sehe nicht, wieso das ein Problem darstellen sollte. Du gehst zu hart mit dir selbst ins Gericht. Oder ist da noch etwas?«

Sie hatte mich schon immer durchschaut. »Ich habe Angst, dass ich mich wirklich in ihn verlieben könnte. Er wirkt ein wenig verschlossen. Ich glaube, das hängt mit seiner Scheidung zusammen.«

»Du wirst nie herausfinden, was daraus werden könnte, wenn du kein Risiko eingehen willst, Süße.«

»Ich hatte gefürchtet, dass du so etwas sagen würdest«, meinte ich. »Vielleicht musste ich es hören. Wie geht es dir? Verwöhnt Dad dich anständig?«

»O ja, das tut er. In letzter Zeit kocht er wie ein Wilder.«

Das klang ganz nach Dad.

Ich unterhielt mich noch eine Weile mit Mom, bevor ich auflegte. Als ich auf mein Handydisplay sah, stellte ich fest, dass ich Nachrichten von Jenny und Ella hatte. Beide wollten wissen, wie es mir ging.

Ich schoss ein Foto von mir selbst, mit meinem Smoothie und dem vollen Kühlschrank im Hintergrund, und schickte es in den Gruppenchat.

Lexi | Heute fühle ich mich bereits besser. Mein verbotener, aber unwiderstehlicher Arbeitgeber hat mir Essen vorbeigebracht.

Was? Mädel, dieser Mann ist mir sehr sympathisch. — Jenny

Ella — Mir auch! Den habe ich jetzt schon gern.

O ja. Ich auch.

Den Rest des Tages musste ich ständig an Tate und Paisley denken und daran, was Mom mir gesagt hatte. Es wäre einfach nicht fair, wenn ich die beiden jetzt im Stich ließ. Und tief in meinem Inneren wollte ich das auch gar nicht tun. Aber ich hatte keine Ahnung, wo ich mit Tate stand. Also fand ich am Abend endlich den Mut, ihm zu schreiben… nachdem ich eine Essenslieferung entgegengenommen hatte. Er hatte mir mehr Suppe bestellt.

Lexi — Hi. Danke für die Suppe. Ich fühle mich schon viel besser. Morgen kann ich wieder arbeiten. Ich habe über den Job nachgedacht… und ich bleibe.

Hast du auch an mich gedacht? — Tate

Ich schmunzelte. Das war seine Antwort?

Lexi — Wie sollte es anders sein, mit der Suppe und dem Smoothie?

Mein Herz raste.

Du weißt, was ich meine. — Tate

Ich biss mir auf die Unterlippe und zögerte, ehe ich meine Antwort tippte.

Lexi: Hmmm … eigentlich nicht. Du hast gesagt, wir würden uns unterhalten, wenn es mir besser geht. Das tut es jetzt.

Ich fügte noch drei Smileys ein, bevor ich die Nachricht abschickte.

Ich weiß. Aber mir wäre es lieber, wenn wir uns persönlich unterhalten. Und im Moment kann ich nicht vorbeikommen … oder auch nur anrufen. Ich lese Paisley gleich ihre Gute-Nacht-Geschichte vor. :Tate

Und bei dem Gedanken daran, wie er seiner Tochter vorlas, schmolz ich sofort wieder dahin.

Aber morgen Abend werden wir uns unterhalten. :Tate

Ich zögerte lange, ehe ich antwortete. Irgendwie hatte ich das Gefühl, ein neues Kapitel aufzuschlagen, wenn ich das tat.

Lexi: Okay.

Mom hatte recht. Und ich war bereit, das Risiko einzugehen.

***

Am Dienstag beschlossen Paisley und ich, ihr Zimmer neu einzurichten.

»Bist du dir sicher, dass dein Vater damit einverstanden ist?«, fragte ich, als ich mich in ihrem Zimmer umsah. Ich hatte ihr ein paar Bilder meiner Wohnung zur Weihnachtszeit gezeigt, und sie war besessen von meinen Lichterketten. Besonders, da ich ihr erzählt hatte, dass ich ein paar davon das ganze Jahr über hängen ließ.

»Ja, das ist okay für ihn«, sagte Paisley. Allerdings wirkte sie dabei ein wenig zu unschuldig.

Vor einer halben Stunde hatte ich Tate eine Nachricht geschrieben und ihn gefragt, ob das für ihn okay wäre, aber er hatte noch nicht geantwortet. Ich wollte meine Befugnisse nicht überschreiten und hätte mich wohler gefühlt, wenn er zugestimmt hätte, bevor wir anfingen.

»Weißt du was? Wieso gönnen wir uns nicht einen kleinen Nachmittagsimbiss«, sagte ich, »und warten, bis dein Dad geantwortet hat. Dann können wir zu Home Depot fahren und alles kaufen, was wir brauchen.«

»Okay.«

Wir gingen nach unten, und ich machte ihr einen Toast mit ihrem Lieblingskäse.

»Das schmeckt so lecker«, sagte sie.

»Stimmt. Und ich bin am Verhungern.«

»Wieso warst du heute nicht zum Frühstück da?«, fragte Paisley.

»Ich habe verschlafen.«

Sie grinste. »Echt? Ich wusste gar nicht, dass auch Erwachsene verschlafen.«

Ich lachte. »Tja, diese Erwachsene tut das. Ist das dir oder deinem Dad noch nie passiert?«

Sie zuckte mit den Achseln. »Ich weiß nicht. Er ist jeden Morgen zum Frühstück hier. Ich musste noch nie in sein Zimmer gehen und ihn wecken.«

Wow. Das war mal ein Dad, der die Erwachsenenrolle wirklich ernst nahm. Während des Schuljahres verschlief ich nie und war immer um acht in der Schule, aber im Sommer wollte ich mich entspannen, also stellte ich mir in der Regel keinen Wecker … und hatte es deswegen auch gestern Abend vergessen.

Dass ich von einem gewissen sexy Kerl geträumt hatte, hatte auch nicht geholfen. Dieser Mann übte einen seltsamen Effekt auf mich aus, doch ich schob es auf die Tatsache, dass ich so viel über ihn nachgedacht hatte.

Als mein Handy brummte, setzte mein Herzschlag für einen Moment aus.

Na klar. Wie geht es dir? | Tate

Mein Puls beschleunigte.

Lexi | Toll. Mein Ohr tut nicht mehr weh. Ich muss mich selbst an die Tropfen und die Antibiotika erinnern.

Nach einem kurzen Nachrichtenwechsel mit Tate wandte ich mich an Paisley. »Dein Dad sagt, es ist okay«, verkündete ich.

Sie klatschte aufgeregt in die Hände. »Habe ich doch gesagt.«

»Ich weiß. Ich wollte mir nur sicher sein. Also lass uns aufessen, dann können wir losziehen.« Ihre Aufregung war ansteckend, und ich freute mich schon darauf, zu sehen, wie der Raum am Ende aussehen würde.

Tate besaß zwei Wagen, einen Mercedes und einen BMW. Für gewöhnlich nahm ich den BMW, wenn Paisley und ich mit dem Auto unterwegs waren. Ich fuhr sehr vorsichtig, weil es ein nagelneuer SUV war – viel größer als der gebraucht gekaufte Mini Cooper, den ich hatte und nur selten nutzte. Ich verließ mich mehr auf Uber und öffentliche Verkehrsmittel.

Ich liebte es, Zeit mit Paisley zu verbringen. Sie war ein braves Kind und nutzte Situationen nicht allzu oft aus. Mich überraschte, dass sie nicht mehr forderte als ein paar Lichterketten. Wir kauften sehr viel mehr, als wir wirklich brauchen würden, aber ich ging davon aus, dass Tate und sie die Lichter immer noch zu Weihnachten an anderen Orten im Haus aufhängen konnten.

Sobald wir zurück waren, gingen wir direkt in Paisleys Zimmer.

»Wo willst du sie aufhängen?«, fragte ich, als ich mich umsah.

»Überall«, rief sie.

Ich lachte. »Okay. Also, ich hätte ein paar Ideen. Wieso drapieren wir nicht eine Kette um dein Fenster? Wir brauchen eine Steckdose, also sind wir etwas eingeschränkt.«

Paisley schob die Unterlippe vor. »Okay.«

»Es wird trotzdem aussehen wie im Märchen«, versprach ich ihr.

Es kostete uns den gesamten Nachmittag, die Lichterketten zu verteilen – hauptsächlich, weil Paisley sich einfach nicht entscheiden konnte. In ihrem Zimmer gab es eine Menge Steckdosen, daher standen ihr verschiedene Möglichkeiten zur Verfügung. Letztendlich zogen sich Lichterketten um beide Fenster, eine um ihr Bett, und eine beleuchtete ihr Spielzeugregal. Wir schalteten alle an und stellten uns in den Türrahmen, um unser Werk zu bewundern, während ich ihr die Haare flocht.

»Ich finde, wir haben tolle Arbeit geleistet.«

»Ich liebe es. Jetzt lebe ich wie eine Prinzessin«, sagte sie und rannte zum Bett, bevor ich den Zopf abbinden konnte. Als sie auf die Matratze sprang und sich grinsend umsah, löste er sich sofort.

Ich machte ein Foto von ihr vor all den Lichtern. Ihr Lächeln brachte ihr Gesicht zum Strahlen. Ich schickte das Bild an Tate, der gleich antwortete.

Tate

Da ist aber jemand glücklich!
Kann ich auch ein Foto von dir kriegen?

Wieso sollte er darum bitten? Und wieso machte mein Herz deswegen einen Sprung?

Tate übte einfach diesen Effekt auf mich aus. Allein der Gedanke an seine Worte und die Art, wie seine Lippen sich auf meinen angefühlt hatten, entfachte ein Feuer in mir.

»Lass uns ein Selfie schießen, Paisley«, sagte ich. »Aber warte, erst will ich deinen Zopf fertig machen.«

»Okay.« Sie konnte kaum stillstehen, während ich ihr erneut die Haare flocht, dann machte sie mir ebenfalls einen Zopf. Er war ein wenig unordentlich. Doch ihr Selbstbewusstsein wuchs mit jedem Mal, und sie wurde auch immer besser.

Ich hob das Handy und grinste in die Kamera. Paisley zog meinen Zopf nach vorne, damit er im Foto zu sehen war. Ihr breites Grinsen war unbezahlbar. Sie war so stolz auf sich. Ich schickte das Foto an Tate, gefolgt von einer Nachricht.

Lexi | Sie wird immer besser beim Zopfflechten.

Er antwortete nicht, also steckte ich mein Handy ein und konzentrierte mich auf Paisley.

»Danke, dass du mir mit den Lichterketten geholfen hast«, sagte sie. »Ich werde mit dem Handy ein Foto schießen und es meiner Freundin zeigen. Sie sagt, nur Mommys dürfen Zimmer dekorieren, aber ich habe ihr gesagt, dass du das auch kannst.«

Mein Herz verkrampfte sich. Ich musterte Paisley genau. Sie wirkte unbekümmert, doch ich wusste einfach nicht, was ich sagen sollte. »Wann immer du etwas tun willst, was die anderen mit ihren Müttern tun, kannst du deinen Dad oder mich fragen.«

»Ich darf dich fragen?«, sagte sie und lächelte mich an.

»Ja. Natürlich.«

»Okay. Ich werde heute Abend noch mit Mommy reden und ihr die Lichter zeigen. Ich weiß, dass sie keine Zeit für mich hat, aber ich glaube, sie könnten ihr trotzdem gefallen.«

Mir wurde ganz schwer ums Herz. Ich hatte keine Ahnung, wie es sich anfühlte, ohne Mom aufzuwachsen. Und wenn ich daran dachte, dass Nora den gemeinsamen Urlaub mit Paisley abgesagt hatte, wurde ich wütend. Da ich Paisley aufmuntern wollte, fragte ich: »Wollen wir im Internet nach Prinzessinnenzimmern suchen? Vielleicht kommen wir so auf weitere Ideen, was wir mit deinem Zimmer anstellen könnten.«

Sie begann zu strahlen und ließ sich im Schneidersitz aufs Bett sinken. »Wirklich?«

»Ja«, antwortete ich, wenn auch zögernd. Ich war mir nicht sicher, ob ich damit nicht die Büchse der Pandora öffnete. Hin und wieder ging ich auf Pinterest, um danach meine Wohnung neu zu dekorieren. War man mit neun noch zu jung, um sich für Interior Design zu interessieren? Ich konnte nur hoffen, dass nicht, weil ich das Gefühl hatte, Paisley könnte in meine Fußstapfen treten.

Wir machten es uns nebeneinander auf dem Bett gemütlich, dann zog ich mein Handy heraus und öffnete die Pinterest-App. Paisley verfiel der Seite sofort. Sie »oh«te und »ah«te bei fast jedem Bild.

»Das will ich«, sagte sie und deutete auf ein weißes Bett mit Schwänen an den Enden der Bettpfosten.

O Mann, ich hatte tatsächlich die Büchse der Pandora geöffnet!

»Und ich will mein Zimmer rosa streichen«, verkündete sie, bevor sie auf dem Bett aufsprang und sich umsah. Danach legte sie sich hin, und ich rollte mich neben sie. Sie grinste und kuschelte sich dann an mich. Dieses kleine Mädchen war echt ein Schatz. Hätte ich eine Tochter, würde ich meine Freizeit genau auf diese Art verbringen – damit, sie zum Lachen zu bringen.

»Ich will diese Wand und diese Wand streichen. Und vielleicht sogar die Decke. Alles pink«, verkündete Paisley aufgeregt.

Du lieber Himmel. »Aber vorher sollten wir unbedingt mit deinem Dad reden.«

10 Tate

Als ich nach Hause kam, hörte ich Paisleys Stimme aus dem ersten Stock. Ich ging sofort nach oben, machte mich aber nicht gleich bemerkbar. Stattdessen blieb ich im Türrahmen stehen und beobachtete die beiden. Sie lagen gemeinsam auf dem Bett und hatten den Blick an die Decke gerichtet. Mir wurde warm ums Herz. Paisley lachte so unbeschwert, und Lexi sah aus, als gehöre sie hierher. Ich schoss ein Foto mit dem Handy. Lexi war so verdammt lieb und nett, dass ich es kaum aushielt. Sie war echt etwas Besonderes. O Gott, ich musste sie davon überzeugen. Davon, dass wir sie brauchten.

Dass ich sie brauchte.

Ich hatte bereits verschiedene Nannys angeheuert, aber das hier war etwas vollkommen anderes – weil Lexi ihre Aufgabe wirklich am Herzen lag. Sie erweckte etwas in mir zum Leben, was ich vor langer Zeit begraben hatte. Ich wusste, dass sie ähnlich empfand wie ich – dass sie die Anziehungskraft und die Verbindung zwischen uns ebenfalls spürte.

Seit der Scheidung hatte ich mich innerlich leer gefühlt und war entschlossen gewesen, dass es auch so bleiben sollte. Die Alternative hatte einfach zu viele Gefahren beinhaltet. Und so war es immer noch. Mich auf eine Beziehung einzulassen, konnte eigentlich nur ein schlechtes Ende nehmen. Meine Tochter war schon einmal verletzt worden. Das durfte ich nicht noch mal riskieren. Aber ich konnte nicht leugnen, dass Lexi Gefühle in mir auslöste … und das allein war bereits ein verdammtes Wunder.

»Wir sollten vorher unbedingt mit deinem Dad reden«, sagte sie und holte mich damit zurück in die Gegenwart.

»Was müsst ihr mich fragen?«, meinte ich, als ich ganz in den Raum trat.

Paisley sprang mit einem Kreischen vom Bett und rannte auf mich zu. »Daddy, ich will mein Zimmer pink streichen«, sagte sie, als sie breit grinsend zu mir aufblickte. »Alles.«

Ich schaute zu Lexi, dann sah ich mich langsam im Raum um. Ich bemühte mich immer, meiner Tochter nicht alles zu erlauben. Schließlich wollte ich sie nicht verziehen. Aber mir fiel kein Grund ein, warum sie ihr Zimmer nicht pink streichen sollte.

»Okay«, sagte ich. »Spricht eigentlich nichts dagegen.«

Sie kreischte noch mal, dann rannte sie zurück zum Bett, um neben Lexi auf die Matratze zu springen.

Lexi wich meinem Blick aus. Ich beobachtete sie genau. Heute Morgen hatte sie das Frühstück verpasst. Sie hatte mir eine Nachricht geschrieben, dass sie verschlafen hatte, doch ich fragte mich, ob das wirklich der Grund für ihre Verspätung gewesen war. Auf keinen Fall wollte ich, dass sie sich unwohl fühlte, aber verdammt, allein mit ihr in diesem Zimmer zu sein – im Zimmer meiner Tochter –, sorgte bereits dafür, dass ich total durcheinander war. Ich konnte einfach nicht klar denken, wenn es um Lexi ging – nicht, wenn ich sah, wie mühelos sie ein Lächeln auf Paisleys Gesicht zauberte. Außerdem erfüllte sie mich mit einer inneren Freude, von der ich nicht mal gewusst hatte, dass ich dazu fähig war.

»Daddy, es ist sechs Uhr. Können wir Mommy anrufen?«, fragte Paisley mit weit aufgerissenen Augen.

Sofort wurde ich ernst. Dienstagabends telefonierten wir gelegentlich mit Nora.

»Ja. Hol dein Handy.«

»Ich gehe dann mal nach unten«, sagte Lexi, nachdem sie uns beide angesehen hatte. »Ich kann ja mit dem Abendessen anfangen.«

»Das musst du nicht tun, Lexi. Ich werde mich nach dem Telefonat darum kümmern. Es wird nicht lange dauern.« Diese Gespräche dauerten nie lange. Nora schien kein großes Interesse für Paisleys Leben aufbringen zu können.

»Okay. Ich werde trotzdem unten warten, um euch beiden eure Privatsphäre zu lassen.«

Sobald Lexi gegangen war, wählte ich Noras Nummer auf FaceTime. Der Anruf war für Paisley, nicht für mich, also befand ich mich nicht im Bild, aber ich blieb dennoch immer in der Nähe, wenn die beiden sich unterhielten. Das war einfach Gewohnheit. Ich wollte meine Tochter vor allem Unangenehmen beschützen – ihre eigene Mutter eingeschlossen.

»Hey, Mommy«, sagte Paisley, als Noras Bild auf dem Display erschien.

»Hey, Süße«, sagte Nora. »Was ist das hinter dir?«

»Das ist eine blinkende Lichterkette, Mommy. Lexi und ich haben sie heute aufgehängt. Sie hilft mir, mein Zimmer in ein Prinzessinnenzimmer zu verwandeln, und Daddy hat gesagt, ich darf pinke Wände haben.«

»Klingt, als würdest du dich gut mit Lexi verstehen«, kommentierte Nora. Seitdem Lexi in unser Leben getreten war, hatte Paisley sie gegenüber ihrer Mutter ein paarmal erwähnt.

»Ja. Sie ist supernett und so hübsch, Mommy. Sie hat lange dunkle Haare und bringt mir bei, wie man einen Zopf flicht.«

»Schön für dich«, sagte Nora. Ich konnte erkennen, dass ihr Blick bereits abwesend wurde.

Verdammt noch mal. Sie telefonierte alle paar Wochen

für zehn Minuten mit ihrer Tochter. Konnte sie da nicht wenigstens für diese kurze Zeitspanne aufmerksam sein?

»Nora, Paisley will dir von ihrem Wochenende erzählen«, sagte ich warnend aus dem Hintergrund.

Sofort richtete sie den Blick wieder auf die Kamera. »Wie war dein Wochenende, Süße?«, fragte sie.

Mein Magen verkrampfte sich. Nora stellte immer offene Fragen, damit Paisley über sich selbst reden konnte und Nora nur an den richtigen Stellen ein Ja oder Nein einwerfen musste. Jedes Kind hatte aufmerksame Eltern verdient, die es liebten und wollten. Paisley war so jung gewesen, als Nora uns verlassen hatte, also ging ich nicht davon aus, dass sie wusste, wie ein Mutter-Tochter-Verhältnis hätte sein können. Aber bald schon wäre sie ein Teenager … und sie war ziemlich aufmerksam.

Herrgott, sie hatte mich schon gefragt, ob ich nicht mit Frauen ausgehen wollte.

Das Telefonat endete bereits kurze Zeit später – insgesamt hatte es weniger als zehn Minuten gedauert. Ich zwang mich zu einem Lächeln, als ich Paisley ansah. »Wollen wir zum Abendessen nach unten in die Küche gehen, Krümel?«

»Ja, Daddy.«

Als wir die Treppe nach unten stiegen, empfand ich eine Mischung aus Wut … und Schuldgefühlen.

Kaum hatte ich die Küche betreten, lösten sich diese negativen Gefühle in Luft auf. Lexi tanzte um die Kücheninsel. Ihr Zopf hatte sich gelöst, sie schwang die Hüften und formte mit den Lippen den Text des Liedes, das aus ihrem Handy erklang.

Paisley kreischte vor Lachen und rannte direkt auf sie zu. »Du kannst tanzen! Bitte, bring es mir bei, Lexi. Dad ist total schlecht.«

Sie wurde rot, als sie von Paisley zu mir sah. »Oh, tut

mir wirklich leid«, sagte sie und stellte die Musik stumm. »Ich dachte, ihr würdet länger oben bleiben.«

»Nein, wir sind jetzt hier. Das Telefonat ist vorbei«, sagte ich, dann umrundete ich die Kücheninsel, um zu ihr zu gehen. Bestimmt würde ich so schnell nicht vergessen, wie sie mit schwingenden Hüften ausgesehen hatte. Wie sie tanzte, wie sie lachte, wie sie errötete, wann immer ich sie auch nur ansah. »Macht ihr euer Ding, während ich das Abendessen vorbereite.«

Paisley klatschte grinsend in die Hände. Lexi drehte die Musik wieder laut und bewegte ihren Körper im Takt. Verdammt noch mal, ich musste den Blick von Lexi abwenden, sonst könnte es passieren, dass ich sie vor meiner Tochter leidenschaftlich küsste.

Die Zubereitung des Abendessens war nicht komplex genug, um mich von Lexi abzulenken. Ich machte Makkaroni mit Käse und kleinen Schinkenstücken. Eine Viertelstunde später war alles fertig. Die beiden Damen allerdings tanzten weiter, auch als ich den Tisch deckte.

Moment mal. Sie warfen sich gegenseitig vieldeutige Blicke zu. Ich erkannte Paisleys Miene sofort. Genau so schauten sie und Tyler, wenn sie mit Knallfröschen warfen.

Als beide den Blick auf mich richteten, zog ich die Augenbrauen hoch.

»Was auch immer ihr vorhabt, lasst es«, warnte ich sie.

Paisleys Unterlippe wanderte nach vorne. Lexi blieb der Mund offen stehen.

Meine Tochter sackte in sich zusammen und zeigte mit dem Kinn auf mich.

»Jetzt können wir es nicht mehr machen. Wenn er weiß, dass wir was vorhaben, bringt es nichts«, erklärte meine Tochter Lexi.

»Ich verstehe. Wir müssen ihn überrumpeln«, antwortete Lexi ernst, als müsse sie sich das merken.

Und mein Wunsch, sie zu küssen, verstärkte sich.

Doch ich musste mich benehmen. Schließlich war meine Tochter da.

Wir setzten uns und ließen uns die Nudeln schmecken. Nach dem Abendessen ging Paisley ins Wohnzimmer, weil ihre Lieblingsserie lief.

»Was habt ihr beide denn im Schilde geführt?«, fragte ich, als Lexi mir beim Tischabräumen half.

Lachend sah sie über die Schulter zu mir zurück. »Als würde ich dir das verraten. Wir führen immer noch etwas im Schilde. Wir müssen nur den Zeitpunkt des Angriffs besser planen.«

»Verdammt, du bist echt anbetungswürdig, Lexi.«

»Ich dachte, das betrachtest du als gefährlich.«

»Tue ich auch. Aber ich lebe gern gefährlich. Ich habe dich gern, Lexi.«

Seit der Scheidung hatte es nur Paisley und mich gegeben. Die gelegentlichen Verabredungen zählten nicht. Ich hatte niemandem erlauben wollen, uns nahezukommen. Ich hatte rein instinktiv gehandelt, aber jetzt hatte sich genau das ins Gegenteil verkehrt. Ich wollte, dass Lexi hier bei uns war. Doch sie hatte wegen dieser irren Anziehungskraft zwischen uns fast gekündigt … und ich musste erfahren, warum.

»Wieso wolltest du kündigen?«

»Meine gefaselte Erklärung hat nicht viel Sinn ergeben, hm?«

»Ich habe deine Bedenken verstanden, auch wenn ich ihnen nicht zustimme. Paisley geht nicht auf deine Schule.«

Sie lächelte kurz. »Mom hat etwas Ähnliches gesagt.«

»Aber das ist nicht das Einzige, was dich zurückhält, oder?«

Sie riss die Augen auf. »Nun, auf mich hat es den Anschein gehabt, als würdest du nicht wirklich an Beziehungen glauben … was nach deiner Scheidung absolut verständlich wäre.«

Ich trat näher an sie heran und bemerkte, dass sie nach Luft schnappte. »Lexi, ich bin ein gebranntes Kind, das will ich nicht leugnen. Aber eines solltest du wissen: In den letzten paar Wochen konnte ich im Büro nur daran denken, zu dir und Paisley nach Hause zu kommen. Und daran, dich morgens zu sehen.«

»Tate, o Gott … was du einfach so sagst.«

Ich schob mein Gesicht näher vor ihres und legte eine Hand an ihre Taille. Sie packte meinen Unterarm.

»Du kannst mich hier nicht küssen. Nicht jetzt. Paisley ist im Nebenzimmer«, flüsterte sie drängend.

Ich stöhnte, dann löste ich meine Hand von ihrer Hüfte und legte sie stattdessen auf die Arbeitsfläche. »Du hast recht. Das ist gerade unpassend. Du sorgst dafür, dass ich den Kopf verliere.«

»Witzig. Das ist auch die Wirkung, die du auf mich ausübst.«

Ich strich mit den Fingerrücken sanft über ihre Wange. »Lexi, lass uns was unternehmen. Nur wir beide. Außerhalb dieses Hauses.«

Sie biss sich auf die Unterlippe. »Hältst du das echt für eine gute Idee?«

»Ich habe wirklich keine Ahnung.«

»Mir gefällt, wie das klingt.« Sie grinste.

»Du findest, das könnte eine schlechte Idee sein?«, hakte ich nach.

»Ja. Aber ich glaube, du brauchst das. Und ich auch. Meine Mom hat mich daran erinnert, dass manche Dinge das Risiko wert sind. Und jetzt gehe ich eben ein Risiko ein.«

Sie überraschte mich immer wieder.

Lexi hob die Hand und umkreiste mit einem Finger den

obersten Knopf meines Hemdes. Und schon diese leise Berührung sorgte dafür, dass ich sie auf die Arbeitsfläche heben und mich in ihr vergraben wollte.

»Wenn du nicht damit aufhörst, werde ich dich so leidenschaftlich küssen, dass du vollkommen vergisst, dass wir nicht alleine sind.«

Mit einem verlegenen Lächeln ließ sie die Hand fallen. »Dann spare ich mir so was für später auf, wenn wir ungestört sind.«

11 Tate

Eine Woche später, an einem Dienstagnachmittag, stampfte Declan mit grimmiger Miene in mein Büro.

»Ich habe Neuigkeiten. Malcolm verklagt uns.«

»Auf welcher Grundlage?«

»Verlust einer Business Opportunity. Da die Halsey Group geplant hatte, das benachbarte Gebäude zu mieten, um die Wellness-Oase zu eröffnen, behaupten sie jetzt, dass es ihr Geschäft schädigen würde, wenn Gran ihnen den Rest ihres Gebäudes nicht auch vermietet.«

»Verdammt noch mal. Dieses Arschloch!«, rief ich und stand abrupt auf. »Und, was werden wir dagegen unternehmen?«

Declan hob die Augenbrauen. »*Du* tust gar nichts. *Ich* kümmere mich um die Klage.«

Stöhnend ließ ich den Kopf in den Nacken sinken. »Ich kann nicht gar nichts tun, Declan. Mit diesem Ratschlag ist eine Katastrophe vorprogrammiert.«

»Ich habe das im Griff«, meinte Declan. »Die Frage ist allerdings: Erzählen wir Reese davon? Ich habe die Unterlagen gerade erst erhalten.«

Ich starrte aus dem Fenster auf die Skyline. »Ich werde Luke darauf ansetzen.«

Er stand Reese und Kimberly am nächsten. In unserer Jugend hatten sie sich ständig gestritten, weil Luke die Mädchen als seine Feinde betrachtet hatte, obwohl sie fast gleich alt waren. Dann hatten unsere Cousinen ihre Sommerferien bei uns verbracht und waren weggelaufen. Kurz darauf bemerkten wir, dass auch Luke verschwunden war. Er war losgezogen, um sie zu finden … und hatte es auch geschafft. Nur hatten sie sich dann gemeinsam verlaufen. Als die Polizei sie endlich entdeckte, waren wir alle sehr erleichtert gewesen. Danach waren die drei einen guten Monat lag unzertrennlich und standen sich auch heute noch sehr nahe.

»Falls du mich brauchst: Ich bin in meinem Büro. Aber bitte achte darauf, wie du den anderen die Nachricht überbringst. Hetz sie nicht auf.«

»Was meinst du damit?«, fragte ich ungeduldig.

Declan grinste. »Du besitzt die Fähigkeit, alle auf deinen Kurs einzuschwören, selbst wenn deine Ideen zum Himmel stinken.«

»Das ist bloß sehr selten der Fall«, betonte ich.

»Was? Dass die Leute tun, was du sagst?«

»Nein, dass meine Ideen zum Himmel stinken. Die meisten sind gut.«

»Erinnerst du dich, wie du uns überzeugt hast, dem Biologielehrer Furzbomben auf den Stuhl zu legen? Und das nur, weil du und nicht Luke zur Abwechslung mal derjenige sein wolltest, der einen Streich plante?«

Okay, das war wirklich nicht mein bester Moment gewesen.

Ich stach mit dem Zeigefinger vor ihm in die Luft. »Genau – in der Schulzeit. Heutzutage bin ich viel weiser.«

»Klar. Was auch immer du tust, zieh Tyler nicht mit hinein.«

»Werde ich nicht«, versicherte ich ihm ernst. Unser Bruder musste sich auf seine Eishockeykarriere konzentrieren. Doch ich versprach nicht, dass ich mich nicht einmischen würde.

Declan bemerkte das. »Ich kann dich warnen, so viel ich will, oder?«

»Du kannst es versuchen. Aber es wird nicht helfen.«

Ich musste diesem Mistkerl Malcolm in die Augen blicken. Er dachte allen Ernstes, er könnte uns unter Druck setzen? Dann konnte der Ex unserer Cousine sich auf eine unangenehme Überraschung gefasst machen.

Declans Besuch ließ mich ruhelos zurück, also rief ich gleich Luke an. Er hob sofort ab. Im Büro führte ich nur selten Privatgespräche, aber wenn ich es dann mal tat, gingen alle Familienmitglieder ans Telefon.

»Hey, kommst du heute in die Zentrale?«, fragte ich.

»Nein, ich bin auf Baustellen unterwegs. Warum?«

»Declan hat mir erzählt, dass Malcolm Gran und Reese verklagt.«

»Verdammter Mist«, rief er. »Ich werde diesen Idioten ausknocken.«

Luke war mir wahnsinnig ähnlich – kein Wunder, dass Declan sich Sorgen machte. Tatsächlich waren wir alle fünf ziemlich stur und hitzköpfig, bloß unser ältester Bruder nicht.

»Ich gebe zu, ich habe diese Idee noch nicht verworfen«, erklärte ich ehrlich, weil ich wusste, dass Luke nicht über mich urteilen würde. Ganz im Gegenteil.

»Gut. Was auch immer du planst, ich bin dabei. Mir ist egal, was Declan sagt.«

»Erst einmal möchte ich, dass du mit Reese darüber redest.«

»Ach, komm schon, Mann. Wieso muss ich ihr das beibringen?«

»Du stehst ihr näher als ich.« Obwohl das nur zum Teil der Grund war.

»Versuch es noch mal.«

Verdammt, meine Brüder kannten mich wirklich. Glücklicherweise stellte ich mich in geschäftlichen Verhandlungen geschickter an.

»Schön. Du bist besser darin, mit … Leuten zu reden als ich.«

»Das ist schon glaubwürdiger. Ich werde mit Reese sprechen.«

»Mach ihr klar, dass wir hinter ihr stehen, okay? Und für den Fall, dass sie ihn zur Rede stellen will, können wir beide sie begleiten.«

»Zur Kenntnis genommen.«

»Danke. Ich werde die anderen informieren.«

Declans Warnung spukte mir im Kopf herum. Ich wusste, warum er speziell darauf hingewiesen hatte, dass wir Tyler aus der Sache heraushalten mussten. Wir anderen führten unsere eigenen Firmen. Wenn es sein musste, konnten wir mit schlechter PR leben. Bei Tyler war das anders. Er gehörte zu einer Mannschaft. Seine Karriere hing genauso von seinem Talent auf dem Eis ab wie davon, was in der Presse über ihn geschrieben wurde.

Ich wollte meine Brüder nicht einweihen, damit sie sich ebenfalls aufregten. Ich wollte ihre Meinungen hören. Wir kämpften immer als Einheit.

Einen Großteil des Nachmittags verbrachte ich mit Familienangelegenheiten, sodass ich letztendlich länger arbeiten musste. Ich bat Gran, zu mir zu fahren und auf Paisley aufzupassen, damit Lexi nach Hause gehen konnte, auch wenn es mich störte, dass ich das Abendessen mit meiner Tochter verpasste. Und ich hatte mich wirklich darauf gefreut, Lexi zu sehen. Aber ich musste Social-Media-Kampagnen und Entwürfe für Flaschenetiketts freigeben.

Als ich das Gebäude endlich verließ, war es bereits elf Uhr nachts. Luke hatte mich nicht zurückgerufen, und auch Declan hatte keine Neuigkeiten. Ich dachte immer noch darüber nach, Malcolm persönlich aufzusuchen. Ich wollte ihm in die Augen sehen und ihm sagen, dass er sich verpissen sollte. Einschüchterung war eine Taktik, die mir im Umgang mit Arschlöchern schon öfter geholfen hatte – aber das ging nur persönlich. Ich war entschlossen, Reese und Gran zu beschützen. Mir war vollkommen egal, wie teuer mich das zu stehen kommen könnte. Das spielte keine Rolle.

Als ich nach Hause kam, schlief Paisley bereits. Nachdem ein Fahrer Gran abgeholt hatte, ging ich zum Zimmer meiner Tochter, beobachtete sie allerdings nur aus dem Türrahmen. Sie hatte einen leichten Schlaf, und ich wollte sie nicht wecken. Dann ging ich in mein Schlafzimmer, doch das Adrenalin in meinen Adern ließ mich keine Ruhe finden.

Ich bedauerte sehr, dass ich das Abendessen mit Paisley verpasst hatte … und mit Lexi. Ich fragte mich, was sie wohl gerade tat. War sie schon im Bett? War sie mit Freunden unterwegs? Anderen Männern? Dieser Gedanke gefiel mir gar nicht.

Verdammt, wie konnte ich bereits so besitzergreifende Gedanken hegen?

Ich sank auf die Bettkante und wählte ihre Nummer. Ich musste ihre Stimme hören … dabei war ich es wirklich nicht gewöhnt, irgendwas oder irgendjemanden zu brauchen. Das hatte ich mir schon lange Zeit nicht mehr zugestanden. Aber wenn es um diese Frau ging, war ich hilflos.

»Hey.« Sie klang ein wenig atemlos, als sie abhob. »Stimmt etwas nicht?«

Ich hörte Lärm im Hintergrund, als wäre sie irgendwo draußen unterwegs.

»Nein, wieso sollte etwas nicht stimmen?«

»Es ist schon spät. Ich dachte, Paisley wäre vielleicht etwas zugestoßen.«

»Nein, es geht ihr gut. Sie schläft. Ich bin gerade erst nach Hause gekommen. Ich mag es nicht, wenn ich die Abende nicht mit ihr verbringe.«

»Ist irgendetwas geschehen? Normalerweise bist du nicht so lange im Büro.«

»Ja. Reese' Ex ist ein Idiot. Er versucht, Gran das Leben schwer zu machen, aber das werde ich auf keinen Fall zulassen.«

»Was willst du unternehmen?«

»Declan kümmert sich bereits um alles Juristische.«

»Klingt, als würdest du eher etwas Illegales planen.«

Ich schob ein Kissen ans Kopfende, lehnte mich dagegen und streckte die Beine auf dem Bett aus.

»Nein. Ich will mich nur mit ihm treffen und ihm sagen, dass er besser aufhört, meine Familie zu nerven.«

»Einschüchterung. Das könnte funktionieren, Mr Maxwell.«

»Du findest mich einschüchternd?«

»Aber hallo! Beim Vorstellungsgespräch war ich vollkommen durch den Wind. Nein, warte. Das lag eher daran, dass du so verdammt attraktiv bist. Sorry.«

Ich lachte. »Ich wollte dich heute überraschen«, sagte ich ehrlich.

»Oooh. Und wie?«

»Das verrate ich doch nicht! Aber irgendwie ist mir die Zeit davongelaufen.«

»Keine Sorge. Tu, was auch immer du tun musst. Familie ist wichtig.«

Ich spürte ein Ziehen in der Brust. Wie war es möglich, dass jemand, den ich gerade erst kennengelernt hatte, mich so gut verstand?

»Das denke ich auch. Ich wollte Paisley immer eine Kindheit ermöglichen, wie ich sie hatte.«

»Du bist ein toller Vater, Tate.«

»Danke.«

Verdammt, ihre Stimme zu hören, sorgte nur dafür, dass ich sie noch dringender sehen wollte!

»Tate, wir werden …« Ihre Stimme verklang, dann hörte ich sie flüstern. »Nein, danke. Ich habe noch Bier.«

»Lass mich wissen, wenn ich dir nachschenken soll«, sagte eine Männerstimme.

Sofort schoss Adrenalin in meine Adern. »Bist du in der Stadt?«

»Ja. Ich sitze mit ein paar Freunden am See.«

»Sind da auch Männer dabei?« Meine Stimme klang gepresst.

»Ja. Im Sommer treffe ich mich manchmal mit ein paar Kollegen.«

»Hat einer von ihnen Interesse an dir?«, fragte ich, wobei ich darum kämpfen musste, meine Stimme ruhig zu halten.

»Mr Maxwell, was ist hier los? Melden Sie jetzt Ihre Besitzansprüche an? Nach einem einzigen Kuss?«

»Ja«, presste ich hervor. »Genau das tue ich.«

»Tate …«

»Am liebsten würde ich dort, wo du bist, auftauchen und allen klarmachen, dass du vergeben bist.«

Sie schnappte nach Luft. »Oh, wow. Nur zur Info: Niemand hier ist an mir interessiert. Fühlst du dich nun besser?«

»Ja.« Eigentlich nicht. Nicht wirklich. Mein Verlangen nach ihr war überwältigend. Aber ich sagte bloß: »Gute Nacht, Lexi. Viel Spaß noch.«

12 Lexi

Den Rest der Woche sah ich Tate nicht. Er war immer schon unterwegs, bevor ich beim Haus ankam, und ich ging heim, ehe er Feierabend machte. Beatrice schlief dort und verbrachte die Tage mit uns. Ich war mir nicht ganz sicher, warum sie das tat, aber es machte mir nicht das Geringste aus. Die Zeit mit ihr war ein Geschenk.

Jeden Abend fand ich eine Ausrede, warum ich länger als bis um sechs bleiben musste – und das tat ich nicht nur, um einen kurzen Blick auf Tate zu erhaschen. Beatrice schien mit Paisley ziemlich überfordert zu sein, weil die Kleine auch nach einem ganzen Tag an der frischen Luft noch unendlich viel Energie hatte.

Abgesehen davon, war Beatrice wirklich der Renner. Sie war wie die Oma, die ich nie hatte. Sie gab mir Ratschläge zu allem, ob es nun um Kleider oder Ernährung ging. Sie brachte mir sogar bei, wie man Apfelkuchen buk.

Heute, am Montag, kaufte ich Kirschen für einen weiteren Kuchen.

Auf der Fahrt zum Haus meldete ich mich auch kurz bei meinen Eltern. Sie telefonierten nicht gern, aber wir hatten eine WhatsApp-Gruppe, in der wir gern Fotos teilten, meistens von Essen. Ich schoss ein Bild von den Kirschen und schickte es los, gefolgt von einer Nachricht.

Lexi | Heute lerne ich, wie man Kirschkuchen backt.

Mom | Lecker. Schön für dich. Schick mir das Rezept, dann probiere ich es auch mal aus. Ich fühle mich heute richtig gut.

Ich werde helfen. | Dad

Mom | Nein, wirst du nicht. Du würdest mir nur im Weg stehen.

Ich schmunzelte über ihre Sticheleien. Die beiden hatte eine sehr gesunde Beziehung.

Als ich am Haus ankam, waren Beatrice und Paisley in der Küche.

»Ist Tate schon weg?«, fragte ich, als ich mich umsah.

»Ja. Vor ungefähr einer halben Stunde.« Beatrice nahm mir die Tüte mit den Kirschen ab. »Wie geht es deiner Mom, Lexi?«, fragte sie, als wir die Früchte für den Kuchen vorbereiteten.

»Sie erholt sich langsam.« Und obwohl Mom immer wieder betont hatte, dass ich ihnen nicht mit den Krankenhausrechnungen helfen musste, hörte ich doch die Erleichterung in ihren Stimmen, wann immer wir telefonierten. Und das bedeutete mir eine Menge.

»Das freut mich. Übrigens, ich wollte dich fragen… gehst du mit irgendwem aus?«

Aus dem Augenwinkel bemerkte ich, dass Paisley die Ohren spitzte.

»Ähm … nein, tue ich nicht.«

Streng genommen war das keine Lüge. Tate und ich hatten uns bloß geküsst. Und geflirtet.

Beatrice musterte mich nachdenklich. »Hast du den Richtigen noch nicht gefunden? Man sollte wählerisch sein. Zwei Dingen sollte man nie nachlaufen: Bussen und Männern. An der nächsten Ecke wartet immer schon der nächste.«

Ich fing an zu lachen. Das war genau die Art von großmütterlichem Rat, den sie so gern austeilte.

Sie sah zu Paisley, die an der Kücheninsel saß und malte. »Erzähl deinem Vater nicht, dass ich das gesagt habe.«

Paisley grinste. »Werde ich nicht, Gran. Aber du warst mit Grandpa lange Zeit zusammen, oder?«

»Nur fünfundzwanzig Jahre. Er ist jung gestorben.« Sie wandte den Blick ab, doch ich hatte die Trauer in ihren Augen gesehen. Am liebsten hätte ich sie umarmt. Bisher hatte ich nicht gewusst, dass Beatrice ihren Mann so früh verloren hatte. »Aber ich musste eine Menge Frösche küssen, bis ich ihn gefunden hatte. So war das eben zu meiner Zeit. Und ich kann mir nicht vorstellen, dass das heute einfacher geworden ist. Auch noch etwas, was du deinem Vater nicht erzählen solltest, Paisley.«

Paisley grinste noch breiter.

Mitten im Backen piepte mein Handy. Nachdem ich mir die Hände gewaschen hatte, zog ich es aus der hinteren Hosentasche.

Guten Morgen, meine Schöne. Diese Woche fängt auch schon wieder gut an – ich habe abends ein Geschäftsessen. — Tate

Lexi — ;-(

Letzte Woche hatten wir uns kaum geschrieben, nicht mal am Wochenende.

Ich möchte dich sehen. Kannst du heute länger bleiben? — Tate

Mein Herzschlag beschleunigte sich.

Lexi | Ja.

Super. Ich werde Gran sagen, dass sie abends nach Hause fahren kann. | Tate

Lexi | Oh, also hast du Pläne, für die wir besser allein sind.

Ja genau. | Tate

***

An diesem Abend erlebte ich zum ersten Mal Paisleys Bettgeh-Routine. Bisher war ich dafür nie anwesend gewesen. Als ich beim Gewitter die Nacht hier verbracht hatte, war sie sofort eingeschlafen. Sie wusch sich gern die Haare, rannte danach in ihrem kuscheligen Plüschbademantel herum… und wollte hinterher dazu überredet werden, ihren Pyjama anzuziehen. Außerdem erwartete sie, dass man ihr eine Geschichte vorlas.

»Macht dein Dad das für dich?«, fragte ich.

»O ja. Jeden Abend«, verkündete sie, als sie sich für die Geschichte an mich kuschelte.

Ich war gerade mal drei Seiten weit gekommen, als ihre Atmung sich veränderte und gleichmäßiger wurde. Ich senkte den Blick. Ihre Augen waren geschlossen, aber ich las trotzdem weiter. Ich genoss das Gefühl ihres kleinen Körpers, der sich an mich kuschelte, als könne sie bei mir alle Wärme und Sicherheit finden, die sie brauchte. Ich liebte diese kleine Maus und vermisste sie jetzt schon, obwohl wir noch den Rest des Sommers zusammen verbringen würden.

Ich hatte immer gehofft, mit dreißig bereits Mutter zu

sein. Ich wollte jemanden, dem ich jeden Abend Geschichten vorlesen und den ich beim Einschlafen beobachten konnte. Jemanden, den ich trösten konnte, wenn er sich mal das Knie aufgeschlagen hatte, und ihn umarmen, wenn er sich fürchtete. *Sie ist nicht mein kleines Mädchen*, ermahnte ich mich selbst. Aber manchmal, wie jetzt gerade, vergaß ich, dass sie nicht zu mir gehörte, obwohl ich ihre Lieblingsfarbe und ihr Lieblingsspielzeug kannte und sie mir gestanden hatte, dass sie immer noch ein wenig Angst im Dunkeln hatte. Trotzdem war ich keine wichtige Bezugsperson für sie, wie ich mir in Erinnerung rufen musste.

Ich las noch fünf Minuten, dann hörte ich auf, weil ich fürchtete, dass ich Paisley wieder wecken könnte. Vorsichtig glitt ich aus dem Bett und schlich mich aus dem Zimmer, nur um dann aus dem Türrahmen das friedlich schlafende Mädchen zu beobachten. Irgendwann schloss ich die Tür. Ich checkte mein Handy, aber Tate hatte nicht geschrieben, um zu sagen, dass er schon unterwegs war, daher ging ich davon aus, dass das Geschäftsessen länger dauerte.

Er hatte gesagt, ich könne es mir gemütlich machen und mir auch etwas aus dem Weinkeller holen, aber irgendwie fühlte es sich falsch an, ohne ihn in den Keller zu steigen – als würde ich spionieren. Also ging ich stattdessen in die Küche. Da ich keinen Alkohol trinken wollte, wenn ich doch offiziell noch arbeitete, goss ich mir ein Glas Orangensaft ein.

Ich fühlte mich ein wenig ruhelos, aber ich wusste genau, was helfen würde. Gerade als ich die Musik anschalten wollte, fiel mir ein, dass Paisley schlief. Um sie auf keinen Fall aufzuwecken, steckte ich mir die Kopfhörer in die Ohren, drehte die Musik laut auf und tanzte.

O ja.

Ich tanzte unglaublich gern. Damit konnte man so wunderbar kreativ überschüssige Energie loswerden. Manchmal machte ich sogar Tanz-Fitness. Ich schüttelte Hintern und Hüften, sank in die Knie und stand wieder auf, immer darauf konzentriert, nicht laut zu singen. Ja, ich gehörte zu diesen Leuten, die ständig mitsangen.

Aber ich tanzte und tanzte, wog mich im Takt, drehte eine Pirouette und dann noch eine, bis ich gegen etwas knallte. Gegen *jemanden*.

So ein Mist.

Ich blinzelte und stellte fest, dass dieser Jemand Tate war.

»O mein Gott, das tut mir so leid«, rief ich, während ich eilig die Kopfhörer aus den Ohren zog und auf die Arbeitsplatte fallen ließ. Erst in diesem Moment bemerkte ich wirklich, dass Tate einen Arm um meine Taille geschlungen hatte. Und seine Pupillen waren geweitet.

Er hatte mich eng an sich gezogen, und ich wollte mich nicht von ihm lösen. Tatsächlich wollte ich mich näher an ihn drängen.

»Ich habe gar nicht gehört, dass du reingekommen bist«, flüsterte ich.

»Offensichtlich. Ein paarmal habe ich sogar deinen Namen gerufen«, meinte er lächelnd.

Ich spürte jedes seiner Worte an meinen Brüsten. Ich roch sein Aftershave und wünschte mir nichts mehr, als mich vorzulehnen, um diese Stelle zwischen Hals und Schulter zu küssen.

»Du tanzt echt gern, oder?«

»Ja, aber ich habe Kopfhörer benutzt, um Paisley nicht zu wecken.«

»Du bist so verdammt schön«, grollte er, und mir wurde plötzlich bewusst, dass ich seine harte Erektion an meinem Bauch spüren konnte. »Ich bin total verrückt nach dir, Lexi.«

Ich schluckte schwer, dann sah ich zu ihm auf. »Und ich nach dir.«

In einer federleichten Berührung ließ er seinen Mund über meine Lippen gleiten, anschließend beugte er sich ein Stück weiter vor und küsste mich richtig. Als er sich von mir löste, hatte ich am ganzen Körper eine Gänsehaut.

»Sag mir, dass ich aufhören soll«, flüsterte er.

»Hör nicht auf.«

»Lexi, sag mir, dass ich mich zurückziehen soll.«

Wieder schüttelte ich den Kopf. »Das will ich gar nicht.«

Er stieß ein leises Stöhnen aus, bevor er meinen Mund in einem wilden Kuss eroberte, der jeden Gedanken aus meinem Hirn vertrieb. Mein Kopf war wunderbar leer. Ich konnte nicht denken. Ich spürte nur seinen Mund, seine Lippen auf meinen; seine Zunge, die meine liebkoste.

Seine Hände lösten sich von meinem Rücken. Eine von ihnen glitt an meinen Hintern, um die Rundung zu kneten und mich noch enger an sich zu ziehen. Als ich erneut seine Erektion spürte, wimmerte ich. Lust durchfuhr mich, woraufhin kleine Schauder über meinen Körper liefen. Mit einem leisen Stöhnen vertiefte er den Kuss. Ich verzehrte mich nach ihm und nach all den Gefühlen, die er in mir auslöste.

Da ich seine Haut berühren wollte, öffnete ich den obersten Knopf seines Hemdes, dann ließ ich die Finger zum nächsten Knopf gleiten. Tate packte meine Hand, und ich erstarrte. Hitze durchzuckte mich, als er sich zurücklehnte und mich ansah.

»Bist du dir sicher, Lexi?«

Ich nickte bloß, da ich zu erregt war, um Worte zu formen, und stellte mich dann auf die Zehenspitzen, um ihn zu küssen.

Kaum hatten meine Lippen Tates berührt, übernahm

er erneut das Kommando. Der Kuss war fast surreal. Es war, als könne ich zum ersten Mal atmen, als lernte ich das Leben ganz neu kennen; als wäre ich bisher wie betäubt durch meine Existenz gewandelt und fühlte mich zum ersten Mal lebendig. Verlangen pulsierte in meinen Adern – verzweifelte Sehnsucht nach Tate.

Ehe ich wusste, wie mir geschah, verloren meine Füße den Kontakt zum Boden. Er hob mich mit einem Arm unter dem Hintern hoch. Sofort schlang ich die Beine um seinen Körper, presste meine Schenkel gegen seine Seiten. Er küsste und küsste mich, bis ich jedes Zeitgefühl verlor und jede räumliche Wahrnehmung mich überforderte. Ich wusste nur, dass wir uns nach oben bewegten.

Ich riss den Mund von seinem und sah mich um, bevor ich auf ihn hinuntergrinste. »Jemand ist superstark, wenn er mich so über die Treppe nach oben tragen kann«, flüsterte ich und packte seine Oberarme. »Das ist sexy.«

»Du bist sexy«, flüsterte er zurück. Seine Augen waren vor Lust verschleiert – wie meine vermutlich auch.

Mir wurde klar, dass wir zum selben Zimmer unterwegs waren, in dem ich das letzte Mal geschlafen hatte, und hob die Augenbrauen. »Warum sind wir hier?«

»Weil das Zimmer weiter von Paisleys Zimmer entfernt liegt. So musst du nicht leise sein.«

Ich hörte das Versprechen in seiner Stimme und benetzte die Lippen. »Ich werde mich trotzdem bemühen.«

»Es wird dir nicht gelingen, Lexi. Ich werde dir so viel Lust verschaffen, dass du alles vergisst – wo du bist, wer du bist.«

Ich begann, einen weiteren Knopf an seinem Hemd zu öffnen, dann noch einen. Als er stöhnte, starrte ich ihn verzweifelt an.

»Was ist los?«, fragte ich.

»Die Kondome sind unten in meinem Schlafzimmer.«

Ich zog einen Schmollmund und senkte die Hände. »Geh«, sagte ich. »Ich werde hier auf dich warten.«

Mit einem wilden Lächeln meinte er: »Ich werde mich beeilen.«

Sobald Tate das Zimmer verlassen hatte, drehte ich mich zum Bett um und zog die Decke nach unten. Nach einem Moment beschloss ich, mich auch gleich auszuziehen. Damit würde er sicherlich nicht rechnen. Ich grinste, als ich mir seine Miene vorstellte, wenn er mich splitterfasernackt sah.

Ich drapierte mich auf dem Bett, in einer – hoffentlich – verführerischen Pose. Ich lag auf der Seite, ein Bein ausgestreckt, das andere angezogen. Mir stockte der Atem, als ich Tates Schritte auf der Treppe hörte, und mir wurde klar, dass das der Moment war. Nach heute Abend gab es keinen Weg mehr zurück. Und obwohl ich keine Ahnung hatte, wo das alles hinführen sollte, wusste ich doch, dass ich es wollte. Ich wollte Tate.

»O Lexi«, flüsterte er, als er den Raum betrat und mich nackt vor sich ausgestreckt sah. »Du bist so verdammt schön.«

»Und du bist immer noch angezogen«, neckte ich ihn.

Er trat neben das Bett und zog mich auf die Knie. Dann senkte auch er ein Knie auf die Matratze. Ich legte den Kopf in den Nacken, weil er immer noch über mir aufragte, und sofort presste er seine Lippen auf meine, dominant und verlangend. Er beherrschte den Kuss, so wie er heute Abend alles beherrschen würde.

»Eines sollst du wissen, Lexi«, verkündete Tate gebieterisch. »Nach heute Nacht gehörst du mir.«

***

»Tate«, flüsterte ich.

Langsam glitten seine Hände über meinen nackten Körper und folterten mich, während ich weiter sein Hemd öffnete. Ich schob den Stoff über seine Arme und ließ ihn zu Boden fallen, als Nächstes verlagerte ich die Hände an seinen Gürtel. Mit beiden Händen umfasste er meinen Po und zog mich an sich. Meine Lider sanken flatternd nach unten, als meine Klitoris sich gegen den Stoff seiner Hose presste, dann zog ich mich ein kleines Stück zurück.

»Nein, nein, du wirst nackt sein, wenn ich dich verführe«, verkündete ich.

Er trat gerade weit genug zurück, dass ich ihn nicht mehr berühren konnte. Ich schmollte, aber schon nach einer Sekunde strahlte ich, weil er seinen Gürtel öffnete und in einer schnellen Bewegung seine Hose zusammen mit den Boxershorts nach unten schob. Als ich sah, wie groß er war, schnappte ich nach Luft. Oh, wow.

Noch immer kniete ich auf dem Bett und beobachtete ihn voller Begierde. Ich beugte mich vor, packte seine Schenkel und zog ihn nach vorne, bis ich ihn endlich erreichen konnte. Eilig schloss ich die Finger um seinen Ständer und begann, ihn zu liebkosen. Er stöhnte, und sein Kopf sank in den Nacken. Danach ließ ich die Zunge über seine Eichel gleiten, was ihm wieder ein lustvolles Geräusch entriss. Ich fand es wunderbar, dass ich ihn gleichzeitig erfreuen und necken konnte. Ich ließ meinen Mund meiner Hand folgen, auf und ab. Als meine Lippen nur noch die Spitze umschlossen, packte ich seine Wurzel fester. Ich sah zu ihm auf und entdeckte, dass er mich mit hungrigem Blick anstarrte. Er vergrub die Hand in meinem Haar, um meine Bewegungen zu lenken, hob sich mir leicht entgegen. Ich konnte nicht genug von ihm bekommen.

»Berühr dich selbst, Lexi. Ich will dir zusehen«, befahl er mir.

Schon die Worte allein sorgten dafür, dass ich noch feuchter wurde.

Er sprach immer mit befehlsgewohntem Ton, aber jetzt klang er fast herrisch. Ich spreizte die Beine weiter, senkte eine Hand an meine Klitoris. Ein lustvoller Schauder überlief meinen Körper, und ich stöhnte um seinen Ständer. Bereits im nächsten Moment entzog er sich mir und hob mich an, bis wir uns in die Augen sehen konnten.

Ich blinzelte verwirrt. »Wieso hast du das getan? Ich war noch nicht fertig.«

Er antwortete nicht, sondern lächelte nur sanft, bevor er einen Kuss auf meinen Hals drückte. Er ließ seine Hand zwischen meinen Brüsten hindurch direkt zu meiner Mitte gleiten. Als seine Finger meine Klitoris berührten, zuckten meine Hüften. Ich presste mich an ihn, bis seine Erektion zwischen uns gefangen lag. Ein tiefes Stöhnen entrang sich seiner Kehle.

Meine inneren Muskeln pulsierten vor Verlangen. Dann küsste Tate mich wieder, noch leidenschaftlicher als bisher. Seine Erektion zuckte zwischen uns. Er packte seinen Ständer und rieb ihn über meine Klitoris, bis ich am ganzen Körper zitterte.

»Das ist zu viel«, flüsterte ich, als er Küsse auf meinen Hals niederregnen ließ. Sanft schob er mich nach hinten, bis ich auf dem Rücken lag, danach küsste er die Seite meines Körpers, als wolle er jede noch so kleine Stelle erkunden.

»Du musst bereit sein«, flüsterte er wild. Sein Mund glitt höher, bis er meine Brüste erreichte, als Nächstes schlossen sich Tates Lippen um eine empfindliche Spitze. Inzwischen war ich schon so erregt, dass jede Berührung seiner Zunge sich anfühlte, als hätte er meine Klitoris liebkost. Ich warf den Kopf in den Nacken und stöhnte leise.

»Ich bin bereit.«

Er musterte mich mit trägem Lächeln. Ich wappnete mich, als seine Hand meine Schamlippen fand, um sie zärtlich zu reiben. Als er den Daumen auf meine Klitoris presste, zitterten meine Schenkel, und Lust durchfuhr meinen Körper. Anschließend spürte ich zwei Finger in mir. Er bewegte sie im selben Rhythmus, in dem seine Zunge meinen Nippel umkreiste. Ich mochte bisher schon gedacht haben, er würde es mir richtig besorgen, doch das hier war etwas ganz Neues. Ich konnte vor Lust kaum atmen. Ich würde explodieren, da war ich mir sicher.

Er schob den Mund neben mein Ohr. »Ich werde dich erst so zum Orgasmus bringen, und dann kriegst du meinen Schwanz. Aber erst, wenn du gekommen bist, verstanden?«

»Ja«, sagte ich, allerdings so schwach, dass ich mir nicht sicher war, ob er mich überhaupt verstanden hatte.

Dann fand sein Mund erneut meine Lippen. Gleichzeitig krümmte er die Finger in mir und presste seinen Daumen fester auf meine Klitoris. Ich kam so heftig, dass mein gesamter Körper bebte. Ein lautes Stöhnen entfuhr meiner Kehle, aber er fing das Geräusch mit dem Mund auf, küsste mich durch meinen Orgasmus. Die Lust wollte nicht enden, und ich zitterte.

Ich öffnete flatternd die Lider, nur um festzustellen, dass er mich beobachtete.

»Jetzt will ich dich nehmen, Lexi. Bis du allein mir gehörst.«

Er lehnte sich zur Seite, um das Kondom auf dem Nachttisch zu greifen. Er öffnete die Verpackung und streifte es über, bevor er sich zwischen meinen Beinen niederließ. Ich keuchte, als ich spürte, wie seine Spitze in mich eindrang. Meine inneren Muskeln pulsierten immer noch. Ich fühlte mich, als müsse ich vor Lust explodieren, als ich spürte, wie er Zentimeter um Zentimeter in mich eindrang.

»Verdammt, du fühlst dich fantastisch an«, stöhnte er an meinem Ohr. Seine Bewegungen wurden immer schneller, dann vergrub er den Kopf an meinem Hals.

Ich hatte mich noch nie so gefühlt – vollkommen und bis ins Mark in Besitz genommen. Als gehörten ihm nicht nur mein Körper und mein Vergnügen – sondern mein gesamtes Ich.

Ohne Warnung drehte er uns so, dass wir mit verschlungenen Beinen auf der Seite lagen. Ich hob meinen Körper leicht an, drängte mich seinen Stößen entgegen.

Ich liebte diese Position. Ich fühlte ihn so tief in mir, dass ich nicht sicher war, es ertragen zu können. Tate fing meinen Mund ein, ließ den Daumen um meine Klitoris kreisen, machte damit alles nur noch intensiver. Noch nie hatte ich solche Lust empfunden. Es war überwältigend, sein pulsierendes hartes Glied in mir zu spüren, seine Zunge an meiner, seinen Daumen an meiner Klitoris. Ich würde nicht lange durchhalten. Ich brauchte meinen Orgasmus, und ich wusste ohne Zweifel, dass er mich tief erschüttern würde.

Ein weiteres Mal spürte ich, wie Tate in mir pulsierte, bevor mein Höhepunkt mich überwältigte. Wieder eroberte Tate meinen Mund, fing mein lustvolles Stöhnen auf und schenkte mir seines. Wir kamen gleichzeitig, und sein Körper zitterte. Dann bewegten wir uns träge weiter, bis noch das letzte Zittern der Lust verklungen war.

Als ich blinzelnd die Augen öffnete, ließ ich den Blick über seinen Körper gleiten, um all diese sexy Muskeln zu bewundern. Ich rollte mich herum und stützte den Kopf in die Hand, um seinen gesamten Körper zu betrachten, von seinen Schultern bis zum Hintern. Er versuchte, näher an mich heranzurutschen, doch ich zog mich zurück.

»Was tust du?«, fragte er.

»Ich halte einen sicheren Abstand ein. Nur so kann ich diesen köstlichen Körper angemessen bewundern.«

Lachend warf er den Kopf in den Nacken, womit er mir die Kehle darbot. Ich beugte mich schnell vor und drückte ihm einen Kuss auf den Adamsapfel, ehe ich in meine ursprüngliche Position zurückkehrte. Er richtete sich auf und musterte mich mit einem schelmischen Glitzern in den Augen. Es gefiel mir, ihn so zu sehen, vollkommen entspannt und mit einem breiten Lächeln auf dem Gesicht.

»Das letzte Mal lag ich in deinem T-Shirt hier, und jetzt bin ich nackt. Sie üben eine seltsame Macht über mich aus, Mr Maxwell.«

Hitze füllte seine Augen. Er rutschte erneut näher heran… und diesmal wich ich nicht zurück. Eilig schlang er einen Arm um meine Taille und zog mich eng an sich. »Das nächste Mal werde ich noch mehr tun.« In seiner Stimme schwang ein wunderbares Versprechen mit.

Mein Herz machte einen Sprung. *Das nächste Mal.* Es würde ein nächstes Mal geben. Ich schluckte schwer, bevor ich meine Finger sanft über seinen Arm gleiten ließ. »Ich sollte gehen. Es ist schon spät.«

»Lexi, was auch immer das hier ist, ich will nicht, dass es endet.« Er legte zwei Finger unter mein Kinn und hob meinen Kopf, sodass ich ihn ansehen musste, dann hielt er meinem Blick stand.

Mein Herz schlug noch schneller. »Nun, wenn du so herrisch wirst«, flüsterte ich neckend, »wie soll ich dir da widersprechen? Ich will auch nicht, dass es endet.«

Ich war mir nicht sicher, ob ich diesen Schutzwall zu durchdringen vermochte, den er um sich errichtet hatte, aber trotzdem konnte ich ihm nichts abschlagen. Ich wollte herausfinden, was zwischen uns möglich war.

Sein Mund verzog sich zu einem Lächeln, doch sein Blick blieb intensiv.

»Gut.« Er stand auf, zog das Kondom ab und verschwand im Bad.

Seufzend sah ich ihm nach. Wer konnte diesem knackigen Hintern schon widerstehen? Ich definitiv nicht.

Tate kam mit einem Waschlappen zurück. Ich errötete, als ich mich reinigte. Er setzte sich neben mich aufs Bett. »Schlaf hier.«

»Ich halte das für keine gute Idee. Das könnte Paisley verwirren.«

»Dann bleib wenigstens noch eine Weile.«

Lächelnd ließ ich mich wieder auf das Bett sinken. »Das könnte ich tun. Hängt nur von dir ab.«

Er wackelte mit den Augenbrauen. »Herausforderung angenommen.«

»Bist du dir sicher? Du bist derjenige, der morgen früh in Topform sein muss. Paisley und ich können auch Spaß haben, wenn ich müde bin.«

Er stöhnte. »Erinnere mich nicht an morgen. Ich möchte mich auf heute konzentrieren. Auf dich.«

Ich ließ mich wieder auf die Seite sinken und lächelte zu ihm auf. Gleichzeitig war ich ein wenig verlegen wegen meiner Nacktheit, was ziemlich lächerlich war. Aber jetzt, wo nicht mehr Hormone mein Hirn regierten, fiel mir wieder ein, dass meine Oberschenkel für meinen Geschmack ein wenig zu breit waren, also versuchte ich, die Bettdecke über mich zu ziehen.

Tate hob die Augenbrauen. »Was tust du da?«

»Ich verstecke meinen Po«, stieß ich hervor.

O mein Gott. Wieso hatte ich das gesagt? Komplexe waren nicht sexy.

Er beugte sich über mich, und ein knurrendes Geräusch stieg aus seiner Kehle. »Lexi, du bist einfach atemberaubend schön. Daran solltest du nie zweifeln.«

Ich presste die Lippen aufeinander und schenkte ihm ein Lächeln.

Mit zusammengekniffenen Augen zog er das Laken von

mir herunter, um seine Lippen über meinen Bauch gleiten zu lassen.

»Was für einen Plan verfolgen Sie, Mister?«, flüsterte ich.

»Ich werde dir zeigen, wie sexy du bist.«

»Und wie willst du das anstellen?«

»Ich werde jede noch so kleine Stelle deines Körpers anbeten.«

Sofort bildete sich auf meinem Bauch eine Gänsehaut. Lächelnd ließ ich die Hand über seine Schulter gleiten.

Mit noch tieferer Stimme als sonst fügte er hinzu: »Jede. Noch. So. Kleine. Stelle.«

13 Lexi

Es war fast zwei Uhr morgens, als ich endlich zu Hause ankam. Freudestrahlend betrat ich meine Wohnung. Ich ging nicht einmal duschen, sondern ließ einfach neben dem Bett meine Kleidung fallen und schlüpfte unter die Decke. Dann griff ich nach meinem Handy, bevor ich noch mal vergessen konnte, den Wecker zu stellen. Zu meiner Überraschung wartete eine Nachricht von Tate auf mich.

Sag mir, wenn du zu Hause bist. Damit ich weiß, dass du sicher angekommen bist. — Tate

Grinsend antwortete ich.

Lexi — Ich bin angekommen und liege in meinem Bett.

Ich wünschte, ich wäre bei dir. — Tate

Mein Herz schien zu seufzen, und ich wusste, dass er erst damit angefangen hatte, mich zum Dahinschmelzen zu bringen.

Ich kann nicht aufhören, an dich zu denken. — Tate

Meine Haut begann zu kribbeln, und mein Herzschlag beschleunigte sich.

Lexi — Ich kann auch nicht aufhören, an dich zu denken.

Das war die reine Wahrheit, und ich wollte keine Spielchen spielen. Die heutige Nacht war unglaublich gewesen.

Tate: Ich kann es kaum erwarten, dich morgen früh zu sehen.

Lexi: Ich hoffe nur, ich verschlafe nicht wieder.

Tate: Dann werde ich länger bleiben und auf dich warten.

Lexi: So dringend willst du mich sehen?

Tate: O nein. Ich will dich noch viel dringender sehen. Will dich küssen und dich ausziehen. Aber ich mag es auch, dir einfach kurz zu begegnen. Das ist der beste Start in den Tag.

Ich lachte. Eigentlich wollte ich ihn aufziehen, aber dann hielt ich inne. Was, wenn er das ernst meinte? Seine Gran hatte etwas Ähnliches gesagt, also musste ein Körnchen Wahrheit in der Aussage stecken.

Ich legte das Handy auf den Nachttisch und presste mir das Kissen vors Gesicht. Ich hatte Schmetterlinge im Bauch.

Ich wusste einfach nicht, was ich mit dieser Sehnsucht nach Tate anfangen sollte. Und es ging hier nicht nur um Körperliches. Ich mochte es, mich mit ihm zu unterhalten, einfach mit ihm zusammen zu sein, mit ihm zu lachen. Doch seine Scheidung hatte Spuren hinterlassen, und ich war mir nicht sicher, ob ich mehr für ihn sein konnte als ein Techtelmechtel.

Ich zog die Decke bis ans Kinn. *Genieß einfach die Gefühle, die er in dir auslöst, Lexi.* Lächelnd presste ich eine Hand an die Brust. Selbst wenn ich vergessen könnte, dass er wahnsinnig scharf war und wunderbar küsste, konnte ich einfach nicht ignorieren, wie ich mich mit Tate fühlte.

O Tate. Was stellst du bloß mit mir an?

***

Am nächsten Morgen rannte ich herum wie eine Irre. Ich hatte den Wecker nicht gehört, war aber irgendwie trotzdem aufgewacht. Nur eben eine Viertelstunde zu spät.

In Rekordzeit zog ich mich an, wobei ich ein rotes Kleid mit einem tiefen V-Ausschnitt wählte, das mir bis zum Knie reichte. Draußen war eine Bullenhitze, also erklärte ich mir selbst, dass ich es allein deswegen angezogen hatte.

Mit einem breiten Grinsen im Gesicht verließ ich das Gebäude. Und ich strahlte noch immer vor mich hin, als ich bei Tates Haus ankam. Doch das war okay. Ich ging nicht davon aus, dass Paisley etwas auffallen würde. Kinder waren nicht grundsätzlich misstrauisch.

Ich klopfte an die Tür und wappnete mich, weil ich damit rechnete, Tate zu sehen. Zu meiner Überraschung öffnete Declan die Tür.

»Guten Morgen«, sagte er. »Gran und ich haben zum Frühstück vorbeigeschaut.«

»Hi«, quietschte ich.

Wow. Das war meine Stimme? Was stimmte nicht mit mir?

Beim Eintreten bemühte ich mich, mein Lächeln unter Kontrolle zu bekommen.

»Ich werde in die Küche gehen und schauen, ob ich helfen kann«, sagte ich.

Nachdem ich den Raum betreten und Beatrice und Paisley begrüßt hatte, wurde mir klar, dass ich keine Ahnung hatte, wie ich mich in Tates Nähe verhalten sollte. Ich warf einen verstohlenen Blick zu ihm, als ich mich vor den Teller setzte, den Beatrice für mich gefüllt hatte – nur um festzustellen, dass Tate mich bereits ansah.

Ein Mundwinkel hob sich zu einem Lächeln. Er führte die Kaffeetasse an seine Lippen und murmelte »Tut mir leid«, während sein Blick zu seinem Bruder und seiner Großmutter huschte. Ich deutete das so, dass er nichts von ihrem Besuch gewusst hatte.

Leise lächelnd ließ ich mir mein Frühstück schmecken – heute gab es Omelett.

Irgendwann begann meine Haut anscheinend ohne guten Grund zu kribbeln. Als ich zu Tate sah, stellte ich fest, dass er mich schon wieder beobachtete. Es war, als wäre mein Körper seit gestern Abend auf irgendeine Weise mit ihm verbunden. Ich konnte seine Gegenwart und seinen Blick auf mir fühlen, selbst wenn ich ihn nicht ansah.

Declan räusperte sich, und erst da bemerkte ich, dass er uns beide musterte. O Gott, wahrscheinlich war ihm unser komisches Verhalten aufgefallen. Manchmal nahmen Männer solche Details gar nicht wahr, aber ich kannte Declan einfach nicht gut genug, um zu wissen, wie aufmerksam er war.

Er war nicht der Einzige, der uns beobachtete. Beatrice musterte mich ebenfalls mit einem fast wissenden Lächeln. Ich konnte regelrecht spüren, wie sie meine Gedanken las. Wie war das möglich? Ich senkte den Blick auf meinen Teller.

»Also, was hat euch beide heute Morgen hergeführt?«, fragte Tate Declan und Beatrice. Ich dankte ihm im Stillen für die Ablenkung.

Beatrice kniff die Augen zusammen. »Declan hat mir gestern Abend erzählt, dass Malcolm Klage eingereicht hat, weil er mein Gebäude nutzen will.«

Tate starrte Declan an.

Sein Bruder hob abwehrend die Hände. »Versuch du doch mal, Gran offen ins Gesicht zu lügen, wenn sie dich direkt fragt, was los ist.«

Sie schüttelte den Kopf. »Ihr beide benehmt euch albern. Ich habe mit Reese gesprochen. Ich nehme an, ihr habt vergessen, ihr zu sagen, dass ihr das alles vor mir geheim halten wollt.«

Tate stöhnte. »Direkt darauf hingewiesen habe ich sie nicht.«

»Tate, ich mag es nicht, wenn man mich im Unklaren lässt.«

»Gran, wir kümmern uns darum«, versicherte ihr Tate entschlossen. Er klang, als wäre er fest davon überzeugt, dass nichts Schlimmes passieren konnte, solange er das Sagen hatte.

»Oh, ich mache mir keine Sorgen«, meinte Beatrice. »Da Declan mein Anwalt ist, wird die Sache bestimmt schnell erledigt sein.«

»Genau«, versicherte Declan ihr mit derselben Überzeugung wie Tate. »Wir werden niemandem erlauben, dich zu verletzen. Oder Reese«, fügte er kalt hinzu. Ich hörte auch einen drohenden Unterton in seiner Stimme. Ich hoffte nur, dass die Personen, die Ärger machten, bereits vor Angst zitterten wie Espenlaub. Sie hatten es verdient. Ich konnte nicht leugnen, dass mir ganz warm ums Herz wurde, als ich sah, wie sehr den beiden Männern das Wohl ihrer Großmutter am Herzen lag.

»Aber darum geht es nicht. Ich bin enttäuscht, dass ihr beide nicht mit mir geredet habt. Wart ihr deswegen beim Grillen so geheimniskrämerisch?«

»Ja«, gab Tate zu.

Beatrice' Lippen wurden schmal. »Ich möchte nicht, dass ihr so was noch mal tut. Habt ihr verstanden?«

Sowohl Tate als auch Declan nickten. Nur mit Mühe konnte ich ein Lachen unterdrücken. Diese beiden waren offensichtlich daran gewöhnt, das Sagen zu haben … aber jetzt wirkten sie ganz kleinlaut.

Paisley schien das ebenfalls nicht entgangen zu sein, weil sie grinste.

»Gut«, meinte Beatrice. »Und nun gehe ich zu meiner wunderbaren Urenkelin, während ihr beide euch um das Problem kümmert.«

»Wirst du den Tag mit uns verbringen?«, fragte ich.

»Ja. Gran bleibt heute bei uns, und bald besuche ich sie für ein Wochenende in ihrem Haus.«

»Genauso ist es«, sagte Beatrice. Die beiden wirkten ein wenig schuldbewusst, daher war ich mir sicher, dass ihre Urgroßmutter Paisley schrecklich verwöhnen würde.

»Das ist toll. Paisley, willst du heute trotzdem ein Picknick machen?«, fragte ich. Sie nickte heftig. »In Ordnung. Ich werde den Rucksack vorbereiten, den wir mitnehmen wollen.« Das war die perfekte Ausrede, um mich zu verabschieden, damit sie ungestört waren. »Danke fürs Frühstück, Tate.«

»War mir ein Vergnügen«, antwortete er … und ich hätte schwören können, dass alles in mir auf seine tiefe Stimme reagierte. Hatte er das doppeldeutig gemeint oder spielte meine Fantasie verrückt? Ich wusste es nicht. Es war mir schon kaum gelungen, einen klaren Gedanken zu fassen, bevor er seine schönen Hände an mich gelegt und seinen großen Körper über meinen geschoben hatte … aber jetzt war es einfach unmöglich.

Ich ging zurück zur Eingangstür, weil der Rucksack in der Garderobe lag. Im Geiste plante ich bereits, was ich alles mitnehmen musste. Ich brauchte Wechselkleidung für Paisley, Handtücher und eine Decke.

Gerade als ich den Rucksack von der Wand nehmen

wollte, um ihn nach oben zu tragen, fühlte ich jemanden hinter mir. Ich schnappte nach Luft, als Tates Hände an meiner Taille landeten. Ehe ich mich auch nur umdrehen konnte, fühlte ich bereits seine Lippen an meinem Hals.

»Guten Morgen.« Sein Atem glitt über diese empfindliche Stelle an meinem Hals. Auf meinen Armen bildete sich sofort eine Gänsehaut. Ich war mir nicht sicher, wie ich ihm widerstehen sollte, wenn mein Körper so auf ihn reagierte.

»Guten Morgen«, antwortete ich fröhlich. Gleichzeitig fragte ich mich, ob er wohl ahnte, was für einen Effekt er auf mich ausübte.

»Der Hinterhalt tut mir leid. Ich hatte keine Ahnung, dass sie kommen wollten … bis sie schon vor der Tür standen.«

»Hey, das ist deine Familie«, sagte ich. »Du musst dich nicht entschuldigen.«

Er knurrte an meinem Hals und jagte damit wunderbare Schauder über meine Haut. »Nein, aber ich hatte Pläne für heute Morgen.«

»Oh? Wolltest du mich etwa verführen?«

Er drehte mich, um mich eingehend zu mustern. »Ja«, antwortete er ernst.

Ich musste einfach lachen. Mein Herz raste. Mein gesamter Körper brannte. »Nun, behalte die Pläne einfach im Kopf«, flüsterte ich. »Ich bin mir sicher, du wirst noch eine Gelegenheit finden, sie umzusetzen.«

Das gefährliche Glitzern in seinen Augen ließ mich vermuten, dass er mir nicht zustimmte. Tate schob sein Knie zwischen meine Beine und umfasste meinen Hals. Dieser üble Kerl wollte den sexy Plan jetzt gleich umsetzen. Das konnte sich nur zu einer Katastrophe entwickeln. Er senkte den Kopf, und ich schnappte nach Luft.

Und im nächsten Moment rief Paisley aus dem Nebenraum nach mir. Mit einem Stöhnen zog Tate sich zurück und senkte die Hand. Sofort vermisste ich seine Nähe.

»Ich möchte mit dir reden, bevor ihr aufbrecht«, sagte er.

Ich nickte. »Okay. Aber nun geh. Ich will nicht, dass Paisley denkt, da wäre was zwischen uns.«

»Genau«, sagte er mit harter Miene, ehe er sich abwandte.

Insgesamt war ich recht stolz auf mich. Declan oder Beatrice hatten meiner Einschätzung nach nicht gemerkt, dass da etwas zwischen uns lief. Es war nicht so, als wollte ich das unbedingt geheim halten – aber wenn Paisley nichts davon erfahren sollte, war es am klügsten, auch den Rest der Familie nicht einzuweihen.

Tate und ich fanden keine weitere Gelegenheit, ungestört zu sein, weil Paisley entschlossen war, mir alle Ideen für ihr Zimmer zu erläutern. Nachdem Tate und Declan aufgebrochen waren, verkündete die Kleine, dass sie eine Weile *Das Dschungelbuch* schauen wollte, bevor wir aus dem Haus gingen. Sie hatte feste Bildschirmzeiten, also hatte ich schon den Mund geöffnet, um ihr zu erklären, dass wir es am Abend schauen würden, aber Beatrice sagte: »Lass sie den Film gucken. Das ist nicht so schlimm. Ich werde nie verstehen, warum junge Leute so viele Regeln für ihre Kinder aufstellen.«

Ich presste die Lippen aufeinander, um nicht zu lachen. Beatrice gehörte eben doch noch einer ganz anderen Generation an.

»Komm, wir beide trinken einen Kaffee«, meinte sie, nachdem Paisley mit ihren Kopfhörern und ihrem iPad im Wohnzimmer verschwunden war. »Und dann kannst du mir erzählen, was genau da zwischen dir und meinem Enkel vor sich geht.«

Ich war sprachlos, und meine Hände erstarrten an der

Kaffeemaschine. Langsam drehte ich mich um. Woher wusste sie das?

»Ich würde mal darauf tippen, dass die körperliche Anziehung gewonnen hat«, meinte Beatrice entspannt, als spräche sie einfach nur über die Wettervorhersage.

Ich konnte bloß nicken.

»Paisley weiß nichts davon«, fügte ich eilig hinzu. Ich wollte nicht zugegeben, dass es um mehr ging als körperliche Anziehungskraft. Es fühlte sich gefährlich an, das laut auszusprechen. Als könnte sich diese Idee dann in meinem Herzen einnisten.

Beatrice musterte mich schweigend.

Ich drehte mich wieder um und drückte den Knopf, um zwei Tassen Kaffee gleichzeitig zu brühen. Sobald das Getränk fertig war, trug ich die Tassen zur Kücheninsel und kletterte auf einen der Barhocker.

Beatrice beobachtete mich mit Argusaugen. »Hast du Gefühle für meinen Enkel?«, fragte sie und klang ein weiteres Mal vollkommen entspannt, als ginge es um ein ganz normales Thema.

»Ich … Nun, ich kenne ihn ja erst seit einem Monat«, murmelte ich.

Sie lachte, dann legte sie eine Hand über meine. Wärme und mütterliche Fürsorge strahlten von ihr aus. »Es ist noch zu früh. Meine Schuld. Ich hätte nicht fragen dürfen.«

»Beatrice, ich weiß einfach nicht, was ich sagen soll.«

»Du musst gar nichts sagen, Liebes. Mich freut einfach, dass ich mich nicht geirrt habe. Ich habe in dem Moment eine Veränderung gespürt, als du die Küche betreten hast. Er hat dich keine Sekunde aus den Augen gelassen.«

So oft hatte er mich angesehen? Ich hatte ein paarmal Blicke bemerkt, aber mir war nicht klar gewesen, dass er mich quasi ununterbrochen beobachtet hatte. Wieder verzog dieses breite Grinsen mein Gesicht.

»Ich kenne meinen Enkel. In letzter Zeit hat er sich verändert. Er würde mir natürlich widersprechen und erklären, dass er sein Leben mag, wie es ist, aber tief in seinem Inneren sehnt er sich nach einer Beziehung. Er will sich das selbst nur nicht eingestehen.«

Ihre Worte trafen mich. O Tate …

Damit stand Beatrice auf und ging zu Paisley ins Wohnzimmer. Ich nutzte die Chance, um Tate eine Nachricht zu schreiben.

Lexi | Beatrice weiß Bescheid. Ich habe keine Ahnung, wie das passiert ist. Ich habe ihr nichts gesagt.

Er antwortete sofort.

Mach dir keine Sorgen. Ich wusste, dass sie etwas ahnt. Heute Morgen hat sie mir ständig seltsame Blicke zugeworfen. Kannst du dich irgendwohin zurückziehen? Ich will dich anrufen. | Tate

Lexi | Na klar. Ich bin gleich so weit.

Ich ging nach oben in eines der Bäder. Hier würden mich weder Beatrice noch Paisley finden.

Lexi | Jetzt bin ich allein.

Schon in der nächsten Sekunde klingelte mein Handy.

»Hey«, sagte ich und ließ mich gegen die geschlossene Tür sinken.

»Hey. Wir hatten keine Chance, uns noch mal allein zu unterhalten, bevor ich aufgebrochen bin.«

»Ich weiß. Worüber wolltest du reden?«

»Darüber, wann ich dich sehen kann. Außerhalb des

Hauses. Jedes Mal, wenn ich Pläne schmiede, kommt irgendetwas dazwischen, aber vielleicht klappt es ja jetzt mal ganz spontan.«

»Wieso habe ich den Eindruck, dass das nicht so dein Ding ist?«, fragte ich grinsend.

»Weil du mich doch schon ein wenig kennst.«

»Also bekomme ich eine Sonderbehandlung?«

»Ja, Lexi. Absolut.«

Mir stockte der Atem, und ich konnte bloß ein leises »Okay« flüstern.

»Hättest du heute Abend Zeit, dass wir uns treffen?«

Ich zitterte, weil ich mich nur mit Mühe davon abhalten konnte, einen Luftsprung zu machen.

»Ja, habe ich«, rief ich. »Habe ich.«

»Gut. Ich kann es kaum erwarten, dass wir uns sehen, Lexi.«

»Das geht mir auch so.«

Ich legte auf, dann grinste ich wie ein Honigkuchenpferd.

Ich hatte eine Verabredung mit Tate Maxwell.

Ein Date.

Ich war die glücklichste Frau auf der Welt.

***

Als ich wieder nach unten kam, schaute Paisley immer noch *Das Dschungelbuch*, also zog ich los und packte alles für unser Picknick zusammen. Zwanzig Minuten später war ich fertig. Ich streckte den Kopf ins Wohnzimmer, nur um festzustellen, dass Beatrice und Paisley sich nicht gerührt hatten.

»Wir können los«, sagte ich.

Wie zu erwarten war, fragte Paisley: »Kann ich nicht ein bisschen länger schauen?«

Meine Mundwinkel zuckten. »Das kannst du auch an einem anderen Tag. Lass uns nach draußen gehen und die Sonne genießen.«

Beatrice stieß Paisley leicht an. »Dein Dad hat mir eine Nachricht geschrieben und mich gefragt, ob ich den Abend hier verbringen kann. Dann schauen wir später den Film fertig.«

»Wann hat Tate dir geschrieben?«, fragte ich überrascht.

»Gerade eben«, antwortete sie mit einem wissenden Lächeln.

Großer Gott. Der Mann verlor wirklich keine Zeit.

Ich lächelte nervös, als wir uns alle bereit machten.

Der Tag war perfekt, um sich zu entspannen und draußen zu sein, aber zum ersten Mal, seitdem ich den Job als Paisleys Nanny angenommen hatte, konnte ich es kaum erwarten, nach Hause zu kommen. Es war nicht so, als hätte ich die Zeit, die ich mit ihr und Beatrice verbrachte, nicht genossen. Doch ich war einfach zu aufgeregt wegen meines Dates… und das Gefühl verstärkte sich noch ins Unendliche, als ich am frühen Nachmittag eine Nachricht von Tom bekam – dem Besitzer des kleinen Feinkostgeschäfts neben meinem Wohngebäude. Er wollte mir mitteilen, dass er eine besondere Lieferung angenommen hatte, die ich bei ihm abholen sollte.

Lexi | Was ist es?

Ich habe klare Anweisung erhalten, dir nichts zu verraten. | Tom

Ich starrte entgeistert auf mein Handy.

Lexi | Von wem ist die Lieferung?

Von Tate Maxwell. Mehr darf ich nicht sagen. | Tom

Ich lachte hilflos, dann schüttelte ich den Kopf. Tate hatte ihn bestochen, mir nicht zu erzählen, was er mir geschickt hatte? Also wirklich. Und ich hatte gedacht, ich stände mit Tom auf ganz gutem Fuß. Anscheinend musste ich mich mehr anstrengen.

Der Tag verging schnell – wahrscheinlich, weil ich die Hälfte der Zeit damit verbrachte, mich Tagträumereien über den Abend hinzugeben.

»Wieso gehst du nicht?«, fragte Beatrice gegen fünf Uhr freundlich, als wir nach einem Tag in der Sonne, mit Snacks und entspannten Spielen, zum Haus zurückkehrten. »Paisley und ich kommen klar.«

Ich konnte nichts gegen die Röte tun, die in meine Wangen schoss. Wusste sie, was in meinem Kopf vor sich ging? Dass ich an nichts anderes denken konnte als an Tate und daran, was der Abend wohl bringen würde?

Wem wollte ich etwas vormachen? Natürlich wusste Beatrice Bescheid. Das war die einzige Erklärung für ihr verständnisvolles Lächeln.

»Bist du dir sicher?«, fragte ich, ohne einen Versuch, zu verbergen, wie dringend ich nach Hause gehen wollte.

»Ja, ja. Paisley und ich amüsieren uns schon.«

Du meine Güte. Da Paisley ihre Urgroßmutter anstarrte, als würde sie sie anbeten, wusste ich genau, dass Beatrice ihre Urenkelin unendlich verwöhnen würde. Aber das war in Ordnung. Das war das Vorrecht jeder Urgroßmutter.

Sobald ich vor meinem Gebäude ausgestiegen war, stürmte ich umgehend in Toms Feinkostladen und trommelte ungeduldig mit den Fingern auf den Tresen.

»Okay. Ich bin hier. Ich will mein Geschenk.«

»Mädel, wer auch immer dieser Kerl ist, du solltest ihn nicht mehr hergeben.«

»Was genau ist passiert?«

»Ein Lieferant ist aufgetaucht. Er hat mir sein Handy gegeben, und ich habe mit Tate Maxwell gesprochen, der mir sehr überzeugend dargelegt hat, warum ich dir nicht erzählen soll, was geliefert wurde.« Er beugte sich vor und verschwand ein paar Sekunden unter dem Tresen, bevor er wieder mit einer Kiste mit meinen Lieblingspralinen in der Hand auftauchte – die mit Kirschen drin.

Wow. Ich konnte es nicht glauben. Schon als ich die Packung entgegennahm, lief mir das Wasser im Mund zusammen.

Glücklicherweise war der Lift relativ leer. Die anwesenden Nachbarn allerdings musterten mich mit seltsamen Blicken, weil ich grinste wie ein Honigkuchenpferd. Sobald ich meine Wohnung betreten hatte, schrieb ich Tate eine Nachricht.

Lexi: Ich habe die Pralinen bekommen.
Und es ist meine Lieblingssorte!!!

Ich weiß. Du hast mir erzählt,
dass du sie liebst. :Tate

Kaum zu glauben. Daran erinnerte er sich? Wer war dieser Kerl?

Lexi: Wie hast du das angestellt?

Das bleibt mein Geheimnis. Aber Gran
hatte auch die Finger im Spiel. :Tate

Lexi: Also gibt es eine Familienverschwörung
für das perfekte Date, ja?

Ich seufzte, dann beschloss ich, mich für diese Verabredung richtig herauszuputzen. Ich wusch mir die Haare und stylte sie mit einer runden Bürste zu weichen Locken. Dann schminkte ich mich sorgfältig, komplett mit Gesichtscreme und Foundation, und experimentierte mit dem Lidschatten, bis er perfekt war. Da ich ein weißes Kleid und schwarze Sandalen trug, waren meiner Kreativität beim Make-up keine Grenzen gesetzt. Schließlich entschied ich mich für eine Kombination aus mehreren Grüntönen, die von innen nach außen immer dunkler wurden.

Nachdem ich mich geschminkt hatte, zog ich mir das weiße Kleid über den Kopf. Es war schulterfrei, mit einem eingenähten BH, damit meine Brustwarzen sich nicht durchdrückten. Der leicht dehnbare Stoff brachte meine Kurven wunderbar zur Geltung. Ich drehte mich einmal vor dem Spiegel, dann beschloss ich, extravagante Ohrringe zu tragen.

In meiner Freizeit stellte ich gern Schmuck her. Er war nichts Besonderes, aber ich arbeitete gern mit den Händen und bastelte auch in der Schule viel mit den Kindern. Irgendwann hatte ich gemerkt, dass ich mich dabei sogar noch besser entspannte, als wenn ich draußen unterwegs war. Ich entschied mich für große Ringe, an denen kleine Anhänger hingen. Ich trug gern neutrale Farben, weil es mir erlaubte, mich bei Make-up und Schmuck auszutoben.

Erneut sah ich in den Spiegel, dann lächelte ich, zufrieden mit meiner Arbeit. Mir blieben nur noch zwei Minuten, bevor Tate kommen sollte, also schlüpfte ich in meine Schuhe – die ziemlich hoch waren und meine Beine endlos lang wirken ließen. Ich konnte kaum erwarten, herauszufinden, ob Tate mich vernaschen wollte, sobald ich die Tür geöffnet hatte.

Dann schickte ich sogar meinen Freundinnen ein Bild von den Pralinen, nachdem ich sie über meinen gestrigen Abend ins Bild gesetzt hatte.

Jenny: Was für ein Traummann!

Ella: Beneidenswert. Wo hast du diesen Kerl gefunden?

Ihre Antworten zauberten ein breites Grinsen auf mein Gesicht. Eineinhalb Minuten später – ja, ich zählte die Sekunden – klingelte es an der Tür. Ich öffnete, ohne durch den Türspion zu sehen.

Wow. War Tate heute noch attraktiver als sonst? Mit dem dunklen Bartschatten, dem offen stehenden Knopf an seinem Hemd und den aufgerollten Ärmeln sah er wahnsinnig gut aus. Er schien nur aus Muskeln zu bestehen, und ich fand das einfach toll.

»Guten Abend, Lexi.«

»Ich bin bereit!« Ich fühlte mich ein wenig albern, als ich vor ihm posierte, indem ich ein Bein ausstellte und die Hand in die Hüfte stemmte. So blieb ich ein paar Sekunden stehen, bevor ich nach meiner schwarzen Clutch griff.

Tate löste den Blick keinen Moment von meinem Gesicht und wirkte dabei seltsam starr.

Okay, das war nicht die Reaktion, die ich mir erhofft hatte. Ich hatte gehofft, sein Blick würde wenigstens einmal über meinen Körper wandern, aber er wandte die Augen nicht von meinem Gesicht ab.

Ich trat zu ihm in den Flur und verriegelte die Tür, dann gingen wir zum Lift, und er drückte den Knopf. Der Aufzug kam schnell. Nur in den Morgen- und Abendstunden, wenn alle zur Arbeit aufbrachen oder nach Hause kamen, konnte es eine Weile dauern. Anscheinend hatten alle den gleichen Tagesrhythmus.

Die Kabine war leer. Kaum waren wir eingetreten, fühlte ich, wie die Atmosphäre sich veränderte. Die Türen schlossen sich, und da fiel mir Tates Miene im Spiegel auf. Er stand hinter mir. Der Hunger in seinen Augen verursachte mir am ganzen Körper eine Gänsehaut.

Er schob mein Haar zur Seite und drückte einen Kuss auf meine nackte Schulter.

»Lexi«, flüsterte er. »Verdammt.« Dann drehte er mich um und senkte seinen Mund auf meinen, um mich ausgiebig und voller Leidenschaft zu küssen. Er vergrub eine Hand in meinem Haar, die andere wanderte an meine Taille.

Ich war so erregt, dass ich mich fast an seinem Schenkel gerieben hätte, als er das Knie zwischen meine Beine schob. Ach du Scheiße, er sorgte in Rekordzeit dafür, dass ich jedes Anstandsgefühl verlor.

Ich keuchte. Mit einem Stöhnen zog Tate sich zurück.

»Verdammt. Ich dachte wirklich, ich könnte mich zurückhalten.« Aus kurzer Distanz sah er auf mich herunter, ließ einen Daumen über meine Unterlippe gleiten. »Aber wie ich dir schon mal gesagt habe, du sorgst dafür, dass ich viel zu viel empfinde. Mir zu viel wünsche. Bei dir gibt es kein Mittelmaß.«

Mit einem nervösen Lachen trat ich zurück, als die Aufzugtüren sich wieder öffneten. »Darf ich darauf hinweisen, dass du vor meiner Wohnung absolute Zurückhaltung geübt hast? Ich hatte mich bereits gefragt, was los ist. Du hast nichts angesehen außer mein Gesicht.«

Tate wirkte einen Moment wie vor den Kopf gestoßen, dann fing er an zu lachen. »Weil ich wusste, dass ich die Kontrolle verlieren würde, wenn ich den Blick schweifen lasse!«

Grinsend wackelte ich mit den Augenbrauen. »Das war genau die Reaktion, auf die ich es abgesehen hatte, als ich mich angezogen habe«, erklärte ich, während wir durch den Flur zum Ausgang gingen.

Kaum waren wir auf die Straße getreten, legte Tate einen Arm um mich und ließ seine Finger sanft über meinen linken Oberarm gleiten. Es war eine unglaublich intime Berührung. Ich fand es wunderbar. Wollte mehr davon. Ich wollte alles.

Wir wanderten an den Straßenrand, und mir wurde erst klar, dass er ein Taxi rufen wollte, als er den Arm hob. Ich war so daran gewöhnt, immer Uber zu benutzen, dass ich Taxis gar nicht mehr beachtete. Trotzdem: Sie waren praktisch und an Sommerabenden quasi überall unterwegs, weil die Leute eine Menge Zeit draußen verbrachten.

»Wo fahren wir hin?«, fragte ich, als er mir die Wagentür öffnete. Ich glitt auf die Rückbank und auf die andere Seite, damit er ebenfalls einsteigen konnte.

»Zum Navy Pier«, wies er den Fahrer an. Der Mann nickte, dann setzte sich das Auto in Bewegung.

»Da war ich schon lange nicht mehr«, sagte ich aufgeregt. »Was werden wir dort tun?«

»Wir fahren Riesenrad.«

Ich quietschte wie ein Teenager. »O mein Gott. Wirklich? Das ist so toll! Ich bin noch nie damit gefahren.«

»Ich weiß. Das hast du uns erzählt, als ich Waffeln gebacken habe.«

Das verblüffte mich. »Stimmt. Habe ich tatsächlich.«

Ich lächelte. Er erwiderte das Lächeln, aber bereits im nächsten Augenblick schob er den Mund neben mein Ohr … nur um im letzten Moment die Richtung zu wechseln. Ich dachte, er wolle mir vielleicht etwas sagen, doch stattdessen drückte er mir einen Kuss auf den Hals. Zuerst war es eine fast unschuldige Geste, eine kurze Berührung seiner Lippen, aber dann fühlte ich seine Zungenspitze auf der Haut. Ich presste die Beine zusammen. Verlangen durchfuhr mich und ließ mich feucht werden.

Tate richtete sich wieder auf. Ich erhaschte einen Blick auf ein selbstgefälliges Lächeln, bevor er das Gesicht dem Fenster zuwandte.

Dieser Mann hatte das mit der Verführung echt voll drauf.

***

Schon seit meiner Ankunft in Chicago hatte ich mit dem Centennial Wheel fahren wollen, aber aus irgendeinem Grund war ich nie dazu gekommen. Und jetzt war es bei einem romantischen Date endlich so weit.

Einem Date, das sich als noch besser entpuppte, als ich mir hätte ausmalen können. Als ich mir eine Fahrt im Riesenrad vorstellte, hatte ich mich immer eingequetscht zwischen Touristen gesehen. Doch Tate kaufte keine normalen Karten – er buchte eine VIP-Gondel mit Samtsitzen und Glasboden. Aber was am wichtigsten war: Sie gehörte uns ganz allein.

»Das ist so romantisch!«, rief ich, als ich mich setzte, um gleich die Hand über den Sitz gleiten zu lassen. Dann sah ich nach draußen. Chicago war immer schön, bei Sonnenuntergang, mit den glitzernden Hochhäusern überall, wirkte die Stadt allerdings fast magisch. Ich konnte es kaum erwarten, dass wir höher aufstiegen.

»Nur das Beste für meine Freundin«, sagte Tate mit einem frechen Lächeln. »Ich wollte dich heute Abend einfach mit niemandem teilen müssen.«

Ich ließ mich in den Sitz zurücksinken und beobachtete, wie wir uns langsam in Bewegung setzten und nach oben schwebten. »Bist du dir sicher, dass das eine gute Idee ist, wenn man bedenkt, wie du schon im Aufzug reagiert hast?«

»Ja. Wir müssen uns bloß an eine einfache Regel halten.«

»Und die wäre?«

»Küssen ist nicht erlaubt, sonst droht eine Wiederholung der Aufzugsszene.«

Ich rutschte auf meinem Sitz herum und schlug die Beine übereinander. Das klang eher nach einem köstlichen Versprechen.

Tate bedachte mich mit einem harten Blick, und sofort begann meine Haut zu brennen. Inzwischen wirkte er auf mich vollkommen anders als bei dem Vorstellungsgespräch vor einem Monat. Sorgenfrei und mit einem Lächeln, das mein Herz mit Freude erfüllte.

Nachts war der See lediglich ein dunkler Fleck, aber momentan herrschte diese magische Tageszeit kurz nach Sonnenuntergang, in der der Himmel noch in leuchtendem Orange strahlte. Obwohl wir uns nicht küssten, war ich mir Tates Anwesenheit unglaublich bewusst – genauso wie der Tatsache, dass unsere Beine sich berührten. Seine Aufmerksamkeit galt mehr mir als der Aussicht. Mir fehlten die Worte, also genossen wir einfach die Fahrt und wiesen uns gegenseitig auf Wahrzeichen hin, wann immer wir welche erkannten. Unglücklicherweise dauerte eine Fahrt nur eine Viertelstunde.

»Und was jetzt?«, fragte ich, als wir aus der Gondel stiegen.

»Jetzt bringe ich dich an einen Ort, von dem ich glaube, dass er dir gut gefallen wird«, sagte Tate, als er den Arm um meinen Rücken legte, sodass seine Hand an meinem Oberarm ruhte.

»Dann zeig mal, was du für mich in petto hast«, zog ich ihn auf und fühlte mich dabei wie die glücklichste Frau von ganz Chicago.

Tate führte mich zu einer Rooftop-Bar nicht weit vom Seeufer entfernt. Sie war anders als jede vergleichbare Location, die ich bisher besucht hatte. Hölzerne Wände zogen sich an der Dachumrandung entlang, über und über bewachsen mit üppigen Kletterpflanzen; es wirkte fast, als befänden wir uns in einem Garten. Lichterketten glitzerten zwischen den Blättern, sodass ein beinahe magischer Effekt entstand. Sofort schoss ich mit dem Handy ein paar Fotos.

»Was tust du da?«

»Paisley liebt funkelnde Lichterketten.« Ich schob das Handy wieder in meine Clutch. »Das hier wird sie begeistern.«

Tate antwortete nicht. Als ich den Blick von meiner Tasche hob, überraschte mich die Gefühlstiefe in seinen warmen Augen.

Bevor ich ihn fragen konnte, was los war, begrüßte uns ein Kellner und führte uns zu einem Ecktisch mit gemütlicher Couch und zwei Sesseln. In der gegenüberliegenden Ecke des Daches erspähte ich eine Tanzfläche.

Eine Tanzfläche? Hmmm. Das bot für die Zukunft sicher einige Möglichkeiten. Ich fragte mich, womit ich Tate wohl bestechen musste, damit er mit mir tanzte.

Wir bestellten Cocktails und eine Vorspeisenplatte. Beides wurde schnell geliefert. Es gab Salami, verschiedene Käsesorten, eingelegte Oliven, getrocknete Tomaten und gegrillte Pilze mit Oregano.

»Das ist köstlich«, verkündete ich, nachdem ich mir einen Pilz in den Mund geschoben hatte.

»Freut mich, dass es dir schmeckt.«

Wir saßen nebeneinander auf der Couch. Ich mochte mir schon im Riesenrad eingebildet haben, mir seiner Gegenwart unglaublich bewusst zu sein, doch hier war dieser Effekt noch stärker. Unsere Umgebung hatte beinahe etwas

Sinnliches. Topfpflanzen trennten unsere Ecke vom Rest der Bar und schufen eine verschwiegene Nische.

»Wie hast du diese Bar gefunden?«, fragte ich. »Sie ist wirklich wunderschön.«

»Sie gehört einem Freund von mir. Ich habe ihm gesagt, dass ich den besten Tisch will.«

»Natürlich hast du das getan. Die Frage ist nur: Wie war es möglich, dass er dir diesen Wunsch so kurzfristig erfüllt?«

Tate beugte sich leicht vor, bis sein Mund neben meinem Ohr schwebte. »Ich bin ein Meister der Überzeugung.«

»O ja. Tom, der Bekannte, der deine Lieferung entgegengenommen hat, hat sich ähnlich geäußert.«

Tate Maxwell spielte in einer ganz eigenen Liga, wenn es darum ging, mich zum Dahinschmelzen zu bringen. Ich konnte mir gut vorstellen, wie er bei harten Verhandlungen in seinem Büro aussah: dominant und professionell.

War es seltsam, dass ich mich geehrt fühlte, weil er dieselben Fähigkeiten einsetzte, um mich zu umwerben? Denn genauso fühlte ich mich … und das fand ich wunderbar. Wie sollte ich jemals wieder mit jemand anderem ausgehen? Dieser Gedanke erfüllte mich fast mit Trauer.

Ich nippte an meinem Cocktail und rückte ein wenig von Tate ab, um ihn besser sehen zu können. Als ich ihn anschaute, stellte ich zu meiner Überraschung fest, dass er mich schon wieder beobachtete. Ließ er mich nie aus den Augen? Mein Herz machte einen Sprung.

»Ich kann nicht glauben, dass du das innerhalb eines Tages organisiert hast. Was hättest du wohl alles auf die Beine gestellt, wenn du mehr Zeit gehabt hättest?«

»Fordere mich nicht heraus«, meinte er und wackelte mit den Augenbrauen. Das war so untypisch für ihn, dass ich einfach lachen musste. »Aber das mit dem Riesenrad wusste ich ja bereits eine Weile.«

»Trotzdem bekommst du die volle Punktzahl dafür.«

Seine Augen glitzerten amüsiert. »Punkte? Okay. Das Spiel gefällt mir.«

Und er war so gut darin. Wieso war er noch solo?

»Tate, darf ich dich etwas fragen?«

»Klar.«

»Warst du seit deiner Scheidung immer Single?«

Er nickte, dann trommelte er mit den Fingern auf sein Cocktailglas. »Ich habe mich mit Frauen getroffen, aber es wurde nie eine Beziehung draus. Ich wollte Paisley nicht verwirren.«

Mein Herzschlag beschleunigte sich. Mir lag die Frage auf der Zunge, ob er Paisley von uns erzählen wollte, letztendlich fehlte mir allerdings der Mut. Stattdessen fing ich an, nervös zu faseln.

»Dating ist nicht einfach. Ich habe jetzt schon seit, keine Ahnung … vierzehn Jahren Dates. Seit meiner Highschool-Zeit.«

Ich hörte ein seltsames Geräusch. Es schien von Tate ausgegangen zu sein, doch vielleicht vernebelte mir der Alkohol bereits die Sinne, also faselte ich weiter. »Ich hatte über die Jahre ein paar Beziehungen, aber ich glaube nicht, dass ich je verliebt war.«

Dieses Eingeständnis überraschte mich – und nach dem zu schließen, wie groß Tates Augen wurden, ihn ebenfalls. Vielleicht war er noch nicht bereit, das zu hören – oder vielleicht wollte er so was gar nicht wissen –, doch ich hatte nicht das Gefühl, etwas vor ihm verbergen zu müssen. Ich wollte, dass er mich wirklich kennenlernte. Aber was, wenn er nicht mochte, was er entdeckte? Wahrscheinlich war das zu viel für ein erstes Date.

Ich benetzte kurz die Lippen, bevor ich hinzufügte: »Also ja, man sollte meinen, im Zeitalter von Tinder wäre es einfacher, Verabredungen zu finden, aber jedes Mal, wenn ich wische … « Wieder erklang dieses seltsame Geräusch, und ich drehte den Kopf. »Hast du gerade geknurrt?«

Er lehnte sich zu mir. »Lexi, ich will nichts darüber hören, dass du dich mit anderen Männern triffst, egal ob jetzt oder in der Vergangenheit. Das treibt mich in den Wahnsinn.«

O mein Gott. Dieses Geräusch war tatsächlich aus seiner Kehle gedrungen. Ich schluckte schwer, wobei ich mir seiner Körperwärme bewusst war, seiner Stirn, die sich an meine presste; seiner Finger, die besitzergreifend an meinem Rücken lagen.

»Du gehörst mir«, grollte Tate. Es war wirklich ein waschechtes Grollen.

»Okay. Geht klar«, antwortete ich atemlos. Seine Gegenwart überwältigte mich beinahe. Ein paar Sekunden lang vergaß ich vollkommen, dass wir uns in einer Bar aufhielten. Zwar konnten wir die anderen Gäste hinter den Pflanzen nicht sehen, aber wir konnten Stimmen, Lachen und das Klirren von Gläsern hören.

»Tate«, flüsterte ich schwach.

Er drückte seine Hand fester an meinen Rücken, dann hoben sich seine Mundwinkel.

»Du stellst etwas mit mir an, Lexi. Und das ist sogar noch gefährlicher, als ich dachte.«

»Hmmm«, murmelte ich neckend. »Mir gefällt, wie das klingt.«

Er richtete sich auf und zog seine Hand zurück.

»Und du glaubst, mich nicht zu berühren, minimiert die Gefahr?«

»Das hoffe ich jedenfalls, weil ich kurz davor bin, dich über meine Schulter zu werfen und einfach aus der Bar zu tragen.«

O. Mein. Gott. Diese tiefe, sexy Stimme war noch mein Untergang.

Ich rutschte in eine Ecke der Couch. Seine Augen funkelten erheitert… und ich fand es wunderbar.

»Meine Mom sagt immer, es wäre ein gutes Zeichen, wenn eine andere Person intensive Gefühle bei einem auslöst«, erklärte ich, ehe ich die Lippen aufeinanderpresste. Großer Gott. Ich hatte gerade mal einen Cocktail getrunken und zitierte bereits Ratschläge von Mom. Auf diese Art hatte ich mehr als eine Verabredung vertrieben, dabei hatte ich diesen Männern nicht halb so viel erzählt wie Tate. Anscheinend wollte ich mich einfach nicht zurückhalten.

»Du stehst deinen Eltern recht nahe, oder? Ich meine… ich weiß, dass du ihnen hilfst, aber das ist nicht dasselbe.«

»Mom ist meine beste Freundin. Ich erzähle ihr alles. Sie war eine tolle Mutter für mich. Sie hat wirklich zugehört. Und wenn ich sie um Rat gebeten habe, hat sie ihn mir gegeben. Aber es hat sich nie angefühlt, als bedränge sie mich oder wolle mir meine Entscheidungsfreiheit nehmen. Natürlich hatten wir in meiner Teenager-Zeit so unsere Probleme, denn, na ja, alle Teenager rebellieren gegen ihre Eltern.«

»Ich bin mir sicher, Paisley spart sich das«, erklärte Tate stoisch.

Ich konnte mein Kichern nicht zurückhalten. »Natürlich. Rede dir das nur weiter ein, wenn es dir hilft. Aber wappne dich schon mal für das Schlimmste.« Seufzend fügte ich hinzu: »Ich vermisse es, mit meiner Mom über alles reden zu können. In den letzten Jahren hat sich unser Leben verändert, besonders im letzten Jahr mit den Operationen. Ich habe mich mehr mit Dad unterhalten, doch selbst bei diesen Gesprächen ging es meistens um Moms Gesundheit oder um die Rechnungen. Aber ich bin mir sicher, das wird wieder besser. Mom hat sich wirklich gut erholt. Ich habe ihr letzte Woche Pralinen von *Le Chocolat* gesendet, und sie hat ungefähr ein Dutzend alberner Bilder zurückgeschickt. Das ist ein gutes Zeichen.«

Tate musterte mich eingehend, ohne etwas zu sagen.

»Es macht mich wahnsinnig, wenn du das tust«, erklärte ich ehrlich.

»Was?«

»Wenn du nichts sagst, sondern mich nur ansiehst.«

»Vertrau mir. Wenn ich alles ausspräche, was mir so im Kopf herumspukt, würde dich das total verschrecken.«

Ich schluckte und flüsterte dann: »Stell mich auf die Probe.«

Seine Augen blitzten. »Nicht heute Abend, Lexi. Nicht heute Abend.«

»Hmmm … das ist keine Einbahnstraße, Mister. Ich will auch etwas über dich erfahren.«

»Du kannst mir jede Frage stellen – außer die, die du gerade gestellt hast.«

Mit einem Glucksen überlegte ich, was ich wissen wollte. »Ich habe deine Eltern noch nicht kennengelernt. Wohnen sie weiter entfernt?«

»Nein, sie leben in der Stadt, aber im Sommer gönnen sie sich immer einen langen Urlaub. Sie werden in zwei Wochen zurückkommen.«

»Okay. Stehst du ihnen genauso nahe wie Beatrice?«

»Wir stehen uns alle sehr nahe. Tyler witzelt immer, dass Gran der Kleber ist, der uns zusammenhält, weil wir alle darauf bedacht sind, sie beschäftigt zu halten, damit sie sich nicht langweilt.«

»Aber sie hat noch ihren Buchladen, oder?«

»Ja, allerdings führt sie ihn eigentlich nicht, sondern hat seit Jahren eine Geschäftsführerin. *The Happy Place* ist eher ein Andenken.« Mit einem Glucksen fügte er hinzu: »Sie war bei Paisleys Geburt sogar noch aufgeregter als meine Eltern.«

»Sie hat mir erzählt, dass sie ihren Ehemann früh verloren hat.«

»Ja. Mein Dad war gerade mit dem College fertig und sein Bruder im ersten Studienjahr. Meinen Onkel hat der Verlust hart getroffen. Für ein paar Jahre hat es ihn völlig aus der Bahn geworfen.«

»Oh. Haben Reese und Kimberly deswegen in ihrer Jugend so viel Zeit bei euch verbracht?«

Er schüttelte den Kopf. »Nein. Meine Tante ist gestorben, als die Mädchen noch ziemlich klein waren. Mein Onkel ist nicht gut damit zurechtgekommen. Er hat sich in der Arbeit vergraben, ist ständig gereist, um die Buchhandelskette zu vergrößern. Letztendlich sind die beiden von Gran und meinen Eltern großgezogen worden. Dann, als wir alle erwachsen waren und unser eigenes Ding durchgezogen haben, war Gran ein paar Jahre fast depressiv. Sie hat sich in Therapie begeben, doch ihr altes Selbst hat sie eigentlich erst zurückgewonnen, als Paisley geboren wurde.«

Das sorgte dafür, dass ich Beatrice umarmen wollte. Jetzt verstand ich, warum alle ständig auf sie aufpassten. Doch irgendetwas verriet mir auch, dass sie trotzdem immer versuchen würden, schlechte Nachrichten von ihr fernzuhalten.

»Die Therapeutin hat ihr erklärt, wie wichtig es wäre, aktiv zu bleiben, daher versuche ich, sie so viel Zeit wie möglich mit Paisley verbringen zu lassen. Aber sie kann einfach nicht mehr mit meiner Tochter Schritt halten.«

»Du bist ein toller Mann, Tate.«

Sofort begannen seine Augen zu leuchten, und er wirkte wieder fröhlich. Ich fand es wunderbar, dass ich diesen Effekt auf ihn hatte.

»Okay, ich hätte da eine Idee. Wieso spielen wir nicht ein Kennenlernspiel?«, fragte ich neckend.

Er beugte sich vor. »In Klamotten?«

»Na klar. Wir sind in einer Bar.«

Er lachte. »Ich weiß. Ich habe nicht gesagt, dass wir es hier spielen müssen.«

»Oh, du bist echt verschlagen! Ich wusste, dass du es früher oder später versuchen würdest.«

»Ich stehe zu dem, was ich will, Lexi. Und ich will dich. Ständig.«

Mir stockte der Atem, als mir klar wurde, dass er das vollkommen ernst meinte. »Ich dachte eher an Fragen wie: ›Was ist deine Lieblingsfarbe? Dein Lieblingsessen? Dein Lieblingsbuch?‹«

»Deine Lieblingsfarbe ist Grün. Und einen Veggie-Burger könntest du jeden Tag essen.«

Ich riss blinzelnd den Kopf zurück, dann starrte ich in meinen Cocktail.

Ach du Scheiße, hatte ich ihm das schon erzählt und es vergessen? War ich so betrunken?

»Woher weißt du das?«, fragte ich misstrauisch.

»Paisley redet viel über dich, Lexi. Aber ich kenne dein Lieblingsbuch noch nicht.«

»*Die Abenteuer von Anne Delaware*. Unglücklicherweise ist es vergriffen. Aber warte kurz: Was meinst du damit, wenn du sagst, dass Paisley viel über mich redet?«

»Das tut sie – ständig. Und ich nutze das aus und frage immer genau nach.«

Der Gedanke, dass er mit seiner Tochter über mich sprach, wärmte mir das Herz. Wie gern hätte ich ein solches Gespräch einmal belauscht! Was würde sie sagen, wenn sie wüsste, dass ich mit ihrem Vater ausging?

Würde Tate es ihr überhaupt erzählen wollen?

Obwohl ich mich mit ihm wohler fühlte als mit jedem anderen Mann, mit dem ich je ausgegangen war, fand ich nicht den Mut, ihm diese Frage wirklich zu stellen. Doch das musste ich auch nicht unbedingt heute erfahren. Ich konnte diesen wunderbaren Abend genießen und mich morgen wieder um die Realität kümmern.

Ich benetzte die Lippen, dann zeigte ich mit dem Finger auf ihn. »Aber über dich weiß ich das alles nicht. Also, was ist deine Lieblingsfarbe?«

»Blau.«

»Und was isst du richtig gern?«

Sein Blick wurde leer, und ich glaubte fast, er hätte meine Frage nicht gehört. Doch dann schob er erneut den Mund neben mein Ohr. »Im Moment träume ich von deinem Geschmack. Ich will dich mit dem Mund verwöhnen, bis du beim Orgasmus meinen Namen schreist.«

Ein Schauder überlief meinen Körper, und ich bekam überall eine Gänsehaut – sogar in meinem Schritt, wenn das überhaupt möglich war. Ich schluckte schwer, dann legte ich den Kopf in den Nacken, um ihn ansehen zu können.

»Verdammt, du bist gut«, flüsterte ich. »Ich wollte dich eigentlich um einen Tanz bitten, aber nun kann ich bloß noch daran denken, von hier zu verschwinden.«

»Dein Wunsch ist mir Befehl.«

»Heißt das, ich könnte jetzt einen Kuss bekommen?« Diese Herausforderung entsprang dem Alkohol, aber ich brauchte ihn einfach. »Da wir ja sowieso gehen?«

»Nichts lieber als das.«

Mir wurde heiß, kaum dass ich seine Lippen auf meinen spürte. Ich hatte keine Ahnung, wie er mit einer einzigen Berührung meinen gesamten Körper in Flammen setzen konnte. Beinahe machte es mir Angst, wie viel Macht Tate schon über mich hatte. Aber gleichzeitig fühlte ich mich nach jedem Kuss lebendiger, mit jeder Berührung begehrter als vorher.

Tate Maxwell gehörte mir. Nichts anderes zählte – zumindest nicht heute Abend.

14 Tate

Der Rest der Woche war genauso anstrengend wie die vorherige. Das Einzige, was mich auf den Beinen hielt, war, dass ich jeden Abend zu Paisley nach Hause ging … und zu Lexi. Ich hatte beschlossen, ihr vergriffenes Buch aufzuspüren – oder vielmehr hatte ich Gran darauf angesetzt. Da sie immer noch den Buchladen besaß, hatte sie Zugang zum Markt. Wenn irgendwer den Roman auftreiben konnte, dann Gran. Sie hatte Talent dafür, vergriffene Ausgaben aufzuspüren und die Besitzer vom Verkauf zu überzeugen.

Eine Woche später rief Gran mich an.

»Ich habe das Buch aufgetrieben. Es liegt bereits vor mir. Der Vorbesitzer war ein Buchmörder, aber es ist besser als nichts.«

»Ein was?«

»Ein Buchmörder. Er hat Eselsecken gemacht. Und auf manchen Seiten sind Tintenflecken.«

Ich schmunzelte über ihre Beschreibung. Wer ließ sich solche Begriffe einfallen?

»Das ist für Lexi, oder?«, fragte sie.

»Ja, Ma'am.«

»O Tate. Du erlaubst dir endlich, glücklich zu werden. Genau das habe ich mir immer gewünscht – dass du mal ein Risiko eingehst und dir nicht länger einbildest, du dürftest eine Partnerschaft erst zulassen, wenn Paisley älter ist.«

Meine Tochter hatte mir recht deutlich mitgeteilt, dass

es für sie in Ordnung war, wenn ich ausging … aber wer wusste schon, ob sie diese Meinung dauerhaft vertreten würde? Ich musste vorsichtig vorgehen. Ich durfte Paisley nicht enttäuschen. Doch das bedeutete noch lange nicht, dass ich Lexi nicht glücklich machen und verwöhnen durfte. Ich konnte mir ihre Reaktion über das Buch bildlich vorstellen.

»Gran, ich muss los. Ich werde jemanden losschicken, um das Buch zu holen.«

»Unsinn. Ich fahre sowieso zum Haus. Ich werde es ihr geben.«

»Danke.«

***

Eine Stunde später schickte Lexi mir ein Foto, auf dem sie sich das Buch neben das Gesicht hielt.

Verdammt. Dieses breite Lächeln hatte ich noch nie auf ihrem Gesicht gesehen. Die reine Freude zwang mich fast in die Knie.

Lexi: Ich kann nicht glauben, dass du das für mich besorgt hast. Tausend Dank!

Gern geschehen. Dieses Lächeln gefällt mir. :Tate

Ich ließ mich in meinem Stuhl nach hinten sinken und starrte das Bild an … bis Declan in mein Büro stampfte.

»Die Besitzer des Gebäudes neben *The Happy Place* haben sich der Klage angeschlossen«, verkündete er.

»Verdammt.«

Das überraschte mich nicht. Doch es machte mich sauer.

Ich war es gewöhnt, mich mit Trotteln herumschlagen zu müssen, aber normalerweise ging es um nichts Persönliches. Ich konnte die Handlungen meiner Rivalen voraussehen – schließlich strebten alle nach Profit. Doch das hier war etwas anderes. Das war eine persönliche Fehde. Malcolm und der Halsey Group ging es nicht nur um geschäftliche Interessen. Nun, der Halsey Group vielleicht schon, aber nicht Malcolm.

Er hatte erwartet, dass ihm nach einer Heirat mit einem Mitglied der Maxwells alle Türen offen standen – und so wäre es auch gewesen. Es gab nicht viel, was wir nicht für die Familie taten. Aber er hatte sich selbst ins Knie geschossen… und sein weiter bestehendes Interesse an Grans Gebäude schien mir eher aus Rache zu sein.

»Wir werden sie mit aller Macht bekämpfen«, erklärte ich. »Scheu weder Kosten noch Mühen. Geh jedes Risiko ein, das du für nötig hältst. Es ist mir egal. Der Firma geht es gut. Ich weiß das, und sie wissen es auch.«

»Ich glaube, sie rechnen damit, dass wir uns den Ärger ersparen wollen«, meinte Declan, bevor er mit einem schiefen Grinsen hinzufügte: »Ich vermute, sie müssen auf die harte Tour lernen, was es bedeutet, sich mit den Maxwells anzulegen.«

»Und das werden sie. Hin und wieder sind Machtdemonstrationen nötig.«

Declan verzog das Gesicht. »Wenn du so redest, machst du mir fast Angst.«

»Ich meine das ernst.«

»Ich weiß. Genau das macht mir ja Angst. Wer hätte gedacht, dass der ganze Besitz bedeuten würde, jeden Tag darum kämpfen zu müssen?«

Mit einem Schnauben ließ ich mich wieder in meinen Stuhl sinken. »Aber es ist die Sache wert.«

Wir lebten nach einem Kodex: Die Familie stand immer an erster Stelle und musste beschützt werden. Geld und Macht lösten immer auch Eifersucht aus, daher gab es

Leute, die uns zu Fall bringen wollten. Doch das würde ich nicht zulassen.

Grans Gebäude gehörte zu unserem Konzern. Niemand würde uns zu irgendetwas zwingen. Gran hatte mir mal erklärt, dass die Besuche in *The Happy Place* das waren, was sie am Leben hielt. Ich würde nicht zulassen, dass jemand den Buchladen in Gefahr brachte.

Ich hatte schon eine ziemlich extreme Idee ... aber zuerst würde ich Declan erlauben, es auf die sanfte Tour zu versuchen.

»Willst du Reese über die neue Entwicklung informieren?«, fragte er vorsichtig.

Ich starrte ihn an. »Nein. Noch nicht.«

»Sie wird ziemlich sauer sein, wenn wir das vor ihr geheim halten.«

Ich stöhnte. »Wir halten es doch gar nicht geheim.«

»Wie willst du es sonst nennen, wenn wir ihr nicht davon erzählen?«

Ich grinste. »Wir schützen sie. Noch sind wir nicht im Besitz aller Fakten, also gibt es keinen Grund, ihr schon Sorgen zu bereiten.«

»Könnte sein, dass sie es trotzdem erfährt, da es schließlich ihr idiotischer Ex-Verlobter ist, der die Sache vorantreibt.«

Ich stöhnte wieder, dann ließ ich meinen Stift auf den Tisch fallen. Wenn ich so sauer war, musste ich nicht mal versuchen, noch etwas anderes zu erledigen. »Natürlich wird sie davon hören. Der Kerl dachte, ihm würde die Welt zu Füßen liegen ... und jetzt schaut er in die Röhre.«

Ich erinnerte mich noch genau an den Tag, als Reese mich angerufen hatte, um mir mitzuteilen, dass die Hochzeit geplatzt war, ihr aber die Kraft fehlte, die Feierlichkeiten abzusagen.

Vielleicht war es wirklich falsch, diese neue Entwicklung

vor ihr zu verheimlichen … doch sie war nach der Trennung so verletzlich gewesen. Und obwohl das jetzt bereits Monate her war, würde sie das doch treffen, sodass ich jeden Schmerz von ihr fernhalten wollte.

»Vorerst reden wir nicht mit Reese darüber«, sagte ich.

Declan nickte. »Okay. Aber nur fürs Protokoll: Falls sie es herausfindet, werde ich erklären, dass die Heimlichtuerei deine Idee war.«

»Schön. Ist mir egal.«

Declan hob die Augenbrauen, weil er genau wusste, dass es mir *nicht* egal war. Ich hasste es, wenn meine Cousinen sauer auf mich waren. Doch ich war mir sicher, Reese würde es verstehen. Wir hatten die beiden immer beschützt. In der Schule hatten wir allen erzählt, wir wären ihre Brüder, damit niemand ihnen dumm kam – und es hatte geklappt. Niemand wollte jemandem einen Streich spielen, nur um sich im Anschluss mit sechs wütenden Maxwells anlegen zu müssen.

Nachdem ich das Büro verlassen hatte, versuchte ich, mich abzulenken und nicht darüber nachzudenken, wie Reese wohl reagieren würde, wenn sie davon erfuhr. Aber es hatte keinen Sinn. Während ich die nötigen Anrufe getätigt hatte, um den Flächenbrand einzudämmen, den die Halsey Group entfachen wollte, konnte ich an nichts anderes denken als an Reese' mögliche Reaktion. Ich wusste, dass ich sie einweihen musste. Aber nicht heute.

Vielleicht würde ich ja Luke bitten, das für mich zu erledigen.

***

Ich bat Declan, mir Bericht zu erstatten, sobald sich etwas tat. An diesem Tag hörte ich nur zweimal von ihm. Das war bei einer juristischen Auseinandersetzung vollkommen normal, aber meine Laune war trotzdem im Keller. Ich wollte das regeln, bevor die Sache noch mehr außer Kontrolle geriet. Bevor meiner Familie wirklich Schaden zugefügt wurde.

Am Nachmittag betrat ich, ohne zu klopfen, Declans Büro.

Er sah mich mit hochgezogenen Augenbrauen an. »Wieso siehst du aus, als wolltest du einen Streit vom Zaun brechen?«, fragte er.

»Will ich nicht. Ich wollte mich bloß erkundigen, wie es läuft.«

Er ließ sich in seinen Stuhl zurücksinken. »Außer dem, was ich dir schon geschickt habe, gibt es nichts Neues. Ich dachte, das hätte ich klargestellt, indem ich deine letzten fünf Mails ignoriert habe.«

Fluchend tigerte ich in seinem Büro auf und ab.

»Oh, also hatte ich recht. Du verzehrst dich nach einem Streit. Wieso muss ich dafür herhalten?«

Ich drehte mich grinsend zu ihm um. »Weil du da bist.«

»Stimmt. Aber ich glaube, Luke ist ebenfalls in seinem Büro, und Travis kommt später auch noch – nur für den Fall, dass du einen richtig großen Krach mit uns allen vom Zaun brechen willst«, meinte er fast beiläufig.

Ich benahm mich dämlich. Es war nicht Declans Schuld, dass alles so langsam ging. Doch wenn ich ein Problem sah, wollte ich es sofort lösen – und es frustrierte mich, wenn das nicht möglich war.

»Mann, du musst dich entspannen«, meinte Declan.

»Wie?«

»Das darfst du nicht ausgerechnet mich fragen. Ich bin ein noch schlimmerer Workaholic als du.«

Ich stöhnte. »Ich weiß.«

»Hey! Luke weiß alles über Lässigkeit. Wieso fahren wir nicht hoch in sein Büro? Wir können …«

»Nein, darauf habe ich keine Lust.«

Ein Klopfen an der Tür ließ uns beide zusammenzucken. Luke streckte den Kopf in den Raum.

»Gut. Genau rechtzeitig. Tate wollte gerade ohne guten Grund explodieren.«

»Ihr kennt mich doch. Ich habe einen siebten Sinn. Vor allem, da ihr beide schon den ganzen Vormittag aussaht, als hätte euch jemand einen Stock in den Hintern geschoben.«

»Ich doch nicht«, erklärte Declan mit einem Nicken in meine Richtung.

Luke rieb sich die Hände und sah sich übertrieben interessiert um. »Zu eurem großen Glück bin ich nur ein paar Türen entfernt und immer bereit, Ausgleich zu schaffen. Lasst uns nach oben in die Bar fahren, sobald wir fertig sind. Oder … vielleicht jetzt gleich?«

Ich musterte ihn kritisch. »Es ist noch ziemlich früh.«

Luke kam zu mir und legte mir eine Hand auf die Schulter. »Bruder«, sagte er todernst, »ich weiß nicht, ob dir das schon mal jemand gesagt hat, aber du bist der CEO einer riesigen Winzerfirma. Du bist dein eigener Chef. Wenn du jetzt bereits Feierabend machen willst, kannst du das tun.«

»Du verschwendest bloß deine Zeit, Luke. Tate ist ein hoffnungsloser Fall. Aber ich nicht. Lass uns eine Pause machen und nach oben fahren«, meinte Declan, bevor er sich zu mir umdrehte und hinzufügte: »Falls du deine Meinung ändern solltest, weißt du ja, wo du uns finden kannst.«

***

Ich änderte meine Meinung nicht.

Nachdem die beiden verschwunden waren, kehrte ich in mein Büro zurück. Und dann geriet mein Tag vollkommen aus den Fugen … wie üblich. Die Markteinführung einer exklusiven Kollektion vorzubereiten, war kein Zuckerschlecken. Und ich war nicht zu stolz, um zuzugeben, dass ich die damit einhergehende Arbeit unterschätzt hatte. Aber letztendlich wäre es die Mühen wert.

Als ich Maxwell Wineries gegründet hatte, hatte ich etwas aufbauen wollen, auf das meine Familie noch über Generationen hinweg stolz sein konnte. Und dieser Gedanke trieb mich auch heute noch an, selbst an den anstrengendsten Tagen.

Um vier Uhr fühlte ich mich ruhelos. Aus dem Nichts heraus hörte ich plötzlich Lexis Stimme in meinem Kopf. Normalerweise versuchte ich, jeder Art von Ablenkung aus dem Weg zu gehen, doch diese kam mir ganz gelegen. Tatsächlich sehnte ich mich nach mehr.

Ich zog mein Handy heraus und stellte zu meiner Überraschung fest, dass ich ein paar ungelesene Nachrichten von ihr hatte.

Lexi | Wir machen heute ein Picknick. Beatrice wird uns begleiten. Sie wirkte ein wenig seltsam, aber Paisley und ich haben fest vor, sie aufzumuntern.

Die nächste Nachricht war ein paar Stunden später gesendet worden.

Lexi | Wir sind immer noch beim Picknick, dementsprechend werden wir zu spät zum Abendessen kommen. Und ich bin mir nicht sicher, wie viel Paisley noch essen wird, weil sie den ganzen Tag diverse Snacks in sich hineingeschoben hat.

Seid ihr noch am See? | Tate

Lexi | Ja, sind wir. Am Oak Street Beach. Ich glaube nicht, dass ich irgendwen zum Aufbruch überreden kann ☺ Paisley und Beatrice sind gefährlich, wenn man sie zusammenbringt.

Im Anschluss schickte sie ein Bild von allen dreien. Sie saßen auf der Picknickdecke und lächelten in die Kamera – abgesehen von Paisley, die mir die Zunge herausstreckte.

Zum ersten Mal am heutigen Tag fühlte ich mich unbeschwert, deswegen traf ich eine schnelle Entscheidung. Ich erhob mich aus meinem Stuhl, verließ mein Büro und spähte in Declans Zimmer. Er und Luke waren vor ein paar Stunden aus ihrer kleinen Pause zurückgekehrt.

»Ich gehe jetzt«, verkündete ich.

Declan riss den Kopf zurück. »Es ist erst Viertel nach vier.«

»Ich weiß.«

Er kniff die Augen zusammen. »Bist du krank?«

»Nein. Lexi, Paisley und Gran sind am See. Lexi hat mir Bilder geschickt.«

»Moment mal. Als Luke dich gebeten hat, mal Pause zu machen, hast du uns böse Blicke zugeworfen. Aber sobald Lexi dir ein paar Bilder schickt, rennst du los? Ich werde den Tag im Kalender anstreichen.«

»Du bist ein Trottel.«

»Ich weise nur darauf hin, dass du damit von deinem üblichen Verhalten abweichst.«

Ich zeigte ihm den Stinkefinger, ehe ich sein Büro verließ. Mein Bruder hatte natürlich recht, aber wenn ich das offen zugab, würden sie es mich nie vergessen lassen. Normalerweise hatte ich immer genug zu tun, dass ich auch bis spätabends im Büro hätte bleiben können, doch ich hatte es mir zur Regel gemacht, zum Abendessen zu Hause zu sein. Manchmal arbeitete ich noch daheim, nachdem Paisley eingeschlafen war, aber nur selten. Allerdings ging ich nie früher – außer, es gab einen Notfall in der Schule oder Paisley hatte eine Vorführung.

Aber nachdem ich meine Mädels am See gesehen hatte, konnte ich einfach nicht anders. Ich bat Lexi, mir ihren Standort zu schicken. Sie antwortete mit unzähligen Emojis, was mich zum Lachen brachte. Lexi war einfach nicht fähig, ihre Gefühle zu verbergen.

Eine halbe Stunde später erreichte ich das Seeufer. Die Drei saßen unter einer riesigen Eiche. Gran las ein Buch. Der Picknickbereich war riesig, doch aufgrund der Menge an fröhlichen Menschen wirkte er trotzdem überfüllt.

»An meinem Geburtstag will ich das da anziehen«, erklärte Paisley Lexi gerade.

Ihr Geburtstag war am 25. September, doch sie begann immer schon ungefähr zwei Monate vorher damit, darüber zu reden. »Glaubst du, ein rotes Kleid beißt sich mit meinen Sommersprossen?«

Ich blinzelte verwirrt. Ob sich das biss?

»Was? Nein, das glaube ich nicht, aber du solltest auch mal das gelbe anprobieren. Es strahlt förmlich. Ich glaube, die Farbe würde auch deine Augen betonen.«

Sie sprachen über Mode? Verdammt.

»Was treiben meine Damen gerade?«, fragte ich, als ich hinter sie trat.

Paisley kreischte, sprang auf und dann direkt in meine Arme. »Daddy, was tust du hier? Ist etwas passiert?«

Verdammt, die Sorge in ihrer Stimme traf mich tief.

»Nein, Krümel, ich dachte bloß, ich schließe mich euch an und habe auch Spaß. Schließlich möchte ich nicht, dass du nur ohne mich Spaß hast.«

»Aber es ist noch früh«, sagte Paisley, als könne sie gar nicht glauben, dass ich tatsächlich hier war.

»Ja. Ich habe beschlossen, heute mal früher aus dem Büro zu verschwinden.«

Gran beobachtete mich mit wissendem Blick.

Lexi erhob sich. Sie grinste breit. Und ich spürte das überwältigende Verlangen, sie in meine Arme zu ziehen und leidenschaftlich zu küssen.

»Wir erstellen gerade eine Liste von Sommerkleidern«, sagte sie, bevor sie ihr iPad drehte und mir das Gerät entgegenstreckte. »Sie bestehen alle aus nachhaltiger Baumwolle und Seide. Diesen Sommer sind Pastellfarben in. Na ja, das ist eigentlich jeden Sommer der Fall, aber ich habe auch ein paar in kräftigeren Tönen für Paisley gesehen.«

Ich verstand quasi kein Wort, freute mich jedoch, dass Paisley jemanden gefunden hatte, mit dem sie jenseits von Reese und Kimberly über Mode reden konnte. Ich hatte sie mal gefragt, wieso sie sich nicht mit Gran darüber unterhielt. Sie hatte geantwortet: »Gran ist uralt. Ich kann nicht tragen, was sie trägt. Alle würden mich auslachen.«

Seitdem war ich dem Thema bestmöglich ausgewichen.

»Außerdem erstellen wir Listen für ihren Geburtstag«, sagte Gran.

»Was möchtest du jetzt tun?«, fragte Lexi mich. »Willst du was essen?«

»Ja. Ich bin am Verhungern«, sagte ich. »Ich hatte nur eine Kleinigkeit zum Mittagessen.«

Lexi deutete auf eine riesige Hütte am anderen Ende des Picknickbereichs. »Dort gibt es köstliche Chickenwings und Pommes. Wir haben uns über den Tag schon ein paar Portionen gegönnt.«

»Ich werde mir etwas holen. Lexi, du willst doch sicher noch was trinken?« Ich warf ihr einen bedeutungsvollen Blick zu.

»O nein, ich …« Sie brach mitten im Satz ab, dann lachte sie. »Weißt du was? Ich bin tatsächlich durstig. Aber ich weiß noch nicht genau, was ich will, also werde ich dich besser begleiten.«

Gran sah von ihrem E-Book auf, sagte jedoch nichts. Ihr wissendes Lächeln allerdings vertiefte sich. Wenn ich das nächste Mal mit Gran allein war, würde sie mir ein Ohr abkauen, da war ich mir sicher, aber im Moment war mir das vollkommen egal. Ich wollte mit Lexi allein sein, und sei es nur für ein paar Minuten.

Wir wanderten am belebten Strand entlang. Lexi redete ohne Punkt und Komma. »Ich liebe diesen Ort. Man fühlt sich gleich wie im Urlaub.«

Ich sah mich um, ehe wir uns in die lange Schlange stellten. Ich war bereits eine Weile nicht mehr an diesem Strand gewesen, doch sie hatte vollkommen recht.

»Paisley freut sich schon wahnsinnig auf ihren Geburtstag. Sie hat auch erwähnt, dass ihre Mom zu Besuch kommt.«

Ich biss die Zähne zusammen. »Ja. Nora kommt jedes Jahr zu ihrem Geburtstag zu Besuch.«

»Das ist doch gut, oder?«

»Ehrlich gesagt, habe ich da so meine Zweifel. Paisley ist immer ganz aufgeregt … und wenn Nora wieder weg ist, ist sie traurig. Aber dieses Jahr wirkte sie … vorsichtiger.«

»Sie wird langsam älter, also versteht sie die Situation besser. Übrigens … ich bin mir nicht ganz sicher, was los ist, aber Gran war heute nicht wirklich sie selbst. Sie war irgendwie reserviert.«

Die Tatsache, dass Lexi sich Sorgen um Gran machte, gab mir einen Stich.

»Der Jahrestag von Grandpas Tod rückt näher. Um diese Jahreszeit wird sie immer etwas traurig. Könnte sein, dass sie öfter Zeit mit dir und Paisley verbringen will.«

»Oh, die Arme! Okay, ich werde Paisley fragen, womit man Beatrice aufmuntern kann, und dann machen wir einen Plan fürs nächste Mal.«

War diese Frau real?

»Du machst es schon wieder… starrst mich an, ohne irgendetwas zu sagen«, flüsterte sie.

»Du veränderst mich, Lexi.«

Sie riss die Augen auf. »Wie?«

»Als ich heute deine Nachrichten entdeckt habe, konnte ich an nichts anderes denken, als dass ich hier bei euch sein möchte, statt mich in meinem Büro zu verkriechen – obwohl ich noch unglaublich viel zu tun gehabt hätte.«

»Oh. Jetzt verstehe ich, wieso Paisley so reagiert hat.«

Ich brummte. »Declan hat mir auch schon die Leviten gelesen. Es war ein harter Tag.«

»Wieso?«

»Weil der Kampf von Malcolm gegen Gran und Reese eskaliert. Die Besitzer des Nebengebäudes haben sich der Klage angeschlossen.«

»O nein. Beatrice hat gar nichts gesagt.«

»Sie weiß noch nichts von dieser Entwicklung. Genauso wenig wie Reese.«

Ihre Lippen wurden schmal. »Hast du immer noch nicht gelernt, dass du Beatrice nichts verheimlichen sollst?«

»Wir werden es ihnen erzählen… irgendwann. Auf jeden Fall haben Declan und Luke mich verarscht, weil ich früher aus dem Büro verschwunden bin.«

Sie wackelte mit den Augenbrauen. »Dann werde ich mich bemühen, dich öfter aus deiner Höhle zu locken.«

»Aus meiner Höhle?«

»Ja. Du bist ein Neandertaler, und dein Büro ist deine Höhle. Das ist mir gerade erst klar geworden.«

»Ich werde dir noch zeigen, was für ein Neandertaler ich sein kann.«

Lexi biss sich auf die Unterlippe… was mich total anmachte. Ich verzehrte mich seit meiner Ankunft danach, sie zu küssen, und jetzt konnte ich mich nicht mehr zurückhalten. Ich nutzte die letzten Reste meiner Selbstkontrolle, um ihre Hand zu ergreifen. Allein ihre Nähe sorgte dafür, dass ich mich entspannter fühlte. Die juristische Auseinandersetzung kam nicht voran, aber in diesem Moment schienen diese Sorgen weit entfernt.

Sie kicherte. »Wo wollen wir hin? Was tust du?«

Ich brummte nur und zog sie hinter mir her, bis wir die Hütte umrundet hatten. Wie ich gehofft hatte, hielt sich hinter dem Stand niemand auf. Ohne Vorwarnung drehte ich Lexi um und drückte sie gegen die Wand. »Ich will dich küssen. Das wollte ich schon, seitdem ich dich heute Morgen gesehen habe. Und jetzt kann ich mich nicht mehr zurückhalten.«

»Dann tu es«, flüsterte sie.

Schon im nächsten Moment eroberte ich ihren Mund, küsste sie voller Leidenschaft. Ich legte die Hände an ihre Taille und zog sie an mich, weil sie spüren sollte, was sie mit mir anstellte. Sie sorgte dafür, dass ich die Kontrolle verlor… und das war ich nicht gewöhnt. Früher hätte ich es gehasst, aber mit Lexi konnte ich einfach nicht anders – und war mir nicht mal sicher, ob ich das wollte.

Ich vertiefte den Kuss, ließ eine Hand höher gleiten, an eine Brust. Ein leises Stöhnen drang aus meiner Kehle, als mir klar wurde, dass sie keinen BH trug. Irgendwann würde sie mich noch umbringen, da war ich mir sicher.

Ich ließ die Finger über ihren Nippel gleiten. Durch den Stoff konnte ich ihn kaum spüren, aber trotzdem ließ ich den Daumen kreisen, in dem sicheren Wissen, so eine Reaktion zu erzeugen. Je länger ich sie küsste, desto verzweifelter wurde ich… und ich wollte, dass sie sich genauso sehr nach mir verzehrte.

Als ich spürte, wie ihr Nippel hart wurde, drängte ich ihr stöhnend die Hüften entgegen.

Keuchend riss Lexi den Mund von meinem. Sie atmete schwer, und ihre Lippen waren gerötet. Sie sah mich mit großen Augen an. »O mein Gott«, flüsterte sie. »Wie kannst du mich so schamlos küssen?«

»Ich kann dich nur auf diese Weise küssen.«

»Das wird mir langsam klar. Aber ich bin Lehrerin, Mr Maxwell. Für gewöhnlich benehme ich mich in der Öffentlichkeit immer korrekt.« Sie klang frech, doch gleichzeitig sah sie sich nervös um. Lexi war einfach wunderbar. Als ihr klar wurde, dass niemand uns sehen konnte, entspannte sie sich ein wenig.

»Du trägst keinen BH«, sagte ich. »Und ja, ich weiß, dass das eine nichts mit dem anderen zu tun hat. Aber ich kann an nichts anderes denken.«

»Na ja, nein. Vorhin hatte ich einen Badeanzug an, aber irgendwann habe ich mich umgezogen. Das Kleid hat einen eingenähten BH. Eigentlich sollte nichts zu sehen sein.« Sie senkte den Blick, dann sah sie errötend wieder zu mir auf. »Außer natürlich, jemand sorgt dafür, dass ich erregt bin.«

»Nicht jemand«, brummte ich. »Ich. Nur ich. Lexi, du gehörst mir. Ich muss ständig an dich denken. Und ich will, dass es dir genauso geht.«

Sie sah mich mit leicht geöffnetem Mund an. Ich umfasste ihr Gesicht, ließ den Daumen über ihre geschwollenen Lippen gleiten. Wir hatten noch nicht definiert, was da zwischen uns war. Doch es ging über rein körperliches Verlangen hinaus. Ich war mir nicht sicher, wie ich es beschreiben sollte, aber ich wusste, dass ich mehr wollte als hier und da einen gestohlenen Kuss und heimliche Nächte. Das wusste ich mit derselben Sicherheit, wie ich wusste, dass ich Tate Maxwell hieß. Ich wollte sie ein paar Tage ganz für mich haben.

»Lass uns am Wochenende, wenn Paisley bei Gran ist, irgendwo hinfahren«, sagte ich.

Sie verspannte sich.

Verdammt.

»Wohin?«, murmelte sie.

Wollte sie sich damit Zeit für eine Ablehnung erkaufen? Vielleicht wünschte sie sich nicht mehr als das, was wir hatten.

»Ich möchte dir den Weinberg zeigen, auf dem ich quasi aufgewachsen bin.« Ich spürte, wie sie sich wieder entspannte. Sofort sanken meine Schultern nach unten, aber ich würde mich erst wirklich wohlfühlen, wenn sie Ja gesagt hatte. »Von Freitag bis Sonntag«, sagte ich. Ich konnte meinen eigenen Puls hören, spürte, wie mein Herz gegen meine Rippen hämmerte. So etwas hatte ich noch nie empfunden.

»Okay«, flüsterte sie. Die Erleichterung, die ich fühlte, war so allumfassend, dass fast meine Knie nachgegeben hätten. »Aber ich habe eine Bedingung, Mr Workaholic.«

»Und die wäre?«

»Wir brechen Freitag früh genug auf, dass wir auch den sonnigen Nachmittag noch genießen können. Also vielleicht … gegen drei Uhr?«, sagte sie in herausforderndem Ton.

»Ich verstehe. Erst bringst du mich dazu, schon um halb fünf aus dem Büro zu verschwinden … und jetzt peilst du drei Uhr an?«

Sie hob einen Finger. »Zuerst einmal: Du bist derjenige, der heute beschlossen hat, eher Feierabend zu machen. Ich habe das nicht mal vorgeschlagen.« Sie tippte sich mit dem Finger an die Schläfe. »Aber ich hatte es gehofft. Wahrscheinlich hast du durch meine Nachrichten Lust auf Freizeit bekommen. Und was den Punkt angeht, dass ich dich dazu verleiten will, am Freitag schon um drei abzudüsen … ja, das stimmt. Wenn du ein Wochenende lang mir gehören sollst, will ich, dass es so lang ist wie möglich. Was willst du dagegen unternehmen?«

»Das werde ich dir verraten.« Ich senkte den Kopf.

Sie riss die Augen auf und sah sich eilig um, als rechne sie damit, dass ich sie erneut küssen wollte. Womit sie gar nicht so falschlag.

»Ich werde die Bedingung erfüllen. Und wenn wir dort ankommen, werde ich dir meine Bedingungen nennen.«

»Oh, wie hinterhältig. Du willst mich erst entführen, bevor du mir Bedingungen stellst.« Ein breites Grinsen brachte ihr Gesicht zum Strahlen. »Wir werden so viel Spaß haben.«

15 Tate

Geduld war nicht meine große Stärke, aber eine ganze Woche zu warten, stellte eine Herausforderung für mich dar, wie ich sie noch nicht oft erlebt hatte. Zum ersten Mal, seitdem ich Maxwell Wineries gegründet hatte, konnte ich es nicht erwarten, dass die Woche endlich vorbei war.

Freitag zur Mittagszeit stiefelten meine Brüder in mein Büro – zuerst Declan, gefolgt von Tyler und Luke.

»Hey, da du dieses Wochenende alleine bist … wollen wir die Stadt unsicher machen?«, fragte Tyler. Für gewöhnlich taten wir das, wenn Paisley ein paar Tage bei Gran oder meinen Eltern verbrachte. »Es ist Saisonpause«, fuhr Tyler fort, »also habe ich eine Menge Zeit. Und ich bin immer noch in Feierstimmung. Mann, den Stanley Cup zu gewinnen, ist wirklich der Renner.«

Ich hatte meinen Brüdern nicht erzählt, dass ich mit Lexi wegfahren wollte. Aber nun war der richtige Moment gekommen. Ich konnte es kaum erwarten, ihre Reaktionen zu sehen.

»Ich fahre übers Wochenende weg.«

Declan hob die Augenbrauen, Tyler riss den Kopf zurück, und Luke runzelte die Stirn, als hätte er mich nicht richtig verstanden.

»Du meinst, du machst Urlaub?«

»Ja. Mit Lexi.«

»Wo wollt ihr hin?«

»Zum Weinberg«, antwortete ich sofort. Mom und Dad

lebten in der Stadt, daher nutzten wir das Haus im Weinberg als Ferienhaus.

Jetzt wirkten meine Brüder nicht mehr nur überrascht, sondern vollkommen entgeistert. Declan öffnete den Mund, bloß um ihn wieder zu schließen. Ich hatte ihn noch nie sprachlos gesehen, also bedeutete das eine Menge. Als Anwalt hatte er sonst immer auf alles eine Antwort.

Tylers Augen wurden schmal. »Moment mal, also hat er sich einen Nachmittag freigenommen«, meinte er und hob einen Finger, als wolle er etwas zählen.

Declan drehte sich zu ihm um. »Nachdem er Luke und mir eine Absage erteilt hat, wie ich betonen möchte.«

Ah, er hatte seine Stimme wiedergefunden.

Luke sah grinsend von einem zum anderen. »Niemand sonst zieht voreilige Schlüsse? Nur ich? Wirklich?«

Tyler grinste. »Oh, glaub mir, auch ich komme zu gewissen Schlussfolgerungen. Ich lehne mich quasi aus dem Fenster. Möchte irgendwer meine Theorie hören?«

Stöhnend stand ich auf. »Ich habe keine Zeit für so was. Ich muss Lexi abholen.«

Declan stieß einen Pfiff aus. »Doch, du hättest durchaus Zeit. Du willst uns einfach nur nicht zuhören.«

Ich schüttelte den Kopf und verkündete dann: »Ich gehe jetzt. Wir sehen uns am Montag wieder.«

Auf der Fahrt zu Lexi dachte ich über die letzte Zeit nach. Bis auf Lexi hatte sich nichts verändert, aber ich war in besserer Stimmung als jemals zuvor.

Ich parkte vor ihrem Gebäude und trat ein. Ich war erst zwei Mal hier gewesen, war jedoch zu sehr auf Lexi konzentriert gewesen, um mir den Wohnkomplex genauer anzusehen. Diesmal musterte ich alles mit kritischem Blick. Mir gefiel, dass es einen Pförtner gab, auch wenn Fremde anscheinend ein und aus gehen konnten, wie es ihnen gefiel. Gab es ein Security-System?

Ich fuhr mit dem Lift in ihr Stockwerk und klopfte an ihre Tür. Sofort schwang die Tür auf und enthüllte Lexi, die mich mit großen Augen ansah.

»Ich bin fast fertig«, sagte sie, bevor ich sie auch nur begrüßen konnte. »Ich muss noch meinen Kulturbeutel finden. Ich habe ihn supersorgfältig gepackt, und jetzt habe ich keine Ahnung mehr, wo ich ihn hingestellt habe.« Damit rannte sie zurück in die Wohnung.

»Hey, habe ich mir keinen Kuss verdient?«, rief ich hinter ihr her.

»Sobald ich meinen Kulturbeutel gefunden habe«, erklang es irgendwo in der Wohnung. »Komm rein. Fühl dich wie zu Hause.«

Innerlich bereitete ich mich auf eine längere Wartezeit vor. Wann immer Paisley mir erklärte, sie bräuchte noch eine Minute, dauerte es anschließend ewig. Also ging ich ins Wohnzimmer, setzte mich und sah mich um. Es war ein gemütliches Apartment, wenn auch etwas klein. Dann fiel mir die Frage mit der Sicherheit wieder ein, und ich sah zur Eingangstür zurück. Es sah nicht so aus, als gäbe es eine Alarmanlage.

»Bin fertig«, sagte Lexi, als sie ein paar Minuten später erschien. Sie trug ihren Kulturbeutel andächtig vor sich her, als wäre es der heilige Gral, dann stopfte sie ihn in den Koffer, der bereits neben der Tür stand. Anschließend sah sie mich grinsend an und winkte mich mit einem Finger heran. »Wenn du ihn noch willst, würde ich dir jetzt diesen Kuss liefern.«

Ich sprang auf, ging mit großen Schritten auf sie zu und drängte sie gegen die Wand. Ich brauchte diesen Kuss genauso dringend wie meinen nächsten Atemzug. Ich konnte es nicht erklären, aber mein Verlangen nach ihr entsprang tief in meinem Inneren. Sobald sich unsere Lippen berührten, wusste ich, dass das nicht reichen würde. Das würde mich nicht befriedigen, nicht mal ansatzweise. Ich drängte ihr die Hüfte entgegen und vertiefte den Kuss. Mein Schwanz erwachte zum Leben und wurde mit jeder Sekunde härter.

Lexi presste sich mit einem leisen Stöhnen an mich, ehe sie lachend den Kopf in den Nacken sinken ließ. »Wow. Das ist mal ein Kuss. Aber ich habe ernst gemeint, was ich gesagt habe, Mister. Ich möchte beim Weinberg ankommen, solange es noch hell genug ist, damit du mir eine Führung geben kannst.«

Ich trat einen großen Schritt zurück und steckte die Hände in die Hosentaschen. »Okay. Dann lass uns gehen.«

Sie musterte mich misstrauisch.

»Wenn ich dir näher komme, Lexi, werde ich dich wieder küssen. Und diesmal werde ich es nicht dabei belassen. Ich muss dich in Besitz nehmen. Ich verstehe nicht, wieso ich so empfinde … aber so ist es jedes Mal, wenn wir zusammen sind.«

Ihr stockte der Atem. Sie schob sich eine Strähne hinters Ohr und entfernte sich noch zwei Schritte. »Okay. Dann sollten wir besser gehen, bevor ich dich zu sehr in Versuchung führe.«

»Du stellst eine ständige Versuchung für mich dar, Lexi, egal, was du auch tust.« Grinsend griff sie nach ihrem Koffer, doch ich kam ihr zuvor und packte den Griff. »Den nehme ich.«

»Oh, du bist ein echter Kavalier. Danke. Lass mich kurz abschließen. Verdammt, wo ist mein Schlüssel? Ah, hier.«

»Hast du eine Alarmanlage?«, fragte ich, als wir die Wohnung verlassen hatten und sie die Tür verriegelte.

»Ich glaube schon.«

»Was meinst du mit ›Ich glaube schon‹?«

»Ich habe sie noch nie benutzt. Neben der Tür hängt so

ein schicker Kasten mit Knöpfen, aber ich weiß nicht, wie man ihn bedient.«

Ich stöhnte. »Lexi, du machst mich vollkommen fertig. Mach die Tür wieder auf, damit ich es mir ansehen kann.«

Sie lachte, aber statt die Tür zu öffnen, drehte sie den Schlüssel ein letztes Mal. Dann wirbelte sie zu mir herum. »Sir, Sie haben gesagt, es wäre mein Job, dafür zu sorgen, dass wir rechtzeitig loskommen. Also los. Du kannst dir meine Alarmanlage ein andermal ansehen.«

»Lexi, ich will, dass du sicher bist.«

Ihr Blick wurde weich. »Schön. Ich verspreche, dass du sie dir irgendwann ansehen darfst. Aber jetzt sollten wir aufbrechen. Komm schon. Ich will in unser Wochenende starten.«

Widerwillig stimmte ich ihr zu, und wir fuhren mit dem Aufzug nach unten. Sobald wir im Auto saßen, schnallte sie sich an. »Wie geht es Paisley?«

Ich fand es immer wieder wunderbar, wie oft sie an meine Tochter dachte. Das bewies mir, wie gut Lexi zu mir passte.

»Sie ist im siebten Himmel. Sie liebt es, die Wochenenden bei Gran zu verbringen, weil sie dort von frühmorgens bis spätabends verwöhnt wird.«

Lexi lachte leise. »Ja, das wird sie. Freut mich, dass du dir dessen bewusst bist. Also, erzähl mir von diesem Haus, zu dem wir fahren.«

»Nun, es ist seit meiner Kindheit im Besitz der Familie. Ich bin dort aufgewachsen. Vor ein paar Jahren haben wir neu gebaut … also besuchen wir nicht das ursprüngliche Haus.«

»Und es liegt in einem Weinberg, oder?«

»Ja. Aber es ist bloß ein kleiner, ungefähr ein Morgen. Ich habe in der Gegend noch andere Weinberge gekauft, die viel größer sind.«

»Und außerdem besitzt du noch einige Weinberge in Kalifornien.«

Ich grinste. »Du hast recherchiert.«

Sie zuckte nur mit den Achseln. »Meine Lieblingsweine stammen von dort. Also, lebt jemand im Haus?«

»Nein, aber hin und wieder fahren wir übers Wochenende hin. Ich muss zugeben, dass ich schon eine Weile nicht mehr dort war.«

»Wieso jetzt?«

Ich griff nach ihrer Hand, und sie verschränkte die Finger mit meinen. »Ich wollte Zeit mit dir verbringen und dir zeigen, wo ich aufgewachsen bin. Dieses Anwesen bedeutet mir eine Menge. Dort habe ich beschlossen, ins Winzergeschäft einzusteigen.«

»Und wie sehen die Pläne fürs Wochenende aus?«, fragte sie.

»Ich habe keine. Wir können tun, was auch immer dir gefällt. Ich will einfach bloß Zeit mit dir verbringen.«

Sie drückte meine Hand und richtete den Blick aus dem Fenster, aber ich bemerkte ihr Lächeln trotzdem.

»Du weißt definitiv, wie man eine Charmeoffensive startet. Du sorgst dafür, dass ich mich wie jemand Besonderes fühle«, murmelte sie.

»Das bist du auch«, versicherte ich ihr.

Lexi musterte mich aus dem Augenwinkel, bevor sie mich richtig ansah. Aber sie sagte nichts.

»Was?«, fragte ich.

»Ich denke über Dinge nach, die ich dir nicht anvertrauen werde.«

»Warum nicht?«

»Um es dir mal mit gleicher Münze heimzuzahlen.«

Ich lachte. »Du weißt schon, dass ich das nicht tue, um dich aufzuziehen, oder?«

»Aber ich schon. Wann immer ich dich herausfordere,

wirst du noch sexyer. Sorgst dafür, dass ich dich anspringen will.«

»Lexi!« Das Wort entfuhr mir als Grollen.

»Ups. Natürlich wollte ich etwas ganz anderes sagen. Beachte mich einfach nicht.« Sie senkte die Stimme zu einem Flüstern: »Zumindest, bis wir nicht mehr im Auto sitzen.«

Diese Frau. Sie war sexy und verführerisch, sogar wenn sie mich eigentlich nur aufziehen wollte.

Sie würde noch mein Tod sein.

***

Eine Stunde später kamen wir an und fuhren direkt zum Haus, damit ich Lexi wie versprochen herumführen konnte. Das Haus lag genau in der Mitte der Weinberge. Es hatte drei Schlafzimmer und einen wundervollen Rundumblick.

»Das ist wunderschön«, sagte sie, als sie sich im Wohnzimmer umsah.

»Das ursprüngliche Haus stand oben auf dem Hügel, näher am Rand des Grundstücks, aber ich wollte, dass das neue in der Mitte steht.«

»Das kann ich nachvollziehen. Es ist wunderschön. So friedlich«, murmelte sie. »Danke, dass du mich hergebracht hast.« Sie drehte sich zu mir um und meinte: »Ich habe Essen im Kühlschrank gesehen und fände es schön, etwas zu kochen.«

Das traf mich unvorbereitet. Ich hatte damit gerechnet, dass sie ausgehen wollte. In der Umgebung gab es mehrere sehr feine Restaurants. »Wir können auch ausgehen«, bot ich ihr an.

»Aber ich will etwas für dich kochen, und dann machen wir es uns gemütlich. So kann ich mich ein bisschen um dich kümmern und gleichzeitig Geschichten über diesen Ort hören.«

Mir wurde warm ums Herz. Ich würde gern mit Lexi hier sein und mich mit ihr über Dinge unterhalten, die mir am Herzen lagen. Dieses Haus und die Weinberge gehörten zu mir. Und anscheinend wollte sie alles darüber hören.

Ich schlang die Arme um sie und drückte ihr einen Kuss auf den Hals. »Lustig, ich hatte vor, dasselbe mit dir zu tun: mich um dich zu kümmern.«

Sie kuschelte sich in meine Umarmung. »Ich finde, das Haus hat eine tolle Aura. So ruhig. Gefällt es dir deswegen hier so gut?«

»Zum Teil. Außerdem hat hier ja meine Liebe für die Winzerei ihren Anfang genommen. Ich habe fast nur schöne Erinnerungen an diesen Ort.«

»Oooh. Erzähl.«

»Später.« Ich drückte ihr einen Kuss in den Nacken, doch sie legte den Kopf schief, um mir Zugang zu ihrem Hals zu verschaffen. Ihre Haut war unglaublich verlockend, ihr Duft berauschend.

Dann knurrte ihr Magen, und sie lachte leise. »Ich glaube, das ist unser Stichwort fürs Abendessen. Wieso ist der Kühlschrank überhaupt voll?«

»Wir haben jemanden, der sich in unserer Abwesenheit ums Haus kümmert. Ich habe ihn gebeten, uns etwas einzukaufen.«

Widerwillig gab ich sie frei. Sie öffnete den Kühlschrank, um Hühnchen und Kartoffeln herauszuholen.

»Wie wäre es, wenn ich Kartoffelecken mit angebratenem Hähnchenfilet mache?«

»Klingt wunderbar.«

»Super. Du kannst mir helfen, indem du die Kartoffeln schälst. Wir kochen gemeinsam«, meinte sie mit einem Augenzwinkern.

»Und ich gieße uns Wein ein.«

»Oh. Welchen hast du denn?«

Ich wackelte mit den Augenbrauen. »Chardonnay. Soll ich den aufmachen?«

»Ja, bitte.«

»Dein Wunsch ist mir Befehl.«

»Du hast schon wieder schmutzige Gedanken, oder?«, fragte sie mit einem kleinen Hüftschwung.

Sofort trat ich hinter sie und befingerte ihren Po. »Kein Wunder, wenn du so was tust.«

»Sir, Sie benehmen sich schamlos. Ich werde Sie nur einmal warnen. Ich muss mich stärken, damit ich Energie für unsere Aktivitäten habe.«

»Ich kann gern die ganze Arbeit übernehmen.«

Sie lachte, was doch an meinem Ego kratzte.

»Wieso lachst du?«

Sie legte den Kopf schief und musterte mich aus dem Augenwinkel. »Das werde ich dir sagen, sobald du mich das Abendessen fertig machen lässt.«

»Schön«, meinte ich. »Ich werde eine Flasche Wein holen und dann hierbleiben, um auf dich aufzupassen. Übrigens liebe ich dieses Kleid.«

»Wieso?«

»Da habe ich freien Zugang.« Erneut umfasste ich ihren Po mit beiden Händen. Und wieder lachte sie.

Natürlich hatten wir hier auch einen Weinkeller, also stieg ich nach unten, um eine Flasche Chardonnay zu holen.

Als ich wieder in der Küche war, goss ich uns beiden ein Glas ein, dann begann ich, die Kartoffeln zu schälen. Neben mir bewegte Lexi sich unruhig. Es dauerte ein paar Minuten, bis ich verstand, dass sie zu einem gesummten Lied tanzte, während sie sich um das Fleisch kümmerte.

Dieser Moment war banal, aber gleichzeitig auch wunderschön. So könnte mein Leben sein. Ich käme zu Lexi nach Hause, wir würden gemeinsam Abendessen kochen und ein Glas Wein trinken – und ich würde ihre Gegenwart genießen.

Meine eigenen Gedanken schockierten mich fast. Ich hatte dem Eheleben einmal eine Chance gegeben, und es war alles andere als idyllisch gewesen. Stattdessen war ich nun ein gebranntes Kind – und noch schlimmer, auch Paisley war verletzt worden. Ich durfte mir nicht erlauben, von einem Leben mit Lexi zu träumen, aber verdammt, im Augenblick wollte ich nichts anderes tun. Zum ersten Mal erkannte ich, wie eine Beziehung tatsächlich aussehen könnte.

***

Eine Stunde später war das Abendessen fertig. Wir aßen an dem kleinen Tisch in der Küche. Beim Frühstück war Lexi meistens langsamer als ich, aber heute schaufelte sie sich das Essen in den Mund, sodass wir gleichzeitig fertig waren.

»Du warst wirklich hungrig. Ich habe dich noch nie so schnell essen gesehen«, bemerkte ich.

»Ich möchte noch einen Spaziergang durch den Weinberg machen, damit du mir von seiner Geschichte berichten kannst… und mir erzählen, wieso du ihn so liebst.«

Ich konnte nicht glauben, wie sehr sie sich für mein Leben und meine Vergangenheit interessierte.

Wir räumten eilig ab und gingen nach draußen. Uns blieb noch jede Menge Zeit für einen Spaziergang; um diese Jahreszeit ging die Sonne erst gegen acht Uhr unter.

Ich küsste ihre Schulter, was sie zum Kichern brachte.

Verdammt noch mal, ich liebte dieses Geräusch. Und ich fand es wunderbar, dass sie sich an diesem Ort hier aufhielt, der mir immer Ruhe schenkte.

Ich ergriff ihre Hand und führte sie durch den Weinberg. Er war nicht riesig, aber man konnte trotzdem gute vierzig Minuten darin herumwandern.

»Hier also hat sich deine Liebe zum Wein entwickelt, ja?«, fragte sie.

»Ja. Dad hat immer gern Wein gemacht. Das hat uns in meiner Kindheit einander nähergebracht. Er hat nicht viel produziert, weil es für ihn nur ein Hobby sein konnte. Für mehr fehlte ihm die Zeit.«

»Die Buchläden haben ihn gut beschäftigt gehalten?«

»Ja. Er und mein Onkel haben die Firma geführt, die mein Großvater gegründet hatte – Maxwell Bookstores. Er hat das Geschäft nie geliebt, hätte es allerdings als respektlos empfunden, alles hinzuschmeißen. Und die Firma war wahrscheinlich das Einzige, was seinen Bruder am Leben gehalten hat.«

»Aber sie haben die Buchhandelskette vor langer Zeit verkauft, oder? Bis auf *The Happy Place*, weil Beatrice diesen Laden behalten hat.«

»Ja, genau. Vor zehn Jahren haben sie die Firma verkauft. Damals war ich auf dem College. Sie haben ein gutes Angebot gekriegt und zusammen beschlossen, dass die Zeit gekommen war, sich zu verabschieden.«

»Wo ist dein Onkel jetzt?«

»Er lebt in Europa. Reist viel.«

»Wie kommt es, dass er nicht derjenige ist, der *The Happy Place* führt?«

»Es war einfach keine Herausforderung für ihn. Vorher hatte er eine ganze Buchhandelskette geführt. Außerdem macht die Geschäftsführerin einen tollen Job. Und Reese gibt es ja jetzt auch noch.«

Lexi sah sich neugierig um. Mich dagegen überwältigte das plötzliche Verlangen, sie zu küssen. Ich drehte sie zu mir um, fing ihren Mund ein und erkundete sie wie ein

Besessener. Lexi gehörte hierher – an diesen Ort, der mich zu dem Mann gemacht hatte, der ich heute war. Normalerweise fand ich im Weinberg Ruhe, aber heute Abend empfand ich viel mehr.

Ich fühlte mich nicht einfach nur ausgeglichen oder ruhig. Ich fühlte mich auf eine Weise vollständig, die ich noch nie empfunden hatte.

Und das hatte ich bloß Lexi zu verdanken.

16 Lexi

»Vorsichtig, Mister«, flüsterte ich, als wir uns voneinander lösten, um nach Luft zu schnappen. »Das war ein gefährlicher Kuss.«

Er lächelte an meinen Lippen. »Nicht schamlos?«

»Schamlos sind deine Küsse immer. Aber der hier hat eine ganz neue Dimension erreicht. Das war ein *So heiß, dass wir uns gleich die Klamotten vom Leib reißen*-Kuss.«

»Und wo liegt das Problem?«

»Die Führung ist noch nicht beendet.« Ich entwand mich seinem Halt und trat zur Sicherheit noch einen Schritt zurück.

Ich liebte, liebte, *liebte* es, mehr über Tate herauszufinden. Und mir wurde jedes Mal ganz warm ums Herz, wenn er von seiner Familie sprach.

»Also, was hast du gerade über deinen Dad gesagt?«

»Mein ganzes Leben lang habe ich meinen Vater beobachtet, der in einem Job arbeitete, den er nicht besonders mochte«, antwortete Tate, als wir weiterwanderten. »Das hat einen Tribut gefordert. Der Wein war seine Zuflucht. Er hat einen Großteil seiner Freizeit damit verbracht, im Weinberg zu arbeiten oder sich mit uns zu beschäftigen. Jetzt, wo er und Mom im Ruhestand sind, haben sie endlich auch Zeit für andere Hobbys. Ich kann nur hoffen, dass er stolz auf mich ist.«

Ich seufzte gerührt. War dieser Mann wirklich real? Ich hatte noch nie einen Mann getroffen, dem die Menschen in seinem direkten Umfeld so wichtig waren. Tate sah sich zu mir um und zwinkerte mir zu, ehe er meine Hand an seine Lippen hob. Hitze schoss über meinen Arm nach oben.

Die Luft hier war ganz anders als in Chicago. Es war heißer und noch schwüler.

Bevor wir weitergingen, checkte ich kurz mein Handy. Ich hatte den ganzen Tag Nachrichten mit meinen Eltern ausgetauscht, nachdem sie mir ein riesiges Herz-Emoji geschickt hatten – sie hatten meine letzte Überweisung erhalten. Es machte mich so glücklich, dass ich ihnen helfen konnte.

»Ich bin mir sicher, dass er stolz auf dich ist. Hat deine Gran auch bei euch gelebt?«

»Nicht offiziell. Aber sie war oft hier, während meine Eltern gearbeitet haben. Von diesen dreien habe ich gelernt, wie wichtig Disziplin und Biss sind. Sie haben immer ihr Bestes gegeben, im Job und auch für ihre Kinder. Wir hatten eine glückliche Kindheit.«

Irgendetwas an seinem Tonfall ließ mich aufmerken. Er klang melancholisch. Und da war noch etwas anderes – vielleicht Trauer, weil er Paisley nicht dasselbe schenken konnte. Ich hoffte inständig, dass er das nicht wirklich dachte … denn Paisley war ein sehr glückliches Kind.

Ich hatte in meinen Klassen immer mal wieder Kinder, die aus zerrütteten Elternhäusern stammten. Mir brach jedes Mal das Herz, wenn sie sich mir anvertrauten. Manchmal sprachen sie auch nicht offen darüber, aber daran, dass sie sich nach Umarmungen sehnten, erkannte ich, dass ihnen zu Hause nicht viel Zuneigung geschenkt wurde.

Die Erkenntnis, dass die Schule schon in einem Monat wieder anfangen würde – sowohl für mich als auch für Paisley –, traf mich wie ein Schlag. Wie würde es dann weitergehen?

»Wie kommt es, dass keiner deiner Brüder ins Weingeschäft eingestiegen ist? Oder waren sie in die Buchbranche involviert?«

»Nein. Meine Eltern haben uns immer ermutigt, unser eigenes Ding zu machen. Ich glaube, das lag daran, dass sie selbst diese Möglichkeit nie hatten. Wir hatten alle unterschiedliche Interessen. Declan hat bereits Jura studiert, als die Buchläden verkauft wurden. Tyler wusste immer schon, dass er einmal Eishockey auf Profi-Niveau spielen will. Ich war der Einzige, der sich für Wein interessiert hat. Was haben deine Eltern gemacht?«

»Dad war Zimmermann und Mom Lehrerin, so wie ich. Ich wollte immer werden wie sie. Mir hat es gefallen, dass sie den ganzen Sommer Zeit für mich hatte, allerdings hat auch sie hin und wieder Jobs angenommen. Das machen viele Lehrer. Manchmal sind es irgendwelche Stellen, die nichts mit dem Lehrerberuf oder Kindern zu tun haben. Dieser Job ist perfekt. Ich bin so froh, dass ich ihn gefunden habe. Keine Ahnung, wie ich meinen Eltern sonst hätte helfen sollen. Betreuer in Feriencamps sind meist nicht besonders gut bezahlt.«

Tate blieb abrupt stehen. Ich sah fragend zu ihm auf. Er starrte mit so intensivem Blick auf mich herunter, dass ich nicht wusste, wie ich damit umgehen sollte. Dann trat er näher und zog meine Hände an seine Brust.

»Lexi, wenn du irgendetwas brauchst, sag es mir.«

»Was? Was meinst du damit?«

»Wenn deine Eltern mehr Pflege brauchen, möchte ich das wissen. Ich will helfen.«

Mein Herz begann zu rasen. »Warum?«

»Weil du mir etwas bedeutest, Lexi. Du bist mir wichtig. Ich möchte, dass du glücklich bist. Und ich werde alles tun, um das zu erreichen. Verstehst du?«

»Danke«, murmelte ich. Meine Kehle war wie zugeschnürt, auch wenn klar war, dass ich ihn niemals um Hilfe bitten konnte. Unsere Beziehung war noch nicht an dem Punkt, wo ich mich damit wohlgefühlt hätte, um finanzielle Hilfe zu bitten … oder um irgendetwas anderes. Ehrlich gesagt, dazu wäre ich wahrscheinlich nie bereit. So waren die Langleys einfach nicht.

Tate hielt immer noch meinem Blick stand. Wusste er, wie viel mir sein Angebot bedeutete? Egal, ob ich es annahm oder nicht, mein Herz drohte trotzdem fast vor Glück zu platzen.

Ein seltsames Geräusch erregte meine Aufmerksamkeit, und jetzt raste mein Herz aus einem ganz anderen Grund. Misstrauisch spähte ich ins Gras hinter mir.

»Was ist los?«, fragte Tate.

»Ähm … gibt es hier Schlangen? Ich glaube, ich habe etwas im Gras rascheln gehört.«

Mit einem Lachen küsste er meine Wange. »Ich werde dich vor allen Schlangen beschützen.«

»O mein Gott. Das heißt, es gibt welche.« Instinktiv trat ich vor und rannte quasi gegen ihn. Er geriet allerdings nicht aus dem Gleichgewicht, sondern schlang einen Arm um mich, bis seine Hand an meiner Hüfte lag.

Ich senkte den Blick, dann sah ich ihn lächelnd an. »So willst du mich beschützen?«

»Wenn es sein muss, ja. Wenn du eine Schlange siehst, hebe ich dich sofort hoch.«

»Hmmm. Ich bin mir nicht sicher, ob diese Berührung wirklich dafür sorgt, dass du schneller reagierst. Vielleicht lenkt sie dich ja eher davon ab?«

Er beugte sich vor, um seine Lippen über meine Wange gleiten zu lassen … was sofort eine neue Hitzewelle durch meinen Körper schickte. »Nun, das werden wir wohl noch herausfinden müssen.«

17 Tate

Lexi war so süß. Bei jedem Geräusch sah sie sich um. Ich hatte einen Arm über ihre Schultern gelegt und erläuterte ihr die verschiedenen Weine aus dieser Region, doch sie hörte nicht mehr richtig zu. Bisher war ich im Weinberg nur selten Schlangen begegnet, aber natürlich gab es eine Menge Nagetiere.

»Wieso hast du solche Angst vor Schlangen?«, fragte ich, als wir uns wieder in Richtung Haus wandten.

Sie verzog das Gesicht. »Als Kind habe ich mal eine unter meinem Bett gefunden. Damals haben wir in einem Haus am Rand von Boston gelebt. Mein Schlafzimmer lag im Erdgeschoss. Im Sommer standen immer alle Türen offen, und das Vieh hat mir einen Heidenschreck eingejagt. Sie hat mich nicht gebissen oder irgendwas, aber dennoch hatte ich noch jahrelang Angst beim Einschlafen. Bis ich ein Teenie war, habe ich jeden Abend unter das Bett geschaut. Du kannst gern lachen. Ich weiß, wie albern das ist.«

»Angst ist nicht albern, sondern einfach Angst.« Ich schob den Mund neben ihr Ohr und knabberte sanft an ihrem Ohrläppchen. »Aber wenn du mit mir zusammen bist, musst du dir um nichts Sorgen machen.«

Kichernd stieß sie mich mit dem Ellbogen an, kurz bevor wir das Haus betraten. »Oooh, wollen Sie etwa meinen Beschützer spielen, Mr Maxwell?«

»Ja«, verkündete ich, als ich ihr aus der Jacke half. Und das meinte ich ernst. Ich wollte nicht, dass Lexi sich Sorgen machte. Ich wollte erfahren, welche Ängste sie hatte, und sie mit ihr zusammen bekämpfen.

Denn ich verspürte das brennende Verlangen, sie glücklich zu machen.

Ich schlang von hinten die Arme um sie und vergrub mein Gesicht in ihren Haaren. So gingen wir gemeinsam ins Wohnzimmer.

»Du duftest so gut«, murmelte ich.

»Tate…«, flüsterte Lexi, als ich meine Lippen von ihrem Ohr über ihren Hals nach unten gleiten ließ.

»Ich will dich. Ständig.«

Sie kicherte, doch gleichzeitig konnte ich spüren, wie sie in meinen Armen erbebte. Ich erregte sie. »Ich verstehe. Also willst du das ganze Wochenende Sex haben. Es geht gar nicht um Entspannung.«

»Wir können beides schaffen. Ich setze da volles Vertrauen in uns.«

Sie kicherte wieder, dann schlug sie mich auf den Oberschenkel. »Genau wie ich.«

Ich verzehrte mich nach Lexi. Ich musste sie haben. Und zu meiner großen Freude lag noch das ganze Wochenende vor uns, sodass ich mir so viel Zeit nehmen konnte, wie ich wollte. »Jetzt kann ich dich endlich in Ruhe erkunden«, flüsterte ich ihr ins Ohr, ehe ich erneut ihren Hals küsste. »Und dich so oft zum Orgasmus bringen, wie ich will.«

Sie keuchte, und ich spürte, wie ihre Bauchmuskeln sich anspannten.

Ich ließ den Finger über ihren Bauch gleiten, bevor ich sie zu mir umdrehte. »Mit meinen Fingern, meinem Mund und meinem Schwanz.«

Sie legte die Hände auf meine Schultern und lehnte sich zurück. Ich sah ihr tief in die Augen, ehe ich sie küsste. Und dieser Kuss entfesselte irgendetwas in mir. Obwohl das ganze Wochenende vor uns lag, wollte ich sie sofort.

Ich musste sie haben. Ich konnte einfach nicht länger warten.

Also ergriff ich ihre Hand und führte Lexi in das große Schlafzimmer im Erdgeschoss, wo ich sie lang und leidenschaftlich küsste, bis ihre Knie zitterten. Sie drängte ihre Mitte an mein Bein, auf der Suche nach Reibung.

Ich führte sie in die Mitte des Raums und zog ihr dann das kurze blaue Kleid über den Kopf. Sie trug ein schwarzes Spitzenhöschen, das mir fast den Verstand raubte. Mit den Daumen folgte ich den Riemen ihres BHs, anschließend über den Rand des Stoffes an ihren Brüsten. Sie stöhnte, als könne sie die Berührung kaum ertragen. Dabei hatte ich gerade erst angefangen. Ich beugte mich vor und legte die Hände auf ihren Hintern, um meinen Mund über die Haut neben dem Stoff gleiten zu lassen.

Lexi vergrub die Hände in meinem Haar. »Tate, bitte«, flüsterte sie. »Ich brauche dich.«

Dass sie meinen Namen sagte, sorgte dafür, dass meine Selbstkontrolle sich in Luft auflöste. Ich riss ihr Höschen nach unten. Sie keuchte, dann trat sie aus dem Stoff. Schockierte Lust durchfuhr mich, als mir klar wurde, wie feucht sie bereits war. Ich küsste sie tief. Gleichzeitig umkreiste ich mit den Fingern ihre empfindlichste Stelle und spürte, wie ihre Erregung mit jeder Sekunde höher stieg. Mehr als alles andere wollte ich Lexi Lust bereiten. Selbst mein eigenes Verlangen trat vor diesem Wunsch in den Hintergrund. Keuchend drängte Lexi sich meiner Hand entgegen, während sie die Arme auf dem Rücken hatte. Mir wurde klar, dass sie ihren BH öffnete. Sie ließ das Kleidungsstück zu Boden fallen, und auf der Stelle fand mein Mund einen Nippel, um daran zu saugen.

»Tate … Tate, o Tate«, keuchte sie, während ich mit der Hand ihre Klitoris und mit den Lippen ihren Nippel verwöhnte. Mit der anderen Hand stützte ich ihren Hintern.

Ich lächelte an ihren Brüsten, als ich spürte, wie ihre inneren Muskeln sich verspannten. Ihr Orgasmus war so spektakulär, dass ich fast zurückgetreten wäre, um sie einfach zu beobachten. Aber stattdessen ließ ich meine Finger weiter kreisen, bis das Zittern ihres Körpers verklang und sie an mir zusammensackte. Und auch der Blick in ihren Augen war sanft.

»Das war unglaublich«, flüsterte sie.

Ich legte Lexi aufs Bett, dann zog ich mich in Rekordgeschwindigkeit aus. Ich schob sie höher auf die Matratze und drückte einen Kuss auf die Innenseite ihres Schenkels.

»Das war der erste«, sagte ich an ihrer Haut. Sie zitterte. Ich ließ den Daumen über ihre Klitoris gleiten und sah zu ihr auf. »Das war der Finger-Orgasmus. Jetzt möchte ich spüren, wie du unter meiner Zunge erschauderst.«

Instinktiv presste sie die Beine zusammen, doch ich öffnete ihre Schenkel und zog eine Spur aus Küssen darüber, bis ich ihre Muschi erreichte. Ich hätte sofort in sie eindringen können – sie war feucht und definitiv bereit –, aber ich wollte sie an meinem Mund kommen fühlen.

Kaum berührte meine Zunge ihr empfindliches Fleisch, schrie Lexi meinen Namen und vergrub die Fäuste in den Laken. Verdammt, sie war unglaublich schön. So empfindsam, so bereit für alles, was ich ihr geben wollte.

Ich ließ die Zungenspitze um ihre Klitoris gleiten. Zuerst berührte ich sie nur sanft; genoss es, wie sie zuckte, als wäre das alles zu viel für sie. Sie streckte ein Bein und spreizte die Schenkel noch weiter, um mir besseren Zugang zu gewähren. Ich griff nach dem Kondom, das ich bei unserer Ankunft auf den Nachttisch gelegt hatte, und ließ es neben uns auf die Matratze fallen.

Mit den Händen erkundete ich ihren Körper von ihren Schenkeln bis zu ihren Schultern. Ich wollte sie ständig berühren; wollte spüren, wie die Lust ihren Körper erfüllte.

Ich wusste, dass sie kurz vor dem Höhepunkt stand; spürte das leichte Zittern ihrer Schenkel. Sie hob rhythmisch ihre Hüften, und ich folgte dem Takt, den sie vorgab, weil ich ihr genau das geben wollte, was sie brauchte.

Diesmal konnte ich genau beobachten, wie sie kam. Sie wand sich auf dem Bett, warf den Kopf von rechts nach links. Sie suchte nach einem Kissen, doch die lagen weiter oben, am Kopfende. Sie konnte die Geräusche ihrer Lust nicht dämpfen, sodass ich sie in all ihrer Schönheit in mich aufnehmen konnte.

Die ganze Zeit über war ich hart gewesen, aber inzwischen wurde meine Erregung geradezu schmerzhaft. Ich schob mich über ihren Körper, als Nächstes streifte ich mir das Kondom über. Lexis Haut war gerötet. Sie war so verdammt schön. Ich hielt mich über ihr, liebkoste für einen kurzen Moment mit der Spitze meiner Erektion ihre Klitoris, dann zog ich mich leicht zurück und drehte sie um. Ich sah noch, wie sie die Augen aufriss, bevor sie auf die Matratze sank. Anschließend spreizte ich ihre Beine und drang in sie ein, spürte, wie ihre inneren Muskeln mich umschlangen.

»Oooh«, stöhnte ich und ließ den Kopf in den Nacken sinken. Ich würde den Verstand verlieren. Sie pulsierte um mich; fühlte sich so gut an, dass ich kaum atmen konnte. Ich war mir sicher, dass ich allein davon kommen würde, ihre inneren Muskeln zu spüren, aber ich hatte ihr drei Orgasmen versprochen, also würde ich auch liefern.

Nachdem ich Lexis Rücken geküsst hatte, begann ich, mich zu bewegen. Gleichzeitig erkundete ich diese Seite von ihr, die ich bisher nicht gesehen hatte, ließ meinen Mund über ihre Wirbelsäule gleiten. Der Raum füllte sich mit unserem Stöhnen und den Geräuschen unserer aufeinanderprallenden Körper. Sie schenkte sich mir mit einer Hemmungslosigkeit, die ich bisher nicht bei ihr gesehen hatte. Sie war Wachs in meinen Händen, ihr Körper entspannt von zwei Orgasmen, aber trotzdem angespannt in der Erwartung eines weiteren Höhepunktes. Sie warf sich mir entgegen, rief meinen Namen. Sie musste jetzt kommen, sonst würde ich explodieren, ehe sie ihre Erlösung finden konnte.

Ich fand ihre Muschi, umkreiste mit drei Fingern ihre Klitoris. Ihre inneren Muskeln verspannten sich fest um mich.

Ich lächelte an ihrer Haut. »Lass dich fallen, meine Schöne«, sagte ich.

»Ich glaube nicht, dass ich mehr ertragen kann«, flüsterte sie.

»Doch, kannst du. Das verspreche ich. Schenk mir diesen dritten Höhepunkt, Lexi. Ich will dich hören. Ich will spüren, wie du um meinen Schwanz kommst.«

Meine Worte hatten genau den Effekt, den ich erhofft hatte. Ich spürte den Moment, als ihr Orgasmus sie überwältigte. Sie war so verdammt schön, dass ich den Blick nicht abwenden konnte. Sie drückte den Rücken durch, vergrub die Finger im Laken, drängte sich mir entgegen und legte eine Hand über meine an ihrer Muschi, um meine Finger fester auf ihr empfindliches Fleisch zu pressen.

Der Anblick der in Lust entfesselten Lexi brachte mich selbst zum Orgasmus. Ich kam so heftig, dass mir der Atem stockte. Ein paar Sekunden lang verschwamm mein Blick. Meine Lunge verweigerte den Dienst, bis sie brannte. All meine Muskeln schienen gleichzeitig zu zucken.

Zusammen fielen wir aufs Bett. Lexi lag auf dem Bauch. Ich rollte mich zur Seite und ließ meine Hand über ihren Rücken und ihren wunderbaren runden Hintern gleiten.

»Sir, Sie besitzen außergewöhnliche Fähigkeiten«, neckte sie mich. »Ich kann mich nicht entscheiden, welcher Orgasmus der beste war.«

Ich musste einfach lachen. »Du stellst ein Ranking auf?«

»Ich versuche es, aber ich glaube, um wirklich eine Entscheidung zu treffen, muss ich erst mehr Orgasmen erleben.«

Ich beugte mich vor. »Aber gern. Wir haben noch das ganze Wochenende vor uns.«

Doch noch während ich die Worte aussprach, graute es mir bereits vor Sonntagabend. Ich wollte nicht, dass unsere gemeinsame Zeit jemals endete.

18 Lexi

Am nächsten Morgen wurde ich von einer sexy Stimme geweckt.

»Guten Morgen, Schlafmütze.«

Mühsam öffnete ich die Augen. Der Raum war lichtdurchflutet. Tate saß an der Bettkante und sah dabei so unglaublich heiß aus, dass ich von einem Moment auf den nächsten ganz aufwachte.

O yeah. Wer braucht schon Kaffee, wenn ich doch diesen sexy Kerl habe? Ich fragte mich, ob ich ihn wohl davon überzeugen könnte, jeden Morgen meinen persönlichen Wecker zu spielen.

»Ja, genau«, sagte er.

Ich verzog das Gesicht. »Habe ich diesen Gedanken laut ausgesprochen?«

Er grinste. »Ja, hast du.«

»So ein Mist. Bitte ignorier mich. Ich bin noch etwas benebelt.«

»Das bedeutet, dass alles, was du sagst, der Wahrheit entspricht.«

Ich blinzelte, dann stemmte ich mich auf die Ellbogen. »Wann bist du aufgewacht?«

»Vor einer Stunde.«

»Wow. Ich habe nichts mitbekommen.«

»Du hast tief und fest geschlafen. Du bist nicht gerade ein Morgenmensch, oder?«

»Ich brauche Kaffee. Bevor ich nicht mindestens eine Tasse getrunken habe, kriege ich so gut wie nichts mit.«

Er schmunzelte. »Offensichtlich.«

Ich kniff die Augen zusammen, weil ich nicht verstand, was er meinte. Dann folgte ich seinem Blick zu einer Stelle neben mir.

Und keuchte. Tate hatte mir Frühstück gebracht. In der Mitte des Bettes stand ein Holzbrett, auf dem Schinken und Käse und ein hart gekochtes Ei ruhten, flankiert von aufgeschnittener Avocado und Tomaten.

»Wow. O mein Gott. Das steht da schon die ganze Zeit?«

»Natürlich. Aber du hast es nicht bemerkt.«

»Hey! Dich habe ich bemerkt«, sagte ich und versuchte, mit den Wimpern zu klimpern. Allerdings war ich mir nicht sicher, ob ich es hinbekam. Wahrscheinlich sah ich einfach nur lächerlich aus.

»Verdammt, du bist süß.« Er lehnte sich vor und drückte mir einen Kuss auf die Stirn.

Er schob das Tablett neben mich. Wir teilten uns alles, abgesehen von dem Ei. Das aß ich allein.

»Du bist wirklich ein toller Kerl. Ich mag alles an dir. Wieso finde ich nicht wenigstens einen Fehler?«, murmelte ich, als ich das leere Tablett zur Seite schob.

»Nicht mal einen?« Sein Tonfall war neckend, doch etwas in seinen Augen verriet mir, dass er mir nicht glaubte.

»Nein.«

»Ich habe Narben, Lexi.«

Seine Frau hatte ihn betrogen und nahm so gut wie keinen Anteil am Leben ihrer gemeinsamen Tochter. Natürlich war er ein gebranntes Kind. Wäre mir so was passiert, ginge es mir nicht anders.

»Das hast du mir schon gesagt. Aber die mag ich zufälligerweise auch.«

»Wirklich?«

Ich nickte, dann ließ ich meine Finger über seinen Unterarm gleiten. Die tiefe Verletzlichkeit in Tates Augen überraschte mich. Wenn ich ehrlich zu mir selbst war, verliebte ich mich bereits in diesen unglaublichen Mann. Und das machte mir Angst … weil diese Beziehung jung war und ich nicht wusste, was nach dem Beginn des Schuljahres passieren würde. Wir hatten nie über das Danach gesprochen.

Würde es ein Danach geben?

Aber das musste ich nicht alles jetzt herausfinden. Erst einmal musste ich genug Kaffee trinken, um meine Neuronen zu aktivieren.

Ich beschloss, den Tonfall leicht zu halten. »Du bist wie einer dieser Superhelden. Sie haben auch alle Traumata in der Vergangenheit, nicht wahr?«

»Superhelden? Auf die beziehst du dich?«

»Du weißt, was ich meine.«

»Eigentlich nicht, aber wenn das für dich Sinn ergibt, ist es für mich okay.« Er gluckste, dann schenkte er mir ein aufrichtiges Lächeln, das seine Augen erreichte.

Ich wackelte mit den Hüften, eine Art liegender Freudentanz. Ich drang zu ihm durch, und das, obwohl ich noch nicht ganz wach war. Gab es eine bessere Art, in den Tag zu starten?

»Und gerade ist mir der perfekte Superheldenname für dich eingefallen. Und nur, damit du es weißt, sonst bin ich morgens immer total uninspiriert.«

»Ich inspiriere dich?«

»Absolut.«

»Also, wie lautet der Name?«

Ich nahm die Schultern zurück und verkündete stolz: »Fantastischer Tate.«

Seine Augen wurden groß und seine Lippen schmal.

Ich deutete anklagend auf ihn. »Was soll das heißen?«

»Gar nichts.« Aber die Antwort war zu schnell gekommen, was mich bloß noch misstrauischer machte.

»Ich arbeite mit Kindern. Ich bin sehr gut darin, nonverbale Hinweise zu deuten. Du unterdrückst eine Reaktion. Spuck es aus.«

»Lexi, das ist ein schrecklicher Name für mich.«

Ich blinzelte, weil ich völlig vor den Kopf geschlagen war, dann dachte ich darüber nach. »Okay. Vielleicht. Ich werde beim Kaffeetrinken noch mal darüber nachdenken.«

Er fing an, so heftig zu lachen, dass ich einfach mitlachen musste. Hey, das konnte ich als Sieg verbuchen. Ich hatte Tate in den frühen Morgenstunden zum Lachen gebracht… ob der Superheldenname nun zum Himmel stank oder nicht.

Die Matratze senkte sich unter seinem Gewicht. Für eine Zehntelsekunde dachte ich, er wolle nach dem Tablett greifen. Aber nein, er hatte es auf mich abgesehen. Er presste mich auf die Matratze und teilte mit den Knien meine Schenkel.

»Du willst mich belohnen, weil ich dich fantastisch genannt habe?«, fragte ich spielerisch und hob leicht die Hüften.

»Ich will…«, setzte er an, nur um mitten im Satz abzubrechen. Zuerst verstand ich nicht, was los war, doch dann hörte ich Geräusche aus dem Wohnzimmer.

Jemand war im Haus.

Tate runzelte die Stirn und stand auf.

»Was ist los?«, fragte ich.

Im Wohnzimmer erklang das Lachen eines Mannes, und kurz darauf sagte eine Frauenstimme: »Offensichtlich hat jemand gelüftet.«

Tate stöhnte. »Meine Eltern sind hier.«

Ach du Scheiße.

Ein Adrenalinstoß vertrieb jede Müdigkeit. Ich sprang vom Bett und fuhr mir mit der Hand durchs Haar.

»Was meinst du mit ›Deine Eltern sind hier‹?«

»Wir benutzen das Haus abwechselnd, und im Kalender war nichts eingetragen. Sie dachten wahrscheinlich, es stände leer.«

Ich atmete schwer, und Schweißperlen bildeten sich auf meiner Stirn, während ich im Kopf mein Erscheinungsbild prüfte. Ja, ich sah aus, als wäre ich gerade aufgestanden. Auf keinen Fall konnte ich ihnen so entgegentreten.

»Kannst du sie beschäftigt halten, damit ich etwas Zeit gewinnen kann?«, fragte ich.

Tate schmunzelte. »Lexi, das wird schon. Stress dich nicht.«

Ich stieß ein würgendes Geräusch aus. »Normalerweise brauche ich ewig, um mich morgens fertig zu machen.«

Er trat vor mich und umfasste mein Gesicht.

»Lexi, entspann dich.«

»Geh, geh«, drängte ich. »Bevor sie reinkommen und mich so sehen. Sie werden sofort wissen, was wir getan haben und … und … o mein Gott! Und ich bin Paisleys Nanny!«

Er lächelte mich an, ehe er die Hände senkte.

»Lexi, du bauschst das zu sehr auf.« Tate versuchte weiterhin, mich zu beruhigen, doch ich scheuchte ihn zur Tür.

Sobald er ins Wohnzimmer gegangen war, rannte ich ins Bad. Ich war in totalem Panikmodus. Ich ließ den Blick von der Dusche zur Badewanne gleiten, bloß um mich gegen eine Dusche zu entscheiden. Das würde zu lange dauern und ich …

Nein, verdammt noch mal. Ich musste duschen.

Ich sprang unter den Wasserstrahl und wusch mich, so schnell ich nur konnte. Auf keinen Fall würde ich mir die Haare waschen. Das dauerte immer ewig. Ich würde sie einfach zusammenbinden; niemand würde etwas bemerken.

Ich trat aus der Dusche, putzte mir die Zähne und trug

ungeschickt Foundation auf. *O mein Gott. O mein Gott. Seine Eltern sind hier.*

Ich wusste genau, warum mich das so aus der Bahn warf. Weil ich mich ertappt fühlte … obwohl wir nichts falsch gemacht hatten. Trotzdem: Der Gedanke, seine Eltern kennenzulernen, versetzte mich in Panik.

Ich schlüpfte in ein langes grünes Kleid und band mir die Haare zu einem Pferdeschwanz. Ich konnte nur hoffen, dass ich damit ungezwungen wirkte – denn wenn ich mein Haar am Morgen nicht wusch, ließ es sich einfach nicht ordentlich kämmen.

Mit einem Stöhnen ließ ich das Kinn auf die Brust sinken. Ausgerechnet am Tag, an dem ich Tates Eltern kennenlernte, wirkte ich total zerzaust. Aber daran ließ sich nichts ändern, daher beschloss ich, dass es Zeit wurde, mich hinauszuwagen.

Vorsichtig öffnete ich die Tür. Die Stimmen klangen gedämpft, also hielten sie sich wohl im Wohnzimmer auf. Mit einem leichten Ziehen in der Magengegend eilte ich durch den Flur.

Aufgepasst, hier kommt Lexi.

»Da ist sie ja!«, rief eine Frau. Ich vermutete, dass es Tates Mutter war. Tate sah ihr sehr ähnlich, mit diesem intensiven Blick und dem dunkelbraunen Haar, allerdings hatte er Größe und Körperbau von seinem Dad geerbt. Tate strahlte, wie er es sonst bloß in Paisleys Gegenwart tat.

»Lexi, das sind meine Eltern, Emmett und Lena. Mom, Dad, ich möchte euch Lexi vorstellen.«

»Guten Morgen«, sagte ich und schüttelte ihnen die Hände, bevor ich mir nervös über die Haare strich, nur um dort Knoten zu fühlen. O mein Gott, ich musste furchtbar aussehen.

Tate musterte mich amüsiert.

»Es tut uns wirklich leid, dass wir einfach so aufgetaucht

sind«, sagte Lena und klang dabei ein wenig steif. »Wir hatten keine Ahnung, dass jemand hier ist.«

»Wir haben im Familienkalender nachgeschaut. Wir haben ein Google-Log angelegt, wo alle sich eintragen, ehe sie zum Haus fahren. Da stand nichts«, fügte Emmett hinzu.

Wieso entschuldigten sie sich bei mir? Das war ihr Haus. Sie waren die Maxwells, um Himmels willen.

So ein Mist, wieso musste mir das jetzt einfallen? Meine Nervosität stieg ins Unermessliche.

»Das war meine Schuld«, meinte Tate. »Ich habe es einfach vergessen.«

»Weil du schon seit ungefähr einem Jahr nicht mehr hier warst. Obwohl du diesen Ort so liebst.«

Tate zuckte leicht zusammen. »Jetzt bin ich ja da.«

»Nun, das freut uns, Sohn. Und jetzt wollen wir euch beide nicht länger stören.« Emmett wandte sich an seine Frau und meinte: »Lena, lass uns in die Stadt zurückfahren.«

»Was? Nein, nein, nein«, sagte ich hastig und fühlte mich wie ein Störenfried. »Wieso sollten Sie wegfahren? Sie wollten ein schönes Wochenende …«

Lena schüttelte den Kopf. »Meine Liebe, wir sind gerade erst aus dem Urlaub zurückgekehrt. Wir sind bloß hergekommen, um nach dem Rechten zu sehen. Ich weiß, dass wir einen Verwalter haben, aber ich lasse das Haus nicht gern leer stehen. Es ist Monate her, dass jemand hier war.«

»Wieso bleiben Sie nicht zum Mittagessen?«, meinte ich mit einem fragenden Blick zu Tate. Ich durfte sie nicht einfach so fahren lassen. Es war *ihr* Haus.

Er nickte. »Das ist eine gute Idee.«

Ich seufzte erleichtert. Ich hatte gefürchtet, dass ich meine Kompetenzen überschritt, indem ich seine Eltern bat, ein wenig Zeit mit uns zu verbringen.

»O ja, das klingt wunderbar«, sagte Lena. »Bei dieser Gelegenheit können wir uns ein bisschen unterhalten, Lexi. Und nenn mich bitte Lena. Bisher stammen all meine Informationen von Beatrice.«

Meine Ohren begannen zu brennen. Sie hatten über mich gesprochen. Natürlich hätte mich das nicht überraschen dürfen. Meine Nervosität geriet außer Kontrolle. Tate schien mein Dilemma zu spüren und mischte sich ein. »Mom, bitte verschreck Lexi nicht.«

»Tate, so was würde ich nie tun!« Mit einem Blick zu mir fügte sie hinzu: »Ich glaube nicht, dass mein Sohn und meine Enkelin sich je in besseren Händen befunden haben, Lexi. Von mir wirst du keine Beschwerden hören.«

Wir wanderten gemeinsam in die Küche, und langsam beruhigte ich mich ein wenig. Und als Lena fröhlich verkündete: »Was sollen wir kochen? Sag uns, was wir tun können, Lexi«, wusste ich, dass sich alles finden würde.

Ein Blick in den Kühlschrank zeigte, dass wir alle Zutaten für Roastbeef mit Kartoffelbrei hatten. Es war erst zehn Uhr vormittags, aber das Roastbeef musste eine Weile im Ofen bleiben, also fingen wir sofort mit dem Kochen an.

Lena schälte Kartoffeln. Ich wusch Thymian und Rosmarin. Tate kümmerte sich um den Knoblauch, und sein Vater rieb das Fleisch mit Öl ein. Wir arbeiteten alle an der Kücheninsel. Die Vertrautheit der anderen drei zeigte sich darin, wie mühelos sie zusammenarbeiteten.

»Kocht ihr oft zusammen?«, fragte ich in die Runde.

»Als die Kinder noch klein waren, haben wir das fast ständig getan. Anders lassen sich so viele Leute nicht satt kriegen«, erklärte Lena. »Wir haben immer darauf geachtet, zum Abendessen zu Hause zu sein… aber wir kamen trotzdem oft spät, also konnten wir bloß schnell etwas zusammenmischen. Das Abendessen mit den Kindern war eine Tradition. Ich habe das immer die Tornado-Zeit genannt, weil die Kinder abends noch mal einen Energieschub gekriegt und uns beinahe in den Wahnsinn getrieben haben.«

Ich sah zu Tate. Das erklärte, warum er so oft wie möglich selbst das Abendessen für Paisley kochte. Mit einem Lächeln konzentrierte ich mich darauf, die Kräuter zu hacken.

Lena und Emmett waren angenehme Gesellschaft. Sie unterhielten sich über Wein und eine Sonderkollektion, die Maxwell Wineries dieses Jahr herausbringen wollte. Zu meiner Überraschung entspannte ich mich relativ schnell. Tates Eltern hatten mich mit offenen Armen willkommen geheißen … mir regelrecht das Gefühl vermittelt, ich gehöre dazu. Seit dem College hatte ich mich nirgendwo mehr so heimisch gefühlt – bis jetzt.

»Okay, damit wäre die Arbeit erledigt«, sagte Lena, sobald wir das Fleisch in den Ofen geschoben hatten. »Wer hat Lust auf einen Spaziergang durch den Weinberg?«

Ich nickte. Tate und Emmett sagten genau gleichzeitig »Ja«.

Nach einem letzten Blick in den Ofen verließen wir das Haus. Es war kühler als gestern Nacht, aber ich wollte keine Jacke mitnehmen, weil die Sonne mich wärmte. Lena ging voraus. Ich stellte schnell fest, dass sie und ich wohl erst mal allein wandern würden, weil Tate und Emmett bereits das erste Mal angehalten hatten, um die Trauben zu begutachten.

»So sind die beiden immer, wenn wir hier sind. Sie können stundenlang über Wein reden«, sagte Lena mit einem liebevollen Blick zu den beiden Männern.

»Ich finde es wunderbar, dass sie diese Leidenschaft teilen.«

»Das war immer ihr Ding. Emmett war überglücklich, dass eines seiner Kinder seine Begeisterung teilt. Und Tate hatte von Beginn an Interesse. Er besitzt ein echtes Talent, Gemeinsamkeiten mit anderen Leuten zu finden. Und er war immer ein solches Energiebündel. Keine Ahnung, woher er das hat. Er war jedes Mal als Erster wach und ging als Letzter ins Bett.«

»Also meintest du vorhin, als du von dem Energiestoß beim Abendessen gesprochen hast, damit eigentlich nur Tate?«

Sie schmunzelte, und ihre Miene erinnerte mich an Tate. »Überwiegend. Aber Tyler und Luke waren auch sehr aktiv. Luke hatte ständig irgendwelche tollen Ideen und keinerlei Probleme, Tyler und Tate zum Mitmachen zu überreden. Glücklicherweise bildete Declan ein Gegengewicht. Sam stand irgendwo in der Mitte, und Travis hat die Seiten gewechselt, je nachdem, was gerade los war.«

»Und Reese und Kimberly? Beatrice hat mir erzählt, dass sie oft hier waren.«

»Die beiden waren ein Geschenk des Himmels. Die ersten Jahre nach dem Tod ihrer Mutter waren hart, besonders, weil es meinem Schwager nicht gut ging. Der arme Mann litt an gebrochenem Herzen. Die Mädchen sind jahrelang nach der Schule zu uns gekommen. Kimberly war eher wie Declan. Und Reese erinnert mich oft an Tate. Sie sind beide entschlossen und stark, haben aber auch sehr hohe Ansprüche an sich selbst.«

»Was meinst du damit?«, fragte ich, während wir langsam durch den Weinberg schlenderten.

»Tate ist seit der Scheidung sehr streng mit sich ins Gericht gegangen.«

»Das habe ich schon bemerkt.«

»Ich fürchte, er denkt, er dürfe sich keine Hoffnungen mehr machen, glücklich zu werden. Dass ihm das einfach nicht bestimmt ist. Vielleicht sogar, dass er es nicht verdient hat.«

Mein Herz verkrampfte sich. Ich hatte etwas Ähnliches bereits vermutet, konnte jedoch gleichzeitig nicht begreifen, dass ein erstaunlicher Mann wie er so etwas denken sollte.

Lena zwinkerte mir zu. »Aber ich glaube, du sorgst gerade dafür, dass er das noch mal überdenkt.«

»Wirklich?«, meinte ich, weil ich nicht wusste, was ich sonst sagen sollte.

»Ja. Die Tatsache, dass du hier bist … dass er dich hierhergebracht hat … sagt eine Menge aus. Und Beatrice hat mir erzählt, er hätte ein paarmal das Büro früher verlassen, um Zeit mit dir zu verbringen.«

»Oh, er ist einfach gern bei Paisley«, meinte ich, weil ich das für die glaubwürdigste Erklärung hielt.

Lenas Mundwinkel zuckten. »Schon … aber bevor es dich gab, ist er nie früher nach Hause gekommen.«

Lenas Worte erfüllten mein Herz mit Wärme. Hmmm … also änderte er für mich echt seine Verhaltensweisen? Das machte mich *so* glücklich.

»Was tratscht ihr da vorne?«, fragte Tate und überraschte mich damit. Er und Emmett kamen mit schnellen Schritten auf uns zu.

»Wir reden natürlich über euch«, meinte Lena frech. »Ich dachte schon, wir müssten alleine spazieren gehen.«

»Auf keinen Fall.« Tate trat neben mich und legte den Arm um meine Schultern. »Ich muss Lexi doch vor Schlangen und anderem Getier beschützen.«

»Was für Getier denn noch?«

Lena lachte, dann wanderten sie und Emmett ein paar Schritte vor uns her.

Tate warf mir einen amüsierten Blick zu. Ich kniff die Augen zusammen, um ihn kritisch zu mustern. »Du verheimlichst mir irgendwas. Was für Viecher gibt es hier noch?«

»Nichts, wovor ich dich nicht beschützen könnte.«

Ich kniff ihn in den Oberarm. »Tate! Ich hatte die Schlangen fast vergessen, bis du sie wieder erwähnt hast.«

»Wieso küsse ich dich nicht einfach, bis du sie wieder vergisst? Und alles andere gleich mit?«

O mein Gott. Sein intensiver Blick verriet mir, dass er das vollkommen ernst meinte. Hitze glitt über meine Haut und sammelte sich zwischen meinen Beinen.

»Wie kannst du so was sagen, während deine Eltern nur ein paar Schritte entfernt sind! Du bist echt schamlos. Jetzt muss ich wohl deinen Superheldennamen ändern. Vergiss den Fantastischen Tate. Du bist einfach bloß der Schamlose Tate.«

19 Tate

Selbst nach der Rückkehr ins Büro konnte ich nicht aufhören, an unser gemeinsames Wochenende zu denken. Es war wunderbar gewesen, mit Lexi durch die Weinberge zu streifen. *Sie* war wunderbar. Und die Art, wie sie mich akzeptierte – meine seelischen Narben eingeschlossen –, hatte ich nicht erwartet. Ich sehnte mich danach, etwas für sie zu tun – wie zum Beispiel die Behandlungskosten ihrer Mutter zu übernehmen. Irgendetwas, was ihr das Leben leichter machte. Aber fürs Erste wollte ich einfach etwas tun, was ihr zeigte, wie sehr sie mir am Herzen lag.

Am Freitag war mir immer noch nichts eingefallen, also beschloss ich, meine Mutter anzurufen, während ich im Auto saß, um Paisley von einer Spielverabredung abzuholen.

Mom hob sofort ab. »Liebling, was für eine Überraschung! Du rufst mich während der Arbeitszeit an. Das tust du sonst nie.«

»Tatsächlich bin ich schon aus dem Büro raus. Ich hole Paisley ab. Sie, Lexi und ich wollen gemeinsam einen Film schauen.« Mom sagte nichts dazu, was mich misstrauisch machte. Aber ich redete trotzdem weiter: »Ich wollte dich was fragen.«

»Ich höre.«

»Ich will etwas für Lexi tun. Etwas, was Bedeutung hat. Aber mir fällt nichts ein.«

»Ach übrigens, ich habe dich auf Lautsprecher gestellt«, sagte Mom.

Ich stöhnte. »Wirklich? Das hättest du mir nicht schon vor zwei Sekunden mitteilen können?«

»Wir haben sie gebeten, es nicht zu tun«, meinte Tyler.

»Wer ist noch da?«

»Ich«, erklang Reese' Stimme.

»Und ich bin auch da«, fügte Travis hinzu.

Ich stöhnte wieder. »Toll.«

»Ich hätte so viele Ideen«, verkündete Tyler enthusiastisch wie immer. »Erstens: teure Geschenke. Zweitens: mehr teure Geschenke.«

»Echt? Was Besseres fällt dir nicht ein?«, fragte ich sarkastisch. Moment … hatte er jemanden? Soweit ich wusste, genoss mein Bruder immer noch die Vorzüge, ein berühmter Eishockeyspieler zu sein. Hatte sich daran etwas geändert?

»Nun, das wäre mein Rat. Nimm ihn an oder lass es sein. Vielleicht funktioniert das auch nur bei mir, weil ich so gut aussehend bin.«

»Und bescheiden, natürlich«, zog Mom ihn auf.

»O Tyler. Das ist so ein Schwachsinn. Es spielt keine Rolle, wie teuer die Geschenke sind. Tate, plan etwas Romantisches.«

»Vielen Dank, Reese. Hättest du einen konkreteren Vorschlag?«

»Na ja, nein. Also … eigentlich schon, aber wenn ich den ausspreche, werdet ihr mich für verrückt halten.«

»Das tun wir doch sowieso schon«, meinte Travis locker. »Aber wir lieben dich dennoch.«

»Na klar, allerdings gibt es verschiedene Arten von Wahnsinn«, sagte Reese. »Und wenn ich euch meine Ideen verrate, lasst ihr mich wahrscheinlich wegsperren.«

Alle lachten.

»Travis, hättest du irgendwelche Ideen? Alle anderen haben ja auch schon ihren Senf dazugegeben.«

»Da fragst du den Falschen. In den letzten drei Jahren hatte ich nur One-Night-Stands. Ach du Sch… Schande. Tut mir leid, Mom.«

Mom stöhnte. Ich konnte quasi sehen, wie sie die Augen verdrehte.

»Ich werde so tun, als hätte ich das nicht gehört«, meinte sie.

»Auf jeden Fall«, meldete sich Travis wieder zu Wort, »würde ich dir raten, auf Reese zu hören. Sie hat immer gute Ideen – im Gegensatz zu manch anderem.«

Und damit war natürlich Tyler gemeint.

»Hey, mach meine Ideen nicht schlecht, bevor du sie ausprobiert hast«, stichelte Tyler selbstgefällig. »Du kennst doch mein Motto: Ich probiere alles mal aus und das Gute auch zweimal.«

»Dieses Motto hat dich bereits oft in Schwierigkeiten gebracht, junger Mann«, erklärte Mom streng.

»Ja, aber du kennst mich doch. Ich konzentriere mich gern aufs Positive.«

Womit er recht hatte, das musste man ihm lassen.

»Wieso habt ihr euch alle so früh an einem Arbeitstag versammelt?«, fragte ich.

»Nun, ich habe gerade den Verkauf abgeschlossen«, erklärte Travis träge.

»Gratuliere, Mann! Das ist super!«

»Und ich dachte, ich lade die Damen zu einem Abendessen in der Stadt ein«, fuhr er fort.

»Und mich. Ohne mich ist es keine Party«, fügte Tyler hinzu. »Irgendwer muss ja Schwung in die Sache bringen.«

»Wo wir gerade von Partys reden, ich werde in zwei Wochen eine Riesenfeier veranstalten, und ihr seid alle eingeladen. Tut mir leid, dass die Einladung so kurzfristig erfolgt, aber bis jetzt war ich vollkommen auf den Verkauf konzentriert.«

»Kein Problem, Mann. Schick mir alle Infos.« Und plötzlich hatte ich eine Idee, was ich tun könnte.

***

Bis ich Paisley bei ihrer Freundin abholte, hatte ich mir einen Plan zurechtgelegt.

»Dad, wo ist Lexi?«, fragte sie, kaum dass sie sich angeschnallt hatte.

»Sie kommt direkt zum Shoppingcenter. Sie hatte dein Lieblingskleid zur Reinigung gebracht, schon vergessen? Aber wir werden den Film gemeinsam schauen.«

»Das will ich jetzt gar nicht mehr. Können wir stattdessen shoppen gehen?«

Ich stöhnte. Wieso hatte ich das nicht vorhergesehen?

»Ich dachte, du wolltest diesen Roboterfilm sehen. Was ist damit? Und du sagst doch immer, mit mir shoppen zu gehen wäre frustrierend«, erinnerte ich sie und sah sie im Rückspiegel an. Sie saß wie üblich hinten, weil es sicherer war.

»Aber Lexi wird auch dabei sein.«

»Stimmt.« Ich zögerte kurz. »Paisley, du magst Lexi, oder?«

»Ja, Daddy. Sehr sogar. Lexi hat gesagt, es würde sich gar nicht wie Arbeit anfühlen, wenn sie mit mir zusammen ist. Sie mag mich wirklich. Wir sind Freundinnen. Und sie ist so hübsch, nicht wahr, Dad?«

»Ja, das ist sie«, stimmte ich ihr zu.

Paisley kniff die Augen zusammen und starrte mich an, ohne etwas zu sagen. Ich konzentrierte mich auf den Verkehr, als wir zum Einkaufszentrum abbogen. Meine Tochter schwieg, bis wir in der Tiefgarage waren.

»Dad, weißt du, was Küssen ist?«, fragte Paisley, als ich parkte. Fast hätte ich das Auto vor mir gerammt.

Wie kam sie bloß auf so was?

»Was?«, fragte ich sie und musterte sie über den Spiegel. »Wieso willst du das wissen?«

Sie zuckte mit den Achseln. »Nur so.«

Von wegen. Es gab immer einen Grund.

Sobald ich geparkt und den Motor abgestellt hatte, drehte ich mich zu meiner Tochter um.

»Weißt *du* denn, was Küssen ist?«, fragte ich.

Sie verdrehte die Augen. »Natürlich.«

»Du bist neun«, rief ich.

»Ja, aber neun Jahre, nicht neun Monate. Manche Mädchen in meiner Klasse haben schon einen Freund.«

»Ach ja?«, stammelte ich.

Wieso hat Lexi mir nichts von alledem erzählt?

Das war falsch. Eine Beziehung mit neun Jahren? Was war bloß mit der Welt los? Dieses Gespräch überforderte mich vollkommen.

Meine Gedanken schossen zu dem, was Lexi mir über Jungs erzählt hatte. Nur gut, dass wir sie gleich treffen würden… weil ich ihren Rat brauchte. Ich verspürte den irrationalen Drang, meine Tochter bis zu ihrem achtzehnten Geburtstag in ihrem Zimmer einzusperren, vermutete aber gleichzeitig, dass dies nicht die Antwort auf das Problem sein konnte.

Im Einkaufszentrum war eine Menge los, doch glücklicherweise liebte Paisley bloß einen Laden. Wir gingen direkt hin. Für gewöhnlich probierte sie tausend Sachen an, von denen ihr dann fünf gefielen und die ich ihr kaufte. Normalerweise fürchtete ich diese Ausflüge, aber wenn Lexi dabei war, konnte es nicht so schlimm werden.

Ich zog mein Handy hervor und schrieb ihr eine Nachricht.

Ich warte (un)geduldig auf dich. Wir sind in Paisleys Lieblingsladen … — Tate

Lexi — Schon unterwegs.

Da wir offensichtlich nicht ins Kino gehen … willst du mit uns zu Abend essen? — Tate

Lexi — Versuchst du, mich ›auf ein Glas Wein‹ zu dir nach Hause zu locken?

Ich schmunzelte, denn das war der Code, den ich verwendete, um sie an jedem Abend seit dem letzten Wochenende davon zu überzeugen, noch zu bleiben, nachdem Paisley ins Bett gegangen war.

Ja. — Tate

Lexi — War das Dirty Talk? Weil ich schon feucht bin. Spontan. Ohne mein Zutun.

Ich grinste aufs Handy herunter. Seit unserem gemeinsamen Wochenende freute ich mich über jeden Moment mit ihr, aber die wenigen Stunden nachdem Paisley ins Bett gegangen war, reichten mir einfach nicht. Ich wollte Lexi ständig um mich haben.

20 Lexi

Als ich im Laden ankam, saß Tate mit Leichenbittermiene in einem Sessel. Was ich ihm nicht übel nehmen konnte. Der Laden war auf Teenager ausgerichtet, von der seltsamen Musik bis zu den noch seltsameren Outfits in den Regalen. Aber viele Kinder in Paisleys Alter liebten es hier.

Selbst in diesem lächerlichen pinkfarbenen Sessel sah Tate umwerfend aus – wie immer. Er trug Jeans und ein Poloshirt – Kleidung, die ich von Herzen gutheißen konnte. Wenn ich mich nicht irrte, waren das seine Sexbomben-Jeans. Ja, ich hatte eine Hitliste seiner Jeans, und die da standen ganz oben.

Kaum bemerkte er mich, begann er zu lächeln. Ich hatte Schmetterlinge im Bauch und solche Lust auf ihn.

Einen Moment später trat Paisley aus der Umkleide … und übte damit einen Effekt auf mich aus, der einem Eimer eiskaltem Wasser entsprach.

Sie bemerkte mich sofort und quietschte begeistert. »Lexi, du bist da! Bitte, hilf mir! Dad schaut nicht mal richtig hin.«

»Doch, tue ich«, sagte Tate indigniert.

Paisley verdrehte die Augen. »Dad, bei den letzten vier Kleidern hast du quasi durch mich durchgeschaut.«

Ich lachte. »Nun, ich finde, dieses Kleid steht dir toll, Paisley. Aber die Farbe gefällt mir nicht so gut. Dieses Gelb ist zu hell. Gibt es das auch in anderen Farben?«

»Ja, in Pink ist es auch da.«

»Okay. Dann zieh es an. Soll ich mit reinkommen und dir helfen?«

»Nein, ich komme klar.«

»In Ordnung. Ich werde hier warten«, antwortete ich, amüsiert von ihrer Selbstständigkeit.

Sie verschwand wieder in der Umkleide und zog den Vorhang vor. Ich erinnerte mich noch gut daran, in ihrem Alter auch nicht gewollt zu haben, dass jemand mich halb nackt sah. Schon in ein paar Jahren würde sie einen BH brauchen. Ich fragte mich, ob Tate oder eine seiner Cousinen mit ihr losziehen würde … oder vielleicht das zukünftige Kindermädchen.

Plötzlich hatte ich einen Kloß im Hals. Ich wollte all diese besonderen Momente miterleben.

In der nächsten Sekunde stand Tate hinter mir, schlang einen Arm um meine Hüfte und drückte mir einen Kuss auf die Wange.

»Hallo, meine Schöne«, flüsterte er mir ins Ohr. Hmm … in seiner Stimme klang dieser anzügliche Unterton mit, der mir immer eine Gänsehaut verursachte. »Danke, dass du zu meiner Rettung geeilt bist.«

Ich drehte mich um und legte die Hände auf seine Arme, um all diese Muskeln zu spüren. »Jederzeit. Ich liebe Shoppen. Wie hat sie es geschafft, dich herzukriegen?«

»Sie hat mich in einen Hinterhalt gelockt.«

»Clever.«

Er ließ die Hand über meine nackte Schulter gleiten, und umgehend breitete sich Hitze in mir aus.

»Dad!«, rief Paisley.

Wir zuckten beide zusammen.

Ach, du Scheiße! Sie stand direkt neben uns.

Sofort senkte ich die Hände und trat einen Schritt zurück. Mein Puls raste.

Mit großen Augen sah Paisley zwischen uns hin und

her. Tate wirkte genauso vor den Kopf geschlagen wie ich.

Scheiße, Scheiße, Scheiße. Ich hatte keine Ahnung, ob er plante, Paisley jemals von uns zu erzählen, aber auf keinen Fall sollte sie es so herausfinden.

Ich biss mir auf die Unterlippe und fragte mich, ob ich sie ablenken sollte. Wollte Tate, dass seine Tochter etwas erfuhr? Ich hielt die Luft an, während ich darauf wartete, was er sagen würde.

»Paisley, Lexi und ich möchten dir etwas sagen.« Er räusperte sich, dann trat er näher an mich heran. Mein Puls beruhigte sich ein wenig. »Erinnerst du dich, dass du mich vor einer Weile gefragt hast, ob ich gern eine Frau in meinem Leben hätte? Nun, Lexi und ich gehen miteinander aus. Wir …«

»Ja! Ja! Ja!« Paisley grinste breit, klatschte in die Hände und begann, mit den Hüften zu wackeln, wie ich es tat, wenn ich glücklich war. Dann umarmte sie Tates Oberschenkel und starrte einen Moment zu ihm auf, ehe sie mich ansah.

»Ich probiere noch weitere Kleider an.«

Fast tanzend kehrte sie in die Umkleide zurück. Sie hatte sogar vergessen, meine Meinung zu dem Kleid einzuholen, das sie trug.

Tate richtete den Blick auf mich, und umgehend begann es zwischen uns zu knistern. Er führte mich ein kurzes Stück von der Umkleide weg, bevor er sich direkt vor mich stellte und mein Kinn anhob.

»Geht es dir gut?«, fragte er.

Ich nickte. »Ja. Wieso?«

»Wir haben nie besprochen, ob wir es Paisley erzählen.«

»Das war deine Entscheidung, Tate. Sie ist deine Tochter. Ich … wusste nicht mal, ob du es ihr überhaupt erzählen willst.«

»Verdammt, ja. Das wollte ich.« Er starrte auf mich herunter. »Seit Wochen denke ich ständig darüber nach.«

O Mann. Die Schmetterlinge in meinem Bauch gerieten außer Kontrolle. Genauso wie mein Grinsen.

»Wirklich?« Am liebsten hätte auch ich ein Tänzchen aufs Parkett gelegt, aber wir befanden uns in einem Laden, also hielt ich mich zurück.

Als Tate die Hände an meine Taille legte, spürte ich seine Körperwärme selbst durch das Baumwollkleid.

»Ja, Lexi. Du bist Teil meines Lebens, und ich möchte, dass alle das erfahren. Ich habe es ernst gemeint, als ich meinte, dass ich dich ständig will. Und ich rede nicht nur vom Bett. Ich verbringe gern Zeit mit dir. Mag es, wenn wir abends gemeinsam ein Glas Wein trinken. Mir macht es Spaß, wie du angeblich nach der Fernbedienung suchst, obwohl du in Wirklichkeit den Schokovorrat plündern willst.«

»Das mache ich nicht jeden Abend«, hielt ich dagegen, obwohl ich das natürlich doch tat. Und er hatte es bemerkt!

»Heute hatte ich keine große Lust, hierherzukommen, aber meine Laune hat sich gleich verbessert, als ich gehört habe, dass du auch kommst.«

Ich konnte einfach nicht anders: Ich wackelte ein wenig mit dem Hintern. »Oh, gut. Mir gefällt dieses Arrangement. Ich berate Paisley in Kleiderfragen. Und wenn sie in der Umkleide ist, bringst du mich zum Dahinschmelzen, bis ich mir Luft zufächeln muss. Und so sind alle glücklich.«

Ich war nicht einfach nur glücklich. Ich war im siebten Himmel.

Er hatte Paisley informieren wollen.

Obwohl seine Eltern und seine Geschwister von uns wussten, bedeutete es doch viel mehr, auch seine Tochter einzuweihen.

Ich nickte in Richtung der Umkleide, als Paisley mich

rief. Wir gingen zurück. Als ich in Reichweite war, sagte ich: »Bin da.«

»Ich mag das pinke Kleid nicht, Lexi«, rief Paisley hinter dem Vorhang. »Aber sie haben es auch noch in Grün.«

»Ich kann es für dich holen gehen. Wo ist es?«

»Direkt neben dem Eingang.«

»Bin gleich zurück.«

Tate stöhnte, doch ich schlug ihn leicht auf die Hand, woraufhin er meine Taille freigab.

Ich wanderte zu dem Regal neben dem Eingang. Es dauerte nicht lange, bis ich das Modell, das Paisley gerade anprobierte, in Grün gefunden hatte. Als ich zurückkehrte, erkundigte sich gerade eine Verkäuferin durch den Vorhang, ob alles in Ordnung war.

»Es ist okay. Lexi bringt mir das Kleid«, sagte Paisley gerade.

»Okay.« Sie trat zurück und sah mich an, bevor sie den Blick auf das Kleid senkte. »Ich denke, das dürfte perfekt ihre Augen betonen.«

»Das glaube ich auch«, antwortete ich. »Ich bin ihr Kindermädchen, und wir reden viel über Mode.« Ich streckte den Kopf durch den Vorhang und reichte Paisley das Kleid. »Soll ich irgendwas zurückbringen?«

»Nein, alles gut.« Paisley schob mich wieder nach draußen.

Als ich mich umdrehte, stellte ich zu meiner Überraschung fest, dass die Verkäuferin mit Tate flirtete, der neben dem pinkfarbenen Sessel stand. Sie spielte kokett mit einer Haarsträhne und sah unter den Wimpern zu ihm auf.

»Rufen Sie mich, wenn Ihre Tochter oder Sie irgendetwas brauchen.«

»Ist in Ordnung«, sagte Tate und kam auf mich zu. Schon im nächsten Moment legte er den Arm um meine Schultern und drückte mir einen Kuss auf die Schläfe.

»Lexi ist genial, wenn es darum geht, die richtige Kleidung für Paisley zu finden. Aber falls wir Hilfe brauchen, sagen wir Ihnen Bescheid.«

Ihr Lächeln erlosch, dann musterte sie mich mit kaltem Blick. »Natürlich. Okay. Ich werde vorne warten, an der Kasse.« Sie zog sich eilig zurück, doch Tate gab mich nicht frei.

»Ich kann nicht glauben, dass ich dir für einen Moment den Rücken zuwende, und sofort flirtet jemand mit dir.« Ich wusste, dass ich eifersüchtig klang, aber verdammt, sie hatte wirklich keine Zeit verschwendet. Allerdings überraschte mich das nicht, wenn man bedachte, wie attraktiv Tate war.

»Wieso hast du ihr erzählt, du wärst das Kindermädchen? Du bist viel mehr als das, Lexi. Ich werde gern alle wissen lassen, dass wir zusammen sind.« Er drehte mich zu sich um und starrte meinen Mund an. »*Alle*, Lexi.«

»Aber ich bin Paisleys Nanny.«

»Wenn du möchtest, feuere ich dich jetzt sofort. Nur damit das klar ist.« Er wirkte amüsiert. »Du bist auch meine Freundin.«

O Mann. Und da schmolz ich wieder dahin.

»Ich will nicht, dass du mich feuerst. Ich liebe diesen Job. Aber wir sollten wahrscheinlich über mein Gehalt reden, weil es sich falsch anfühlt, dass du mich bezahlst, wenn ich doch deine Freundin bin.«

Er starrte mich ungläubig an. »Du bist echt einzigartig. Darüber können wir ein andermal reden. Mir ist gerade was eingefallen.«

»Erzähl.«

»Mein Bruder Travis hat verkündet, dass er in zwei Wochen eine große Party schmeißt.«

»Oh, ihn habe ich noch nicht getroffen. Hat er Geburtstag?«

»Nein. Er hat gerade den Verkauf seines Start-ups abgeschlossen und will das feiern. Ich will, dass du auch kommst, mit mir.«

»Gern. Sind dort noch andere Kinder außer Paisley? Ich kann wahrscheinlich auf sechs bis sieben aufpassen.«

Tate presste den Daumen an meinen Mundwinkel. »Hör auf damit, Lexi. Du gehst nicht als Paisleys Kindermädchen auf die Party. Ich möchte, dass du als meine Verabredung mitkommst, als meine Freundin. Ich habe doch gerade gesagt, dass es alle erfahren sollen. Okay, meine Familie weiß schon Bescheid. Aber ich möchte, dass wir zusammen hingehen.«

Kribbelnde Wärme stieg in mir auf, ungefilterte Freude. Der Impuls, einen Luftsprung zu machen, wurde fast unwiderstehlich.

»Zusammen«, wiederholte ich, ehe ich murmelte: »Tate, das fände ich wunderbar.« Ich konnte es nicht länger leugnen. Meine Gefühle für ihn wurden mit jedem Tag intensiver. Und damit wuchs natürlich auch die Gefahr, dass er mir das Herz brach, weil ich wusste, dass Tate immer noch an Nachwirkungen seiner Scheidung litt.

»Und jetzt behalte deine Hände bei dir, während ich Paisley helfe, Mister.«

Er grinste. »Dein Wunsch ist mir Befehl.«

»Wirklich?«

»Zumindest fürs Erste.«

Ich zog die Augenbrauen hoch. »Oh, du hast Hintergedanken? Willst du sie mir anvertrauen? Ist das Teil deines Plans, mich davon zu überzeugen, mit dir nach Hause zu gehen.«

»Ja.«

»Ha! Dafür musst du dich nicht besonders anstrengen. Schließlich bist du dort. Und Paisley. Und natürlich der nicht allzu gut versteckte Schokoladenvorrat.«

21 Lexi

Zwei Wochen später, am Samstagnachmittag, kamen wir zu spät zur Party. Paisley hatte sich einen besonders aufwendigen Zopf gewünscht, und ich hatte mich in YouTube-Videos verloren. Dann hatte sie sich noch umgezogen und trug jetzt statt eines Kleids eine kurze Hose mit einem T-Shirt. Ich hatte ein einfaches pfirsichfarbenes Baumwoll-Sommerkleid an. Außerdem hatten wir noch eine Tasche für Paisley gepackt, weil sie bei ihren Großeltern übernachten sollte. Eines führte zum anderen, und letztendlich hatte Tate uns aus dem Haus scheuchen müssen.

Als wir den Garten betraten, piepte mein Telefon. Ich hatte Nachrichten von Jenny, Ella und Mom. Ich hatte allen ein Bild von Tate, Paisley und mir geschickt.

Jenny | Mädel, das ist ein wirklich traumhaftes Bild!

Wow, ich bin eifersüchtig! | Ella

Mom | Ihr drei seht wundervoll aus. Wie eine Familie.

Bei Moms Nachricht spürte ich einen Stich im Herzen.

Ich hatte ein paar Nächte im Haus geschlafen, seitdem wir Paisley erzählt hatten, dass wir zusammen waren. Und sie hatte angefangen, allen zu erzählen, ich wäre die Freundin ihres Dads, ihre beste Freundin und ihre Mitbewohnerin. Es war einfach herzerwärmend, wie sie mich willkommen hieß. Ich war froh darüber, aber ich verspürte ein leichtes Ziehen in der Magengegend, wann immer sie über den ersten Schultag redete – der nur noch zwei Wochen entfernt lag.

Tate und ich hatten immer noch nicht darüber gesprochen, was passieren würde, wenn die Schule wieder anfing.

Travis hatte für seine Party ein ganzes Restaurant am See gemietet. In dieser Ecke war ich noch nie gewesen. Das Restaurant stand zwischen riesigen Eichen, und der Garten war wunderschön gestaltet, mit jeder Menge blühender Blumenbeete. Es sah fantastisch aus. Der Tag war heiß und so schwül, dass mein Haar sich bereits lockte, aber zwischen den Bäumen wehte eine Brise, die angenehm kühl über meine Haut glitt.

Ich war nervös, weil dies das erste Mal war, dass ich vor der Familie allein als Tates Freundin auftrat und nicht als Paisleys Kindermädchen. Tatsächlich war der Begriff nicht mehr benutzt worden, seit ich mich im Laden als Kindermädchen vorgestellt hatte – und das sorgte dafür, dass ich mich mehr als Teil dieser Familie fühlte, als ich mir je erhofft hatte.

Ich musste grinsen, als Paisley gleich zu Lena rannte, sobald sie ihre Großmutter erspäht hatte.

Tate flüsterte verschwörerisch: »Ich wette, dass wir sie bis zum Partyende nicht mehr sehen werden. So ist es immer, wenn Mom und Dad da sind.«

»Hey, sie hat die beiden vermisst. Sie waren ziemlich lange unterwegs.«

»Stimmt.«

»Wo ist Beatrice?«, fragte ich, weil ich sie nirgendwo entdecken konnte.

»Sie ist erkältet. Mom und Dad haben heute Morgen nach ihr gesehen.«

»Oh. Okay. Die Arme. Ich bin mir sicher, sie wollte diese Feier nicht verpassen.«

»Es ist nichts Ernstes, aber Dad hielt es für besser, wenn sie sich ausruht.« Er packte meine Hand. »Komm. Ich will dir Travis vorstellen. Und Sam und Kimberly. Sie sind beide für die Party eingeflogen.«

Ich wusste, dass sowohl Kimberly als auch Sam beide in Übersee arbeiteten. Sie waren nur für diesen Tag eingeflogen? Wow, das war wirklich nett.

»Ich kann es kaum erwarten.« Die drei waren die Einzigen, die ich noch nicht kennengelernt hatte.

Ich versuchte, mich zu erinnern, wann ich das letzte Mal der Familie eines Mannes vorgestellt worden war, mit dem ich ausgegangen war. Aber mir fiel nichts ein. Andererseits hatte sich keiner der Kerle mit Tate vergleichen können. Und keiner von ihnen hatte je solche Gefühle in mir ausgelöst.

»Ich will, dass meine gesamte Familie dich kennenlernt und weiß, wie wichtig du mir bist.«

Und … ich schmolz dahin. Das war Tate in Reinkultur. Er musste nur das Richtige sagen – und manchmal reichte schon ein Blick –, um dafür zu sorgen, dass ich vor Glück fast platzen wollte.

Ich hatte Familienbilder gesehen, also erkannte ich Travis sofort. Er war quasi ein Doppelgänger seines Vaters, aber inzwischen trug er sein Haar länger als auf den Fotos, die Paisley mir gezeigt hatte.

Travis grinste, als Tate und ich näher kamen, dann breitete er die Arme aus.

»Bruder, gratuliere, dass du sie dir nicht hast durch die Lappen gehen lassen.« Er richtete den Blick auf mich und fügte hinzu: »Wenn er sich wie ein Trottel benimmt, ruf mich an. Ich werde ihn zur Vernunft bringen. Übrigens, ich bin Travis.«

»Ich weiß. Ich bin Lexi. Es freut mich, dich kennenzulernen.«

»Du benimmst dich, als hättest du dein Leben im Griff ... dabei bist du nicht gerade der vernünftigste Bruder«, stichelte Tate.

Travis tätschelte Tates Schulter. »Aber ich bin gut darin, so zu tun, als wäre ich das. Außerdem habe ich andere Begabungen und daran gearbeitet, vernünftiger zu werden ... und kann stolz verkünden, dass ich Fortschritte mache.«

Reese und eine Frau, von der ich annahm, dass sie Kimberly sein musste, traten neben uns. Ihre amüsierten Mienen machten deutlich, dass sie das Gespräch belauscht hatten.

»Deswegen hast du dieses riesige Restaurant gemietet und willst ein Feuerwerk abfackeln?«, fragte Reese.

Kimberly stieß ihre Schwester mit der Schulter an, bevor sie sich bei Travis einhängte. »Hey, er hat wirklich Grund zum Feiern. Diese große Party ist mehr als gerechtfertigt. Ich bin stolz auf dich, Cousin.«

Travis küsste ihre Schläfe, ehe er einen Arm um ihre Schultern legte. »Endlich jemand, der mich nicht fertigmachen will.«

»Ich bin übrigens Kimberly«, sagte sie zu mir.

»Das hatte ich schon vermutet.« Sie sah Reese ziemlich ähnlich.

Ich beobachtete die Familie gern und liebte einfach, wie alle sich ständig gegenseitig aufzogen. Und mir wurde klar, dass Lena recht hatte: Tate stachelte tatsächlich alle an.

»Lexi, wie stehst du zu diesem Thema?«, fragte Tate. Er hatte eine Hand an meinem Kreuz und stand so, dass unsere Hüften sich berührten, als könne er es nicht ertragen, mich nicht zu berühren.

»Ich stimme Kimberly zu. Travis hat gerade seine Firma

verkauft. Wenn das kein guter Grund zum Feiern ist, was dann?«

Travis zwinkerte mir zu. »Jetzt mag ich dich noch mehr, Lexi.«

»Ebenso«, gab ich zurück, dann sah ich Tate an und wackelte mit den Augenbrauen. Er schaffte es mühelos, dass ich mich als Teil der Familie fühlte.

»Ich kann nicht glauben, dass alle pünktlich waren«, rief Kimberly.

»Außer Tyler«, wies Reese hin. »Er meinte, er bringt eine Überraschung mit. Ich bin schon sehr gespannt.«

»Wahrscheinlich ein Geschenk für mich«, meinte Travis voller Überzeugung.

»Das hättest du wohl gern«, zog Reese ihn auf.

»Komm, lasst uns Mom und Dad begrüßen«, sagte Tate und sah sich im riesigen Garten nach den beiden um.

Lena und Emmett standen mit Paisley am Seeufer. Emmett ließ mit seiner Enkelin Steine springen … und war ziemlich gut. Er schaffte es, dass sie vier oder fünf Mal aufditschten, bevor sie im Wasser versanken.

Als wir loszogen, küsste Tate erneut meine Schläfe. Gleichzeitig wanderte seine Hand so weit nach unten, dass ich seinen Arm wieder nach oben zog. Ich meinte, ein leises Grollen zu hören, bevor seine Hand genau da landete, wo sie vorher gewesen war.

»Du kannst dich einfach nicht benehmen, oder?«, flüsterte ich.

»Nicht heute. Nicht, wenn du so aussiehst. Nicht, wenn ich dich so sehr begehre«, sagte er leise.

Hitze durchfuhr mich. Ach du Scheiße, wie konnte er mit nur ein paar Worten diesen Effekt auslösen?

»Seit wann bist du so schamlos?«

Er musterte mich gespielt streng. »Ich bin der Schamlose Tate. Ich muss doch meinen Ruf wahren.«

»Schon klar, aber im Moment bist du besonders schamlos. Bisher hast du mich nur hinter Ecken geküsst. Jetzt hältst du dich nicht mal mehr in der Öffentlichkeit zurück.«

»Ich will allen zeigen, dass du mir gehörst, Lexi. Daran darf kein Zweifel bestehen.«

O wow, er vermittelte mir wirklich das Gefühl, ich wäre für ihn die Einzige. Gefühle keimten in meiner Brust auf und schienen ständig an Kraft zu gewinnen. Aber ich durfte ihnen nun nicht nachgeben, sonst würden wir allen eine Show bieten.

Ich stellte mich auf die Zehenspitzen, um ihm einen Kuss auf die Wange zu drücken. »Du hast Travis aufgezogen, weil er nicht vernünftig ist, dabei bist du es selbst auch nicht.«

»Wer weiß.« Er hob den Kopf, um mir tief in die Augen zu sehen … und seine Pupillen waren geweitet.

Ich zog mich eilig ein paar Schritte zurück … nur um dann zu kichern. »Du willst deine Eltern begrüßen, schon vergessen? Kannst du dich lange genug benehmen, um das zu bewerkstelligen?«

»Da bin ich mir nicht sicher, Lexi. Könnte sein, dass du mich zügeln musst.« Sein Blick glitt langsam über meinen Körper, bis meine Haut brannte. Es war, als hätte sich jede Zurückhaltung in Luft aufgelöst, seitdem Paisley wusste, dass wir miteinander ausgingen … aber wir mussten uns um ein Mindestmaß von Anstand bemühen.

Auf dem Weg zum Seeufer begegneten wir einem anderen Maxwell-Bruder, der offensichtlich dasselbe Ziel ansteuerte – der eine Bruder, den ich noch nicht kennengelernt hatte. Sam.

Anders als Travis sah er genauso aus wie auf den Fotos, die Paisley mir gezeigt hatte: kurze dunkle Haare und grüne Augen, die dank seiner gebräunten Haut noch mehr leuchteten. Er merkte auf, als er Tate und mich erblickte.

»Du bist die sagenumwobene Lexi, ja?«

»Ja, das bin ich«, bestätigte ich.

»Ich habe so viel Gutes über dich gehört, dass ich mich schon gefragt habe, ob du wirklich real sein kannst.«

»Sie ist sehr real«, sagte Tate. »Und sie gehört mir.«

»Ja, Bruder. Ich denke, das haben alle daran erkannt, dass du quasi an ihr festgewachsen bist.«

Ich spürte, wie meine Wangen brannten. Hatten alle anderen auch bemerkt, wie besitzergreifend er mich an sich zog? Ich hatte ihn deswegen geneckt, aber war nicht davon ausgegangen, dass andere darauf geachtet hatten. Doch anscheinend hatte ich die Maxwells unterschätzt.

Lena ließ Emmett und Paisley am Seeufer zurück und schloss sich uns an.

»Was für ein wunderbarer Tag! Travis hatte wirklich die richtige Idee damit, uns alle zusammenzubringen. Es ist schön hier«, sagte sie.

»Ja, ist es«, stimmte Sam ihr zu, ehe er seiner Mutter einen Kuss auf die Wange drückte. »Übrigens, ich glaube, Tyler ist angekommen. Und schaut mal.« Er machte große Augen. »Hey, ich glaube, er hat eine Frau dabei.«

Tate, Lena und ich drehten uns gleichzeitig um.

»Das muss die Überraschung sein, die er erwähnt hatte«, murmelte ich.

Die Frau an Tylers Arm war atemberaubend schön. Ihr Haar war kupferrot, und mit ihren Absätzen war sie genauso groß wie Tyler. Sie war schlank und wirkte in ihrem kurzen weißen Kleid wie ein Supermodel.

Tate schmunzelte. »Und Travis dachte, er bekäme ein Geschenk. Er war schon immer übermäßig optimistisch.«

»Sam«, sagte Lena ungewöhnlich scharf, »zieh deinen Bruder nicht auf.«

Sam drehte sich langsam zu seiner Mutter um. »Weswegen? Weil er mit einer Frau zur Party gekommen ist?«

»Genau«, antwortete seine Mutter streng.

Sam hob etwas entgeistert die Hände. »Du machst Witze. Er hat kein Wort darüber verloren, dass er mit jemandem ausgeht, aber jetzt bringt er sie mit zur Party. Du kannst nicht von mir erwarten, dass ich den Mund halte.«

Lenas Mundwinkel zuckten. Offensichtlich kämpfte sie mit einem Lächeln.

»Kann ich wirklich nicht, oder? Keine Ahnung, wieso ich es versucht habe.«

»Ein Versuch kann nicht schaden, Mom. Manchmal funktioniert es sogar«, antwortete Tate, doch ich hörte die Erheiterung in seiner Stimme.

»Ich würde sagen, dass ungefähr zehn Minuten vergehen, bevor alle sich um Tyler drängen, um ihn zu verarschen«, meinte Sam.

Letztendlich dauerte es nicht mal fünf Minuten. Allerdings überraschte mich, dass Tate sich zurückhielt, dann schlug die Überraschung in Misstrauen um.

Ich musterte ihn eingehend. »Was ist los? Willst du beweisen, wie vernünftig du bist?«

»Nö. Ich bin gnädig. Die halbe Familie hat sich bereits auf ihn gestürzt.«

»Aber du nicht?«, fragte ich skeptisch.

»Nein, noch nicht. Ich spare mir das für später auf. Du weißt, das Beste kommt immer zum Schluss.« Er ergriff meine Hand, dann wanderten wir gemeinsam am Seeufer entlang.

»Also bleiben wir nur hier, um den richtigen Augenblick abzuwarten? Damit komme ich klar.«

»Das … und ich möchte diesen Moment mit dir genießen«, sagte er schlicht und brachte damit erneut mein Herz zum Schmelzen. »Ich bin so froh, dass du hier bist.«

»Warum? Damit du mich befummeln kannst, wann immer du willst, sogar vor der Familie?«

Er lachte leise. »Sam hat bloß geblufft.«

»Woher weißt du das?«

»Weil er mein Bruder ist und ich das schon öfter erlebt habe, als ich zählen kann.«

»Okay, das ist ein gutes Argument. Also, zurück zum Thema, dass du glücklich über meine Anwesenheit bist. Auch wenn du es nicht zugibst, die Fummelei hat durchaus etwas damit zu tun.«

»Das werde ich nicht leugnen«, sagte er und blieb abrupt stehen. »Ich liebe es, mein Leben mit dir zu teilen, Lexi.« Er starrte meinen Mund an, ehe er mir in die Augen sah. »Ich liebe dich.«

Wow! Mir stockte der Atem, und meine Knie wurden weich.

»Tate«, flüsterte ich, vergrub die Finger im Stoff seines Hemdes und zog ihn näher an mich. »Du liebst mich?«, fragte ich, weil ich die Worte aus irgendeinem Grund noch mal hören musste.

»Ja, das tue ich. Ich liebe dich, Lexi.«

Ich würde diesen Moment niemals vergessen. Ich empfand schon seit einer Weile so, aber ich hatte gefürchtet, dass seine Gefühle nicht so tief gingen – dass er mich nicht lieben konnte.

»Ich liebe dich auch.«

Tate schaute mich ein paar Sekunden lang nur an, dann sah er sich um.

Was tat er da?

Auf einmal verstand ich – er suchte nach einem Versteck für uns.

Hmmm, was plante dieser Mann? Auf keinen Fall konnte er mich noch mehr dahinschmelzen lassen, als es sowieso schon der Fall war.

Plötzlich wurde mir klar, dass er das sehr wohl konnte. Er zog mich am See entlang nach rechts, zwischen ein paar Bäume und hinter einen riesigen Hortensienstrauch. Anschließend senkte er den Mund auf meinen und küsste mich leidenschaftlich.

Meine Knie gaben nach, sodass ich die Finger in seinen Schultern vergraben musste … aber er hörte nicht auf, mich zu küssen. Ich fühlte mich, als wäre ich die Luft, die er atmete; als brauche er mich mehr als alles andere. Und ich erwiderte den Kuss mit allem, was ich hatte. Er schob eine Hand in mein Haar und legte die andere an meine Hüfte, um die Finger in meinem Fleisch zu vergraben.

Erst als er leise stöhnte, brachen wir den Kuss ab. Er hob leicht den Kopf. »Verdammt. Ich werde noch die Kontrolle verlieren.« Seine Stimme war kaum mehr als ein Knurren.

»Ach ja?«, flüsterte ich. »Ich dachte, das wäre längst passiert.«

»Vertrau mir, das hättest du gemerkt.« Er sah mir tief in die Augen, die Hand immer noch in meinem Haar vergraben. »Ich wünschte, die Party wäre bereits vorbei, damit wir allein sein können.«

»Hey, sag das nicht. Travis hat lange auf diese Party hingearbeitet.«

»Ich weiß. Aber ich kann nichts gegen meine Wünsche tun. Wir beide. Ungestört.«

»Bis dahin dauert es nur noch ein paar Stunden«, flüsterte ich.

»Und dann werde ich mich nicht mehr zurückhalten, Lexi. Kein bisschen.«

22 Tate

Im Verlauf des Tages beobachtete ich, wie meine Freundin Spaß mit meiner Familie hatte. Sie machte nicht nur Small Talk oder lächelte höflich; sie schien sich ehrlich zu freuen, dabei zu sein und alle kennenzulernen.

Lexi unterhielt sich mit jedem, sogar mit Tylers Freundin Blair. Ich hatte bloß ein paar Worte mit ihr gewechselt, bevor sie ihr Handy herausgezogen hatte, um bei Instagram ein Foto ihres Cocktails zu posten. Anders als Lexi wirkte sie nicht besonders glücklich mit der Gesellschaft. Tatsächlich erinnerte sie mich an Nora, die sich während Familienfeiern ständig beschwert hatte, dass das alles zu viel war; dass alle so anstrengend wären. Ihr hatte die Vorstellung gefallen, in die Maxwells eingeheiratet zu haben … aber die Realität hatte sie enttäuscht.

Am Nachmittag trat Tyler neben mich.

»Muss ich mir Sorgen machen, weil du mich nicht aufziehst?«, fragte er.

»Wieso? Hast du damit gerechnet?«

»Offensichtlich.«

»Ich dachte, ich schone dich. Alle anderen haben sich bereits auf dich und deine Freundin gestürzt. Ich kann mir Zeit lassen.«

Er nickte. »Sehr großzügig von dir, vielen Dank.«

»Wie lang geht die Beziehung schon? Wieso hast du niemandem etwas erzählt?«

»Hey, ich dachte, du willst mich nicht in die Mangel nehmen!«

»Tue ich nicht. Ich bin nur neugierig.«

»Wir gehen noch nicht lange miteinander aus, aber ich dachte, warum nicht? Eine Party ist eine gute Gelegenheit, ihr den Clan vorzustellen. Außerdem wusste ich, dass Lexi heute hier sein und damit die Hauptattraktion sein würde.«

Ich schnaubte. »Achte drauf, dass Travis das nicht hört. Er denkt immer noch, er stände im Rampenlicht.«

»Tut er wirklich, nicht wahr?«, fragte Tyler amüsiert. »Übrigens, wo ist deine Freundin?«

»Sie war hier irgendwo mit Reese.« Ich sah mich um und entdeckte die beiden neben dem Eingang zum Restaurant. Sofort bemerkte ich, dass etwas nicht stimmte. Reese hatte die Schultern hochgezogen, und Lexi tätschelte ihr den Rücken.

Neben mir richtete Tyler sich höher auf. Offensichtlich war ihm dasselbe aufgefallen.

»Weißt du, was los ist?«, fragte er angespannt.

»Nein. Lass es uns herausfinden.«

Das Gespräch zwischen Lexi und Reese brach abrupt ab, als wir uns näherten.

»Was ist los?«, fragte Tyler.

Reese sah von Lexi zu mir und zu ihm und meinte: »Es hat keinen Sinn, euch etwas zu verheimlichen. Ich bin total durch den Wind.«

»Ich weiß. Du wirktest angespannt. Deswegen sind wir gekommen«, meinte Tyler.

»Malcolm ist hier. Er hat ständig auf ein Gespräch gedrängt, aber ich habe ihn auflaufen lassen. Vermutlich geht es darum, dass die Besitzer des Nebengebäudes sich der Klage angeschlossen haben. Etwas, was weder du noch Declan mir mitgeteilt hat.« Sie starrte mich frustriert an.

Ich schloss die Augen, weil eine Welle von Schuldgefühlen mich überschwemmte. Wieso lernte ich nie dazu? Der Versuch, irgendwen zu beschützen, ging quasi immer nach hinten los.

»Reese …«

»Spielt keine Rolle. Ich weiß, dass du es gut gemeint hast. Aber ich fühle mich ein bisschen dämlich, weil ich ihm diese Adresse genannt habe.«

»Du bist nicht dämlich«, widersprach ihr Tyler sofort.

»Vor allen Anwesenden macht er wahrscheinlich keine Szene. Ich werde mich auf dem Parkplatz mit ihm treffen und mit ihm reden, damit er niemanden sonst belästigt.«

»Allein?«, fragte ich. »Auf keinen Fall. Wir kommen mit.«

»Unbedingt«, sagte Tyler. »Egal, was er zu sagen hat, er kann es auch vor uns sagen.«

»Ihr müsst nicht mitkommen. Bleibt hier und genießt die Party«, sagte Reese.

Lexi tätschelte ihr erneut die Schulter. »Ich halte es für eine gute Idee, wenn die beiden dich begleiten. Er muss sehen, dass du die Unterstützung der Familie hast. Sei bestimmt, okay? Lass dich nicht wieder von ihm runtermachen.«

Sie sollte sich nicht wieder von ihm runtermachen lassen? Reese hatte mir nichts dergleichen erzählt. Zum ersten Mal dämmerte mir, dass sie mir vielleicht auch nicht immer alles anvertraute. Aber offenbar vertraute sie Lexi – die wirklich mitfühlend wirkte. Meine Freundin überraschte mich immer wieder.

»Okay. Okay. Vielleicht ist das sinnvoll«, meinte Reese. »Ich werde nicht lange draußen bleiben.«

»Wann kommt er?«, fragte ich.

»Er müsste jede Minute da sein.« Ihre Stimme klang ziemlich hoch.

»Komm. Lasst uns rausgehen und schauen«, sagte Tyler.

»Okay. Aber bitte erzählt es niemand anderem. Ich will Travis' Party nicht sprengen. Er hat monatelang unglaublich hart gearbeitet. Ich will, dass er an seinem großen Tag glücklich ist, statt sich Sorgen zu machen, weil ich falsche Entscheidungen getroffen habe.«

Tyler und Reese gingen zum Gartentor. Ich blieb absichtlich zurück und wartete, bis sie mich nicht mehr hören konnten, bis ich Lexi fragte: »Was ist los? Ich habe Reese schon eine Weile nicht mehr so angespannt gesehen.«

»Ich glaube, sie fühlt sich überfordert und ist die ständigen Streitereien leid. Und ich fürchte, dass sie tief in sich drin noch etwas für ihn empfindet… was alles nur schwerer macht.«

»Du hast etwas darüber gesagt, dass er sie runtergemacht hätte. Worauf bezog sich das? Bisher habe ich noch nie etwas davon gehört.«

Lexi schüttelte den Kopf. »Das ist im Moment nicht wichtig. Sei einfach für sie da, okay? Die Nähe ihrer Familie wird ihr Kraft geben.«

»Ich werde sie vor diesem Volltrottel beschützen.«

Lexi schenkte mir ein warmes Lächeln. »Genau. Sei mein Held. Du bist so verdammt sexy, wenn du diesen Hut aufsetzt.«

»Merk dir diesen Gedanken«, sagte ich, bevor ich Tyler und Reese folgte.

Wir gingen um das Restaurant herum zum Parkplatz. Nachdem Travis den ganzen Laden gemietet hatte, war die Fläche relativ leer.

Malcolm stieg aus einem Mercedes. Es saß noch ein zweiter Mann im Auto, doch der blieb sitzen. Malcolm sah von mir zu Tyler, offensichtlich nicht erfreut, uns zu sehen. Dumm gelaufen. Ich war auch nicht glücklich über seine Anwesenheit.

»Ich habe dich um ein Gespräch unter vier Augen gebeten«, erklärte er Reese. »Ohne diese beiden oder sonst wen.«

Reese stand hoch aufgerichtet vor ihm. »Ich muss deinen Forderungen nicht nachgeben. Nicht mehr, Malcolm.«

»Wann, zum Teufel, habe ich je irgendwas gekriegt, was ich wollte? Es ging immer bloß um dich, dich, dich.«

»Klar. Natürlich. Es ist meine Schuld, dass du mich betrogen hast. Ich bin an allem schuld«, sagte Reese. Dabei klang sie unglaublich müde, als fehle ihr einfach die Kraft, weiter gegen ihn zu kämpfen. Aber das stellte kein Problem dar, weil ich den Kampf für sie beenden konnte. Dieser Schwachkopf wusste gar nicht, mit wem er sich angelegt hatte. Gegen sein Fremdgehen konnte ich nichts machen, doch ich würde auf keinen Fall zulassen, dass er auf Reese herumhackte oder Grans Gebäude in die Finger bekam.

»Was auch immer du zu sagen hast, ich würde vorschlagen, dass du es ausspuckst«, sagte ich kühl. »Unsere Rechtsanwälte stehen in Kontakt. Informationen werden zwischen ihnen ausgetauscht. Für ein persönliches Treffen besteht keinerlei Notwendigkeit.«

»Deswegen wollte ich mich nicht mit dir treffen«, blaffte er. »Ich wollte mit ihr reden.«

»Warum?«, fragte Reese. »Dachtest du, du könntest mich in eine Einigung pöbeln?«

Malcolm sah erneut zwischen mir und Tyler hin und her, der bisher kein Wort gesagt hatte. Wenn Tyler still war, verhieß das nichts Gutes.

»Hör mir gut zu. Du willst das nicht tun. Euer kostbarer Maxwell-Name ist nicht so unangreifbar, wie ihr denkt. Ich brauche dieses Gebäude. Mein verdammter Job bei der Halsey Group hängt davon ab, dass diese Wellness-Oase eröffnet wird.«

»Weißt du was?«, sagte Reese. »Du bekommst gar

nichts. Gran ist quasi wie meine Mutter, und sie gehört zu den besten Menschen, die ich kenne. Dieses Gebäude war das Erste, das sie zusammen mit Grandpa gekauft hat, und es bedeutet ihr eine Menge. Du wirst nicht die oberen Stockwerke übernehmen und sie damit aufregen.«

»Ich bin diese Familie und euer sentimentales Gelaber so leid. Hier geht es ums Geschäft, und ich will dieses Gebäude. Und weder deine Cousins noch dein Miststück von Schwester oder du werden mir dabei im Weg stehen.«

Tyler trat direkt vor Malcolm. »Geh weg, oder ich schwöre, ich …«

»Was schwörst du, du Geck?«, verhöhnte Malcolm ihn. »Wirst du dir die Hände schmutzig machen? Deinen Ruf beschmutzen? Was genau bist du ohne ihn wert? Gar nichts. Genau.«

»Leute, brockt euch meinetwegen keinen Ärger ein!«, sagte Reese. Sie klang fast verzweifelt.

Ich trat vor, mit der festen Absicht, die Situation zu lösen, bevor sie eskalieren konnte. Malcolms einzige Waffe war die Provokation. Aber es war zu spät. Denn schon im nächsten Moment schubste er Tyler, um ihm im Anschluss in den Bauch zu schlagen.

Die nächsten Minuten herrschte Chaos. Tyler rammte Malcolm die Faust gegen das Kinn, dann warf Malcolm sich auf Tyler. Beide fielen zu Boden. Und sie hörten nicht auf, sondern rollten in den Graben neben dem Parkplatz, der frisch aussah, ungefähr knietief und ziemlich breit war.

Reese kreischte.

»Schluss jetzt!«, brüllte ich und sprang zu den beiden Gegnern in den Graben. Ich zerrte Malcolm von Tyler herunter und schleuderte ihn zur Seite, ehe ich meinem Bruder die Hand entgegenstreckte. Seine Nase war blutig, aber er schüttelte den Kopf und lehnte so meine Hilfe ab. Ich drehte mich zu Malcolm um und zeigte mit dem Finger auf ihn. »Hör sofort auf, oder ich werde weitermachen, wo mein Bruder aufgehört hat!«

»Verschwinde, Malcolm!« Reese richtete sich hoch auf. »Du wirst nicht bekommen, was du willst.«

Er schnaubte. »Das denkst du. Ich wette, wenn ich versucht hätte, mich wieder lieb Kind bei dir zu machen, hättest du mich zurückgenommen.«

Reese schloss die Augen und atmete einmal tief durch. »Du bist so ein Arschloch.«

Am liebsten hätte ich den Idioten auch geschlagen, doch ich musste mich zurückhalten, weil Tyler sich sonst gleich wieder in den Kampf gestürzt hätte.

Der Kerl in Malcolms Auto hielt sein Handy hoch. Filmte der uns etwa?

»Was geht hier vor sich?«, erklang eine vertraute Stimme aus Richtung des Gartens. Declan joggte auf uns zu. Er musterte die Szene vor sich, von Tylers blutiger Nase bis zu Malcolms hochrotem Kopf.

»Verschwinde, oder ich zeige dich an!«, sagte Declan.

»Dumm gelaufen, du Winkeladvokat«, verkündete Malcolm selbstgefällig grinsend. »Ich werde derjenige sein, der eine Anzeige erstattet. Und dann werden wir ja sehen, wie es vor Gericht läuft.«

»Du bist hergekommen, um uns zu provozieren.« Mich überraschte immer wieder, wie Declan selbst in solchen Situationen so ruhig bleiben konnte. Doch das war einer der Gründe, warum er einer der besten Anwälte im ganzen Bundesstaat war. »Wenn du deinen Anwalt jetzt anrufst, wird er dir mitteilen, dass deine Handlungen dir im Prozess nicht helfen werden. Weißt du was? Ich werde ihn selbst anrufen, genauso wie die Polizei. Und dann werden wir ja sehen, was sie zu sagen haben.«

Malcolms breites Lächeln gefiel mir gar nicht. »Ist nicht nötig. Ich habe, wofür ich hergekommen bin.«

Mir fehlte die Zeit, seine Aussage zu analysieren. Reese stand kurz vor dem Zusammenbruch. Sie war stark, aber selbst der stärkste Mensch brauchte mal eine Auszeit.

Tyler stand unnatürlich still, was mir verriet, dass irgendetwas nicht stimmte.

Doch er sagte nichts. Gemeinsam beobachteten wir, wie Malcolm in den Wagen stieg und davonfuhr.

Ich ging sofort zu Tyler, genau wie Reese auch. »Geht es dir gut?«, fragte sie ihn.

Gleichzeitig fragte Declan: »Was, zum Teufel, habt ihr euch dabei gedacht? Wir wussten doch, dass er wahrscheinlich etwas Derartiges probieren würde. Genau davor hatte ich euch gewarnt.«

»Declan«, blaffte ich, »dafür haben wir jetzt keine Zeit.«

»Ach nein? Wieso? Was haben wir denn Besseres zu tun?«

»Nun, zum einen muss ich ins Krankenhaus«, sagte Tyler, und seine gepresste Stimme schockierte mich. »Irgendwas stimmt mit meiner Schulter nicht. Wir können gern Sam holen, aber ich bin mir sicher, ich muss ins Krankenhaus.«

In diesem Moment wurde mir klar, dass Tyler wirklich Schmerzen haben musste. Eishockey war ein brutaler Sport, und ich hatte schon viele Stürze meines Bruders beobachtet. Doch noch nie zuvor hatte er so reagiert.

***

»Also, das war jetzt wirklich eine Katastrophe«, meinte ich später am Abend, nachdem Lexi und ich zu Hause angekommen waren. Tyler war mit Reese, Declan und Blair ins Krankenhaus gefahren, hatte jedoch darauf bestanden, dass die Party weiterging. Wir hatten den Vorfall nicht vor der Familie verheimlichen können, aber trotzdem unser

Bestes gegeben, Travis den Tag nicht zu versauen. Das war ungefähr eine Stunde gut gegangen, bis Declan mir eine Nachricht geschrieben hatte, dass Tyler sich die Schulter böse ausgerenkt hatte und sich auf eine intensive Reha einstellen musste.

Damit bestand durchaus das Risiko, dass er in der nächsten Spielsaison nur auf der Tribüne sitzen würde. Das dämpfte die Laune doch sehr. Nicht mal Luke oder Sam gaben sich zuversichtlich.

Travis kam gut damit klar. Er war nicht sauer, dass die Party ein abruptes Ende fand, aber ziemlich stinkig, weil wir ihm nichts von Malcolms Auftauchen erzählt hatten.

»Ja, war es«, sagte Lexi.

Wir hatten das ganze Haus für uns, weil Paisley den Abend bei meinen Eltern verbrachte. Sie würden sie morgen zurückbringen.

Wir ließen uns auf die Couch sinken, und ich zog Lexi auf meinen Schoß. Sofort setzte sie sich rittlings auf mich.

»Das Familiendrama tut mir leid«, sagte ich.

»Du musst dich nicht entschuldigen. Ich finde es toll, wie ihr zusammenhaltet.«

Das liebte ich an ihr. Sie urteilte nicht, sondern verstand, wie viel mir meine Familie bedeutete. Außerdem schien sie diesen Umstand gutzuheißen. Dennoch fragte ich mich, ob es nicht irgendwann zu viel werden würde.

»Worüber denkst du nach?«, fragte sie.

»Spielt keine Rolle. Was hat es mit diesem Lächeln auf sich?«

»Mir ist gerade eingefallen, dass du mir heute gesagt hast, du liebst mich und wünschtest, die Party wäre vorbei. Und nun ist sie das auch.«

Ich schmunzelte. »Stimmt. Jetzt zeige ich dir, was ich geplant habe … und du wirst es lieben.«

»Ach ja?«

»Versprochen. Den ganzen Tag habe ich mich darauf gefreut, endlich mit dir allein zu sein. Ich mag es, wenn wir gemeinsam Zeit mit Paisley verbringen, aber ich bin auch gern mit dir allein. Du erdest mich. Du schenkst mir Frieden.« Ich küsste ihren Hals. »Du erregst mich.«

Kichernd wand sie sich auf meinem Schoß. »Oh, ich errege dich wirklich. Und das ziemlich schnell. Bekomme ich dafür einen Preis?«

»Ja, bekommst du. Ich will dir alles geben, was du willst, Lexi, und das immer. Wenn du dir etwas wünschst, sag es mir, und ich werde einen Weg finden, es möglich zu machen. Ich will, dass du bekommst, was du verdienst.«

»Und das wäre?«, fragte sie mit großen Augen.

»Alles.« Ich sah ihr tief in die Augen. »Ich will dir alles geben, was ich zu geben habe.«

Sie biss sich auf die Unterlippe und lehnte sich dann vor. Ich küsste sie fast verzweifelt. Meine Hände wanderten über ihre Schenkel, anschließend zu ihren Knöcheln. Ich hatte mich den gesamten Tag nach ihr verzehrt, und jetzt überwältigte mich diese Leidenschaft. Mit mühsam gezügelten Bewegungen schob ich die Hände unter ihr Kleid und genoss, wie sich unter meinen Fingern sofort eine Gänsehaut bildete. Dann umfasste ich ihren Hintern und stand mit ihr in den Armen auf. Mit einem Quietschen schlang sie die Arme um meinen Hals.

Ohne sie abzusetzen, wanderte ich durchs Haus, die Treppe nach oben und direkt in mein Schlafzimmer. Ich küsste Lexi noch einmal, ehe ich sie abstellte. Ich wusste, dass ich mich heute nicht zügeln konnte. Dann riss ich ihr das Kleid über den Kopf, quasi bevor sie ihr Gleichgewicht wiedergefunden hatte. Ihre Haut war gebräunt, dank der vielen Ausflüge, die sie mit Paisley machte. Ich genoss es, ihr BH und Höschen auszuziehen, und ließ die Finger sanft über die Stellen gleiten, die kaum Sonne gesehen hatten.

Diese helle Haut war nur für mich. Niemand sonst sah sie, wie ich es tat.

Meine eigene Kleidung schien mich einzuengen. Als Lexi also nach dem Saum meines T-Shirts griff, half ich ihr bereitwillig. Gemeinsam machten wir kurzen Prozess mit meiner Kleidung.

»Setz dich aufs Bett, Lexi«, sagte ich. »Nicht an den Rand, sondern wirklich auf die Matratze. Und spreiz die Beine für mich.«

Ich konnte den Blick nicht von ihr abwenden. Sie war so verdammt schön, wie sie da nackt und bereit für mich saß.

»Du bist perfekt«, erklärte ich ihr. Sie errötete jedes Mal, wenn ich ihr ein Kompliment machte. Aber ich würde die Worte so lange wiederholen, bis sie nicht mehr zweifelte. Für mich war sie die schönste Frau auf der Welt. Und die einzige. Ich wollte andere Frauen nicht mal mehr ansehen.

Einladend öffnete sie die Beine, streichelte ihre Brüste, spielte kurz mit ihren Nippeln, ehe sie eine Hand zwischen ihre Beine schob und ihre Klitoris liebkoste. Ich schlang die Finger um meinen Schwanz und begann, die Hand im Takt ihrer Berührungen zu bewegen.

Ihr Blick wurde wild. Sie begehrte mich genauso sehr wie ich sie, obwohl ich das niemals für möglich gehalten hätte. Das war mehr als Lust. Es war ein grundlegendes Bedürfnis. Ich bezweifelte schwer, dass ich jemals genug von ihr bekommen würde, egal, wie oft ich sie auch nahm.

Langsam trat ich näher und umfasste meinen Ständer fester, während ich den Blick auf ihren wunderschönen Körper gerichtet hielt. Ich sank vor dem Bett auf die Knie, ließ den Mund über die Innenseite ihres Schenkels gleiten, ohne meine Erektion freizugeben. Ihre Haut war weich und roch nach Duschgel. Doch unter dem Parfüm nahm ich ihren ganz eigenen Geruch wahr und konnte nicht genug davon bekommen.

Mit der linken Hand packte ich ihren Knöchel und schob ihn nach oben. »Du bist unglaublich«, murmelte ich an ihrer Haut. »Und du gehörst mir.«

»Ja«, flüsterte sie.

»Sag es. Ich will es hören. Sag, dass du mir gehörst.«

»Ich gehöre dir«, flüsterte sie mit zitternder Stimme.

Mein Mund schwebte knapp vor ihrer Mitte, aber dann konnte ich mich nicht länger zurückhalten. Ich presste die Zunge gegen ihre Öffnung. Tiefe Befriedigung erfüllte mich, als sie den Rücken durchdrückte und mit den Beinen meinen Kopf umklammerte. Mit sanftem Druck meiner Hände öffnete ich ihre Schenkel wieder.

»Oh, tut mir leid.«

Ich sah zu ihr auf. »Dann schauen wir mal, dass so was nicht noch mal passiert.«

Sie sah mich mit großen Augen an.

»Rutsch noch tiefer aufs Bett«, sagte ich mit einem Augenzwinkern.

»Okay.« Sie rutschte nach hinten, bis auch ihre Füße auf der Matratze ruhten.

Sofort packte ich ihre Knöchel.

»Ich werde dafür sorgen, dass sie genau da bleiben«, erklärte ich, bevor ich den Mund auf ihre Klitoris senkte und daran saugte.

Lexis leidenschaftliche Schreie hallten durch den Raum. Ich würde nie genug davon bekommen. Es war unglaublich befriedigend, zu hören, wie sehr ich sie erregte. Ich wollte sie verwöhnen, bis sie es kaum mehr ertragen konnte. Ich wollte, dass sie so kam, die Beine weit für mich geöffnet.

Ich konnte spüren, wie nahe sie ihrem Höhepunkt war. Damit sie nicht erneut die Schenkel schließen konnte, hielt ich ihre Füße auf dem Bett fest. Die erzwungene Bewegungslosigkeit würde jede Empfindung intensivieren. Sie mochte es … und ich auch.

Es war ein berauschendes Gefühl, für ihre Ekstase verantwortlich zu sein. Ich wollte ihr so intensive Lust bereiten, dass sie ihren eigenen Namen vergaß. Ich liebkoste ihre Klitoris, sog sie in meinen Mund und hörte, wie Lexis Wimmern immer verzweifelter wurde, wie ihre Atemzüge sich beschleunigten. Dann kam sie gewaltig, presste mir ihre Hüften entgegen, rief wie in einer Beschwörung immer wieder meinen Namen. Sie war berauschend, und ich brauchte sie. Jetzt sofort.

Ihr Orgasmus war noch nicht ganz verklungen, als ich sie im Bett höher nach oben schob. Ich streifte mir ein Kondom über, das auf dem Nachttisch gelegen hatte, bevor ich sie auf mich zog. Sie keuchte, dann senkte sie den Blick, umfasste meinen Schwanz und rieb ihn an ihrer Klitoris. Lust durchfuhr mich. Ihre Handlung war so unerwartet, dass mir der Atem stockte.

»Lexi«, stöhnte ich leise.

Sie lächelte, ohne etwas zu sagen. Stattdessen bewegte sie sich über mir, ließ meine Spitze mehrfach durch ihre Schamlippen gleiten, ehe sie sich auf mich senkte. Bisher hatte ich die Kontrolle gehabt, aber nun wollte sie übernehmen. Ich verlor fast den Verstand. Jedes Mal, wenn ich mit Lexi zusammen war, empfand ich unser Liebesspiel intensiver. Sie zog die Hände an ihre Taille. Ich lenkte ihre Bewegungen, senkte sie immer schneller auf mich.

Dann sog ich einen Nippel in den Mund, während sie mich ritt. Das war perfekt. Lexi war perfekt. Wie sie sich um mich anfühlte. Es war so sexy, wie sie sich mir hemmungslos hingab. Sie war immer noch empfindlich, aber ich wollte nicht, dass der zweite Orgasmus dem ersten in irgendeiner Weise nachstand. Ich würde nie genug davon bekommen, zu beobachten, wie sie in meinen Armen zum Höhepunkt kam.

Ich spürte die Veränderung in ihrem Körper. Langsam

verengten sich ihre inneren Muskeln um mich. Sie schloss fest die Augen. Ihre Bewegungen wurden geradezu verzweifelt, und sie pulsierte wunderbar um meinen Ständer. Danach rief sie meinen Namen, und ich explodierte in ihr, stieß jedoch weiter in sie, bis wir beide die letzte köstliche Zuckung ausgekostet hatten und erschöpft waren.

Wie benebelt lagen wir nebeneinander. Ich mochte es auch, einfach nichts mit ihr zu tun, mich auszuruhen, ohne einen Plan oder Eile. Sie ließ Küsse auf meine Brust niederregnen und umkreiste mit den Fingerspitzen meine Brustwarzen.

»Da ist aber jemand glücklich!«, zog sie mich auf.

»Du machst mich so verdammt glücklich, Lexi.«

»Niemand hat je solche Gefühle in mir ausgelöst wie du«, flüsterte sie, und ihr Geständnis berührte mich tief.

Also beschloss ich, mich auch zu öffnen. »Für mich gilt dasselbe, Lexi. Ich habe noch nie auf diese Weise für jemanden empfunden.«

Sie riss die Augen auf.

»Niemals.«

»Wirklich?« Sie strahlte. »Ich auch nicht.«

»Ich meine das ernst, Süße.«

Freudestrahlend sprang sie auf und tanzte kurz durchs Schlafzimmer. Ich beobachtete sie lachend. Diese Frau war wirklich eine Nummer.

»Ich war noch nie so glücklich wie heute. Na ja, abgesehen davon, dass Tyler im Krankenhaus gelandet ist.« Sie kniff die Augen zusammen. »Glaubst du, er braucht Aufmunterung?«

»Ich glaube, Tyler braucht genau das … und zwar eine Menge davon. Reese ist wahrscheinlich schon dran.«

»Ich kann helfen. Ich meine, ich kenne Tyler nicht so gut wie sie, aber manchmal kann das auch helfen.«

»Komm her, Lexi.« Ich klopfte auf die Matratze, und

sofort legte sie sich wieder hin und kuschelte sich an mich. Der Tag mochte eine ziemliche Katastrophe gewesen sein, doch ich hatte noch nie solches Glück empfunden. Sie zu spüren, war genau das, was ich brauchte. *Sie* war genau das, was ich brauchte.

»Du bist es immer noch nicht leid, mich zu befummeln, hm?«, fragte sie kichernd.

»Niemals.«

***

Am nächsten Morgen wachte ich vor Lexi auf und ging ins Erdgeschoss, wo ich direkt auf den Kühlschrank zuhielt. Ich holte Schinken, Käse, Toast und Tomaten heraus, kochte Kaffee und arrangierte alles auf einem Tablett, um es nach oben zu tragen. Lexi fand es immer wunderbar, wenn ich ihr Frühstück ans Bett brachte, und ich bekam nicht oft die Gelegenheit dazu. Ich wollte sie verwöhnen.

Sie rührte sich, als ich das Schlafzimmer betrat, dann öffnete sie langsam die Augen. Sie war atemberaubend, selbst mit glasigen Augen und in alle Richtungen abstehenden Haaren. Lexi beim Aufwachen zu beobachten, löste etwas in mir aus. Ich wollte nicht, dass sie mein Bett oder mein Haus verließ. Ich wollte jeden Morgen neben ihr aufwachen.

»Hey«, flüsterte sie.

»Guten Morgen, meine Schöne.« Ich stellte das Tablett auf den Nachttisch. Sie dagegen zog die Decke bis an ihre Nase und dann fast bis an die Augenbrauen.

»Lexi, was tust du da?«

»Gar nichts.«

Ich zog das Laken wieder nach unten, um ihr Gesicht sehen zu können. Ihre Augen waren noch vom Schlaf verquollen.

»Ich fühle mich total zerknautscht. Überhaupt nicht schön.«

»Vertrau mir, das bist du.« Ich beugte mich zu ihr und spielte an einer der Strähnen neben ihrem Gesicht. »Ich werde dir zeigen, wie perfekt du für mich bist. Sobald du gefrühstückt hast.«

Ich nickte in Richtung des Tabletts. Sie folgte meinem Blick, dann war sie sichtlich erstaunt.

»O mein Gott. Du hast mir Frühstück ans Bett gebracht.«

Ich lachte. »Du hast ehrlich nicht gesehen, wie ich vor ein paar Sekunden mit dem Tablett in den Raum getreten bin?«

»Ähm … dich habe ich gesehen, aber weitere Details habe ich nicht bemerkt.« Verlegen lächelnd schob sie sich ans Kopfende, und ich stellte das Tablett über ihren Schoß.

»Teilen wir uns das Essen?«

»Nö. Ich habe keinen Hunger.«

Sie nahm einen Bissen und schloss genussvoll die Augen.

»Mmmm«, stöhnte sie. »Das ist eine tolle Art, den Tag zu beginnen. Ich liebe Frühstück und Kaffee.«

»Ich stehe nicht auf dieser Liste?«

Sie öffnete ein Auge. »Doch, tust du.«

»Gut. Für einen Moment habe ich mir schon Sorgen gemacht. Was willst du heute tun?«

»Keine Ahnung. Worauf hättest du Lust?«

»Dich.« Ich wackelte mit den Augenbrauen. »Aber ich sollte wahrscheinlich mit Declan reden, um herauszufinden, welche Art von Schadensbegrenzung der gestrige Tag nötig gemacht hat.«

»Wer wird es Beatrice erzählen?«

Ich räusperte mich. »Einer meiner Brüder.«

Lexi lachte. »Du fürchtest dich vor deiner eigenen Großmutter, hm?«

»Keineswegs. Ich wähle die Schlachten, die ich führe, nur weise aus.«

»Aha. Klar. Okay, ich tue jetzt einfach mal so, als würde ich das glauben. Was willst du heute noch tun … außer, mit Declan zu reden?«

»Alles, was du willst. Ich liebe es, Zeit mit dir zu verbringen. Ich will dich glücklich machen, Lexi.«

»Das tust du allein bereits dadurch, dass du so was sagst.« Sie seufzte. »Warte, bis ich meinen Kaffee getrunken habe, bevor du mich dahinschmelzen lässt, okay?«

»Auf keinen Fall, Ma'am. Ich muss effektiv in den Tag starten.« Grinsend zog ich die Decke tiefer und ließ eine Hand an der Innenseite ihres Schenkels nach oben gleiten. Ich fand wunderbar, wie sie sofort die Beine für mich öffnete. Dann ließ ich meine Hand auf halber Höhe zwischen Knie und ihrer Mitte verweilen und lehnte mich vor, um einen Kuss auf die Haut dort zu drücken.

Sie schnappte nach Luft und vergrub die Finger im Kissen neben sich. Mit einem frechen Lächeln richtete ich mich wieder auf.

»Oooh, du willst mich zum Dahinschmelzen bringen und mich erregen.«

»Immer. Aber ich bin klug genug, dich nicht von deinem Essen fernzuhalten.«

Sie lachte. »Du lernst schnell. Das gehört auch zu den Dingen, die ich an dir liebe.«

Sobald sie aufgegessen hatte, duschten wir gemeinsam. Danach rasierte ich mich bei offener Tür und lauschte auf die Musik, die Lexi in voller Lautstärke spielte. Wie sie hin und wieder mitsang, besonders beim Refrain, entlockte mir ein amüsiertes Glucksen. Ich liebte es, ihre Stimme im Haus zu hören und sie bei mir zu haben.

Als ich die Treppe nach unten stieg, saß sie im Sessel und tippte auf ihrem iPad herum. Sie drehte die Musik leiser, aber ein Bein wippte immer noch im Takt.

»Was tust du da?«, fragte ich.

»Ich schicke meinen Eltern ein paar Fotos von der Party gestern.«

»Auch welche, auf denen wir beide zu sehen sind?«

»Ähm, nein. Ich habe nur ein paar Schnappschüsse gemacht.«

Ich wackelte mit den Augenbrauen und setzte mich auf die Armlehne neben sie. »Willst du ihnen ein Selfie schicken? Wie sollen sie denn sonst erfahren, mit was für einem Adonis du ausgehst?«

Ihre Mundwinkel zuckten. »So beschreibst du dich selbst?«

Ich umfasste ihr Gesicht und sah ihr in die Augen. »Du gehörst mir, Lexi. Ich möchte, dass sie es auch erfahren.«

Sie benetzte die Lippen, ehe sie nickte. »Oh, aber ich habe ihnen ein Bild von dir, mir und Paisley geschickt, bevor wir zur Party aufgebrochen sind. Ich kann aber gern noch eines schicken. Nur ein Tipp. Setz ein elterntaugliches Lächeln auf. Keinen Schlafzimmerblick. Damit sammelst du keine Pluspunkte.«

»Zur Kenntnis genommen.«

Doch bevor ich die Hand zurückzog, ließ ich den Daumen kurz über ihre Unterlippe gleiten.

Sie schaltete die Kamera des iPad an und drehte das Display in unsere Richtung. Ich setzte ein professionelles PR-Lächeln auf.

Sofort rammte Lexi mir den Ellbogen in die Seite. »So habe ich das nicht gemeint. Ich will ein ehrliches Lächeln.«

»So viele Anweisungen«, zog ich sie auf, dann lächelte ich natürlich.

Sie schoss ein paar Bilder und schickte sie in die Gruppe mit ihren Eltern.

Im Anschluss ließ sie das Gerät auf die Sessellehne sinken und zappelte nervös.

Irgendetwas stimmte da nicht.

»Du wirkst nervös.«

»In zwei Wochen geht die Schule wieder los. Wir haben noch nicht darüber gesprochen, wie es dann weitergeht. Willst du nach einem anderen Kindermädchen suchen? Ich bin eine Stunde früher fertig als Paisley, also könnte ich sie von der Schule abholen und herkommen, um etwas zu unternehmen.« Sie schluckte und wandte den Blick ab, ehe sie eilig hinzufügte: »Wenn du das denn möchtest.«

»Ich hätte einen anderen Vorschlag.« Ich ließ die Fingerspitzen über ihren Arm gleiten und sah ihr tief in die Augen. »Zieh bei uns ein.«

»Tate, meinst du das ernst?«, flüsterte sie.

»Ja, verdammt. Ich fände es wunderbar, dich hierzuhaben. Dann könnte ich dich jeden Abend verwöhnen, und zwar gründlich.«

Sie kniff die Augen zusammen. »Du warst schon bis jetzt sehr gründlich.«

»Stell dir vor, wie viel mehr möglich wäre, sobald du dauerhaft hier lebst.« Ich küsste ihre Schulter und streichelte weiter ihren Arm. Ich konnte spüren, wie angespannt sie war.

»Das fände ich toll. Ich kann es kaum erwarten. Das wird wunderschön. Paisley und ich dürften nach Schulbeginn am Nachmittag immer etwas in den Seilen hängen, aber ich glaube, bis es kalt wird, können wir uns trotzdem am See herumtreiben. Und wenn ich noch irgendeinen Freelancer-Job ergattere, den ich im Homeoffice erledigen kann, bis sie mit den Hausaufgaben fertig ist, wäre das noch besser.«

Ich richtete mich abrupt auf. »Wovon redest du?«

»Ähm … ich habe mit meinen Eltern gesprochen, und es sind immer noch eine Menge Rechnungen offen.«

Ich legte eine Hand an ihr Kinn und hob ihr Gesicht, bis sie mich ansehen musste. »Dabei kann ich helfen.«

»Danke, aber das ist nicht nötig.«

»Was? Wieso ist das nicht nötig. Du hast gerade gesagt, dass noch Rechnungen bezahlt werden müssen.«

»Na klar, aber das kriege ich schon hin.«

»Lexi …«

»Ich würde mich damit nicht wohlfühlen.«

»Aber du gehörst mir.«

Sie lachte leise, doch ich bemerkte, dass ihre Entschlossenheit ein wenig ins Wanken geriet.

»Es fühlt sich trotzdem nicht richtig an.«

»Wir werden ein andermal darüber reden«, meinte ich und strich ihr sanft über die Wange. Jetzt war nicht der richtige Moment dafür. Diese Schlacht würde ich ein andermal gewinnen.

Sie kicherte, dann hob sie sich auf dem Sessel auf die Knie, nur um die Stirn zu runzeln. »Mist.«

»Was ist los?«

Sie setzte sich wieder, griff nach ihrem iPad und rief die Notizen auf.

»Ich wusste doch, dass ich das iPad aus gutem Grund hier hatte. Ich muss die Liste der Sachen überprüfen, die ich für Paisleys Geburtstag kaufen muss. Sobald deine Eltern sie zurückgebracht haben, werde ich sie dir zeigen. Ich will, dass alles perfekt wird.«

Ihre Zuneigung für meine Tochter traf mich bis ins Mark.

Ich musterte die Liste und musste zugegeben, dass einige Punkte für mich keinerlei Sinn ergaben. Aber dann fiel mein Blick auf die Worte *Shoppen mit Nora*.

»Was ist das?«, fragte ich und deutete auf Noras Namen.

»Paisley hat erzählt, dass sie unglaublich gern mit ihrer Mom einkaufen geht. Sie meinte allerdings, ich soll dich vorher fragen.«

»Das ist kein Problem.«

»Paisley freut sich schon sehr darauf, sie zu sehen.«

»Es ist lange her.« Stirnrunzelnd begann ich, im Raum auf und ab zu tigern. »Stört es dich, dass sie hier sein wird?«

»Überhaupt nicht. Nora ist Paisleys Mom. Sie wird immer ihre Mutter sein. Das ist eine besondere Verbindung.«

In Wahrheit hatte Lexi ein viel engeres Verhältnis zu Paisley als Nora, aber Nora war dennoch ihre Mutter. Ich war erleichtert, dass Lexi sich nicht an Noras Anwesenheit störte. Ich wusste, dass Paisley sich darauf freute. Ich mich allerdings nicht. Denn jedes Mal, wenn Nora hier auftauchte, erinnerte mich das an unsere zerbrochene Ehe. An mein Versagen.

Alte Ängste stiegen in mir auf. Was, wenn ich die Beziehung mit Lexi auch nicht aufrechterhalten konnte?

Ich schüttelte den Kopf. Dieser Gedanke war lächerlich. Ich trat hinter Lexi und beugte mich vor, um ihren Nacken zu küssen. Ich liebte es, mein Shampoo und mein Duschgel auf ihrer Haut zu riechen. Als ich mich wieder aufrichtete, warf ich einen weiteren Blick auf die Liste und zuckte zusammen. Beim ersten Mal hatte ich nicht verstanden, wie lang sie war … aber Lexi scrollte tatsächlich.

»Hat diese Liste auch ein Ende?«, fragte ich.

»Hey! Der zehnte Geburtstag ist etwas Besonderes.«

»Habe ich da gerade das Wort ›Einhorn‹ gesehen?«

Sie schlug meine Hand zur Seite. »Hey, nicht urteilen. Außerdem hast du erklärt, ich hätte freie Hand bei der Organisation.«

»Hast du auch.« Ich küsste erneut ihren Nacken, dann zog ich ihr das iPad aus den Händen.

»Was tust du da?«, fragte sie träge, aber sie hatte bereits auf den Beinen eine Gänsehaut. Ich konnte ihre gespannte Erwartung quasi spüren.

»Ich beende, was ich vor dem Frühstück angefangen habe.«

Sie presste die Schenkel zusammen. Ich wusste, was das bedeutete. Sie war bereits feucht für mich. Und dieser Gedanke verwirrte mich total.

»Bitte, tu das«, flüsterte sie. Schon in der nächsten Sekunde führte ich sie nach oben.

***

Am Nachmittag brachten meine Eltern Paisley zurück, aber meine Tochter beachtete mich so gut wie nicht, nachdem sie das Haus betreten hatte.

Stattdessen rannte sie direkt zu Lexi. »Grandma und Grandpa hatten ein paar tolle Ideen für die Party.«

»Okay, dann sollten wir sie auf die Liste schreiben«, antwortete Lexi. Sie setzte sich auf die Couch, auf der ich sie gestern Abend gehalten hatte. Diesmal saßen sie und Paisley mit ausgestreckten Beinen nebeneinander. Der Anblick erfüllte mich mit tiefer Zufriedenheit. Langsam dämmerte mir, dass wir eine Familie waren. Früher hätte mir dieser Gedanke Angst einjagt, doch das war vorbei.

»Hi, Krümel. Hattest du denn Spaß bei Grandma und Grandpa?«

»Ja, Daddy. Ich erzähle dir später alles. Jetzt haben Lexi und ich wichtige Dinge zu erledigen.«

Ich setzte mich auf den Boden vor ihnen, um sie einfach zu beobachten. Beide musterten mich überrascht.

»Was tust du da?«, fragte Lexi wachsam.

»Ich möchte bei der Partyplanung helfen.«

Meine Tochter wirkte geknickt. »Daddy, ich hab dich lieb, aber du kriegst immer ganz glasige Augen, wenn ich über die Party rede.«

Großer Gott! Ich musste mich wirklich mehr anstrengen. »Ich werde mich konzentrieren, versprochen.«

Lexi deutete warnend mit dem Zeigefinger auf mich.

»Unter einer Bedingung. Du darfst nicht lachen, selbst wenn du das Wort ›Einhorn‹ hörst.«

Fast hätte ich gefragt, was genau sie damit meinten, aber stattdessen hob ich kapitulierend die Hände. »Ich werde nicht lachen, versprochen.«

Ich musste mich um tausend Dinge kümmern – unter anderem sollte ich dringend mit Declan reden –, doch das alles konnte bis morgen warten. Am heutigen Tag wollte ich die Gesellschaft der zwei wichtigsten Frauen in meinem Leben genießen.

23 Tate

Wie von Declan vorhergesehen, versuchte Malcolm nicht, den Vorfall auf der Party im Prozess zu instrumentalisieren. Damit hätte er sich selbst in ein schlechtes Licht gerückt, also hielt er den Mund. Declan war bereits in Feierstimmung, aber ich wollte den Tag nicht vor dem Abend loben. Ich war mir sicher, dass Malcolm irgendetwas plante.

Die Bombe platzte eine Woche später … und der Angriff kam aus einer Richtung, mit der wir nicht gerechnet hatten.

Offensichtlich hatte Malcolms Assistent die Prügelei gefilmt – und das Video online gestellt. Malcolm hatte der Kamera die ganze Zeit über den Rücken zugewandt, sodass man sein Gesicht nicht sehen konnte. Zu sehen war nur, wie Tyler sich mit jemandem prügelte.

Das Eishockeyteam suspendierte ihn mit sofortiger Wirkung. Musste das denn sein, wo er doch wegen seiner Verletzung sowieso schon auf der Tribüne sitzen musste? Sobald er mir die Nachricht geschrieben hatte, fuhr ich zu seiner Wohnung. Er lebte in einem Wolkenkratzer in der Innenstadt, im fünfundzwanzigsten Stockwerk.

»Was für eine verdammte Scheiße!«, rief Tyler. Er tigerte mit dem Arm in einer Schlinge im Wohnzimmer auf und ab.

»Die gute Nachricht ist, dass der Vorfall laut Declan keine juristischen Folgen haben wird. Malcolm müsste dich anzeigen – was er nicht tun wird, weil er dann zugeben müsste, die zweite Person im Video zu sein. Und es ist offensichtlich, dass der andere Kerl angefangen hat.«

Tyler drehte sich zu mir um und fuhr sich mit der freien Hand durchs Haar.

»Das spielt keine Rolle, Tate. Ich bin suspendiert. Weißt du, was das bedeutet? Selbst nach der Reha könnte es sein, dass ich diese Saison nicht mehr aufs Eis komme.«

Er ließ sich auf die Armlehne seiner Couch sinken und starrte aus dem Fenster.

Verdammt. So deprimiert hatte ich Tyler noch nie gesehen.

»Seit ich ein Kind war, wollte ich nichts anderes tun, verstehst du? Deswegen habe ich Mom und Dad angebettelt, mich zum Training zu fahren und alles. Ich will niemanden enttäuschen. Weder meine Mannschaft noch meine Eltern.«

»Tyler, alle sind stolz auf dich. Du wirst wieder aufs Eis kommen. Du gehörst zu ihren besten Spielern.«

»Das Team könnte meinetwegen Sponsorenverträge verlieren, also wer weiß.«

Ich trat neben ihn und tätschelte seine gesunde Schulter. »Konzentrier dich auf die Physiotherapie. Das ist im Moment alles, was du tun kannst.«

»Ich weiß. Hör mal, ich will nicht unhöflich sein, aber in zehn Minuten habe ich ein Gespräch mit ein paar meiner Mannschaftskameraden.«

»Ich gehe. Ich wollte nur nach dir sehen.«

»Danke, Bruder.«

Er riss nicht mal einen lausigen Witz. Die Sache ging ihm näher, als ich erwartet hatte.

Sobald ich das Gebäude verlassen hatte und noch bevor ich mir ein Uber bestellte, rief ich Declan an.

»Wie hat er es aufgenommen?«, fragte er statt eines Hallos.

»Noch schlimmer als erwartet. Ich glaube, wir müssen die Bande zusammentrommeln. Vielleicht finden wir zusammen eine Strategie, wie wir ihm helfen können.«

»Luke, Sam und Travis sind schon hier. Ich werde noch Reese anrufen.«

»Okay. Ich bin unterwegs.«

***

Eine halbe Stunde später kam ich im Büro an. Declan hatte mir geschrieben, dass alle oben in der Bar waren, also fuhr ich mit dem Aufzug direkt aufs Dach. Da es gerade mal drei Uhr nachmittags war, waren wir die einzigen Gäste. Reese war ebenfalls angekommen, und alle saßen um einen runden Tisch. Der Barkeeper, Lance, war nirgendwo zu sehen.

»Du warst schnell«, meinte ich zu Reese.

Sie errötete und zappelte ein wenig. »Ich war gerade in der Gegend. Auf dem Weg zu Tyler, aber als Declan angerufen hat, bin ich stattdessen hierhergekommen.«

Travis richtete sich in seinem Stuhl auf und sah sich am Tisch um. »Also, wir haben vor, eine Strategie zu entwickeln, um … was genau? Das Team dazu zu bringen, seine Suspendierung aufzuheben?«

Ich runzelte die Stirn. »Ich denke schon. Ich habe das noch nicht ganz durchgedacht. Ich habe ihn einfach nur gesehen und wusste, dass wir etwas unternehmen müssen. Normalerweise mische ich mich nicht gern ein …«

»Ja, ja, das wissen wir alle«, meinte Declan ungeduldig.

»Ich wollte gerade betonen, wie ironisch es ist, dass *du* derjenige bist, der erklärt, dass *wir* etwas unternehmen müssen«, meinte Sam breit grinsend.

Luke musterte mich mit hochgezogenen Augenbrauen. »Tate, ich weiß nicht, wieso du dir einbildest, du würdest dich selten einmischen. Du bist derjenige, der von Anfang an vorgeschlagen hat, den Prozess für Gran zu übernehmen.«

»Das war einfach gesunder Menschenverstand«, hielt ich dagegen.

»Könnten wir uns auf Tyler konzentrieren?«, fragte Declan sachlich, womit er alle zum Schweigen brachte. »Wir müssen uns zusammentun. Wer hat Kontakte im Management des Teams?«

Travis hob mahnend den Zeigefinger. »Ich bin mir sicher, dass Tyler es nicht zu schätzen wüsste, wenn wir mit dem Management reden. Wir brauchen einen anderen Plan. Ich biete mich an, ihn zu unterhalten. Ich habe jede Menge Zeit.«

Reese sah Travis an. »Die Idee gefällt mir.«

»Aber das dürfte das Problem nicht lösen«, meinte Luke.

Declan runzelte die Stirn. Auch für ihn war eine Ablenkung keine Lösung. Im Grunde war Travis genauso praktisch veranlagt wie Declan, doch vielleicht hatte sich seine Perspektive verändert, jetzt, wo er keine Firma mehr und jede Menge Freizeit hatte.

»Aber es wird ihn aufbauen«, sagte Sam mit schmalem Blick. »Außerdem hat niemand gesagt, dass wir nicht multitasken dürfen. Da wir nicht wissen, wie wir das Problem tatsächlich lösen sollen, können wir mit dem unterhaltsamen Teil anfangen.«

Alle fingen gleichzeitig zu reden an. Es war völlig unmöglich, allen Gesprächen zu folgen.

Reese hob eine Hand und signalisierte so, dass sie etwas zu sagen hatte. Grinsend schüttelte ich den Kopf. Das hatte ich ja glatt vergessen! Wenn wir alle zusammen waren, wurde es oft so laut und verrückt, dass man sich melden musste, um zu Wort zu kommen.

»Ich werde unsere Anstrengungen koordinieren«, verkündete Reese. Dann sackten ihre Schultern nach unten. »Ich kann nicht glauben, dass das wirklich passiert. Ich fühle mich wahnsinnig schuldig.«

»Du musst keine Schuldgefühle haben, Reese.«

»Habe ich aber. Allerdings ist das nicht der Grund, warum ich die Leitung der Aktion übernehmen will. Ich bin eben gut darin, Dinge zu organisieren.«

Das war sie echt. Als Kind hatte sie gern Zeitpläne für unsere Spiele aufgestellt.

»Am besten rufe ich mal Kimberly an«, fuhr sie fort. »Sie hat immer tolle Ideen.«

»Weiß sie schon von dem Video?«, fragte ich überrascht. Schließlich war sie schon wieder in Paris.

»Natürlich. Sie hat mich angerufen, bevor ich hergekommen bin. Schlechte Nachrichten verbreiten sich über alle Kontinente hinweg.«

Sie zog ihr Handy aus der Tasche und stellte es auf Lautsprecher. Kimberly hob nach dreimal Klingeln ab.

»Hey, Reese«, sagte sie. »Habt ihr euch alle versammelt?«

»Ja, und du bist auf Lautsprecher gestellt. Wir versuchen, eine Strategie zu finden, mit der wir Tyler aufmuntern können.«

»Lass mich raten: Luke und Sam sind voll dabei, Tate hat noch nicht viel dazu gesagt, Declan ist genervt, weil damit das Problem nicht gelöst wird, und Travis hat sich Declans Meinung angeschlossen?«

Ich lachte leise. Ziemlich nah dran.

»Nicht schlecht, liebste Cousine«, sagte Travis. »Im Moment habe ich mich Team Tyler-Ablenken angeschlossen.«

»Mensch, der Verkauf hat dich verändert, hm? Das heiße ich von Herzen gut. Okay, wie wäre es, wenn wir ihn für eine Woche nach Paris verschiffen? Ein Tapetenwechsel könnte helfen.«

»Er muss täglich zur Physiotherapie«, warf ich ein.

»Verdammt. Okay, dann müssen wir etwas in Chicago finden«, murmelte Kimberly. »Sind Lena und Emmett auch da?«

»Nein«, antwortete Reese. »Sollen wir sie anrufen?«

»Nein, verdammt«, warf Sam ein. »Ich habe tausend Vorschläge, und keiner davon ist für die Ohren unserer Eltern bestimmt.«

Das brachte uns alle zum Lachen. Die nächste halbe Stunde spielten wir mit verschiedenen Ideen, genug, um Tyler ein Jahr lang beschäftigt zu halten. Selbst nachdem Kimberly aufgelegt hatte, rauchte mir noch der Kopf.

Mein Handy hatte mehrfach gepiept, während wir uns unterhalten hatten, aber ich hatte es nicht beachtet. Jetzt zog ich das Gerät heraus und checkte meine Nachrichten.

Lexi | Wie geht es Tyler?

Lexi | Tate.

Lexi | Haaaallllooooo. Ich mache mir Sorgen.

Tut mir leid. Meine Geschwister und ich haben uns zu einer Brainstorming-Session getroffen, wie wir Tyler helfen können. | Tate

Lexi | Wow, ihr seid schnell. Ich hätte auch noch Ideen! Heute Abend erzähle ich sie dir dann.

Diese Frau. Sie überraschte mich immer wieder. Wir hatten uns das Video gemeinsam angesehen, und sie war genauso besorgt wie ich. Ich konnte nicht glauben, dass sie sich so auf die Probleme meiner Familie einließ. Lexi passte perfekt in mein Leben – als wäre sie immer schon Teil davon gewesen. Ein Teil von mir gewesen. Ich konnte es kaum erwarten, nach Hause zu kommen und ihr deutlich zu zeigen, wie viel sie mir bedeutete. Ich hatte vor, ihr meine Anerkennung mit einer Menge Orgasmen zu beweisen.

»Ich will ja keine schlechte Stimmung verbreiten, aber was unternehmen wir in Bezug auf Malcolm?«, fragte Travis und klang dabei wieder mehr wie sein altes Selbst.

»Überlasst Malcolm Tate und mir«, erklärte Declan vollkommen ruhig – was nur eines bedeuten konnte: Er war endlich bereit, die Dinge auf meine Art anzugehen. Wir würden zum entscheidenden Schlag ausholen.

»Und mir«, sagte Reese. »Ich bin es leid, ihn mit Samthandschuhen anzufassen. Er hat diese Rücksichtnahme nicht verdient.«

***

Die nächsten zwei Wochen waren der reine Wahnsinn. Declan schlief quasi im Büro. Nach einem Gespräch mit all meinen Geschwistern sowie Reese und Kimberly hatte jeder von ihnen meinem Plan zugestimmt: das Nachbargebäude zu kaufen. Ohne Zugriff auf dieses Gebäude konnte die Wellness-Oase nicht eröffnet werden, also konnte Malcolm uns auch nicht mehr auf Verlust einer Business-Opportunity verklagen.

Da Dean Hanks, der Besitzer des Nachbargebäudes, sich der Klage ebenfalls angeschlossen hatte, war er zu Beginn nicht allzu scharf darauf, mit Declan oder mir zu reden.

Aber sobald wir ihm erklärt hatten, wie viel wir zu zahlen bereit waren, war er ziemlich erpicht darauf, an uns zu verkaufen. Wir hatten ihm einen Preis zwanzig Prozent über dem Marktwert geboten. Natürlich bedeutete das für uns einen finanziellen Verlust, doch das spielte keine Rolle.

»Dein Handy hat gepiept. Ich glaube, du hast eine Nachricht«, verkündete Lexi am Montagmorgen. Wir waren beide im Schlafzimmer und machten uns fertig – es war sowohl für Lexi als auch für Paisley der erste Schultag. Lexi war noch nicht offiziell eingezogen – ihr Mietvertrag endete erst Ende des Monats –, aber sie verbrachte fast jede Nacht hier.

Ich schnappte mir das Handy vom Nachttisch.

Declan

Der Richter hat die Klage abgewiesen, sobald wir ihn über den Kauf informiert haben. Ich werde jetzt einen Monat lang schlafen.

Ich zeigte Lexi die Nachricht. Sie quietschte und schwang die Hüften, wie sie es immer tat, wenn sie glücklich war.

Ich packte ihre Taille und zog sie an mich, sodass ihre Brüste sich gegen meine Brust pressten. Zu fühlen, wie ihre Nippel sich verhärteten, machte mich an, sogar um sechs Uhr morgens.

»Du bist das Einzige, was mich im Moment nicht durchdrehen lässt«, murmelte ich an ihrer Haut, bevor ich meine Lippen über ihren Hals und meine Finger über ihren Rücken gleiten ließ. Und ich meinte jedes Wort ernst. In den letzten Wochen war es der Höhepunkt meines Tages gewesen, abends Lexi zu sehen.

»Hmmm… die letzte Woche war ziemlich irre. Aber jetzt ist es vorbei?«

Ich hob den Kopf und räusperte mich. »Nun, ich muss erst mit Declan reden, aber wir haben Malcolm und die Halsey Group in die Schranken verwiesen. Das haben sie davon, dass sie sich mit den Maxwells angelegt haben. Niemand verletzt jemanden in meiner Familie und kommt damit durch.«

»Auf keinen Fall. Ich kann nicht glauben, dass ihr kurzerhand das Nebengebäude gekauft habt.«

»Ziemlich gnadenlos, aber ich bereue nichts.«

Sie seufzte und zupfte dann an meiner Krawatte. »Du bist so sexy, wenn du so was sagst.«

»Aber wir haben nur das Problem mit Grans Gebäude gelöst. Tyler ist immer noch suspendiert. Und ich habe keine Ahnung, wie wir das in Ordnung bringen sollen.«

»Ich glaube nicht, dass ihr etwas tun könnt. Obwohl ich deinen Einsatz toll finde. Du bist gerade ein so harter Kerl … aber in ein paar Minuten gehst du nach unten und machst Frühstück.«

»Ich habe viele Talente.«

»Das stimmt«, flüsterte sie. »Und du bist so sexy.«

»Dann gebe ich dir mal eine Kostprobe davon.«

Ich drängte sie gegen die Wand und knabberte an ihrer Unterlippe, ehe ich ihren Mund zum Kuss eroberte und erkundete, bis sie die Schenkel zusammenpresste und sich mir entgegendrängte. Ich war bereits erregt. Wenn ich mich nicht zurückhielt, würde ich den Kopf verlieren.

Ich zog mich zurück, um meinen Finger sanft über Lexis Lippen gleiten zu lassen. Sie waren ein wenig geschwollen. Ich mochte es, mein Mal an ihr zu sehen – auf die eine oder andere Weise.

»Komm, lass uns nach unten gehen, bevor Paisley aufwacht«, meinte ich.

»Ach ja, ich warne dich schon mal vor. Sie wird dir wegen ihrer Geburtstagsparty ein Ohr abkauen. Wir haben noch ein paar Dinge geändert.«

Ich lachte. »Das war ja klar.«

Paisley liebte ihren Geburtstag noch mehr als Weihnachten – wahrscheinlich, weil das allein ihr Tag war. Und anscheinend hatte Lexi genauso viel Spaß an der Planung.

Beim Frühstück zogen beide Listen heraus. Die Party war das einzige Gesprächsthema.

»Lexi, ich glaube, Dad hört schon wieder nicht mehr zu«, flüsterte Paisley verschwörerisch.

Ich räusperte mich. »Ich bin voll dabei.«

Lexi stemmte eine Hand in die Hüfte und musterte mich. »Okay. Dann wiederhol, was wir gesagt haben.«

Ich zermarterte mir das Hirn, aber ohne Ergebnis.

Lexi und Paisley wechselten einen Blick.

»Darf ich, Lexi?«

»O ja, bitte.«

Ich wusste genau, was sie vorhatten: die perfekte Technik anwenden, um mir ein Geständnis zu entreißen – mich kitzeln. Doch ich hatte es nicht anders verdient.

Ich gestand bereits nach zehn Sekunden Kitzeln, und den Rest des Morgens hörte ich tatsächlich zu. Danach fuhr ich Lexi erst zu ihrer Schule, ehe ich Paisley absetzte und zur Arbeit fuhr.

Dort kam ich gut gelaunt an. Ich ging direkt zu Declans Büro, weil ich mit ihm feiern wollte, aber er war nicht da. Mir fiel wieder ein, dass er einen Monat lang hatte schlafen wollen, also ging ich weiter in mein Büro und begann, die dringendsten E-Mails zu beantworten.

Um elf Uhr klingelte mein Handy, und Paisleys Name erschien auf dem Bildschirm. Das war seltsam. Sie war immer noch in der Schule; wieso sollte sie mich anrufen? Ich hob sofort ab.

»Morgen, Liebes.«

»Hey, Daddy.« Sie klang niedergeschlagen.

Mir rutschte das Herz in die Hose. »Was ist los?«

Sie seufzte. »Ich habe mit Mom gesprochen.« Das nächste

Seufzen war noch tiefer. »Sie hat gesagt, sie kann nicht zu meinem Geburtstag kommen.«

Wut kochte in mir hoch. Ich ballte die Hand zur Faust, dann zwang ich mich, einmal tief durchzuatmen. Was, zum Teufel, sollte das? Nora vergaß fast die regelmäßigen Anrufe mit ihrer Tochter, sagte den Urlaub ab und jetzt auch noch das?

»Süße, wann hast du mit deiner Mom gesprochen?«

»Sie hat mir vor der Pause geschrieben, also habe ich sie angerufen.«

Eines wusste Nora ganz genau: Ich wollte nicht, dass sie Paisley schlechte Nachrichten überbrachte, wenn ich nicht dabei war.

»Die Party wird trotzdem toll werden. All deine Freundinnen und Freunde kommen.«

»Ich weiß, Daddy.«

»Es tut mir leid, Süße. Aber wie wäre es damit? Ich verspreche, dass es die beste Geburtstagsparty ever wird.«

»Versprochen?«, fragte sie, und ich hörte das Lächeln in ihrer Stimme.

»Ja. Und vergiss nicht, Lexi wird da sein«, fügte ich hinzu, in der Hoffnung, dass sie das genauso glücklich machte wie mich.

»Ich hab sie sehr lieb. Sie sorgt dafür, dass ich mich besonders fühle, Daddy.«

»Ich weiß, Süße. Mir geht es genauso.«

»Kann ich so viel Eiscreme haben, wie ich will?«

Ich lachte. Natürlich nutzte Paisley diesen Moment, um etwas zu bekommen, was sonst verboten war. Ich wollte sie trösten … und mein Mädchen wusste, wie es seine Karten ausspielen musste. Ich sollte stolz auf sie sein; eines Tages würde sie – wenn sie denn wollte – eine tolle Rechtsanwältin abgeben.

»Darüber reden wir, wenn ich dich abhole«, sagte ich.

»Okay. Ich muss auflegen. Ms McDonald sagt, wir dürfen das Telefon nur in der Pause benutzen.«

»Ciao, Paisley. Ich hab dich lieb.«

Ich legte auf und sprang auf die Beine. Herrgott, ich kochte vor Wut! Was hatte Nora sich dabei gedacht? Ich rief sie unverzüglich an. Sie war klug genug, gleich abzunehmen.

»Bevor du genervt reagierst …«, setzte sie an.

Ich fiel ihr ins Wort. »Ich bin nicht genervt. Ich bin stinksauer! Wieso wirst du zum zehnten Geburtstag deiner Tochter nicht da sein? Und wieso hast du mit ihr gesprochen, ehe du mit mir geredet hast?«

»Nun, ich wusste doch, dass du dich aufregen wirst.«

»Es spielt keine Rolle, ob ich mich aufrege, Nora. Es geht darum, dass ich bei ihr bin, wenn du ihr schlechte Nachrichten überbringst, damit ich hinterher die Scherben aufsammeln kann. Aber so was weißt du natürlich nicht … weil du nie hier bist!«

»Hör mal, sie ist kein Kind mehr.«

»Sie wird zehn«, stieß ich durch die zusammengebissenen Zähne hervor.

»Ja, genau. Sie kann mit solchen Nachrichten umgehen.«

»Wirklich? Wo hast du das denn gelesen? Weil Kinder nicht so reagieren, wie es in Büchern steht, Nora. Paisley ist sensibel, verstehst du das? Sie hat Gefühle und braucht Eltern, denen ihr Wohlbefinden und sie selbst am Herzen liegen. Aber dazu scheinst du einfach nicht fähig zu sein, oder?«

Sie schnaubte. »Wieso unterstellst du mir immer das Schlimmste? Ich gebe mein Bestes …«

»Komm zu ihrem Geburtstag«, sagte ich, ohne sie zu beachten.

»Das ist unmöglich. An diesem Tag habe ich ein Fotoshooting mit der *Vogue*.«

»Das ist mir egal. Verleg den Termin.«

»Das kann ich nicht. Seit Jahren warte ich auf diese Gelegenheit. Ich kann sie mir nicht entgehen lassen.«

»Es geht um die Geburtstagsparty deiner Tochter. Der Tochter, die du nur einmal im Jahr siehst… wenn überhaupt. Schon vergessen?«

Nora seufzte. »Hör mal, ich werde es wiedergutmachen, okay? Ich werde später kommen, und dann werden wir gemeinsam Spaß haben, und ich werde ihr alles erklären. Sie wird es verstehen.«

»Nein, wird sie nicht. Sie ist ein Kind.« Was daran war so schwer zu verstehen? »Das ist ihr wichtig.«

»Mir ist die *Vogue* auch wichtig. Könntest du mich wenigstens einmal unterstützen?«

»Nicht, wenn das bedeutet, dass ich unsere Tochter enttäuschen muss.«

»Ich habe gehört, du gehst mit ihrem Kindermädchen aus.«

Der abrupte Themenwechsel sorgte dafür, dass ich stutzte. »Woher hast du das?«

»Paisley hat es mir gesagt. Wieso hast du es mir nicht erzählt?«

»Du hast erklärt, mein Privatleben würde dich nicht interessieren.«

»Tut es auch nicht. Ich… dachte nur, dass du mir mitteilen würdest, wenn du wieder eine ernste Beziehung eingehst.«

»Das hat nichts mit dir zu tun. Und Paisley ist glücklich mit dieser Entwicklung.«

»Ja, Paisley kann gar nicht aufhören, über Lexi zu reden. Freut mich, dass sie sich so gut verstehen. Ich hoffe wirklich, es hält.«

Ich schnaubte. »Was soll das bitte bedeuten?«

»Du weißt doch, wie du bist, Tate. In deiner Familie

gibt es immer irgendwelche Dramen. Ich habe das Video von Tyler gesehen. Ich vermute, das verschlingt einiges an Zeit. Neben deinen Geschäftsmeetings, natürlich. Ich weiß nicht, ob das irgendeiner Frau reichen wird.«

Nora war immer fähig gewesen, mich auf die Palme zu bringen, aber diesmal verfehlten ihre Worte das Ziel. Vollkommen ruhig antwortete ich: »Oder ich habe endlich jemanden gefunden, der mich so akzeptiert, wie ich bin. Der mein Leben und alle, die dazugehören, tatsächlich mag.«

Und als ich diese Worte aussprach, wurde mir klar, dass das bei Nora nie der Fall gewesen war. Obwohl wir verheiratet gewesen waren, hatte unsere Verbindung – wenn man es denn so nennen wollte – nie so tief gereicht wie das, was ich mit Lexi teilte. Nicht mal ansatzweise.

»Zu deinem Besten hoffe ich, dass du recht hast«, sagte Nora. »Und jetzt muss ich auflegen. Ich werde das bei Paisley wiedergutmachen, versprochen. Ich habe bereits ein paar Termine verlegt, um mit ihr in Urlaub zu fahren.«

Das beruhigte mich, aber bloß ein bisschen. »Gut. Und diesen Urlaub solltest du besser nicht wieder absagen.«

»Tate, wir wissen doch beide, dass unsere Heirat ein Fehler war. Wir waren zu jung, und na ja, ehrlich gesagt, ich glaube nicht, dass wir uns je wirklich geliebt haben. Dein Nachname hat mich geblendet, das gebe ich zu.«

»Endlich gestehst du das ein.«

»Und als ich schwanger geworden bin, war alles so unerwartet. Ich war nie der mütterliche Typ, aber ich dachte, das würde sich vielleicht ändern, wenn ich wirklich ein Kind habe. Doch es hat sich nicht geändert. Ich habe nur gesehen, wie mir meine Karriere entgleitet. Und nach der Scheidung ist mir klar geworden, dass es einfacher war, mich fernzuhalten. Das ist selbstsüchtig, ich weiß.« Sie zögerte einen Moment, dann fügte sie hinzu:

»Ich glaube, Paisley hat sich langsam daran gewöhnt, dass ich keine große Rolle in ihrem Leben spiele.«

»Sie war am Telefon total niedergeschlagen.« Allerdings konnte ich nicht leugnen, dass Paisley sich in letzter Zeit seltener nach ihrer Mom erkundigte. In den vergangenen Wochen hatte sie sogar vergessen, sie anzurufen.

»Ich weiß. Und ich verstehe, dass ihr Geburtstag eine große Sache für sie ist. Bisher war ich bei jeder Party. Aber hier geht es um die *Vogue*. Wenn ich dieses Shooting sausen lasse, war alles für die Katz.«

»Bye, Nora.«

Ich legte auf, dann tigerte ich in meinem Büro auf und ab und dachte über unser Gespräch nach.

Und plötzlich wurde mir so einiges klar. Meine Ehe mit Nora war nicht deswegen in die Brüche gegangen, weil ich nicht fähig gewesen war, sie glücklich zu machen. Wir waren einfach zwei Menschen gewesen, die geheiratet hatten, obwohl sie so gut wie nichts gemeinsam hatten. Paisley würde für Nora niemals an erster Stelle stehen. Und das konnte ich auch nicht erzwingen. Doch das spielte keine Rolle. Ich hatte mich zu sehr auf die Idee versteift, dass Paisley eine Verbindung zu ihrer Mutter brauchte – aber seitdem ich Lexi kennengelernt hatte, war mir bewusst geworden, dass eine Mutter nicht unbedingt die Person sein musste, die das Kind geboren hatte. Paisley hatte mich … und jetzt hatte sie auch Lexi. Und Lexi war fantastisch.

***

Am Nachmittag fuhr ich Paisley abholen. Ich wollte mit ihr Eis essen gehen. Zugegeben, das lief meinen eigenen Regeln zuwider, aber manchmal waren Regeln dazu da, gegen sie zu verstoßen.

Ich parkte neben der Schule und stieg aus, um zum Eingang zu gehen. Im Hof spielten Kinder, die darauf warteten, dass ihre Eltern sie abholten. Allerdings konnte ich Paisley nirgendwo entdecken. Vielleicht war sie noch im Gebäude. Ich sah ihre Lehrerin, Ms McDonald, am anderen Ende des Schulhofes, also ging ich in diese Richtung.

»Wo ist Paisley?«, fragte ich.

Sie sah sich um. »Nicht hier. Vielleicht ist sie noch drin. Ich schau mal nach.«

»Ich begleite Sie.«

Das Schulgebäude war leer, wie üblich nach Schulschluss. Wir gingen in die Umkleide, doch keine Spur von Paisley.

»Lassen Sie uns im Klassenzimmer nachsehen. Vielleicht ist sie dortgeblieben oder noch mal zurückgegangen, um etwas zu holen.«

»Ist gut.« Ich folgte ihr leicht besorgt.

»Okay. Hier ist sie auch nicht mehr«, informierte mich Ms McDonald, nachdem sie kurz in den Raum gesehen hatte.

Mein Herz begann zu rasen. »Sie ist nicht hier und auch nicht im Schulhof. Wo könnte sie sonst sein?«

»Ich bin mir sicher, sie ist bei den anderen Kindern. Vielleicht spielen sie Verstecken.«

Das sah Paisley nicht ähnlich, aber ich behielt meine Meinung für mich, als wir nach draußen zurückkehrten. Sofort sah ich mich um, musterte jedes Gesicht, doch Paisley war nirgendwo zu entdecken.

Ms McDonald hielt vor einem kleinen blonden Mädchen an, das ich als Elena erkannte, Paisleys Freundin.

»Elena, weißt du, wo Paisley ist?«

»Ja, Ms McDonald. Sie wollte Tacos kaufen gehen. Sie hat gesagt, Tacos machen immer alles besser.«

Ungelogen, mir blieb das Herz stehen. »Wohin ist sie

gegangen?«, fragte ich, wobei ich mich anstrengen musste, die Verzweiflung aus meiner Stimme zu halten.

»Sie meinte, sie will zu dem Foodtruck am Ende der Straße. Die verkaufen Tacos.«

Verdammt.

Umgehend eilte ich zum Eingangstor. Ms McDonald folgte mir. »Ich bin mir sicher, sie kann nicht weit gekommen sein.«

Mit zusammengekniffenen Augen wirbelte ich zu ihr herum. »Wieso konnte Paisley das Schulgelände überhaupt verlassen? Sie haben einen Pförtner und Kameras. Wie kann da ein Kind verschwinden?«

»Ich versichere Ihnen, dass so was sehr selten passiert. Im letzten Jahr kein einziges Mal. Aber Sie wissen doch, wie unvorhersehbar Kinder sein können.«

»Genau deswegen brauchen Sie ein besseres Sicherheitskonzept.«

***

Ich eilte durch das Eingangstor in Richtung des Foodtrucks, von dem Elena gesprochen hatte. Er stand wirklich nicht weit entfernt, nur ein Stück die Straße entlang und um eine Ecke. Bestimmt würde ich Paisley jeden Moment entdecken. Sie musste noch dort sein, unentschlossen, was sie bestellen sollte. Mein Mädchen *musste* einfach dort sein.

Ich atmete einmal tief durch, um mich zu beruhigen.

Als ich um die Ecke bog, zuckte ich zusammen. Sie war nicht da.

Ich zwang mich, einen Fuß vor den anderen zu setzen, bis ich den Foodtruck erreicht hatte.

»Hi. Was hätten Sie denn gern?«, fragte der Verkäufer.

»Nichts. Vielen Dank. Ich möchte Sie fragen, ob vor Kurzem ein kleines Mädchen hier war.« Ich tippte auf mein

Handy, um ihm ein Bild von Paisley zu zeigen. »Sie ist von der Schule weggelaufen.«

Der Mann verzog das Gesicht. »Tut mir leid. Sie war nicht hier.«

Verdammt. Wo war sie?

Ich sah die Straße entlang, in beide Richtungen. Mein Blut rauschte in den Ohren, und Galle stieg mir in die Kehle. Ich rief sie ein paarmal an. *Komm schon, Süße, heb ab.*

Sie ging nicht dran. Dann fiel mir ein, dass ihr Handy eine Tracking-App hatte, die ich einsetzen konnte, um sie zu orten.

Adrenalin schoss in meine Adern, als ich die App öffnete, die mir ihr Handy zeigen sollte. Doch da stand nur, es könne kein Signal gefunden werden.

Verdammt.

Wo konnte sie sein?

Ich konnte nicht klar denken, und mir wurde bewusst, dass ich Verstärkung brauchte. Also rief ich Declan an.

»Hey, Bruder«, sagte ich. »Hör mal, ich brauche deine Hilfe.«

»Was ist los?«, fragte er alarmiert.

»Paisley ist von der Schule weggelaufen. Jetzt suche ich sie.«

»Was? Warum?«

»Lange Geschichte. Erzähle ich dir später. Aber ich brauche Hilfe bei der Suche.«

»Selbstverständlich. Ich werde sofort aufbrechen und Tyler mitbringen. Er ist gerade da. Und ich werde auch alle anderen anrufen, okay?«

»Danke.« Ich war meinem Bruder unglaublich dankbar, weil ich einfach nicht die Kraft aufgebracht hätte, die restliche Familie zu informieren. Aber ich wählte Lexis Nummer. Ich brauchte sie hier bei mir.

Nach dem zweiten Klingeln hob sie ab. Während ich

mit ihr sprach, sah ich weiter die Straße auf und ab, in der Hoffnung, Paisley doch noch zu entdecken.

»Hey«, sagte sie sanft. »Gerade habe ich die Schule verlassen. Wo bist du?«

»Bei Paisleys Schule. Sie ist weggelaufen.«

»O mein Gott! Weggelaufen? Bist du dir sicher? Das sieht ihr gar nicht ähnlich.«

»Keine Ahnung. Auf jeden Fall kann ich sie nicht finden«, blaffte ich. »Tut mir leid. Ich wollte nicht … es ist nicht deine Schuld.« Ich tigerte die Straße entlang, vollkommen aus dem Gleichgewicht. »Meine Familie ist bereits unterwegs, um mir bei der Suche zu helfen. Kannst du auch kommen?«

»Aber natürlich. Bin schon auf dem Weg.«

Sofort entspannte ich mich ein bisschen. Zu wissen, dass Lexi kam, beruhigte mich.

»Danke, Lexi. Vielen Dank.«

Ich steckte das Handy weg und starrte erneut die Straße entlang. Letztendlich blieb mir nichts anderes übrig, als jede Straße in der Nähe der Schule abzugehen.

Ein dünner Schweißfilm bildete sich auf meiner Haut. Wo war mein kleines Mädchen?

Ich wanderte den Gehsteig entlang und bog dann in die Straße hinter der Schule ein. Ich würde einmal um das Gelände gehen. Ich blieb an einer Bäckerei stehen und auch an einer Metzgerei, aber niemand hatte Paisley gesehen. Wo war sie? Ich versuchte noch mal, sie anzurufen, während ich durch eine Straße nach der nächsten eilte. Schließlich kehrte ich zur Schule zurück, getrieben von der schwachen Hoffnung, dass sie dort jemand gesehen hatte oder sie vielleicht sogar zurückgekommen war. Wieso ging sie nicht ans Handy?

Als ich mich dem Eingangstor näherte, entdeckte ich meine Familie: Mom und Dad, Tyler, Declan und Luke.

Mom telefonierte gerade mit meiner Großmutter. »Beatrice, ich werde dich anrufen, sobald es Neuigkeiten gibt, okay?«

Lexi war ebenfalls da. Sie kam direkt zu mir und schlang mir die Arme um den Hals. Ich zog ihren weichen Körper an mich, nahm den Frieden in mich auf, den sie mir bot – auch wenn er nur ein paar Sekunden hielt.

»Wir werden sie finden«, versprach mir Lexi.

Ich nickte schweigend. Ich war krank vor Sorge.

»Tate, wo hast du bisher gesucht?«, fragte Declan. »Zeig es mir auf der Karte.«

»Ich bin die Straßen um die Schule abgegangen – einmal im Viereck –, und dann habe ich mir noch diese zwei benachbarten Straßen vorgenommen.«

»Okay. Also, so werden wir vorgehen«, verkündete Declan und übernahm damit selbstverständlich das Kommando. »Ich werde die Polizei rufen, aber in der Zwischenzeit übernimmt jeder drei Straßen. Wir werden überall suchen … und damit meine ich wirklich überall. Hinter Sicherungskästen, in den Bäumen, an jedem Ort, der euch einfällt.«

»Ich habe nicht auf Bäume und in Ecken geschaut«, meinte ich.

»Spielt keine Rolle. Wir gehen sowieso noch mal alles ab, nur um sicherzugehen, dass wir nichts übersehen haben.«

»Sie geht nicht ans Handy«, meinte ich verzweifelt. »Und die Tracking-App sagt, es hätte kein Signal.«

»Weil sie es nicht dabeihat. Ich habe mit Ms McDonald gesprochen. Sie haben Paisleys Handy vorhin konfisziert, weil sie versucht hat, es im Unterricht zu verwenden«, erklärte Declan.

»Super. Einfach toll.« Ich wollte auf jeden in meiner Umgebung losgehen. Auf die Lehrerin und sogar meine

Familie. Aber das war nicht fair. Sie trugen keine Verantwortung. Schuld waren bloß Nora und ich.

»Ich werde bei dir bleiben, okay, Tate?«, meinte Lexi leise und ergriff meine Hand.

Ich nickte, ehe ich unsere Finger verschränkte. Ich brauchte sie.

»Komm, lass uns losgehen. Wir werden eine größere Runde ziehen. Aber zusammen kommen wir sicher schnell voran«, versprach sie mir.

Wir suchten eine Straße nach der nächsten ab. Mit jeder Bank, die wir kontrollierten, jedem Baum, hinter dem wir schauten, und jedem Laden, in dem wir uns nach Paisley erkundigten, stieg meine Verzweiflung – denn niemand wusste, wo sie war. Ich begann sogar, zufällige Passanten anzuhalten und ihnen Bilder meiner Tochter zu zeigen. Aber niemand hatte sie gesehen.

»Wo ist sie?«, schrie ich frustriert. Die Sorge zerfraß mich innerlich.

»Eine Straße noch«, sagte Lexi bestimmt, dann verschränkte sie unsere Finger fester.

Ich bewegte mich wie ein Roboter, tat einfach, was von mir erwartet wurde. Wenn ich zu viel nachdachte, würde ich austicken.

Als wir ungefähr die Hälfte der Straße abgegangen waren, klingelte mein Handy.

»Es ist die Lehrerin«, sagte ich und hob auf der Stelle ab. Meine Kehle war wie zugeschnürt.

»Sie ist hier. Sie ist zurückgekommen«, sagte Ms McDonald.

»Geht es ihr gut?«, fragte ich.

»Ja. Ja, es geht ihr gut. Sie hat sich auf dem Weg zum Foodtruck verlaufen, ist aus Versehen in die andere Richtung gegangen.«

Erleichterung überschwemmte mich.

»Wir sind gleich da«, antwortete ich, bevor ich auflegte und mich zu Lexi umdrehte. »Sie haben sie gefunden!«

In ihren Augen glänzten Tränen. Sofort schlang ich die Arme um sie und zog sie an mich. Sie vergrub die Hände in meinem T-Shirt und schluchzte an meinem Hals. Sie zitterte am ganzen Körper.

»O mein Gott. Ich habe mir solche Sorgen gemacht.«

Ich schlang die Arme fester um sie. Meine tapfere Freundin. Sie hatte sich auf der Suche zusammengerissen, um mir Kraft zu schenken. Ich hielt sie fester und flüsterte ihr ins Ohr: »Es ist okay. Es ist vorbei. Wir haben sie gefunden.«

»Kannst du mir noch einen Moment geben?«, fragte sie schluchzend. »Ich möchte mich erst beruhigen.«

»Na klar.« Ich gab sie nicht frei, sondern schenkte ihr den Rückhalt, den sie brauchte. Lexi war einfach fantastisch. Ich liebte sie so sehr.

Eine Minute später trat sie zurück und starrte mit großen Augen meine Schulter an. »Tut mir leid. Ich habe dich nass geweint.«

»Das macht doch nichts. Du bist wunderschön, selbst mit verquollenen Augen«, sagte ich, um sie aufzumuntern.

Sie gab ein Geräusch von sich, das halb Lachen, halb Schnauben war. Dann schlug sie die Hand vor den Mund und schnaubte wieder.

»Okay. Okay. Ich glaube, ich bin bereit«, flüsterte sie, senkte die Hand und trocknete sich die Augen. »Lass uns gehen.«

Ich packte ihre Hand, um ihr einen Kuss auf den Handrücken zu drücken, dann eilten wir beide zur Schule. Paisley saß auf einer Bank vor dem Ausgang und sah sich nervös um. Offensichtlich wusste sie, dass etwas nicht in Ordnung war, weil die ganze Familie sich um sie drängte.

»Daddy, es tut mir leid. Ich wollte Tacos kaufen gehen und habe mich verlaufen.«

Ich ging vor ihr in die Hocke und strich ihr sanft übers Haar. »Elena hat uns gesagt, du bist losgegangen, weil du traurig warst.«

»Nur ein bisschen. Aber ich wollte auch Tacos. Sie machen alles besser. Ich dachte wirklich, ich bin zurück, bevor du kommst.«

Also war sie nicht weggelaufen. Trotzdem: Ihr hätte etwas zustoßen können.

»Krümel, das ist nicht richtig. Du kannst nicht einfach allein losziehen. Darüber haben wir doch schon geredet.«

»Es tut mir echt leid, Daddy.«

Ich wusste, dass ich in diesem Punkt streng sein musste, aber im Moment war ich einfach zu erleichtert, um sie zu schimpfen.

Lexi ging ebenfalls in die Hocke.

»Wieso hast du rote Augen, Lexi?«

»Ich habe geweint.«

»Warum?«, fragte Paisley entsetzt.

»Weil ich Angst hatte, dass wir dich nicht finden werden. Ich hab dich lieb.«

»Ich dich auch. Tut mir leid«, sagte Paisley wieder.

»Mach dir keine Sorgen, Kleine. So was passiert.«

Meine Tochter warf sich in Lexis Arme, und meine Freundin umarmte sie stumm. Wir hatten meine Tochter gefunden. Es ging ihr gut. Bloß das zählte.

»Du hast uns einen ziemlichen Schreck eingejagt, Krümel«, sagte Declan.

»Tut mir leid, Onkel Declan.«

»Keine große Sache. Mach so was nur nicht noch mal.«

»Werde ich nicht«, versprach sie mir.

»Danke, dass du gekommen bist«, meinte ich zu Declan und wandte mich dann an den Rest der Familie. Tyler lehnte an einer riesigen Eiche und hatte den Blick unverwandt auf Paisley gerichtet. Luke tigerte schweigend im Schulhof auf und ab. In dieser Hinsicht war er mir sehr ähnlich – er brauchte nach einer kniffligen Situation eine Weile, um sich zu beruhigen.

Mom telefonierte mit Gran. »Beatrice, es geht ihr wunderbar. Versprochen. Sie hat sich einfach auf dem Weg zum Foodtruck verlaufen.«

Dad hatte sich neben Paisley und Lexi gesetzt. Ich ging zu ihnen zurück und sank erneut in die Hocke, bis ich meiner Tochter in die Augen sehen konnte.

»Paisley, bist du bereit, nach Hause zu gehen?«

»Ja, Daddy. Lass uns gehen.« Sie ergriff meine Hand, dann streckte sie die andere Lexi entgegen.

Fast hätte ich meiner Freundin auf der Stelle einen Antrag gemacht. Diese Frau war mein Fels in der Brandung – mein Ein und Alles. Wir waren eine Familie, daran zweifelte ich keinen Moment.

Ich stand auf, dankte meiner Familie noch mal für die Hilfe, und schließlich gingen Paisley, Lexi und ich zum Auto.

Paisley schlief auf der Heimfahrt ein. Nach der Ankunft trug ich sie ins Haus und die Treppe nach oben. Lexi ging vor mir her, öffnete Türen für mich und schlug die Bettdecke im Zimmer meiner Tochter zurück. Normalerweise schlief Paisley tagsüber nicht mehr, und es war noch viel zu früh, um schlafen zu gehen, aber die ganze Aufregung hatte sie offensichtlich erschöpft.

Ich legte sie auf die Matratze, befreite sie von ihren Schuhen und zog ihr die Decke ans Kinn.

»Ich werde eine Weile bei ihr bleiben«, flüsterte ich Lexi zu.

Sie nickte, dann beobachtete sie uns ein paar Minuten aus dem Türrahmen, bevor sie ins Erdgeschoss ging.

Ich konnte mich nicht von Paisleys Seite lösen. Meine Tochter war in Sicherheit. Sie war bei mir. Niemals würde ich zulassen, dass so etwas noch mal passierte. Nie. Ich wollte sie um jeden Preis beschützen. Nora wollte nicht Teil von Paisleys Leben sein, also war es an mir, Paisley so viel Stabilität wie möglich zu geben. Und ich würde diese Aufgabe gut erledigen.

Lexi und ich wären für sie da. Immer.

Zweifel schlichen sich in meine Gedanken. Was, wenn unsere Beziehung nicht funktionierte? Was, wenn Lexi eines Tages nicht mehr Teil unseres Lebens sein wollte und uns verließ?

Ich schüttelte den Kopf und konzentrierte mich auf Paisley. Sie schlief friedlich. Der Tag war eine emotionale Achterbahnfahrt für sie gewesen … und auch für mich. Deswegen drehten meine Gedanken sich im Kreis. Das war die einzige Erklärung dafür, dass ich jetzt das Worst-Case-Szenario im Kopf hatte, obwohl ich Lexi gerade noch spontan um ihre Hand hatte bitten wollen.

Ich erhob mich von der Bettkante, weil ich mich bewegen musste. Wenn ich hier sitzen blieb, würde ich mich in meinen Gedanken verlieren, also glitt ich leise aus dem Raum und ging zu Lexi nach unten.

Sie schenkte mir immer Ruhe. Sie war alles, was ich mir wünschte. Und ich brauchte sie: ihre Wärme, ihre Ausgeglichenheit, ihre Sanftheit.

Ich brauchte Lexi.

24 Lexi

Ich hatte keine Ahnung, was ich mit mir anfangen sollte. Ich war immer noch durcheinander, und das Adrenalin war noch nicht aus meinen Adern verschwunden. Ein Teil von mir wollte die Treppe nach oben eilen und kontrollieren, ob Paisley wirklich ruhig schlafend in ihrem Bett lag. Vom Verstand her wusste ich natürlich, dass es ihr gut ging, aber ich hatte heute solche Angst gehabt, dass ich immer noch Nachwirkungen verspürte.

Ich füllte für Tate und mich zwei Gläser mit Wasser, einfach nur, um etwas zu tun zu haben. Als er mir gesagt hatte, dass Paisley vermisst wurde, hatte ich mich plötzlich betäubt gefühlt. Noch nie in meinem Leben hatte ich solche Angst gehabt. Ich konnte mir nicht mal vorstellen, wie Tate sich gefühlt haben musste.

Ich tigerte in der Küche auf und ab, dann merkte ich auf, als ich Schritte auf der Treppe hörte.

»Sie schläft immer noch«, verkündete er, als er die Küche betrat.

»Das tut ihr sicher gut«, meinte ich. »Wie fühlst du dich? Ich habe uns ein Glas Wasser eingegossen, aber ich kann auch eine Flasche Wein holen – oder Whiskey. Ich bin mir sicher, irgendwo auf der Welt ist die richtige Zeit für Wein«, versuchte ich zu scherzen.

»Ist okay. Ich brauche nichts.« Er lehnte sich gegen die Arbeitsfläche.

»Weißt du, was passiert ist? Wieso sie das Schulgelände verlassen hat? Wollte sie wirklich nur Tacos?«

»Nein. Nora hat Paisley gesagt, dass sie nicht zu ihrem Geburtstag kommen kann, deswegen war sie niedergeschlagen.«

»O nein.« Mir wurde es schwer ums Herz. »Das arme Kind. Kein Wunder, dass sie sich aufgeregt hat. Glaubst du, du kannst Nora noch umstimmen?«

»Nein, sie hat an diesem Tag ein Fotoshooting mit der *Vogue*, das sie nicht verpassen will«, erklärte er bissig.

»Weißt du was? Du solltest dich hinsetzen. Du bist angespannt, und ich bin mir sicher, eine Nackenmassage wird helfen. Du wirst den heutigen Tag einfach vergessen... und dann tun wir alles dafür, damit Paisley einen tollen Geburtstag hat. Sie wird nicht mal merken, dass Nora nicht da ist.«

Tate starrte stirnrunzelnd ins Leere, als höre er mir gar nicht richtig zu. Schließlich begann er, in der Küche auf und ab zu laufen. Ich analysierte seine Körpersprache. Seine Schultern waren hochgezogen und seine Haltung steif. Tatsächlich bewegte er sich, als wäre jeder Muskel in seinem Körper angespannt.

»Erde an Tate. Wo bist du gerade?«

»Was, wenn wir uns trennen?«

Unwillkürlich riss ich den Kopf zurück. »Was?«

»Du und Paisley, ihr steht euch so nahe. Sie liebt dich genauso sehr, wie ich es tue.«

»Ich liebe euch beide auch«, sagte ich, bevor ich nervös auf der Wange kaute.

»Aber was, wenn das mit uns nicht funktioniert? Wenn wir uns in, sagen wir, fünf Jahren trennen? Ich will meiner Tochter nicht noch mehr Kummer bereiten.«

Mir war bewusst, dass Tate nur auf das reagierte, was heute mit Paisley geschehen war – und darauf, dass Nora ihre Tochter mal wieder aufs Abstellgleis geschoben hatte. Er war ganz im Beschützermodus. Das war absolut nachvollziehbar, und ich liebte ihn dafür, dass Paisleys Glück ihm so am Herzen lag. Doch ich wusste nicht, wie ich ihm klarmachen sollte, in Bezug auf seine Tochter ähnlich zu empfinden. Ich liebte ihn und Paisley von Herzen. Noch niemals zuvor hatte ich solche Gefühle gehabt.

Ich presste eine Hand auf den Bauch, weil mir plötzlich ein wenig übel war. »Tate, hör mal. Egal, was passiert, Paisley liegt mir am Herzen, und wir können ihr immer alles erklären.«

»Aber vielleicht reagiert sie wieder auf dieselbe Art. Und das nächste Mal finden wir sie vielleicht nicht wieder.«

»Was willst du damit sagen?«, flüsterte ich schwach.

»Nichts. Ich bin frustriert. Es ist bloß … ich frage mich, ob ich selbstsüchtig bin, indem ich mich für mein Glück entscheide … obwohl ich damit riskiere, in der Zukunft meine Tochter zu verletzen.«

Ich konnte ihn nur wortlos anstarren. *Er ist von den Geschehnissen des heutigen Tages aufgewühlt. Das ist alles,* erklärte ich mir selbst. *Darum geht es hier.*

Aber was, wenn doch mehr dahintersteckte?

»Was sagst du da? Du willst unsere Beziehung beenden, weil es theoretisch sein könnte, dass wir uns irgendwann trennen?« Ich hörte selbst, wie schrill meine Stimme klang, also presste ich die Lippen aufeinander. Ich fühlte mich, als bekäme ich keine Luft mehr.

Tate sah mich mit großen Augen an. »Lexi, ich will dich nicht verletzen. Oder Paisley. Es ist nur … das ist eine meiner größten Ängste.«

O mein Gott, er widerspricht mir nicht.

»Ich werde nicht …« Ich brach mitten im Satz ab, weil ich sogar noch schriller klang als bisher. Meine Augen brannten, und meine Kehle war wie zugeschnürt. »Ich liebe dich«, flüsterte ich und trat vor, bis ich direkt vor ihm stand.

Er legte die Hände an meine Oberarme, und seine Berührung wärmte mich. Doch die Sorge in seinem Blick traf mich bis ins Mark. Wenn meine Liebe nicht genug war …

»Ich liebe dich auch. Das weißt du. Aber ich kann die Angst nicht überwinden, dass eines Tages alles in die Brüche gehen könnte.«

»Das wird es nicht«, sagte ich ehrlich, ehe ich die Hand vor den Mund schlug. Meine Stimme zitterte. Entweder sie war unglaublich hoch oder sie drang lediglich als Flüstern über meine Lippen. Und gerade hatte ich quasi gekreischt. Ich wollte Paisley nicht wecken. Das hier war wirklich das Letzte, was sie heute brauchen konnte.

»Lexi, ich liebe dich«, wiederholte er.

»Aber du weißt nicht, ob das reicht.« Ich sackte vor Trauer in mich zusammen. »Tate, ich werde nun gehen.«

»Was? Nein. Warum? Lass uns darüber reden.« Er legte eine Hand an meine Wange, doch ich trat zurück. Ich brauchte ein wenig Abstand.

»Ich kann nicht. Nicht jetzt. Wir hatten beide einen schweren Tag, und ich will nicht, dass Paisley aufwacht und uns so sieht.«

»Lexi …«

Ich schüttelte den Kopf, weil ich mich vor dem fürchtete, was er als Nächstes sagen könnte. Ich war nicht bereit, seine Worte zu hören. Ich schnappte mir meine Tasche von der Arbeitsfläche und warf sie mir über die Schulter, nur um mich nervös am Riemen zu schaffen zu machen.

»Ich liebe dich, Tate. Dich und Paisley. Mehr habe ich nicht zu sagen.«

Er öffnete den Mund, doch ich schüttelte noch mal den Kopf und eilte an ihm vorbei

Ich musste hier weg.

25 Tate

Kaum hatte Lexi das Haus verlassen, bereute ich meine Worte. Verdammt, ich war total durch den Wind, aber jetzt hatte ich sie verletzt. Was völlig inakzeptabel war.

In den nächsten zwei Stunden tigerte ich im Erdgeschoss auf und ab, hin- und hergerissen zwischen dem Wunsch, hierzubleiben, und dem Impuls, irgendjemanden zu organisieren, der auf Paisley aufpasste, damit ich Lexi folgen konnte. Doch ich wollte mein kleines Mädchen nicht verlassen, nicht nach dem, was heute geschehen war. Aber ich musste das mit Lexi in Ordnung bringen. Sie war mir so verdammt wichtig, und ich wollte, dass sie das auch wusste.

Ich zog mein Handy heraus und wollte gerade Lexis Nummer wählen, als ich das Tapsen kleiner Füße auf der Treppe hörte.

»Daaaaad?«, fragte Paisley.

»Ich bin in der Küche.«

Sie rannte auf mich zu und schlang die Arme um meine Taille. Ich legte das Handy auf die Arbeitsfläche. Vielleicht war es besser so. Auf keinen Fall konnte ich das am Telefon in Ordnung bringen. Ich umarmte meine Tochter fest.

»Daddy, kann ich Waffeln haben?«

Heute konnte ich ihr nichts abschlagen, also gab ich natürlich nach.

»Daddy, ist Lexi hier?«

Nein, weil dein Vater sie vertrieben hat. Ich Blödmann.

»Nein, Kleine. Sie musste nach Hause.« Was sollte ich sonst sagen? Ich fühlte mich schrecklich.

»Sie kommt aber zurück, oder?«

»Ja, Krümel.« Sobald Paisley gegessen hatte, würde ich Lexi anrufen und mich entschuldigen. Das hatte ich echt verbockt.

Ich behielt Paisley genau im Blick, während ich den Waffelteig anrührte. Sie saß mit ihrem Malbuch an der Kücheninsel und sang eines ihrer Lieblingslieder von Disney.

»Wie fühlst du dich?«, fragte ich ein paar Minuten später, als ich eine Waffel mit einem Smiley-Gesicht und einem Partyhut vor ihr abstellte. Das zauberte ein Lächeln auf ihr Gesicht. Ich wuschelte ihr durch die Haare und blieb neben ihr stehen. Nach dem heutigen Schrecken wollte ich ihr so nahe sein wie nur möglich. Ich konnte mich nicht von ihr trennen.

»Es geht mir gut. Wirklich. Tut mir leid, dass ich allen Angst eingejagt habe, Dad.«

»Hey, mach dir keine Sorgen. Es ist okay. Wir alle tun mal Dinge, die wir nicht so meinen, wenn wir durcheinander sind.«

Wie ich bei Lexi, verdammt noch mal.

Ich legte die Hand auf Paisleys Schulter und zog sie in eine schiefe Umarmung. Ich wollte sie vor allem und jedem beschützen. Aber ich durfte sie nicht lange festhalten, weil sie mich von sich schob, um zu mir aufzusehen.

»Ich bin kein Baby mehr. Ich werde bald zehn. Ich verstehe schon viel.«

»Was meinst du damit?«

Sie zuckte mit den Achseln und biss in ihre Waffel. »Ich habe mit Mom gesprochen, und sie meinte, wir würden vielleicht als nächsten Urlaub nach Disneyland fahren. Ich weiß, dass Moms Leben nicht mehr hier ist und ich sie deswegen nicht mehr oft sehen werde. Und das ist okay. Du bist hier. Und Lexi auch.« Sie legte die Gabel auf den Tisch und sah erneut zu mir auf. Sie wirkte nervös.

»Was ist, Paisley?«

»Dad, glaubst du, Lexi will vielleicht meine Mom sein?«

Ich spürte einen Stich in der Brust. *O Gott. Ich habe solchen Mist gebaut.* Ich ging davon aus, dass die Antwort ein lautes Ja war, doch ich hatte Lexi verletzt, also war ich mir nicht mehr ganz sicher.

Ich umfasste das Gesicht meiner Tochter. »Ich glaube, Lexi hat dich sehr lieb.«

»Ich sie auch, Dad. Sie ist die beste Mom, die ich mir wünschen kann.«

Und schon wieder spürte ich diesen Stich, als ich mich daran erinnerte, wie aufgelöst Lexi das Haus verlassen hatte. Zugegeben, in diesem Moment war ich aufgewühlt gewesen … aber ich hätte den Mund halten müssen, statt mich von meinen Ängsten beherrschen zu lassen. Das war ihr gegenüber nicht fair gewesen.

Paisley konzentrierte sich wieder auf ihre Waffel, offensichtlich glücklich, wenn sie an Lexi dachte. Meine Gedanken dagegen rasten.

Es klingelte an der Tür. Ich war so überrascht, dass ich zusammenzuckte.

»Oh, das ist Grandma Beatrice«, sagte Paisley.

»Woher weißt du das?«

»Ich habe vorhin mit ihr telefoniert. Deswegen bin ich aufgewacht. Sie hat gefragt, ob sie vorbeikommen kann. Sie hat sich auch Sorgen gemacht.« Meine Tochter biss sich auf die Unterlippe. »Jetzt kann sie sehen, dass es mir gut geht, und ist wieder beruhigt. Und wir müssen die Liste für meine Geburtstagsparty durchgehen.«

»Dann geh und mach ihr die Tür auf.«

Sie rutschte von ihrem Stuhl und ließ die halb gegessene Waffel zurück, als sie aus der Küche rannte.

»Du hast uns wirklich Angst eingejagt, Mädchen«, hörte ich Gran sagen, kaum dass Paisley die Tür geöffnet hatte.

»Ich weiß. Tut mir leid, Grandma. Ich verspreche, dass ich so was nicht noch mal mache.«

Zusammen kamen die beiden in die Küche.

»Wo ist deine Liste für die Party?«, fragte Gran.

»Auf meinem iPad. Ich werde sie holen.«

»Perfekt. In der Zwischenzeit leistet mir dein Dad Gesellschaft.« Irgendetwas an ihrem Tonfall verriet mir, dass sie nicht nur wegen Paisley hier war.

Sobald meine Tochter den Raum verlassen hatte, sah Gran mich kopfschüttelnd an und seufzte. Dann zeigte sie anklagend mit dem Finger auf mich. »Tate, Tate, Tate, was soll ich bloß mit dir machen?«

Seit meiner Jugend hatte sie nicht mehr so mit mir gesprochen.

»Was meinst du?«

»Du musst das mit Lexi in Ordnung bringen«, erklärte sie unverblümt.

Ich starrte sie an. »Woher weißt du, dass etwas nicht stimmt?«

»Weil ich sie angerufen habe, um mit ihr über Paisleys Geburtstag zu reden. Das arme Mädchen war völlig durch den Wind.«

»Verdammt.«

»Keine Kraftausdrücke«, sagte sie streng. »Und hör mir zu, Tate. Lexi mag dich, und du magst sie. Und ich werde dir einen Rat geben.«

Ich verzog das Gesicht.

»Zieh keinen solchen Flunsch. Dein Dad war auch ziemlich eingebildet, als er dachte, er wüsste, wie er deine Mom zurückgewinnen kann.«

Ich runzelte die Stirn. »Wann war das denn nötig? Er hat nie etwas erzählt.«

»Natürlich nicht. Männer erzählen nicht gern von ihren Fehlern. Dein Großvater und ich waren fünfundzwanzig Jahre verheiratet, und wir hatten nur einen heftigen Streit, in dem er mich fast verloren hätte. Und weißt du, was er danach getan hat?«

»Nein. Was?«, fragte ich, ehrlich interessiert.

»Er hat alles in seiner Macht Stehende getan, um mir zu zeigen, wie tief seine Gefühle für mich waren. Tief genug, dass wir alle Widrigkeiten des Lebens gemeinsam überstehen konnten und uns danach immer noch lieben.« Sie hielt inne, um die Worte sacken zu lassen. »Empfindest du so für Lexi?«

Lexi war mein Ein und Alles. Sie hatte mein Leben vollkommen verändert. Sie hatte *mich* verändert.

»Ja«, antwortete ich, ohne zu zögern.

»Gut. Dann stell das ihr gegenüber absolut klar. Ich weiß nicht, was die junge Generation heute als große Geste betrachtet. Ich bin steinalt, also dürften meine Ideen nicht helfen. Aber ich würde vorschlagen, dass du dir schnell etwas einfallen lässt. Und es sollte besser romantisch sein, weil Romantik wirklich nie aus der Mode kommt. Ach, und ich will auch eine Waffel.«

»Ja, Ma'am.«

26 Lexi

Normalerweise munterten mich Bastelprojekte auf, aber heute funktionierte es nicht. Ich arbeitete an den handgemalten Dekorationen, die ich Paisley für ihren Geburtstag versprochen hatte. Schon gestern hatte ich damit angefangen, nachdem ich Tates Haus verlassen hatte. Und heute Morgen hatte ich mich gleich in der Früh wieder drangesetzt. Ich hatte nur Zeit bis acht Uhr abends; dann musste ich Paisleys Geburtstagskleid von Macy's abholen.

Ich schniefte, dann schüttelte ich wütend auf mich selbst den Kopf. Ich wollte nicht traurig sein. Ich liebte dieses Mädchen. Ich liebte auch Tate. Und ich hatte wirklich inständig gehofft, dass er mich auch liebte und an uns glaubte, doch offensichtlich war das nicht der Fall. Und jetzt wusste ich nicht, was ich tun sollte.

Mein Handy klingelte. Ich zuckte zusammen, als ich aufs Display sah. Es war Reese.

O mein Gott. War vielleicht Tate oder Paisley etwas zugestoßen?

Ich ließ das Herz fallen, an dem ich seit einer halben Stunde arbeitete, und hob eilig ab.

»Reese, hi! Stimmt etwas nicht?«

»Nein, es ist alles okay.«

Ich drückte mir eine Hand an die Brust, über mein rasendes Herz. »Du hast mir einen Schreck eingejagt. Ähm… wieso rufst du an?«

»Ich wollte dich nur wissen lassen, dass ich bei Macy's

vorbeigeschaut und Paisleys Kleid abgeholt habe. Das kannst du also von deiner To-do-Liste streichen.«

»Oh. Okay. Danke.«

Ich atmete tief durch, um gegen meine Enttäuschung anzukämpfen. Schließlich hatte ich mich darauf gefreut, das Kleid abzuholen. Das hätte mir etwas zu tun gegeben.

»Was machst du gerade?«, fragte Reese fröhlich.

»Ich bemale die Dekorationen für die Eiche, im Feen-Stil.«

»Hast du Lust auf Gesellschaft? Ich bin eine gute Beraterin in Liebesdingen.«

Mein Herz setzte einen Schlag aus. Was wusste sie? Ich hatte schon den Mund geöffnet, um sie zu fragen, entschied mich dann jedoch dagegen. Ich wollte gar nichts Genaueres darüber wissen.

»Danke, aber das ist nicht nötig. Ich werde einfach die Dekorationen fertig machen.«

»Hmmm. Falls du deine Meinung änderst, ruf mich an, okay?«

»Ja, mach ich. Danke, Reese.«

»Gern geschehen.«

Ich legte das Handy zur Seite und griff nach dem Herz, das ich auf den Tisch hatte fallen lassen, um es auf Schäden zu begutachten. Es bestand aus Glas, schien den kurzen Sturz aber gut überlebt zu haben. Puh. Ich bemalte es mit Sternen. Vier waren bereits geschafft, zehn hatte ich noch vor mir.

***

Die nächsten zwei Stunden vergingen wie im Flug. Ich hatte fünf Glasornamente bemalt und drei Kiefernzapfen in Gold und Silber angesprüht. Jetzt war mein Nacken steif, und ich hatte Rückenschmerzen, weil ich ständig vornübergebeugt gesessen hatte. Ich brauchte eine Pause.

Also stand ich auf und wanderte im Wohnzimmer auf und ab. Ich hatte den Flugmodus aktiviert, um nicht abgelenkt zu werden. Zu meiner Überraschung hatte ich drei verpasste Anrufe von Tyler.

Ach du Scheiße! Ich blieb abrupt stehen. Mein Herz hämmerte gegen meine Rippen. Da ich mir sicher war, dass etwas passiert sein musste, rief ich sofort zurück.

»Endlich«, sagte er statt einer Begrüßung.

»Hey. Was ist passiert? Ist jemand verletzt?«, fragte ich atemlos.

»Nein, wie kommst du darauf?«

»Du hast mich dreimal angerufen.«

»Na klar, weil ich einen Rat brauche. Ich möchte meine Freundin als Überraschung an einen superromantischen Ort ausführen. Paisley hat mir erzählt, dass ihr auf einer Lichtung wart, die sie toll fand. Aber sie kann sich nicht erinnern, wie man dort hinkommt.« Er klang ein wenig seltsam, auch wenn ich nicht verstand, warum. Vielleicht hatte er Bammel vor einer romantischen Geste. Doch obwohl mein eigenes Herz schwer war, meldete sich meine romantische Ader zu Wort.

»Ja, es ist wirklich wunderschön dort. Ich glaube, ich kann dir die Koordinaten aus Google Maps zuschicken. Aber ich bin mir nicht sicher, ob die Wege dort eingezeichnet sind. Ich bin zufällig darauf gestoßen.«

»Wenn es dir nicht zu viele Umstände macht, könntest du sie mir ja zeigen. Momentan habe ich viel Zeit, die ich irgendwie totschlagen muss.«

Das tat mir leid für ihn. Nur gut, dass er sich in einer neuen Beziehung befand. So konnte er etwas Positives angehen und musste nicht ständig über seine Verletzung und seine Karriere nachdenken.

»Du willst, dass wir gemeinsam hingehen?« Ich warf einen Blick zum Couchtisch. Ich musste noch drei Glasherzen bemalen. »Wann?«

»Heute Abend?«

»Ist irgendwie witzig. Eigentlich sollte ich heute Abend Paisleys Kleid abholen, aber das hat Reese bereits getan, also habe ich Zeit.«

»Cool. Gegen neun?«

»Hmmm … da ist es schon dunkel, aber wahrscheinlich ist das gar nicht schlecht. Nachts wirkt die Lichtung noch romantischer, und so kannst du dir ein gutes Bild machen. Ich schicke dir eine Adresse in der Nähe.«

»Prima. Danke, Lexi.« Er klang immer noch seltsam, aber heute Abend würde ich den Grund ja erfahren. Ich konnte ihm auch Ratschläge geben, wenn er sie wollte. Nicht, dass ich eine Beziehungsexpertin wäre – das war offensichtlich –, doch ich wollte mein Möglichstes tun, um seine Laune zu heben.

Den Rest des Nachmittags verbrachte ich damit, die Dekorationen fertig zu machen, wobei ich mich schwer bemühte, nicht darüber nachzudenken, was wohl geschehen würde, wenn ich sie für die Party beim Haus vorbeibringen musste. Würde Tate überhaupt mit mir reden wollen? Ich liebte ihn so sehr. Und deswegen konnte ich mir nicht vorstellen, einfach auf freundschaftlicher Ebene mit ihm zu verkehren, während in meinem Herzen ein Riesenriss klaffte.

Um acht Uhr verließ ich mein Gebäude und fuhr mit meinem Mini Cooper zum See. Ich drehte die Klimaanlage auf die höchste Stufe, weil es sogar nachts ziemlich heiß war. Als ich ankam, konnte ich Tyler nirgendwo in der Nähe des Treffpunktes entdecken. Stirnrunzelnd holte ich mein Handy heraus und stellte fest, dass er mir eine Nachricht geschrieben hatte.

Hey! Ich glaube, ich habe die Lichtung gefunden. — Tyler

Lexi — Oh, gut. In ein paar Minuten bin ich da.

Die Lichtung lag hinter einer dichten Baumreihe verborgen. Abends war ich noch nie hier gewesen, aber ehrlich gesagt, sah alles noch romantischer aus als tagsüber. Mein angeschlagenes Herz verkrampfte sich.

Ich atmete tief durch und füllte meine Lunge mit frischer Luft, als ich zwischen den Bäumen entlangwanderte. Ein paar Minuten später erreichte ich die Lichtung … und mir blieb fast das Herz stehen.

Denn es war nicht Tyler, der dort auf mich wartete.

Sondern Tate.

Ein paar Sekunden lang konnte ich nicht atmen. Mein gesamter Körper verkrampfte sich. Aber schließlich fand ich die Kraft, weiterzugehen.

Tate kam mir lächelnd entgegen. Sein Blick huschte forschend über mich hinweg. Erst sah er mir in die Augen, dann musterte er meinen Körper.

»Tut mir leid, dass ich zu einer Täuschung greifen musste, um dich herzulocken.«

»Ich vermute, Tyler ist nicht mal in der Nähe.«

»Nein.«

»Was geht hier vor sich?«, flüsterte ich. Ich war so auf Tate konzentriert gewesen, dass ich erst jetzt bemerkte, was er vorbereitet hatte. Hinter ihm waren ein paar Decken auf dem Gras ausgebreitet. Und darauf lag ein Blumenstrauß, neben einem Korb mit einer Flasche Champagner und zwei Gläsern.

Ich sah von den Picknickdecken zu Tate, der mich mit warmem Blick ansah. Er trat näher an mich heran und ergriff meine Hände. »Ich habe dich verletzt, Lexi. Und das tut mir sehr leid.«

Ich zitterte leicht und hatte keine Ahnung, was ich sagen sollte.

»Also hast du mich hergelockt«, meinte ich irgendwann, weil er anscheinend auf eine Reaktion wartete.

»Ja.« Ein wunderbares Lächeln breitete sich auf seinem Gesicht aus. »Mir wurde zu einer großen Geste geraten.«

Zum ersten Mal seit gestern fühlte ich mich nicht mehr, als läge ein tonnenschweres Gewicht auf meiner Brust. Stattdessen stieg ein vollkommen anderes Gefühl in mir auf. Allumfassende Freude erfüllte meinen Körper mit Wärme, von den Zehen bis zu den Fingerspitzen.

»Von wem? Beatrice?«, flüsterte ich.

»Genau. Und dann habe ich darüber nachgedacht, was ich tun könnte. Mir ist wieder eingefallen, wie du mir von diesem Ort erzählt hast, also habe ich Paisley gebeten, ihn mir zu zeigen.«

»O mein Gott, deswegen hat Reese Paisleys Kleid abgeholt. Damit ich den Abend freihabe.«

Seine Mundwinkel zuckten. »Genau.«

»Und was hat Tyler damit zu tun?«

»Ich brauchte einen guten Vorwand, um dich herzulocken. Einen Grund, der dich nicht misstrauisch machen würde.«

Er zog meine Hand an seine Brust und sah mir tief in die Augen. »Ich lag falsch, Lexi, mit allem, was ich gesagt habe. Was wir beide teilen, ist stärker als alles. Ich weiß, dass wir gemeinsam alle Schwierigkeiten überwinden können, die das Leben mit sich bringt. Und ich will der Mann an deiner Seite sein … wenn du mich noch haben willst. Ich liebe dich von ganzem Herzen.«

»Tate, ich …« Meine Stimme brach. »Ich liebe dich und Paisley. Und ich würde ihr nie absichtlich wehtun.«

»Ich weiß. Was ich gesagt habe, tut mir wirklich leid. Ich glaube an uns. Und ich werde jeden Tag damit verbringen, dir das zu beweisen. Werde der beste Mann sein, der ich sein kann – für mich selbst, dich und Paisley. Für unser gemeinsames Leben.«

»Und wie genau willst du das machen?«

»Zu meiner Schande muss ich gestehen, dass ich noch nicht so weit vorausgedacht habe.«

»Wir finden schon einen Weg«, antwortete ich.

»Zusammen.«

»Ja, zusammen. Ich liebe dich, Tate. Natürlich will ich, dass du Teil meines Lebens bist. Ich will an deiner Seite sein, bei allem, was passiert. Und jeden Moment mit dir genießen.«

Ich spürte die Erleichterung, die von ihm ausstrahlte. Sein Herzschlag beschleunigte sich unter meiner Hand, gleichzeitig sanken seine Schultern nach unten. Dann hob Tate mit einem Finger meinen Kopf und küsste mich. Seine Lippen waren gleichzeitig weich und entschlossen, sein Kuss tief, voller Leidenschaft und Gefühlstiefe.

Freude – gepaart mit Erleichterung – schoss durch meine Adern, bis mein gesamter Körper kribbelte. Tate liebte mich und wollte, dass ich Teil seines Lebens war. Er konnte sich ein gemeinsames Leben vorstellen.

»Ich liebe dich«, flüsterte Tate. »So sehr.«

»Ich kann nicht glauben, dass wir hier sind. Und du hast Champagner dabei«, sagte ich mit belegter Stimme.

Er drückte mir noch einen Kuss auf die Schläfe, dann richtete er sich auf, um mir in die Augen zu sehen.

»Ich wollte, dass der heutige Abend etwas Besonderes ist, Lexi, damit wir uns immer daran erinnern.«

»Und das werden wir, da bin ich mir sicher.« Ich sank auf der Decke auf die Knie und griff nach der Champagnerflasche.

Tate nahm sie mir ab, ließ mühelos den Korken knallen und füllte unsere Gläser. Danach küsste er mich noch mal. Ich lachte an seinem Mund, weil ich darum kämpfen musste, das Glas aufrecht zu halten. Aber verdammt, die Küsse dieses Mannes ließen mich meine Manieren und jeden Anstand vergessen. Er sorgte dafür, dass ich kaum etwas wahrnehmen konnte als *ihn*.

Als wir eine Atempause einlegten, sagte ich: »Weißt du, bisher bin ich immer allein hergekommen. Ich habe die Lichtung nur Paisley gezeigt, ein einziges Mal.«

»Und jetzt bin ich auch da.« Er klang wunderbar besitzergreifend.

»Du wirkst ziemlich befriedigt.« Ich ging davon aus, dass sein innerer Neandertaler diesen Fakt ziemlich zu schätzen wusste. Und das war vollkommen in Ordnung für mich.

Wir stießen an, dann nahm ich einen Schluck des köstlich prickelnden Getränks. Tate hielt nach wie vor meine freie Hand, die Finger mit meinen verschränkt, als wolle er mich nie mehr loslassen. Ich drückte seine Hand und lächelte.

»Ich liebe dich, Lexi. Wie ich dir mal gesagt habe, sorgst du dafür, dass ich mir Dinge wünsche. Ich wünsche mir mehr von allem … und von dir. Ich liebe dich und werde dir jeden einzelnen Tag beweisen, wie viel du mir bedeutest.«

»Tate, du hast mich an einen meiner Lieblingsorte gebracht und mir Champagner serviert. Was für Asse hast du noch im Ärmel?«

Er zwinkerte. »Ich will nicht gleich alle Karten gleichzeitig auf den Tisch legen.«

»Hmmm … du lässt es langsam angehen. Gefällt mir. Außerdem musst du gar nicht mehr tun. Das hier ist schon unglaublich.«

Dieser Abend war so magisch, dass ich ihn nie vergessen würde. Wir beide, hier, an einem meiner Lieblingsorte, im Mondlicht, mit dem Mann, den ich liebte. Das Leben konnte kaum besser werden. Der Augenblick war perfekt.

»Ich würde alles für dich tun, Lexi. Immer.«

27 Lexi

Zwei Wochen später

»Die Party war unglaublich«, sagte ich, als wir beladen mit Mülltüten das Haus betraten. Paisleys Geburtstagsparty war ein voller Erfolg gewesen. Es war sechs Uhr abends, und die Gäste waren endlich gegangen. Seit ungefähr einer halben Stunde räumten wir auf.

»Ich fand es toll. Das war die beste Party ever!«, rief Paisley und fuhr sich mit der Hand durch die Locken neben ihrem Gesicht, die ich aus dem Zopf herausgelassen hatte. Heute hatte ich pinkfarbene Bänder in den Zopf eingeflochten und den ganzen Tag beobachtet, wie sie in jeder glatten Oberfläche ihr Spiegelbild gemustert hatte. Ich konnte mich kaum davon abhalten, sie ständig zu umarmen, weil sie einfach so süß war. Wenn ich in meinen Jahren als Lehrerin eines gelernt hatte, dann, dass Kinder sich vor ihren Freunden gern cool gaben.

Wir stopften unseren Müll in die große Tüte neben der Eingangstür, dann gingen wir ins Wohnzimmer, wo noch mehr Chaos auf uns wartete. Hier drin hatte Paisley ihre Geschenke geöffnet, also lag überall Papier herum – und ein ungeöffnetes Geschenk. Auf dem Sofa entdeckte ich eine rechteckige, flache Box in pinkfarbenem Papier mit einer farblich passenden Schleife.

»Hey, wo kommt das denn her?«, fragte ich.

»Ich will es aufmachen«, rief Paisley.

»Willst du nicht zurück in den Garten gehen und deinen Großeltern bei den letzten Arbeiten helfen?« Wir waren fast damit fertig, die Luftballons, das ganze Spielzeug und die herumliegenden Pappbecher einzusammeln. Lena und Emmett hatten sich angeboten, beim Aufräumen zu helfen, bevor sie Paisley mit zu sich nach Hause nahmen.

»Nachdem ich es aufgemacht habe. Biiiittteeee.«

Als ich sie ansah, bemerkte ich, dass sie einen Blick mit Tate wechselte, der sich uns im Wohnzimmer angeschlossen hatte. Einen Blick, der mich misstrauisch machte.

Was ging hier vor sich?

»Von mir aus, ja. Warum nicht«, meinte ich. »Tate?«

»Klar, ich bin dabei.«

»Komm, Lexi«, sagte Paisley, ergriff meine Hand und führte mich zum Sofa.

Ich setzte mich … und zu meiner großen Überraschung ließ Tate sich neben mir nieder.

»Lexi, kannst du mir beim Auswickeln helfen?«, fragte Paisley.

»Natürlich. Ich werde das Papier für dich abmachen.«

»Danke.«

Ich war so mit dem Öffnen des Geschenkpapiers beschäftigt, dass ich kaum bemerkte, wie unnatürlich still Paisley saß. Unter dem Papier tauchte eine wunderschöne, mit schwarzem Samt bezogene Box auf, die für ein Geschenk an eine Zehnjährige beinahe zu offiziell wirkte.

Ich öffnete die Kiste und runzelte die Stirn. Darin befand sich eine Karte, handbemalt von Paisley. Ich erkannte ihren Malstil und auch ihre Handschrift in den Worten *Für Lexi*. Daneben lag ein kleines Schmucketui.

Ich sah auf und ertappte Tate und Paisley dabei, wie sie schon wieder einen Blick wechselten. »Was geht hier vor sich?«, fragte ich nervös.

»Das ist für dich, Lexi«, sagte Tate sanft.

»Ich habe eine Karte geschrieben«, fügte Paisley hinzu. »Willst du sie lesen?«

»Natürlich«, meinte ich verwirrt. »Aber heute ist dein Geburtstag.«

»Ich weiß. Wenn du willst, kann ich sie dir vorlesen. Ich habe die Karte geschrieben, damit ich nicht vergesse, was ich sagen will.«

»Aber wieso solltest du mir eine Karte schreiben und mir etwas schenken? Ich habe heute nicht Geburtstag.«

»Das steht alles in der Karte. Ich werde es erklären.«

Mit einem kurzen Blick zu Tate – der nickte – zog Paisley die Karte aus der Kiste und öffnete sie. Dann verzog sie vor Konzentration das Gesicht.

»Liebe Lexi, heute ist ein großer Tag, weil ich Geburtstag habe und zehn Jahre alt werde. Ich habe Daddy gebeten, das an meinem Geburtstag zu machen, weil es dann ein besonderer Tag für uns beide ist. Wir lieben Dich und hoffen, dass Du mit uns zusammen sein willst. Ich möchte Dich fragen, ob Du gern meine Mom sein willst. Ich habe das aufgeschrieben, weil es dann offiziell ist.«

Ihre Stimme zitterte leicht, dann sah sie zu mir auf.

Meine Kehle war wie zugeschnürt. Mein Herz raste, und ich konnte kaum atmen, geschweige denn sprechen. Also nickte ich nur und öffnete die Arme. Paisley warf sich hinein und umarmte mich. Die Karte kratzte über meinen Nacken, aber das war mir egal. Ich wollte sie nicht loslassen.

Doch bereits ein paar Sekunden später entzog sich Paisley meinen Armen und trat einen Schritt zurück.

»Und Daddy will dich auch etwas fragen.«

Sie sagte noch etwas, aber das konnte ich über das Rauschen in meinen Ohren nicht verstehen.

Tate griff nach dem Schmucketui in der Kiste, und schließlich sank er neben Paisley, die immer noch mit beiden Händen ihre Karte umklammerte, auf ein Knie.

»Lexi, ich liebe dich«, sagte Tate schlicht und öffnete das Etui. »Wie Paisley gesagt hat, lieben wir dich beide. Und wir wollen, dass du bei uns bist, für immer.« Er atmete tief durch, und ich sah die Gefühle, die in seinem Blick brannten. »Willst du mich heiraten? Meine Ehefrau, meine Komplizin und meine beste Freundin sein? Willst du mein Ein und Alles sein, Lexi?«

»Ja«, presste ich mit belegter Stimme hervor, doch das war in Ordnung, denn wenn es einen Moment gab, in dem ich von Gefühlen überwältigt sein durfte, dann war es dieser. »Ja, ich will.«

Paisley klatschte in die Hände. »Kann ich dir den Ring anstecken?«, fragte sie.

Ich nickte.

Tate hielt das Etui für sie fest, als sie nach dem Ring griff. Es war kein klassischer Verlobungsring, aber er war schöner als jedes Schmuckstück, das ich je gesehen hatte, mit einem runden Saphir in Weißgold gefasst. Sie schob ihn auf meinen Finger und klatschte wieder in die Hände.

»Du wirst meine Mom sein. Und dann können wir Mami-Sachen miteinander machen. Ein paar davon haben wir schon gemacht, aber jetzt ist es offiziell.«

»Ja, genau.« Ich lächelte, weil ihr Enthusiasmus ansteckend war.

»Ich werde Oma und Opa die guten Nachrichten überbringen und ihnen sagen, dass sie reinkommen können«, rief sie.

Tate drückte seiner Tochter einen Kuss auf die Stirn, ehe sie zur Hintertür rannte.

Er stand auf, ohne mich aus den Augen zu lassen. Sein Blick wirkte noch intensiver als vor ein paar Sekunden.

Immer noch voller Gefühle und gefüllt mit solcher Hitze, dass ich quasi dahinschmolz.

Tate zog mich auf die Beine, dann legte er eine Hand an meine Wange, die andere an meine Taille. Seine Lippen fanden meine, heiß und entschlossen. Er küsste mich fast verzweifelt, als wäre selbst diese Nähe nicht ausreichend. Als würde es nie reichen, egal, wie oft er mich küsste.

Ich empfand genauso. Mein gesamter Körper kribbelte vor Aufregung. Glück floss heiß durch meine Adern. Mich überlief ein Schauder, als ich die Hände über seine muskulösen Arme gleiten ließ. Tate trug nur ein T-Shirt, sodass ich all diese köstlichen Muskeln mühelos erreichen konnte. Als er den Kopf hob, lächelte ich breit.

»Hast du das alles bis auf die Minute geplant?«, fragte ich leise.

»Ja. Außer, wie viel Zeit ich mir für diesen Kuss nehmen sollte«, sagte er, als die Hintertür aufschwang und wir die Stimmen von Paisley und seinen Eltern hörten. »Ich hätte meine Eltern anweisen sollen, Paisley noch eine Weile abzulenken.«

»Wie viele Helfer hast du rekrutiert? Deine Eltern, Tyler, Reese, Paisley …«

»Hey. Das Überraschungsmoment war entscheidend … und das konnte ich allein nicht bewerkstelligen, also habe ich alle eingespannt. Jeder von uns besitzt eigene Talente. Reese ist gut im Planen, Tyler kann selbst den Misstrauischsten unter uns ablenken, und Paisley geht bei uns allen gleichzeitig in die Lehre.«

»Offensichtlich«, meinte ich grinsend. Ich konnte es nicht fassen. Ich konnte immer noch nicht glauben, dass dieser Ring an meinem Finger funkelte und dieser wunderbare Mann sein Leben mit mir verbringen wollte. Er hatte sich eingebildet, er könne nicht mehr lieben, aber dann hatte er mir sein Herz geöffnet und mich eingelassen.

Und Paisley möchte, dass ich ihre Mom war.

Meine Augen brannten ein wenig, was Tate nicht entging. Er strich mir über die Wange und sah mir tief in die Augen.

»Ich liebe dich, Lexi. Ich liebe dich so sehr. Ich kann mir kein Leben ohne dich vorstellen, Schatz. Du hast mich heute zu einem glücklichen Mann gemacht.« Er küsste mich noch mal, aber diesmal kurz und züchtig, weil das Trio aus dem Garten inzwischen nahe genug war, dass wir ihre Worte verstehen konnten.

Schon in der nächsten Sekunde betraten sie das Wohnzimmer.

Paisley rannte direkt auf uns zu und umarmte uns beide, bevor sie mit einem verträumten Lächeln zu mir aufsah. Ich hatte dieses kleine Mädchen glücklich gemacht. Und Tate auch. Es gab kein schöneres Gefühl auf der Welt.

»Wir haben gehört, dass man gratulieren darf«, sagte Emmett, als er auf uns zukam. »Gut gemacht, Sohn.« Er schlug Tate auf die Schulter, ehe er mich in eine Umarmung zog und mich auf beide Wangen küsste.

Lena umarmte mich ebenfalls und wollte mich ein paar Sekunden lang gar nicht mehr freigeben. Ich war so glücklich.

»Ihr beide gebt ein so schönes Paar ab.« Lena trat zurück, um von mir zu Tate und dann zu Paisley zu schauen. »Paisley, ist dein Rucksack gepackt? Wenn wir jetzt fahren, können wir heute Abend noch einen Film schauen.«

»Alles bereit«, antwortete ich. »Wir haben gepackt, bevor die Party losgegangen ist, und den Rucksack gleich neben die Eingangstür gestellt.«

»Dann würde ich vorschlagen, dass wir aufbrechen. Im Garten ist alles aufgeräumt«, sagte Lena.

Emmett nickte. »Stimmt. Dann wollen wir mal los.«

Meine Wangen brannten leicht. Ich war mir ziemlich

sicher, dass Lena und Emmett uns einfach ein wenig Privatsphäre gönnen wollten, aber gleichzeitig war ich überzeugt, dass Tate sexy Gedanken hegte. Ich erkannte es an seiner Körperhaltung … an der Hitze, die er ausstrahlte. Und daran, wie er den Arm über meine Schulter legte, um sanft meinen Oberarm zu streicheln.

»Okay. Was wollen wir schauen?«, fragte Paisley.

»Was auch immer du willst, Kleine«, meinte Lena. Sie legte eine Hand auf Paisleys Nacken, um das Mädchen zur Haustür zu führen, während Emmett neben ihnen herging. Tate und ich folgten ihnen und lachten, als Paisley sofort in Verhandlungen einstieg. Sie wollte zwei Filme schauen.

Allerdings musste ich zugeben, dass ich dem Gespräch nicht besonders aufmerksam folgte, weil ich zu sehr mit meiner Glückseligkeit beschäftigt war. Und sobald die drei verschwunden waren, feuerten all meine Synapsen auf Hochtouren. Besonders, als Tate den Arm um meine Taille schlang und flüsterte: »Endlich allein.«

Ich kicherte. »Du konntest es kaum erwarten, oder?«

»Darauf warte ich schon den ganzen Tag. Ich wollte, dass Paisley Teil des Antrags ist. Aber jetzt sind wir beide allein, und ich möchte noch ein paar Dinge hinzufügen.«

»Ich höre.« Ich vermutete stark, dass mein Mann mich mal wieder zum Dahinschmelzen bringen würde.

»Ich liebe dich, Lexi, und ich kann es kaum erwarten, dich zu heiraten; dich offiziell zu meiner Frau zu machen. Danke, dass du mir wieder beigebracht hast, wie man fühlt, wie man etwas begehrt, wie man lebt. Du bist wirklich mein Ein und Alles.«

Ich hatte recht gehabt. Ich schmolz tatsächlich dahin.

»Mir geht es genauso.«

»Du gehörst mir, Lexi. Weißt du, was das bedeutet?«

»Was?«, flüsterte ich.

»Dass ich dich jeden Tag verwöhnen darf. Mich um dich kümmern darf. Dass deine Probleme auch meine sind. Also lass mich wissen, falls du deine Meinung in Bezug auf die finanzielle Belastung deiner Eltern änderst.«

»Hmmm … das musstest du ansprechen, während ich so gerührt bin, oder?«

»Na klar«, meinte er mit einem schiefen Lächeln. »Ich dachte, das erhöht meine Chancen auf ein Ja.«

»Ich werde darüber nachdenken«, erklärte ich im Lehrertonfall. »Aber mehr sage ich zu diesem Thema heute nicht.«

Sein Lächeln verwandelte sich in ein teuflisches Grinsen. »Lass mal sehen, ob ich deine Meinung ändern kann.«

»Ich kann es kaum erwarten, das alles meinen Eltern zu erzählen.«

Seine Mundwinkel zuckten.

Ich kniff die Augen zusammen. »Was?«

»Sie wissen es bereits, mein Schatz. Ich habe bei deinem Vater um deine Hand angehalten.«

»O mein Gott! Das hast du getan? Wie? Wann?«

»Das bleibt unser Geheimnis.«

Ich stellte mich auf die Zehenspitzen und presste den Mund auf seinen. Verlangen breitete sich in mir aus wie ein Flächenbrand. Ich schlang die Arme um seinen Hals und drängte mich ihm entgegen. Seine harten Muskeln brachten meine Hormone in Wallung. Der Effekt, den dieser Mann auf mich ausübte, war unglaublich.

Meine Nippel verhärteten sich, bis sie an seiner harten Brust fast schmerzten.

Langsam glitten Tates Hände an meinen Seiten nach unten, zu meiner Taille. Er zog mich an sich, und sofort konnte ich spüren, wie sehr er mich begehrte. Er war bereits hart. Mit einem leisen Stöhnen vertiefte er den Kuss. Gleichzeitig zog er mein Kleid nach oben, bis seine

Finger über die nackte Haut meiner Oberschenkel glitt. Die Berührung erregte mich noch mehr. Hitze schoss durch meine Adern und sammelte sich zwischen meinen Beinen. Meine Klitoris pulsierte.

Wir bewegten uns, doch erst, als ich eine harte Oberfläche an meinem Rücken spürte, wurde mir klar, dass Tate mich gegen die Haustür presste. Sein Kuss wurde geradezu verzweifelt, so wie auch seine Berührungen. Tates Hände waren überall: auf meinen Schultern, meinen Schenkeln, unter meinem Kleid. Unsere Zungen duellierten sich. Ich genoss es, auf allen Seiten von ihm umgeben zu sein.

Er zog mich von der Tür weg, aber wir kamen nicht besonders weit, weil wir zu sehr damit beschäftigt waren, uns gegenseitig zu verschlingen.

Auf keinen Fall würden wir es bis ins Schlafzimmer schaffen.

Tate küsste mich noch leidenschaftlicher, als er mich durch den Flur und ins Wohnzimmer führte, wo er mich auf den weichen Teppich legte. Ich rollte mich herum, weil ich auf ihm liegen wollte. Als ich sein T-Shirt nach oben schob, um langsam meine Fingerspitzen über seine harten Bauchmuskeln gleiten zu lassen, lächelte er träge. Ich warf sein Hemd zur Seite, dann liebkoste ich dieselbe Stelle mit Zunge und Lippen und entriss ihm damit ein tiefes Stöhnen. Ich liebte die Geräusche, die er erzeugte. Sie erregten mich unglaublich.

Als Nächstes zog ich eine Spur aus Küssen über seinen Hals und seinen Adamsapfel, bevor ich mich aufrichtete und von ihm herabglitt. Ich verzehrte mich nach ihm, aber zuerst einmal musste ich seine Hose, diesen dummen Gürtel, die Boxershorts und alles andere loswerden, was mir den Weg versperrte. Zu meiner Überraschung zog er seinen Geldbeutel aus der hinteren Hosentasche, um ein Kondom herauszuholen. Er schenkte mir einen selbstgefälligen Blick, dann begann er, mich auszuziehen – was viel weniger Mühe bereitete.

Er packte den Saum meines Kleides und zog es mir in einer schnellen Bewegung über den Kopf. Da die meisten meiner Sommerkleider ein eingenähtes Mieder hatten, trug ich keinen BH. Ein Höschen allerdings hatte ich an, und ich rechnete damit, dass er es mir sofort auszog.

Stattdessen beschloss Tate, mich zu necken. Er teilte meine Beine und ließ über meine Schamlippen zwei Finger über den Stoff gleiten. Das feuchte Gewebe presste sich kühl gegen mein erhitztes Fleisch. Der Stich der Lust, der mich durchfuhr, schockierte mich beinahe. Ich keuchte. Als Tate die Daumen unter das Gummi meines Höschens schob, überlief ein Schauder meinen Körper. Langsam zog er es nach unten. Ich musste mich auf alle viere stemmen und ein Bein nach dem anderen anheben.

»Findest du den Sommer nicht auch wunderbar?«, meinte ich neckend, als ich mich auf die Knie hob. »In dieser Jahreszeit bin ich schnell nackt.«

»Ich liebe den Sommer«, sagte Tate, drückte einen Kuss auf meine Schulter und griff nach meinen Brüsten. Er zog einen Nippel in den Mund, und wieder konnte ich ein Keuchen nicht zurückhalten. Noch nie hatte ich so empfindlich auf seine Berührung reagiert. Und wie er mich ansah … einfach nur sündhaft.

Er umfasste meine andere Brust, umspielte mit der Zunge den Nippel und presste dann eine Hand zwischen meine Beine, sodass sein Handballen Druck auf meine Klitoris ausübte. Fast wäre ich auf ihm zusammengebrochen.

»Tate«, keuchte ich.

Er bewegte seine Hand im selben Rhythmus wie seine Zunge, und die Empfindungen waren so überwältigend, dass ich kaum atmen konnte. Die köstlichen Gefühle waren geradezu schmerzhaft, aber ich konnte nicht genug davon bekommen. Lust schoss durch jede Zelle meines Körpers. Ich wusste nicht mal, was sie auslöste: seine Hand an meiner Klitoris oder sein Mund an meinen Brüsten. Doch ich kam so heftig, dass meine Beine zitterten, ich die Zähne zusammenbeißen und mich mit den Händen an seinen Schultern abstützen musste.

»Ich habe dich, Lexi. Ich habe dich. Verdammt, du bist so schön, wenn du kommst. Ich könnte dich den ganzen Tag beobachten.«

Schwer atmend genoss ich die letzten Aufwallungen meines Orgasmus, rieb mich an seiner Hand, bis das letzte Vergnügen verklungen war.

Er musterte mich befriedigt grinsend, und ich grinste zurück. Dann fing er erneut meinen Mund ein, um mich leidenschaftlich zu küssen. Ich liebte es, seine Lust zu spüren, seine Hände an meinem Körper – egal, wo sie mich berührten. All das vermittelte nur eine Botschaft: *Du gehörst mir, Lexi. Dein ganzer Körper gehört mir.*

Er saß auf dem Boden. Ich kniete immer noch vor ihm, also schob ich mich auf seinen Schoß, umfasste seinen Ständer und begann, meine Finger zu bewegen.

Mit einem leisen Stöhnen ließ er den Kopf in den Nacken sinken. »Ich brauche dich, Lexi«, sagte er gefährlich ruhig.

Ich lächelte und ließ meinen Daumen noch einmal über die Spitze seiner Erektion gleiten, bevor ich ihm das Kondom überstreifte und ihn an meine Mitte führte. Langsam nahm ich ihn in mich auf. Nach wie vor war ich tief befriedigt, sodass meine inneren Muskeln ihn eng umschlangen. Auf diese Weise spürte ich ihn noch intensiver, auch wenn ich das nie für möglich gehalten hätte. Meine Beine zitterten, und mein Körper bebte wie in Nachwehen meines Orgasmus.

Unsere Blicke trafen sich, und ich konnte bloß hoffen,

dass er mich den Rest unseres Lebens so ansehen würde. Die Leidenschaft, die Liebe, der Besitzanspruch in seinem Blick – ich fand das alles wunderbar. Als ich ihn vollständig in mich aufgenommen hatte, packte er meine Hände und verschränkte unsere Finger. Ich begann, mich zu bewegen, erst langsam, dann schneller und heftiger.

Doch der Orgasmus von gerade eben hatte mich zu sehr erschöpft, sodass ich nicht die Kraft besaß, die ich mir wünschte. Ich beugte mich vor und stemmte die Hände auf seine Brust, dann atmete ich durch, um ihn einfach nur tief in mir zu spüren, heiß und hart und so wunderbar.

Er stöhnte wieder und packte schließlich meine Hüften. Ich wusste, dass er die Kontrolle übernehmen wollte. Schon im nächsten Moment rollte er uns so herum, dass wir auf der Seite lagen.

»Ich liebe diesen Winkel«, flüsterte ich, bevor er den Mund auf meinen presste. Tate überwältigte mich: seine Hände an meinem Körper, sein Ständer tief in mir, seine Lippen und Zunge. Immer wieder drängte er mir die Hüfte so entgegen, dass er Druck auf meine Klitoris ausübte. Ich spürte, wie er in mir anschwoll. Er war dem Höhepunkt nahe. Ich ging nicht davon aus, dass ich noch mal kommen konnte, aber o wow, wie sehr ich mich irrte!

Den ersten Orgasmus hatte ich kommen gefühlt, doch dieser hier überraschte mich völlig und hob meine Welt aus den Angeln.

Ich kam gewaltig, im selben Moment, in dem auch Tate den Höhepunkt erreichte. Fast verzweifelt gaben wir uns einander hin. Wir jagten unsere Lust, bis wir kaum atmen und uns nicht mehr bewegen konnten. Mein Körper war schlaff, doch tiefe Zufriedenheit erfüllte mich.

Erschöpft blieben wir liegen, aber ich mochte es, wie wir hier auf dem Boden ruhten, mit verschränkten Gliedern, die Köpfe auf dem Teppich.

Er grinste. »Ich liebe dieses Lächeln. Und ich verspreche, jeden Tag dieses glückliche, befriedigte Grinsen auf dein Gesicht zu zaubern.«

Ich lächelte noch breiter. »Ich werde dich beim Wort nehmen, Mister, und dafür sorgen, dass du es auch hältst.«

Epilog

Lexi *Zwei Wochen später*

»Hast du Spaß?«, fragte ich Paisley, das Handy zwischen Schulter und Kopf eingeklemmt, während ich in meine Schuhe glitt. Paisley verbrachte das Wochenende mit Nora. Sie waren in Disneyland. Tate beobachtete mich genau. Er hatte schon mit Paisley gesprochen, aber ich hatte ihre Stimme auch hören wollen.

»Ja. Total viel. Hast du die Stoffproben bekommen? Biiiittteee, such ohne mich nichts aus.«

Ich lachte leise. Paisley war völlig besessen von den Hochzeitsvorbereitungen. Ich war offiziell bei den beiden eingezogen, mit all meinem Kram. Und obwohl Tate und ich noch keinen Termin festgesetzt hatten, wollte Paisley bereits den Stoff für ihr Kleid aussuchen, denn natürlich war sie als unser Blumenmädchen eingeplant.

»Das verspreche ich. Ich mache nicht mal die Kiste auf, sondern warte auf dich.«

»Danke. Ich werde jetzt auflegen. Wir essen gleich Pizza.«

»Viel Spaß«, antwortete ich, bevor sie auflegte. Ich gab Tate das Handy zurück. »Sie klingt fröhlich.«

Glücklicherweise war Nora ziemlich angetan von dem Gedanken, dass Tate erneut heiratete … weil ihr das die Freiheit schenkte, noch weniger Anteil am Leben ihrer Tochter zu nehmen. Paisley verstand ihre Mutter besser als wir und akzeptierte ihre Entscheidungen. Sie wusste, dass ihre wahre Familie aus ihrem Dad und mir bestand … und dass sie sich immer auf uns verlassen konnte.

Er nickte, ehe er einen heißen Blick über meinen Körper wandern ließ.

O Mann.

Ich zeigte anklagend mit dem Finger auf ihn. »Hey, spar dir das.«

Wenn er mich so ansah, konnte er mich von fast allem überzeugen … selbst davon, mir finanziell unter die Arme zu greifen. Vor einer Woche hatten meine Eltern eine weitere astronomische Krankenhausrechnung erhalten, die uns alle schockiert hatte. Tate hatte sofort seine Hilfe angeboten und sich sehr geschickt darin angestellt, mich zu überzeugen. Ehe ich ihn kennengelernt hatte, hätte ich niemals erwogen, solche Summen als Geschenk anzunehmen, aber ich vertraute Tate vollkommen. Er war mein Seelenverwandter.

Er trat einen Schritt vor, fing mein Handgelenk ein und drückte mir einen Kuss auf den Handrücken.

»Wieso? Hast du Angst, dass du mir nicht widerstehen kannst?«

Ich schnaubte. »Bitte. Ich bin sehr geübt darin, die sexy Schwingungen zu ignorieren, die du ausstrahlst.«

»Wir können diese Theorie gern auf die Probe stellen. Wie wäre es mit gleich jetzt?«, meinte er mit gefährlich tiefer, verführerischer Stimme. Er wollte einen Arm um meine Taille schlingen, doch ich wich eilig zurück.

Natürlich hatte ich gelogen.

Ich war total schlecht darin, seine superheißen Schwingungen zu ignorieren. Seitdem Paisley gestern aufgebrochen war, waren Tates Blicke immer schamloser geworden. Ich war so angespannt, dass mich bereits eine federleichte Berührung total erregen würde.

»Tyler wartet auf uns«, erinnerte ich ihn.

»Ich kann nicht glauben, dass du noch tiefer in der Operation Tyler-Aufmuntern drinhängst als ich.«

»Hey, ich habe viele Talente. Es wäre eine Schande, sie nicht zu nutzen.«

»Das stimmt.« Mit einem enttäuschten Seufzen trat Tate zurück und öffnete die Haustür. »Lass uns gehen, bevor ich doch noch den Kopf verliere.«

Stolz stieg in mir auf. Ich liebte den Effekt, den ich auf ihn hatte. Und ich hatte fest vor, ihn nach unserer Rückkehr beim Wort zu nehmen – doch jetzt hatten wir erst mal eine Mission.

Wir sollten Tyler zu dem Treffen mit der Koordinatorin des Freiwilligen-Programms bringen, an dem er laut einer Entscheidung seines Teammanagements teilnehmen sollte. Tyler saß immer noch wegen seiner Verletzung auf der Tribüne, und auch die Suspendierung wegen der Prügelei war nicht aufgehoben worden, doch er hoffte nach wie vor, dass ihm noch diese Saison ein Comeback gelingen würde. Schließlich hatten sie ihn nicht gefeuert.

Und all das wegen Malcolm.

Aber zumindest hatte Reese' Ex bekommen, was er verdiente. Die Halsey Group hatte ihn entlassen. Außerdem hatte er Insolvenz anmelden müssen, weil sich herausgestellt hatte, dass er auch sein gesamtes persönliches Vermögen investiert hatte.

Wie Reese es ausgedrückt hatte, war das nicht gerade Tylers Jahr. Doch Tate hatte ebenfalls recht. Jeder Maxwell hatte bestimmte Stärken … und die erwiesen sich nun, da Tyler seine Familie brauchte, als sehr nützlich. Declan passte auf Tyler auf, auf seine ganz typische Weise: indem er Tyler die Wahrheit sagte. Aber Declan hatte mit seiner Unbarmherzigkeit auch den Prozess für die Familie gewonnen und damit Beatrice' Gebäude geschützt.

Luke erklärte Tyler immer wieder, dass er weiterhin als Werbeikone für die Firma arbeiten konnte.

Travis schmiss eine Party nach der anderen, um den Verkauf seines Start-ups zu feiern, und auf jeder einzelnen Feierlichkeit war Tyler der Ehrengast. Laut Tate veranstaltete Travis die Partys quasi nur für Tyler.

Sam, der bei Ärzte ohne Grenzen eine Auszeit genommen hatte, zog mit seinem Bruder durch die Bars, wann immer er mal freihatte, sehr zu Declans Missfallen. Er war der Meinung, dass Tyler sich lieber im Hintergrund halten sollte. Reese organisierte alle Bemühungen, und Kimberly gab ihr Bestes, Declan zu befrieden. Allerdings hatte sie dabei keinen großen Erfolg. Alle waren sich darin einig, dass Tylers Ruf wichtig war, aber dasselbe galt für sein Glück – und das hatte Vorrang. Bisher stand die Abstimmung 7:1, und ich bezweifelte, dass sich daran allzu bald etwas ändern würde.

Tyler wartete schon vor dem Gebäude auf uns. Tate blieb direkt neben ihm stehen.

»Ich brauche keine Babysitter«, sagte Tyler, kaum dass er eingestiegen war, »aber ich weiß eure Gesellschaft zu schätzen. Tatsächlich bin ich zu der Überzeugung gekommen, dass ich öfter krank sein sollte. Jeder Maxwell findet in letzter Zeit irgendeine Ausrede, um mir Essen oder Alkohol zu bringen oder einfach Zeit mit mir zu verbringen«, meinte er in lockerem Ton.

Mir gefiel der Zusammenhalt in dieser Familie. Die Maxwells waren immer da, um zusammen alle Erfolge zu feiern, aber auch in den schweren Zeiten standen sie vereint. Und ich wusste, dass das alles für Tyler nicht einfach war, auch wenn er sein Bestes gab, sich nichts anmerken zu lassen.

Unser Ziel war ganz einfach. Wir mussten ihn so oft wie möglich ablenken, damit es ihm nicht auffiel, wie viel Zeit er ohne sein tägliches Training und die Spiele und Sponsorentreffen zur Verfügung hatte. Bisher lief es ganz gut, aber die neue Saison lief auch erst seit drei Wochen.

»Wie geht es Blair?«, fragte ich, als der Wagen sich in Bewegung setzte.

Im Rückspiegel sah ich, dass er eine Grimasse zog. Tate und ich wechselten einen Blick, dann drehte ich mich im Sitz, um Tyler direkt anzusehen.

»Blair hat beschlossen, dass ich nicht mehr berühmt genug für sie bin.«

»Was?«, blaffte Tate.

»Ja. Als offensichtlich wurde, dass ich die gesamte Saison auf der Tribüne verbringen werde und sich auch einige Sponsoren zurückgezogen haben, wurde ihr klar, dass das Leben mit mir ziemlich langweilig sein würde. Oder zumindest vermute ich das. Hey, ihr Problem, weil ich ziemlich großartig bin«, meinte er mit einem trägen Lächeln.

Ich sah ihm in die Augen. Er klang gut gelaunt, aber ich wusste, dass diese Trennung ihn verletzt haben musste.

Er wich meinem Blick aus und bestätigte damit meine Ängste. Herrgott noch mal. Sobald wir ihn abgesetzt hatten, würde ich Reese anrufen, denn es war offensichtlich, dass wir in unseren Bemühungen noch eine Schippe drauflegen mussten. Ich war so wütend auf Blair. Wer tat so was?

»Also, was genau sollst du bei diesem Ehrenamtlichen-Programm tun?«

»Schulkindern Eishockey beibringen. Ich freue mich tatsächlich darauf, weil mir selbst mit euren ganzen Besuchen ziemlich langweilig ist. Nichts für ungut.«

»Kein Problem«, antwortete Tate.

»Eishockey ist meine ganze Welt, also arbeite ich darauf hin, wieder in Form und so bald wie möglich zurück aufs

Eis zu kommen. Die Sponsoren sind mir ziemlich egal. Ich will einfach nur wieder spielen.«

Zwanzig Minuten später erreichten wir die Adresse, die er uns genannt hatte. Eine attraktive Brünette wartete schon vor dem Gebäude.

»Tyler Maxwell?«, sagte sie. »Hi! Ich bin Kendra. Ich habe mit dem PR-Verantwortlichen Ihres Teams gesprochen.«

Wow, sie war wirklich hübsch. Ich warf einen Blick zu Tyler und konnte nur mit Mühe ein Lachen unterdrücken, weil er aussah, als hätte es ihm gerade die Sprache verschlagen. Tate musterte seinen Bruder stirnrunzelnd.

»Wie geht es Ihnen, Kendra?«, sagte Tyler dann. »Es freut mich, Sie kennenzulernen. Ich habe gehört, Sie besitzen die fast magische Fähigkeit, die richtigen Leute mit den richtigen Programmen zusammenzubringen.«

Sie lächelte breit, dann zuckte sie mit den Achseln. »Nun, das mag ein wenig übertrieben sein, aber ich bin gut in meinem Job. Solange Sie meine Anweisungen genau befolgen«, fügte sie mit einem Augenzwinkern hinzu.

Tate lachte und tätschelte Tylers gesunde Schulter. »Der hier ist nicht mal besonders gut darin, Befehle zu befolgen. Keine Ahnung, ob er auf Anweisungen reagiert.«

Tyler wackelte mit den Augenbrauen. »Er hat absolut recht.«

»Ich bin mir sicher, ich bin der Aufgabe gewachsen«, erklärte Kendra frech.

In Tylers Augen erschien ein Funkeln, das ich seit Wochen nicht mehr gesehen hatte.

Also, also. Das dürfte interessant werden.

»Herausforderung angenommen«, verkündete Tyler.

Kendra schmunzelte. »Abgemacht, Tyler Maxwell.«

Tate schüttelte grinsend den Kopf. »Er gehört ganz Ihnen, Kendra.«

»Ich werde gut auf ihn aufpassen. Versprochen.«

Sobald Tate und ich wieder im Wagen saßen, beobachteten wir schweigend, wie Tyler und Kendra im Gebäude verschwanden.

»Bilde ich mir das nur ein, oder hat Tyler Kendra angesehen, als wäre sie ihm sehr sympathisch?«, fragte ich.

»Nein, das bildest du dir nicht ein. Genau denselben Eindruck hatte ich auch.«

»Nun, das ist doch gut, oder? Er braucht eine Ablenkung.«

»Schon … aber Kendra sollte das nicht unbedingt sein. Das wird ein gefundenes Fressen für Declan. Bei all dem Ärger, den er jetzt bereits mit dem Management hatte, wäre das eine wirklich schlechte Idee.«

»Glaubst du, das wird ihn aufhalten?«, fragte ich.

Tate grinste breit. »Natürlich nicht.«

Von Layla Hagen liegen im Piper Verlag vor:
Diamonds For Love:
Band 1: Diamonds For Love – Voller Hingabe
Band 2: Diamonds For Love – Verlockende Nähe
Band 3: Diamonds For Love – Entflammte Sehnsucht
Band 4: Diamonds For Love – Verhängnisvolle Liebe
Band 5: Diamonds For Love – Verbotene Wünsche
Band 6: Diamonds For Love – Betörende Blicke
Band 7: Diamonds For Love – Heißes Herzklopfen
Band 8: Diamonds For Love – Vertraute Gefühle
Band 9: Diamonds For Love – Glühende Leidenschaft
Band 10: Season of Love – Verführerische Weihnachten

Flowers of Passion:
Band 1: Flowers of Passion – Verführerische Rosen
Band 2: Flowers of Passion – Wilde Orchideen
Band 3: Flowers of Passion – Zärtliche Magnolien
Band 4: Flowers of Passion – Flammende Lilien
Band 5: Flowers of Passion – Sinnliche Lotusblüten
Band 6: Flowers of Passion – Verlockende Azaleen

New York Nights:
Band 1: City of Love – Hunter & Josie
Band 2: City of Dreams – Heather & Ryker
Band 3: City of Hearts – Robert & Skye
Band 4: City of Promises – Laney & Cole
Band 5: City of Kisses – Tess & Liam

The Maxwells:
Band 1: This Love is Forever
Band 2: This Kiss is Forever